CB074775

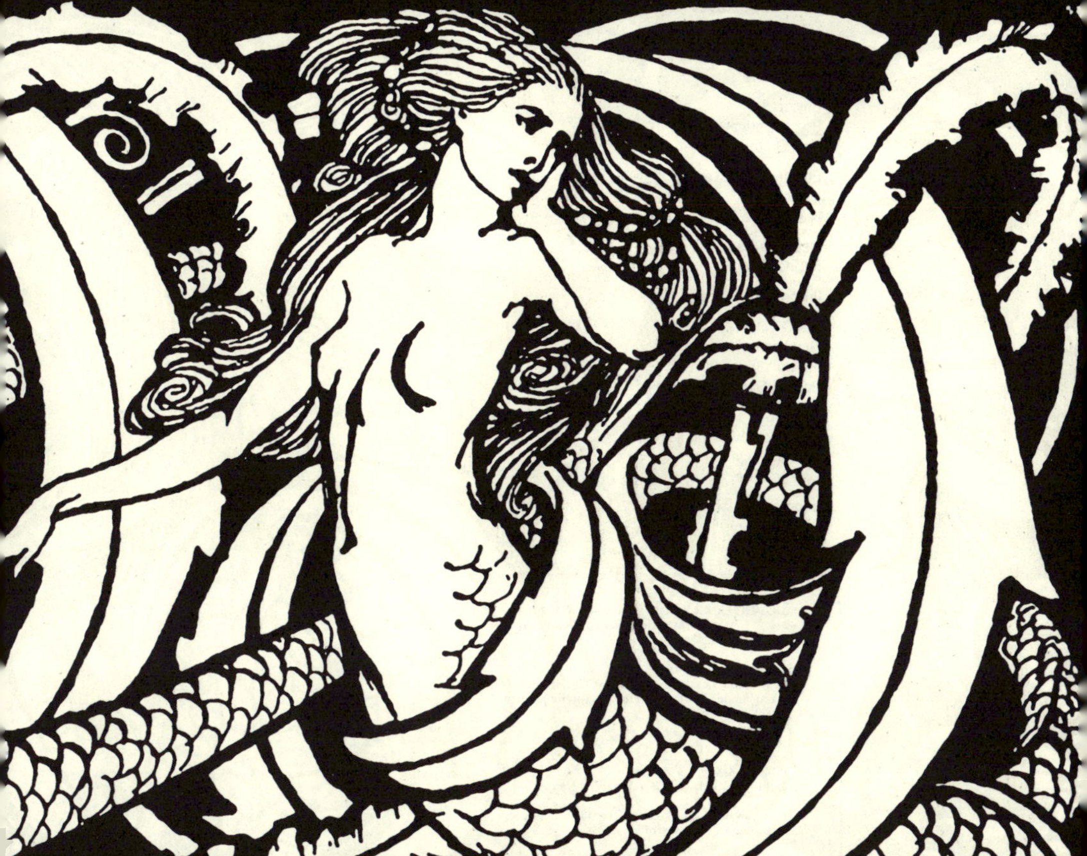

Copyright © 2013 by Christopher Buehlman

Publicado mediante acordo com Folio Literary Management, LLC e Agência Literárua Riff.

Tradução para a língua portuguesa
© Carolina Caires Coelho, 2018

Os personagens e as situações desta obra são reais apenas no universo da ficção; não se referem a pessoas e fatos concretos, e não emitem opinião sobre eles.

Diretor Editorial
Christiano Menezes

Diretor Comercial
Chico de Assis

Gerente de Novos Negócios
Frederico Nicolay

Gerente de Marketing Digital
Mike Ribera

Editores
Bruno Dorigatti
Raquel Moritz

Editores Assistentes
Lielson Zeni
Nilsen Silva

Design e Capa
Retina 78

Ilustração
Arthur Rackham

Designers Assistentes
Marco Luz
Pauline Qui

Revisão
Gustavo de Azambuja Feix
Marlon Magno
Ulisses Teixeira

Impressão e acabamento
RR Donnelley

DADOS INTERNACIONAIS DE CATALOGAÇÃO NA PUBLICAÇÃO (CIP)
Angélica Ilacqua CRB-8/7057

Buehlman, Christopher
  Bem-vindo à casa dos espíritos / Christopher Buehlman ; tradução de Carolina Coelho. — Rio de Janeiro : DarkSide Books, 2018.

  384 p.

  ISBN: 978-85-9454-008-9
  Título original: *The Necromancer's House*

  1. Ficção norte-americana 2. Fantasia I. Título
  II. Caires Coelho, Carolina

16-0591   CDD 813

Índices para catálogo sistemático:
  1. Ficção norte-americana

[2018]
Todos os direitos desta edição reservados à
DarkSide® Entretenimento LTDA.
Rua do Russel, 450/501 — 22210-010
Glória — Rio de Janeiro — RJ — Brasil
www.darksidebooks.com

BEM-VINDO À CASA DOS ESPÍRITOS

CHRISTOPHER BUEHLMAN

TRADUÇÃO
CAROLINA CAIRES COELHO

DARKSIDE

Para Ginny

PRÓLOGO

O velho caminha do casebre até a varanda atrás, segurando o copo de uísque e remexendo o gelo. Uma gota d'água pinga de seu dedo e cai na cabeça do vira-lata com um quê de beagle perto de seus pés, distraindo o cachorro que para e se abaixa, quase levando o velho a tropeçar. Ele diz palavrões em um russo que poderia ser vociferado por Khrushchov e então se desculpa no tom dos mais doces poemas de Pushkin. O cão balança o rabo meio desanimado, mas caminha para a direita, a fim de não ser chutado pelo dono. Como os pontapés não são frequentes nem tão fortes, ele escapa devagar, evitando o chute. Um bom observador perceberia como a interação é harmônica entre os dois, como uma dança bem realizada por cada um.

Mas ninguém observa o velho e o animal.

Ainda não.

O homem dá um gole no uísque e se senta de frente ao pôr do sol.

O cachorro se encolhe a seus pés e começa uma caçada com resmungos e mastigações a uma pulga que o mordeu perto da base de seu rabo.

— Mate essa merda — diz o homem com um rosnado eslavo jovial, coçando a parte inferior do mamilo esquerdo em solidariedade.

O sol já havia realizado seu mergulho noturno em câmera lenta para dentro do lago Ontário: desceu atrás de seu véu azul como uma bola de vidro derretido, de um modo tão lindo que um homem na praia Fairhaven, uma cidade a oeste, decidiu pedir a namorada de menos de seis meses em casamento e um grupo de atores na ribanceira McIntyre, perto do santuário de aves a menos de dois quilômetros dali, interrompeu o ensaio do dia e começou a aplaudir. Agora, o pós-espetáculo está sendo finalizado: a superfície do lago voltou a assumir uma cor brilhante, semelhante a madrepérola, um tom impossível de ser reproduzido com aquarela, um tom de prata arroxeado e efêmero que nem mesmo a Kodak, cuja grande sede fica a uma hora dali, na cinzenta Rochester, conseguiria copiar.

O vizinho mais próximo do velho russo, um ex-professor de religião comparada que mora em um casebre quase idêntico ao dele, a cerca de cem metros da montanha, disse, certa vez:

— Esse pôr do sol foi classificado o segundo mais bonito do mundo.

— Classificado? Quem classifica um pôr do sol? — perguntara o russo.

— Os fotógrafos da *National Geographic*.

— Ah — anuíra ele, fazendo um bico e assentindo.

O professor, que tem um contrato de aluguel longo, pois está realizando uma *magnum opus* ateísta, adora compartilhar esse conhecimento com outros visitantes para vê-los primeiro rejeitar e então aceitar a ideia de que um pôr do sol pode ser categorizado. Como havia se sentido desapontado porque o russo não fez a pergunta que costumava vir em seguida, respondeu mesmo assim.

— O pôr do sol mais bonito acontece no Mar do Japão, voltado para a Rússia.

Agora, o lago espalha tinta de polvo sob o céu, como um hematoma luminoso. O russo quer um cigarro, mas é um desejo fraco, que só surge quando ele bebe e desaparece se ignorado. Ele olha para o cão, para a parte branca de sua cara, que se destaca da preta e do corpo marrom como uma máscara de fantasma de plástico barata.

— Vá buscar um maço de Marlboro, Gasparzinho. Gasparzinho, o fantasminha filho da puta.

Ele pensa na esposa.

Ela dera o nome de Gasparzinho ao cão. Ela havia feito o marido parar de fumar e o ensinado a dizer *filho da puta* corretamente, separando e enfatizando o *puta*, quando antes ele sempre dizia as palavras juntas com ênfase no *filho*.

Essa vontade de uma mulher morta será mais difícil de afastar do que a vontade de nicotina.

Que problema!

A noite está linda demais para se entregar à melancolia de novo. Talvez o professor concorde em jogar uma partida de xadrez? Essa ideia faz com que se sinta entediado: aquele homem sabe conversar, mas não consegue perceber uma armadilha, é preguiçoso demais para pensar além de dois lances e não sabe nada sobre poupar esforço — fala sem parar sobre os Upanixades ou sobre a estupidez de cristãos evangélicos e avança os peões longe demais. Sem falar que a luz brilha em sua careca, em sua barba cheia ortodoxa, e que ele cruza e descruza as pernas dizendo "huh" como se estivesse surpreso ao ver que o centro do tabuleiro, que pensou ter dominado, está se transformando em um matadouro.

Além disso, o velho está aproveitando a brisa da noite e não está a fim de ir a lugar algum.

Pensa em ligar o computador e procurar uma companhia, mas a conexão é lenta, para dizer o mínimo, e esperar até que as fotos do site de acompanhantes carreguem seria um calvário. Além do mais, depois de escolher uma, supondo que possa convencê-la a participar de um encontro em cima da hora num local distante e com um cliente desconhecido, ela terá de vir de Syracuse ou Rochester, o que demoraria duas horas, talvez três. Quem sabe não há prostitutas em Oswego, meia hora a leste, mas ele sente calafrios pensando em como elas podem ser: o perfil, tão mal escrito que até um russo conseguiria corrigir, o levará a uma garota pálida e de rosto comum criada à sombra de uma usina nuclear e engordada com pizza. Ele consegue imaginá-la com as tatuagens feias e os cabelos duros e castanhos, despindo-se de modo desajeitado, fazendo perguntas sobre sua vida e interrompendo as respostas com "aham". Então, depois de dez minutos de uma transa sem graça, ela enfiaria uma das garrafas de bebida na mochila, enquanto ele descartaria o preservativo e se esforçaria para urinar depois do coito.

Oswego tem asas de frango e cerveja.

Oswego não tem garotas bonitas.

Não que ele seja bonito, com a camisa aberta sobre a barriga dura, redonda e bronzeada pelo sol da Flórida, ou com as unhas dos pés que mal se encaixam no cortador, mas um homem não precisa ser um cavalo para comprar outro.

Seu pai dizia essas coisas.

Seu pai viajara sem camisa para Berlim em um tanque e pagara o salário de um mês pelo privilégio de cagar no bunker de Hitler.

Se seu pai estivesse ali, ele chamaria a acompanhante de Rochester *e* a prostituta de Oswego e mandaria a mãe dele comprar cigarros.

E por isso ainda sente amor e ódio trinta anos depois de sua morte.

Ele não vai chamar acompanhante nenhuma.

— Gasparzinho, cachorro filho da puta. Vá nos arranjar uma mulher.

Gasparzinho fecha os lábios negros e geme baixinho, como costuma fazer quando a palavra de ordem *vá* é seguida por algo que ele não entende.

O cão remexe o focinho.

O russo também sente o cheiro.

Podre e forte, como se algo tivesse sido tirado do lago.

Ele estava dizendo como estava agradável a brisa da noite, e agora essa merda.

Será que uma baleia encalhou?

— Não há baleias em lagos — diz ele a Gasparzinho, apontando-lhe com seriedade um dedo gordo. Como o cachorro pareceu não compreender, ele repete a mesma coisa em russo.

Agora, Gasparzinho olha na direção do lago.

Ele balança o rabo um pouco, como faz, em vez de latir, quando um desconhecido se aproxima.

— Pensei ter ouvido russo — diz uma mulher, em russo.

A luz do casebre ilumina a área da varanda até os corrimãos, no alto da escadaria que leva até a praia.

Como se o mundo terminasse com aqueles corrimãos.

À frente, existe lago e noite, tão negros quanto o negro atrás de uma estrela.

— Ha! — diz ele, e então, em russo: — Você ouviu. E eu também. Suba a escada para me cumprimentar.

— Já, já — diz ela, num inglês carregado. — Estou me trocando.

Pela voz, ela parece jovem.

Ele experimenta a leve emoção que um homem sente quando tem certeza de que está prestes a ver uma mulher bonita. Claro que é possível se decepcionar com tais ideias, assim como ela se decepcionará caso pense que ele é bonito, com base em sua voz grossa e grave.

Aquele cheiro de novo.

— Gosta de uísque? — pergunta ele, combinando com o inglês dela, suprimindo o resmungo de velho que costuma emitir quando se levanta.

— Ah, muito — responde a mulher. — É escocês?

— Oban. Você conhece?

— Não, mas o cheiro é bom.

— Consegue sentir acima desse... — não adiantaria dizer besteiras antes de conhecer a personalidade dela — ...outro cheiro?

— Consigo. Tem cheiro de turfa e alga queimada.

— Gelo?

— Por favor.

Ele entra na casa e prepara dois copos, satisfeito com o rumo que a noite está tomando. Olha para o próprio reflexo quase transparente na cristaleira, pensando que não tem uma aparência muito boa. Mas até que não está ruim para seus quase setenta. Caminha para fora de novo, abrindo a porta de tela com mais dificuldade, por estar carregando dois copos cheios.

Ainda não apareceu nenhuma mulher.

Os corrimãos de madeira se destacam, muito iluminados contra a escuridão detrás.

O velho olha para baixo para ver se Gasparzinho ainda está balançando o rabo para ela.

Mas o cachorro sumiu.

Ele apoia os copos e assovia.

Caminha até a escada bamba e desce até a praia, deixando para trás a varanda iluminada, que a cada passo fica mais distante. Pisa na areia que logo abre espaço para pedras, com os olhos se ajustando à escuridão. Tenta apurar o ouvido para escutar o som da coleira de Gasparzinho, o tilintar da medalha — com o nome do cão, a informação sobre o dono e a inscrição *Ajude-me a chegar em casa!* —, mas só ouve o sussurro lânguido do lago Ontário e uma brisa suave sobre os bordos e as bétulas às suas costas.

A sandália no pé acaba dentro de uma poça, que uma parte pré--civilizada de seu cérebro registra como incorreta — a maré não sobe tanto e não choveu —, mas ele segue andando.

— Garota, você não pegou meu cachorro, não é? — pergunta ele, em russo.

Nada. Avança ainda mais para a praia, para perto da água, as pedras lisas contra a sola da sandália.

— Garparzinho? — chama ele, cada vez mais preocupado com o animal, uma preocupação misturada com raiva. Será que a vaca com sotaque do Leningrado pegou seu cão? Existiria um mercado em Nova York para velhos vira-latas que peidam como mães moribundas?

Que problema, pensa ele.

Agora, o homem escuta o tilintar da coleira às suas costas.

Será que o safado está subindo a escada sozinho em vez de gemer para ser carregado?

O velho se lembra do cheiro do uísque e fica feliz por estar voltando a ele.

Sobe, ouvindo o tilintar da coleira dentro da casa.

— Seu safado — diz ele, sorrindo.

A luz quente se derrama vinda das janelas e da porta do casebre.

Ele procura o uísque e só encontra duas marcas molhadas de copo sobre a mesa.

Isso não está certo.

Mais um som parece incorreto, apesar de familiar.

O chuveiro está ligado.

Um sorriso astuto desponta em seu rosto.

A garota. Que brincadeira ela está fazendo? Aquela noite poderá ser muito boa ou muito ruim, mas pelo menos renderá uma história.

Era o tipo de coisa que seu pai dizia.

Ele tira as sandálias, abre a porta de tela e entra. Encontra o chão molhado. Caminha até o corredor e permanece de pé diante da porta fechada do banheiro — Deus do céu, o fedor do lago está ali —, antes de girar a maçaneta. O chuveiro está aberto, e a cortina afastada, mostrando o aparelho enferrujado e o reboco malfeito.

Mas não tem vapor.

A água está fria.

Ele fecha a torneira.

Há um copo vazio dentro da pia, com um fio de cabelo ruivo comprido perto dele. O velho tira o cabelo da pia de porcelana branca e olha para ele — é crespo!

Ao ouvir o tilintar da coleira de Gasparzinho, ele volta para o corredor, com o coração acelerado.

Há uma mulher ali, pálida e nua, com pesados e molhados cabelos castanho-avermelhados caindo pelos ombros e seios. Os olhos do velho descem para a coxa e o umbigo dela: abaixo há um monte de pelos encaracolados que levam ao tipo de embaraço que não se vê em jovens hoje em dia, a não ser em sites especializados na internet.

O segundo copo de uísque pinga na mão dela.

Com o dedo indicador da outra mão, ela faz a coleira tilintar. Mais precisamente a coleira de Gasparzinho, que ela usa no pescoço.

O homem alterna entre o choque, a preocupação, a raiva e a surpresa agradável tão precipitadamente que, ao falar, parece velho e transtornado:

— Onde está a porra do meu cachorro?

— Ajude-me a ir para casa — diz ela, mostrando dentes amarelados e verdes que não combinam com uma menina de Primeiro Mundo. — Isso é muito bom, Misha.

O cheiro que está impregnando sua casa vem dela, talvez daqueles cabelos molhados e grossos, talvez até da boca ou da vagina. Como algo tão bonito pode feder tanto?

Ele percebe como ela é cheia de cicatrizes e de músculos, como seus membros são fortes.

— Você não o machucou, certo? — pergunta, em russo.

— Você vai me beijar agora, mesmo que eu tenha feito isso — responde ela em inglês, aproximando a boca de dentes feios e lábios belos.

Ele pensa em se afastar, mas não se afasta.

Algo naqueles olhos o deixa paralisado.

Eles são muito verdes.

Os lábios dela são frios.

Ele tenta se afastar, mas a mão dela já encontrou sua nuca, controlando-a como quer. A boca do velho está preenchida por uma língua fria, de modo que não consegue gritar.

Atrás dela, ele vê o cão sem coleira sair da cozinha, se espreguiçar e balançar o rabo devagar, sem saber o que pensar da cena no corredor.

Quando ela arrasta o velho russo escada abaixo até o lago, o cachorro segue, até mesmo na escada. Ainda assim, acompanha apenas até a beira da água e fica andando de um lado para o outro enquanto a mulher, que não tem cheiro de mulher, empurra a cabeça de seu dono para dentro da água.

O velho se debate, mas ela o mantém submerso com facilidade.

O vira-lata tem um quê de beagle muito forte que o faz uivar.

Auuuuuuuu!

Ela uiva de volta de modo brincalhão até mergulhar na água e o cachorro ficar sozinho.

PARTE UM

BEM-VINDO À CASA DOS ESPÍRITOS
CHRISTOPHER BUEHLMAN

1

Isto é o que Andrew faz na reunião dos Alcoólicos Anônimos.

Ele fala quando é sua vez de falar.

Ele traduz as coisas de Deus na mente para fazer sentido para ele.

Ele se esforça para que as pessoas novas saibam que está escutando o que elas dizem — ele incentiva o discurso quando diz: "Oi, [pessoa nova]" e "Obrigado, [pessoa nova]", e faz o melhor que pode para não categorizá-las em "vai voltar" e "não vai voltar", porque isso parece meio maniqueísta e preto no branco demais para ele — e, se tem uma coisa que Andrew Ranulf Blankenship não é, é preto no branco.

Ele é a imagem da visão calma de áreas cinzentas.

E se ele às vezes pensa *Aquele cara só está aqui por causa do curso de reciclagem de direção defensiva* ou *Ainda hoje aquela mulher vai parar no estacionamento do Driftwood Bar and Grill e hesitar três vezes até sair do carro e entrar com a cabeça baixa*, ele se repreende depois.

Quem é você para colocar rótulos?

O que você sabe sobre as coisas, seu espertalhão?

Se visse alguém como você entrando, por acaso saberia o que acham? Poderia haver dois de você nas redondezas dessa igreja presbiteriana do interior? E como se sentiu quando todos olharam para você quando entrou pela primeira vez por aquela porta? Será que alguns não estavam pensando Provavelmente não passa de uma bicha, *e outros,* Deve ser da cidade, com esse cabelo?

Não que pessoas novas cheguem com frequência ou sejam tão novas assim. A mulher que provavelmente vai ao Driftwood compra legumes no Orchards — Andrew já a viu com sua cabeleira ruiva meio desbotada ao lado do filho de cabelos curtos, que puxa a manga da blusa da mãe e resmunga como se tivesse dois anos a menos do que aparenta. Já o cara do programa de direção defensiva, ele não sabe, mas saltou do banco de carona de um Lexus enquanto Andrew fumava com os amigos.

Volto aos fumantes daqui a pouco.

O cara da direção defensiva provavelmente encontrou a reunião em Rochester em uma busca na internet e saiu de casa para garantir que a parte sobre o "Anônimos" do AA seria verdade.

Parece um corretor de imóveis, talvez um vendedor de carros de uma montadora que faliu. Deve ser um dos últimos de pé, sobrevivendo com seu costume de beber martíni, que estendeu dos três copos, após o trabalho, para quatro. Com certeza pensou que ia apenas receber uma multa quando o policial jovem-o-bastante-para-ser-seu-sobrinho disse: "O senhor andou bebendo?". Aí o coração disparou, e ele deixou escapar um pouco de urina na calça cáqui e experimentou o primeiro par de algemas. Quando passarmos o cesto, ele vai dar uma de esperto e vai dobrar a intimação de ir à reunião dentro de uma nota de dólar. Ele vai usar uma de cinco porque quer mostrar que está bem. E então o cesto vai voltar para ele flutuando sem nada dentro, apenas com a intimação assinada e vai chegar a ele como um pombo-correio. Ele vai pegar a intimação de modo modesto e guardar no bolso. Nada de discrição. Prefiro o cara da direção defensiva que joga o papel como uma dama para fechar no vinte e um, de modo desafiador, PRONTO, que se foda todo mundo, fiz os PONTOS.

Estou fazendo de novo.

Mente a todo vapor, não dou a mínima.

Vamos, cara.

Então, Andrew pisca os olhos preguiçosos e ouve o porta-voz da noite (Oi, Bob!) falando sobre humildade e, só por diversão (e exercício — o exercício nunca deve parar), diminui as luzes presbiterianas acima das amareladas telas presbiterianas, para antes de Bob perceber, e então volta a torná-las mais fortes, parando antes de alguma delas estourar.

Chancho e Anneke olham para ele.

Chancho, o chefão, e Anneke-Gaita.

Com Andrew, eles formaram o trio de fumantes presente quando o cara da direção defensiva saiu do Lexus.

Chancho olha para Andrew de um modo católico mexicano culpado do tipo pare-de-enrolar, porque ainda que seja um Deus *guero*, aquela ainda é a casa de Deus e você tem sorte por Ele não acabar com você por ser um *brujo*, para começo de conversa.

Anneke, que quer ser e será uma *bruja* porque está aprendendo com Andrew, olha para ele de soslaio, como se não tivesse certeza de que a fonte daquele fenômeno fosse seu professor. Os olhos arregalados de Andrew não revelam coisa nenhuma. Como quem não quer nada, ele divide o coque em estilo samurai, sabendo que faz aquilo para Chancho pensar que ele está distraído demais para mexer nas luzes e para que Anneke saiba que ele está mexendo nas luzes.

Ela gostaria que ele fosse uma mulher.

Ele gostaria que ela gostasse de homens.

Chancho gostaria que a reunião já tivesse terminado para poder ir para casa comer mais um prato das enchiladas *moles* da esposa e assistir a uma hora de UFC na Spike.

A única reclamação específica de Andrew a respeito desse grupo é que eles fazem mais reuniões religiosas do que o normal. Algo esperado em um fim de mundo como aquele. Ao menos, melhor do que as sombrias congregações religiosas e as rixas constantes entre diáconos pregadores do apocalipse e punks relapsos e consumidores de mata-ratos.

Durante a Oração ao Senhor, de mãos dadas, apenas Anneke e Andrew ficam em silêncio. Aliás, os dois se aproximaram por esse agnosticismo em comum. E pelo fato de que, à exceção de Laura (Oi, Laura!), talvez uma candidata a Miss Nova York em 1999, eles são as duas pessoas mais empiricamente atraentes na sala, deixando de lado as preferências sexuais desalinhadas (as dela, não as dele).

2

Andrew e Anneke dirigem até um Dunkin' Donuts, tomam café (o dele com leite, o dela escuro como o bico do corvo) e seguem a Oswego para jogar sinuca no boteco de frente para o mar. Embora os dois já estejam sóbrios há bastante tempo, ainda não se sentem à vontade em um bar. No entanto, gostam demais de sinuca — o suficiente para tolerar a clientela, ao menos. Nos vinte anos desde que Andrew passou a morar em Dog Neck Harbor, perto dali, volta a Oswego com frequência para fazer as coisas que uma pessoa busca na cidade quando mora em uma vila — e sinuca e boliche estão entre essas coisas. Porém, ele nunca entendeu os habitantes de Oswego.

Oswego fere um pouco seus sentimentos, com os prédios de tijolos à vista na orla ainda cheios de anúncios de cem anos atrás (*Aproveite a refrescante Coca-Cola! Ainda contém cocaína!*) desperdiçados com sua estética debilitadamente juvenil. Com apenas um pequeno atrativo artístico, só uma pitada de toque intelectual, somente uma faculdade importante, essa cidade poderia ter sido uma pequena Amsterdã, uma Ithaca de frente para o mar. Mas... não foi.

Nos últimos vinte anos, Andrew tem visitado o lugar, observando a cidade aniquilar quase todos os bons restaurantes que nasceram ali. Bistrôs franceses, rodízios indianos, padarias rústicas hippies, pequenos estabelecimentos. E os nomes... Casa Luna, The Coach House, Wahrendorf's Diner, o Little While. Ah, o fechamento do Little While foi uma punhalada. A marinada de frutos do mar dava para três: era tão carregada no alho que pedaços ficavam presos ao garfo e tinha tantos frutos do mar que era preciso deixar de lado o camarão e o peixe para chegar aos mexilhões e, então, ao abrir um mexilhão, havia dentro mais camarão e peixe.

E as panquecas no Wahrendorf's.

— Maldito Wahrendorf's — comenta ele, com ênfase no *maldito*. Ele encaçapa uma bola de cor sólida e uma listrada.

— Maldito Wahrendorf's — concorda Anneke.

Um cara de bermuda larga, regata e boné (vinte anos e o guarda-roupa de um morador típico de Oswego não mudou, assim como continua intacta a preferência por frituras simples e bares com temática esportiva) se aproxima da mesa de sinuca com setenta e cinco centavos na mão, mas Anneke joga seis moedas de vinte e cinco na mesa e lança um olhar que faz com que ele se vire e caminhe em direção à jukebox. Andrew o ignora e volta os olhos para a tarefa de encaçapar mais duas bolas.

O rapaz volta para onde estão os amigos, que também usam regatas e bonés, arrancando deles gargalhadas altas. Andrew parece pequeno e exótico demais para ser agredido e Anneke parece ser capaz de dar um belo soco.

Não havia glória nenhuma nisso.

— Tenho pensado em seu sobrenome do meio. Por que Ranulf?

Encostado na mesa, prestes a dar uma tacada rápida em uma bola no canto, ele para e pensa em seu ancestral.

— Quer dizer, pelo que você me disse sobre seus pais, não imagino um sobrenome de rei como esse.

Andrew imagina Ranulf Blenkenshope, o primeiro protótipo dos Blankenship de que se tem notícia, arrumando pilhas de pele de carneiro perto de uma choupana cheia de fumaça, onde uma esposa mexe a comida *blanken* borbulhante que vai manter o casal alimentado ao longo de mais um inverno do século XIII em Northumberland.

— Era Randolph. Eu mudei quando estava na faculdade. Por diversão. — Ele erra a tacada, com a concentração dividida. — E quem é Anneke Zautke para falar de sobrenomes? O seu dá a impressão de que você deveria calçar tamancos.

Repentinamente curioso para ver o que ela está calçando, Andrew olha para as sandálias dela e vê o esmalte verde das unhas dos pés meio lascado. O formato dos pés de Anneke é bonito. Tudo nela tem um formato bonito. Sem falar que ela se veste bem, e não apenas para uma lésbica.

Ela odeia essa palavra.

3

— Eu odeio essa palavra — dissera ela. — Parece meio fria.
— E é — confirmou ele, levando um soco dela bem entre os músculos mirrados do braço.
Com força.
Aquela tinha sido a noite em que tentaram ser amantes pela primeira vez. O filme havia terminado, assim como a bruschetta preparada por ela — sobrando apenas as folhas de manjericão e o queijo ralado secando no prato. Ela beijou Andrew mais por solidão do que por tesão, até que por fim o levou para a cama para uma brincadeira consciente, que na maior parte do tempo provocou risadas entre eles, principalmente na hora de colocar a camisinha.

Agora, eu, Ranulf, rei dos bretões, empunho minha arma, ataco (sem esmorecer) (uma ajudinha, por favor) (ah, Excalibur!), e ataco de novo, como é meu direito.
Cale-se e faça logo, se é mesmo que vai fazer.
Pois não, senhorita.

Estava claro que o amor que ela sentia por ele estava acima da linha da cintura, e sempre estaria, por mais feminina que fosse a estrutura corporal de Andrew ou por mais exóticos que fossem os perfumes em seus cabelos pretos compridos. Seu odor mais profundo era masculino, seus ângulos marcados demais, sua língua grande demais dentro da boca da moça.
Andrew sabia que poderia usar feitiços para fazer com que ela morresse de amores por ele, e daria resultados: quanto mais longe a pessoa estivesse do desejo verdadeiro, mais efeito o feitiço causaria. Suicídio, insanidade e doença eram frutos a longo prazo do abuso do amor, fossem por meios mágicos ou não, como muitos tinham escrito e pouquíssimos acreditado.
Andrew acreditava.
Já tinha visto o que acontecia com aquelas que o amaram por mais de duas décadas desde que foram bicadas pelo corvo da bruxa.

Sarah.
Anneke ficaria a salvo do bico do corvo.
A maldição que matava aquelas a quem Andrew amava e que também o amavam.
Ela não o amaria e, se ele a amasse, o sangue seria derramado.
Acho que Papillon *foi o filme errado para tentar seduzir você.*
Talvez não. Você trepa como se tivesse um rolo de dinheiro enfiado na bunda.
Espera aí, pensei que eu fosse o Papillon, não o Dustin Hoffman.
Você é o Dustin Hoffman.

4

Anneke havia feito duas esculturas dele.

A primeira representava Andrew vestindo seu roupão japonês, sentado com os cotovelos apoiados nas coxas, a cabeça levemente inclinada para um lado, como um *Pensador* boêmio, ou assim ela o fizera.

A escultura ficava na mesa ao lado da cadeira de fumar e a cadeira ficava de frente para o lago, inclinada sobre o cinzeiro de osso de camelo que o pai de Anneke, um piloto de submarino, havia trazido do Egito. Às vezes, ela enfiava um incenso no espaço entre o braço e a coxa da estátua, queimando-o de modo que a fumaça envolvesse a cabeça da escultura. Porém, na maior parte do tempo, ela só fumava seus Camel Lights e observava o pôr do sol, as tempestades ou as ondas batendo nas estranhas figuras de gelo que emolduravam a praia no inverno. Andrew gostava de saber que uma versão em miniatura de si fazia companhia a ela.

A segunda estátua era maior, em tamanho real, nua, e tão real que ela conseguiu vender por quatro mil dólares em uma exposição de arte em Ithaca. Ficou com ela por menos de um mês, pois, como precisava de dinheiro e não a venderia a Andrew porque a oferta que ele fez mais parecia uma esmola, quis ver o quanto conseguiria do bolso de um desconhecido.

E foi assim que um sujeito de Toronto levou para casa a melhor estátua de Anneke — a representação de um dos magos mais poderosos dos Estados Unidos, nu em argila branca — e colocou em seu porão, perto de uma mesa de sinuca de feltro vermelho.

O nome da obra era *Despreocupação*, e o canadense nunca mais perdeu uma partida de sinuca sob o olhar entediado e petrificado de Andrew, mesmo quando enfrentava jogadores muito melhores, e também nunca entendeu o porquê.

5

Anneke não foi feita para interiores: existe algo menor, algo enclausurado e errado em sua presença no bar ou em qualquer lugar em que ela se encontre debaixo de um teto.

Ela é grande demais para os espaços.

A mente de Andrew prefere imaginá-la ao ar livre, fazendo algo com madeira ou esculpindo com argila e lama; os cabelos loiro-escuros começando a ficar grisalhos e absorvendo a luz do sol; se estiver usando um martelo, os braços fortes ganhando um bronzeado; se estiver esculpindo à mesa do lado de fora, o jeans ficando sujo nas coxas, onde esfrega as mãos. Sem falar que ela não se senta, mas fica dando voltas na criação em sentido anti-horário, enquanto lhe confere forma e nome.

Atravessando o gramado, ela tem o ar de uma leoa cujo parceiro não deveria estar dormindo em seu espaço preferido.

Andrew soube que a amava assim que viu a luz do sol banhando Anneke.

Isso tinha acontecido dois anos antes.

Permitiu-se amá-la porque sabia que ela não o amaria.

6

Anneke Zautke saiu da prisão há seis anos e está sóbria há oito meses, na maior parte do tempo. Ela comprou sua estranha casinha próxima ao lago para ficar perto o suficiente para visitar o pai, muito doente, em uma pequena cidade do México,

Leucemia? Você vai morrer?
  Em algum momento.
  Não é justo, pai. Você acabou de... se aposentar.
  Eu era piloto de submarinos nucleares. Ninguém me obrigava a fazer isso. Ninguém me obrigava a trabalhar no reator. Merdas acontecem.

mas longe o bastante de Oswego e Syracuse, para não ver ninguém que conhecia antes.

Ela ganha dinheiro vendendo estátuas e canecas de porcelana em exposições de arte e feiras medievais. Sua casa, como a de Andrew, é difícil de encontrar.

As pessoas que gostam de perturbar agressores sexuais terão um longo e sinuoso caminho até a propriedade de Anneke. Ninguém tentou até o momento, mas ainda faltam doze anos para que o nome dela desapareça do registro.

Shelly Bertolucci tinha dezesseis anos.

Shelly ficou tão aliviada por encontrar outra pessoa em Oswego que amava como ela amava que não se importou com as consequências.

Mas as consequências podem não ser iguais para todos.

As consequências eram uma coisa para Shelly e outra bem diferente para a bela e jovem professora de arte recém-formada na Cornell que a apresentou ao vinho cabernet, a Rodin, a Edith Piaf e a seus trinta primeiros orgasmos.

Anneke Zautke recebeu pena máxima de quatro anos por estupro de vulnerável e corrupção de menor. Mesmo com o esforço exaustivo de seu advogado.

Ela usava aparelho quando começou, certo?
Sim.
Sempre que você pensar em se sentar firme e empertigada, fazendo aquela pose de Marlene Dietrich, lembre-se de que eles vão mostrar ao júri fotos de uma menininha de aparelho.
E daí, idiota?
Sente-se como alguém que sabe que fez sexo com uma menininha de aparelho nos dentes.
Me mostre como é.
Você vai ser engraçadinha assim com garotas que atiraram em pessoas?

Anneke não conseguiu demonstrar remorso, porque a verdade era que não se sentia arrependida de nada.
Ela gostaria de ter tido alguém para amenizar sua passagem pelo purgatório de uma adolescência homossexual na região centro-oeste do estado de Nova York e sentiu disposição para fazer o mesmo por Shelly, como questão de honra.
Anneke também vinha bebendo uma garrafa e meia de vinho por noite e se automedicando com cocaína e antidepressivos, que comprava on-line da Índia, então sua capacidade de discernir entre permissão e exploração era...
Duvidosa.

Quando mostrarem as fotos do aparelho, vão mostrar algumas das esculturas que Shelly fez em aula?
Por quê?
Porque não são ruins. Ela começou a... se desenvolver. Artisticamente.
Por que estava transando com você?
...
Na verdade, sim.

7

Andrew leva Anneke para casa.

A grama está crescendo depressa agora que o verão chegou para valer, e as estrelas ali dão um show.

Ele dá a volta no carro e abre a porta do carona. O veículo é um Ford Mustang 1968, por isso a porta é pesada e as dobradiças rangem. Ela permite que ele faça isso — é seu ato de cavalheirismo com ele.

— As estrelas — diz Andrew.
— Sim.
— Tenho algo para você. Está no porta-malas.
— É um cachorrinho?
— Bem, na verdade, é um basilisco, então não olhe nos olhos dele.
— O que é um basilisco?
— Algo que você não deve olhar nos olhos.

Ela sai para acender um cigarro.
— Ainda não.

Ela deixa o cigarro pendurado nos lábios, enquanto ele abre o porta-malas e tira algo do tamanho de um livro, embrulhado no papel de presente oriental da loja de cartões em Oswego.

— Você embrulha muito mal.
— Só tento fazer isso quando me importo.

Ela gosta disso.

Ela puxa um canivete do bolso e corta o embrulho, e o cigarro salta no estilo Franklin Delano Roosevelt, porque ela está sorrindo como uma menininha. Porque ninguém dá presentes como Andrew Ranulf Blankenship.

Fazendo Pedras se Moverem
— Incluindo a Ressuscitação da Matéria Viva
Transformada em Mineral
Michael Rudnick (1990)
Orville Hephaestus Yeats (1867)

O livro tinha uma capa vermelha, letras pretas e folhas mal coladas. Alguém devia fazer aquilo em casa ou talvez com a ajuda do escritório da FedEx. Ela folheia, estreitando os olhos sob o luar. O texto tem dois terços de páginas fotocopiadas da caligrafia do século XIX e um terço mal datilografado em uma Smith Corona: impossível de ler na luz fraca, embora provavelmente não fosse tarefa fácil mesmo sob uma lâmpada forte.

— Um grimório.

— Os originais são mais fortes, claro, mas é por isso que não têm preço. Com estudo e prática, você pode conseguir fazer alguns truques, principalmente coisas de Rudnick. Ele também começou como oleiro, trabalhando com argila e pedra, como você faz, e deveria ter uma intuição em relação ao ponto certo.

— Consegue fazer as coisas desse livro?

— Não com muita facilidade. Nem bem. Mas eu nunca me esforcei muito nessas artes. Não são a minha especialidade.

— Como conseguiu o livro?

— Com a minha especialidade.

Ela sabe a resposta mesmo quando pergunta. Eles raramente compram alguma coisa. Eles trocam. São como uma verdadeira comunidade, espalhada pelo mundo, cujos integrantes se conhecem pela reputação, e agora, graças à internet, podem se comunicar em tempo real com a resposta (e o desenvolvimento) da ciência para a bola de cristal. Sem dúvida, Andrew realizou um ato de necromancia (falando com os mortos por meio da mídia captada enquanto eles viviam) para outra pessoa como ele, recebendo como recompensa o livro.

Como ele.
Um bruxo.
Mas ele odeia essa palavra.

8

— Obrigada pelo livro, grande bruxo.
— Odeio essa palavra. Parece meio fria.
— E é.
Ele imitou o soco no braço dela.
— Então, como devo chamar você?
— Não existe uma palavra boa para isso. A maioria de nós diz *usuário*. Mas parece coisa de viciado.
— *Usuário* de magia?
— Isso parece que veio do *Dungeons and Dragons*.
— Ah. Nunca joguei.
— Eu já.
— Não acredito, um pateta como você... Mas falando sério, como devo chamar você?
Ele pensa. Brinca com o coque de samurai.
— Gosto de *mago*.
— Parece pretensioso.
— Eu sei. Mas é melhor do que *bruxo*. *Mágico* é um cara com uma cartola que faz truques. *Brujo* não é ruim, mas Chancho faz uma careta quando diz isso. Um bruxo. Indo para o inferno. Em comunhão com os demônios.
— Mas você vai, não vai?
— O quê? Não!
— O que é aquilo perto dos trilhos do trem?
— Não é um demônio.
— O que é, então?
— Uma... entidade.
— Que você conjurou para fazer o seu lance, mas ferrou com tudo e agora ele não vai mais embora. Parece um demônio.
Andrew não diz nada.

9

(De uma conversa no MyVirtualAA Forum, junho de 2012)

FLORIDACHICA: Ouvi falar sobre algo chamado "bêbado controlado" mais de uma vez. Alguém sabe o que é?
BRUTUS: Um bêbado controlado é alguém que acha que suas m***** não FEDEM.>>>>>>>>>
MIKETINFOIL: É meio exagerado, mas o BRUTUS passou a ideia certa. Um bêbado controlado é alguém que ainda precisa saber o que o álcool pretende tirar dele e tenta fingir que consegue parar quando quiser. Não consegue dar o braço a torcer. Provavelmente vai parar de ir a reuniões, se tornar relapso etc.
WOOKIE: Um bêbado controlado é que nem o meu pai, que tá na terceira esposa e não sabe que as coisas que diz quando tá "alto" são o motivo de sempre levar um pé na bunda e também o motivo pra eu sair correndo de casa — só porque ainda tem um emprego e não foi preso, ele acha que consegue segurar a onda.
PAULAQ: Wookie, seu pai está no AA?
BRUTUS: As pessoas têm um MONTE de m**** e é dessa perda HARDCORE que eu tô falando. A gente tem reuniões pra quem chegou no fundo do poço aqui. Essa m**** acontece com muita gente. As pessoas acham que estão bem CEDO demais e se FERRAM>>>>>>>>
WOOKIE: Não. Por isso disse bêbado, não alcoólatra.
ICHTHUS70: Acho que existe muita confusão a respeito do que é um bêbado controlado e muitas pessoas com bêbados assim ficam (compreensivelmente) irritadas porque tiveram que passar por coisas horrorosas até eles conseguirem "entender". Todo mundo em recuperação tem algo em comum: a percepção de que sua vida saiu do controle, seja lá o que isso signifique. É como Mateus 20:1-16. Os trabalhadores eram chamados em momentos diferentes do dia e todos recebiam um denário ou centavo. Aqueles que chegavam cedo ficavam bravos porque quem chegava tarde recebia a mesma coisa. O AA é igual. Independente de você ter batido o carro e matado pessoas ou só aparecido com pressão alta por ter bebido, você descobriu que não conseguia se controlar, por isso foi ao programa. E você

recebeu o mesmo denário ou centavo. Você ficou limpo. Nada mais, nada menos. Dê uma olhada no meu chapa Ranulf. Ele encheu a cara com um vinho bem caro (o único tipo que bebe) e chamou algo que batizou de "entidade" (mas é um demônio, na verdade). Como ele estava bêbado, o feitiço para mandar a coisa de volta deu errado e, apesar de ter certo controle sobre isso (quanto maior a ordem, maior a chance de a coisa conseguir desobedecer — quanto mais desobedece, mais PODE desobedecer), o demônio vive de modo mais ou menos independente em uma caverna perto da casa dele. Mas ele parou de mexer com mágica? Não. Ele parou de beber! LOL!

PAULAQ: Você tá mesmo dizendo que existe um demônio numa caverna próxima? Isso aqui é uma discussão séria, ninguém aqui está de piadinha. Apesar disso, gostei da primeira parte do que você disse, Ichthus70.

BRUTUS: F******* os seus demônios, p****. Se você quer DEMÔNIOZ, a gente tem um monte nas reuniões dos fracassados.>>>>>>

ICHTHUS70: Não, é um demônio mesmo. Como em "nós somos Legião". E, Brutus, percebi que você gosta de incluir o símbolo de "maior" depois do que posta, mas a quantidade varia. Por exemplo, suas três respostas tiveram 9, 8 e 6 símbolos de >. A intensidade tá diminuindo ou você usa uma fórmula óbvia e mais complexa apenas com os seus amigos idiotas?

RANULF: Como você conseguiu um computador?

WOOKIE: Não gosto quando as coisas entram na religião. A gente pode voltar ao assunto? E eu achei que um bêbado controlado era alguém que

ICHTHUS70: Eu sei o que você pensou, Wookie. Mas você tá enganado. Assim como tá enganado em relação à irritação na bundinha da sua namorada. Na verdade, aquilo *é* herpes tipo 2, e você agora é portador. Apesar de ter a sorte de não manifestar os sintomas, vai passar o vírus para um parceiro para cada > que o BRUTUS usar no texto.

WOOKIE: Como você me interrompeu?

PAULAQ: Cadê o moderador?

RANULF: Saia da sala, Ichthus70.

BRUTUS: Pensa que é ESPERTO, mas EU NÃO TE CONSIDERO ESPERTO. NEM ENGRAÇADO>>>>>>>>>>

ICHTHUS70: Olha, BRUTUS, são mais dez moças infectadas na região de Baltimore. @Wookie: Se eu contasse, teria que te matar. @Paula:

O moderador passou por uma narcolepsia pela primeira vez, mas ele deve fechar isto aqui em três minutos. @Ranulf: isso é uma ordem?
    Ranulf: É.
    Floridachica: lol Eu moro em Baltimore também. Quem é você, wookie? Melhor que não seja quem eu acho que é ;)
    Ichthus70: Protocolo, senhor.
    Ranulf: Eu, Andrew Ranulf Blankenship, ordeno a você, pelas condições de sua entrada nesta esfera e pelo poder de
    Ichthus70: Meu pau enorme
    Ranulf: tais elos, como eu mostrei a você, que pare imediatamente
    Ichthus70: de mostrar minha jeba gigante
    Ranulf: saia desse fórum e não use a internet
    Ichthus70: (Cuidado!)
    Ranulf: por um período de 40 dias e 40 noites.
    Ichthus70: Como quiser ☺
    BRUTUS: F******, baltimore!>>>>>>>>>>>>>>>>>>>>

10

Anneke se apoia no carro ao lado de Andrew e quase encosta seu quadril no dele.
    — Então, se eu ficar boa nessa coisa...
    — Sim.
    — Se eu me tornar uma *iluminada*, como você diz...
    — Você *é* iluminada.
    — Mas se me desenvolver.
    — Sim.
    Eles estão próximos o bastante para se beijar e provavelmente se beijariam — o clima entre os dois é forte —, se já não tivessem explorado aquele beco sem saída. As estrelas continuam cantando, baixinho, estraçalhando corações.
    O motor 302 inteiro esfria e se prende sob o capô do Mustang.
    — Também vou atrair alguma coisa estranha?
    Um vento frio silencia as árvores.

Andrew volta os olhos amendoados para cima e observa o firmamento. Como se dissesse *veja por onde corre o sangue de Cristo*. Como em *A Trágica História do Dr. Fausto*, de um tal de Christopher Marlowe.
Que também brincou com.
Fogo.
Atraiu coisa estranha.
A faca de um assassino em seu cérebro insubstituível.
Um satélite passa, um grão claro de pó de pirlimpimpim, uma segunda mão substituindo a mão rápida de um avião distante e mais abaixo. As maravilhas que uma pessoa vê pelo preço de um inclinar de cabeça, um segundo de humildade e presença.

— A entidade veio porque eu a invoquei usando um livro de feitiço muito perigoso, que me alertaram para não usar.

Puxa! Isso é o inferno, mas não estou fora dele.

— Mas você atraiu outras coisas. Salvador, por exemplo.
— Eu criei Salvador.
— Eu sei. Mas tem aquela moça lá. Do lago. A sereia morta.
— Ela não é exatamente uma sereia.
— Você disse que ela tem cauda.
— Na água.
— Não é uma sereia?
— Não a do tipo que você está pensando.
— Mas ela morreu.
— Ela morreu.
— Só que não de verdade.
— Ela voltou com uma cauda.
— Já vi ela aqui, sabe.
— Tem certeza?
— Se tenho certeza? Ela cheira a boceta de peixe.
— A gente se acostuma.

Anneke ergue uma sobrancelha para ele como quem diz *É mesmo? Então você está fodendo ela?*, e ele fecha os lábios e pisca os olhos duas vezes, respondendo *E se eu estiver, minha sáfica incomparável?*

— Eu avisei a ela para não perturbar você.
— Bem, avise de novo. Eu vi aqueles olhos de fuinha nas árvores mais de uma vez e ela deixa aquele cheiro horroroso. Ela me assusta de verdade. Qual é a palavra, mesmo? Para o que ela é.
— *Rusalka.*

— É melhor que ela não esteja bisbilhotando aqui tentando causar um acesso de ciúme em mim ou algo do tipo. Porque (a) não tem nenhum motivo para sentir ciúme...
— Bem, nenhum motivo já é motivo demais.
— *Nenhum motivo* para sentir ciúme e (2)...
— (b).
— Certo, (b) não estou aqui para brincadeira.
— O que isso quer dizer?
— Vamos esperar que roosalsa não descubra.
— *Rusalka*. Como em "uma *rusalka*". Plural: *rusalki*. E o nome dela é Nadia.
— Que bonitinho. Eu costumava dar nomes a meus peixes também.
— Faça-me um favor e nunca a contrarie. Ou a ameace.
— O que devo fazer se ela estiver andando pelo meu quintal?
— Apenas... Bem...
— Conversar com ela, sei.
— Só não se aproxime da água se ela estiver por perto. Não deixe que ela convença você a chegar perto da água. Se ficar com medo, ligue a calefação. Ela odeia calor.

Com uma cara séria, Andrew encara Anneke, que pergunta:
— Ela é perigosa?
Andrew não responde.

11

— É que eu estava nadando e ouvi alguém falando russo. Não consegui resistir. Adoro falar russo — comentou Nadia.
No dia seguinte.
Na casa de Andrew.
— O que você fez com ele?
— Levei para o navio, claro, com os outros.

O homem enrola os cabelos escuros e longos em um coque, prendendo-o com um ramo de cerejeira com duas forquilhas, no estilo dos samurais.

— Pensei que você tivesse concordado em só fazer isso mais longe.

Ela assente com seriedade, brincando com o colar de três camadas de conchas, ao qual adicionou a medalha da coleira do cão.

Ajude-me a chegar em casa!

— Estamos em junho, entende? — diz ela. Andrew sabe que Nadia está se referindo ao festival de Rusal'naya, quando as irmãs dela dançam nos campos e nas estradas polonesas que levam aos montes Urais, atraindo jovens para mortes insípidas. — Não posso responder por mim.

— *Não consigo*, você quer dizer. E a questão do russo não é desculpa. Eu falo russo. Você deveria falar comigo.

— Não — corrige ela, erguendo um dedo pálido —, você lê em russo. Quando começa a falar, acontece de modo involuntário. Com um fedor de Ohio.

Ele sorri ao ouvir aquela palatalização eslava do *h*.

— O que você sabe sobre Ohio?

— Conheço Geneva-on-the-Lake. Conheço o lago Erie.

— Isso fica na Pensilvânia.

— É a mesma coisa.

Ele se levanta do sofá e vai até a janela com vista para o lago, virando as costas para ela, os ombros rígidos, como se o roupão japonês antigo estivesse pendurado em um cabide de madeira inclinado. Ela não consegue ver o rosto de Andrew, mas sabe que ele está sorrindo para a escuridão no horizonte. Uma tempestade se aproxima, e ele gosta de tempestades, sobretudo daquelas rajadas de vento de junho que se formam tão depressa que chegam a envergonhar os meteorologistas. A tempestade vai chegar à orla dentro de uma hora, trazendo consigo o ar canadense, e ele irá até a varanda vestindo a jaqueta de couro.

A jaqueta com os cigarros no bolso.

— *Não é* a mesma coisa — diz ele, imitando o sotaque dela.

— Me dá um cigarro? — pede ela.

— Você sabe onde está o maço.

— Eu sei. Só queria ver se você havia se tornado um cavalheiro. Mas você continua sendo de Ohio.

Ela se levanta, procura no bolso da jaqueta de couro pendurada perto da porta e puxa o maço amarelo de American Spirits, batendo-o contra a própria mão para facilitar a retirada dos cigarros. Não importa que ele já tenha feito isso. Ela refaz tudo para mostrar que pode ser melhor. Ela retira e acende um, franzindo a testa, como se não conseguisse acreditar que algo que vive (ou existe, se preferir) no fundo de um lago pudesse precisar de tabaco.

— Eu sinto sua... desaprovação — diz ela. — Tem mais alguma coisa a dizer?

— Você sabe muito bem o que seria.

— Que você odeia quando afogo eles.

— E você vai responder que nada lhe dá mais prazer do que afogar alguém, e que esse prazer vai durar por mais de um mês. E que, além disso, faz parte de sua natureza.

— E você vai me mandar ir até Oswego para fazer isso. Ou até Rochester. Ou até o Canadá.

— Mas o Canadá é looonge demais para nadar e vou sentir saudade — diz ele, imitando o sotaque dela de novo.

Andrew pega o cigarro dos lábios dela e traga, ignorando o gosto de peixe, como aprendeu a fazer tão bem em outras situações. Ela puxa o cigarro de volta e apanha a garrafa cheia de água do lago, umedecendo os *dreadlocks* ruivos até pingar.

— Então você vai perguntar — continua ela, lançando cada uma das palavras com a baforada do cigarro — O. Que. Você. Fez. Com. O. Cachorro?

— Você não comeu o coitadinho.

— Eu queria. Ele era velho mas gorducho, com um bom naco de carne nas coxas. No entanto, eu sabia que você ficaria chateado.

— Então, você comeu o cão e decidiu mentir para mim a respeito.

— Não consigo mentir para você.

— Você não conseguiria mentir para mim e sair impune.

— É a mesma coisa.

— Não é a mesma coisa. É questão de intenção.

— Eu deixei o bicho no mesmo lugar. A porta estava aberta. Ele pode ficar do lado de fora, pode ficar do lado de dentro, depende dele. Alguém vai encontrá-lo. Quem sabe até você... Por acaso você não quer a porra de um cachorro velho?

— Salvador não gostaria dele.

— Não — concorda ela.

Ele acende o próprio Spirit, dá uma longa tragada e exala devagar, lábios fechados, olhos fechados, deixando a fumaça sair de seu nariz de modo sofisticado.

Veneno.
Tudo de que gosto está ligado à morte.
— Você já teve a sensação de que algo aconteceu, algo fora de seu controle e talvez de sua compreensão, algo que vai desencadear uma série de acontecimentos que acabarão levando a uma tragédia terrível? E a uma grande perda?

Ela pensa. Puxa a fumaça com dificuldade porque molhou o filtro. Deixa sair pelo nariz, como ele fez.

— Sim.

12

Como se tivesse sido chamado, Salvador desce a escada levando os lençóis ensopados e fedorentos da suíte em direção à lavanderia no porão. Se o retrato emoldurado de Salvador Dalí que servia como sua cabeça conseguisse demonstrar qualquer expressão além dos olhos arregalados do surrealista, o homem sério talvez pudesse erguer uma sobrancelha. Ele adora ouvir seu nome.

Salvador vira o olhar pintado para Andrew e Nadia quando desce, esperando ser chamado, mas não é. Então continua descendo com cuidado os degraus, com as pernas com próteses de padrão militar.

No porão, Salvador se controla para não espalhar os lençóis e rolar neles: o cesto no centro abriga o coração desgastado do border collie que ele fora antes de o mago revivê-lo nessa forma, e esse coração ainda se alegra com cheiros fortes, sobretudo no caso de peixe e fezes. Ele inclina a cabeça de retrato em direção aos lençóis, divertindo-se com a sujeira. Será um crime lavar esses odores deliciosos, mas, como ele ama seu dono como apenas os cães amam, solta um suspiro canino e abre a porta da máquina de lavar.

13

Testemunhas de Jeová aparecem assim que a tempestade passa. O ar está úmido e as nuvens escuras que se afastam para leste fazem o branco de suas camisas brilharem, à medida que eles sobem a trilha entre os bordos jovens. Vestindo a jaqueta de couro, Andrew fica de pé na varanda da frente, sabendo que parece e tem cheiro de pecador, penteando os cabelos que descem até a cintura e exalam tabaco e mirra. Franze o rosto ao ver um fio de cabelo branco novo, arranca e o enrola em um dos dedos.

Eles vão levar um tempinho para subir a ladeira.

Andrew percebe que está prestes a suspirar, reconhece a impaciência como um sinal de apego, pensa que deveria ler outro livro sobre budismo e tenta meditar. Tem um compromisso com ser budista, mas ainda não chegou lá.

E lá vêm dois dos guerreiros de Deus, uma dupla de afro-americanos, um já em seus sessenta anos, outro com cerca de vinte.

Pelo menos, tenho que admitir que estão sendo sinceros. Costumam usar bastante a sandália de couro fazendo o que Jesus lhes dissera para fazer. Nada de Natal. Nada de Halloween. Mas isso é meio como doces e travessuras. Eles comem doces? Eu tenho doces?

O homem mais velho atrasa a caminhada.

Aquele cara não precisa de doce nenhum.

Isso não foi muito budista de minha parte. E ele nem é gordo, só tem um pouco de barriga, e provavelmente é avô, então dá um tempo.

Talvez seja o avô do outro cara?

O mais velho ergue uma das mãos e estampa um sorriso vencedor.

— Que caminho você tem aqui! — comenta ele. — Deve estar em boa forma!

— Eu estaria se saísse. Sou um ermitão. A única coisa que faço neste lugar é conversar com Deus e esperar que desconhecidos cheguem para eu poder lhes contar sobre os planos que Deus têm para a vida deles. Ninguém alertou vocês a meu respeito no Salão do Reino?

— Bem, eles disseram...

— Cadê a Barbara?

— Ela se mudou para Syracuse.
— Mais agito na cidade grande. Uma plantação farta de pessoas sem Deus no coração, posso garantir.
— Algo assim.

Ele fica de pé com as mãos na cintura, inclinando-se um pouco para a frente, os cotovelos para fora do casaco aberto, da Sears, cor cinza-vovô. A gravata é de um tom de tijolo vivo. Ele está sorrindo e ofegante, recuperando o fôlego.

— Você está bem? — pergunta Andrew.

Ele assente, ainda ofegante.

O mais jovem percebe que deveria dizer algo, mas é tímido. Distrai-se mais do que deveria com o jardim de pedras e com os carros enferrujados empilhados no quintal da frente de Andrew. O Mustang 1965 que ele arruinou, um Chevy antigo, um Dodge Dart: todos cercados com grandes e belos pedregulhos e árvores novas. Seu senso estético pende mais para a arte do que para o ferro-velho.

O rapaz está fascinado com aquilo, sobretudo com o crânio de um touro com chifres longos que coroava o conjunto, os dentes secos amarelando nas pontas, os enormes chifres revestidos de couro na base, levemente tortos.

Ele sabe que tem mais coisa ali do que parece.

Sabe que é quem deve quebrar o silêncio, então começa a falar.

— Que... que tempestade, não?

— É mesmo — diz Andrew.

Os dois trocam um olhar.

O rapaz olha para o crânio do touro de novo e então inclina a cabeça um pouco para o mago, como um cão tentando processar um som estranho.

Caramba, esse cara é iluminado?

Um iluminado natural?

Andrew sorri mais ainda.

Ele é, sim. Andando por aí com uma pilha de revistas A Sentinela *debaixo do braço, enquanto murmura receptividade à magia. Anneke também é um pouco receptiva, mas esse cara é como eu era.*

Pronto para explodir.

Um livro de feitiços prestes a explodir, longe de uma vida de...

O quê?

Agora, o homem mais velho se levanta.
— Arthur. Arthur Madden — diz ele, estendendo a mão. — E esse bonitão é Marcus Madden Jr. Não temos parentesco. Brincadeira.
— Andrew Blankenship.
— Prazer em conhecê-lo, sr. Blankenship.
Esse cara é bom de verdade. Vou deixar isso registrado.
É difícil manter a traquinagem longe da voz.
— Gostariam de entrar?

Os dois partem vinte minutos depois.
Não é a conversa sobre a confiabilidade dos evangelhos, nem o campo minado socrático de perguntas de Andrew, ou tampouco sua afirmação de que, se Deus pretendesse que o sexo fosse usado apenas para a procriação, Ele não teria feito nem tornado o clitóris compatível com a língua. ("Deve ser bom estar tão perto do lago", comentou Arthur, para mudar de assunto, apesar de Andrew gostar do simbolismo não intencional, assim como gosta de ver que o idoso, perfeitamente educado, prefere comentar a respeito do cheiro de peixe que deixa a casa impregnada.)
É Marcus.
Marcus vê demais.
Primeiro, está distraído demais, olhando para o lago pelas janelas escuras.
— Tem alguma coisa mais interessante do que a gente aí fora, jovem?
— Eu... pensei ter visto um... golfinho.
— Não há golfinhos em lagos — corta Arthur.
— Temos uns peixes bem grandes aqui — ameniza Andrew.
O rapaz olha para ele de modo hesitante.
— Bem grandes — repete Andrew.
Eles voltam a debater se a homossexualidade é um pecado ou um estado natural do ser. Marcus sempre deixa para Arthur (seu tio-avô, na verdade) o campo das perguntas, mas Andrew consegue arrastá-lo de vez em quando.
— Vamos, Marcus... Você viu rapazes gays.
Marcus quase ri com o comentário e Arthur direciona a conversa outra vez para a capacidade de Deus perdoar, referindo-se claramente a Andrew.
As opções literárias das testemunhas de Jeová são contrapostas às ofertas de livros budistas, taoistas ou confucionistas.

Recusa mútua.

— Ou, caso você queira voltar outra hora, tenho uma biblioteca de referência que pode ser de seu interesse.

Ele diz isso a Marcus, tentando não parecer assustador nem demente.

Quando Salvador traz a prensa francesa e serve o café para Andrew, o jovem fica pálido, olha para Arthur e o observa assentir ao empregado e não entende por que seu tio-avô também não está morrendo de medo.

É porque Arthur vê um jovem espanhol que tem uma leve semelhança com John Leguizamo. Já você vê a falsa forma humana brilhar de vez em quando e é quando enxerga a palha que forma o rádio e a ulna dele, o modo estranho, mas delicado, com que as mãos articuladas de seu artista tiram uma colher da bandeja ou apertam a alavanca da prensa de café. Você vê o vapor sobre o retrato. Você vê fantasmas, também, e ouve vozes. Às vezes, você acha que é louco, outras vezes, que está possuído. Mas, na verdade, você só está acordado.

Que azar.

— Quero ir embora, tio.

Arthur ergue uma sobrancelha para o rapaz, sugerindo que uma conversa sobre educação acontecerá na volta. Só que então olha para o relógio, um Timex grande, estilo anos 1970, com uma pulseira prateada.

Salvador oferece café aos dois.

Arthur recusa educadamente.

Ele vira um pouco o pulso para checar o relógio outra vez.

Andrew percebe que Arthur não tem celular e o adora por isso.

Marcus fica olhando, repentinamente tranquilo, como se conformado com o problema mental que está tendo.

— Bem, acho que a sra. Simpson vai chegar com o carro em breve, e é melhor não a deixarmos esperando. Obrigado pela hospitalidade, sr. Blankenship.

— Agradeço pela conversa.

Os três homens se levantam.

Salvador está de pé entre eles, na porta da frente, então Marcus se dirige até a porta lateral, depois de sair da cozinha.

— Ah, não! — fala Andrew. — As escadas ali são perigosas. É melhor voltar por onde veio.

Salvador dá um passo para o lado, em leve reverência.

Esta é a minha casa e você deve sair pelo mesmo lugar por onde entrou.

— Não se esqueça do que eu falei sobre a biblioteca — diz ele a Marcus. — Isso pode explicar um pouco as coisas.

— Obrigado — disse o jovem baixinho, mas ele só quer ir embora. Ele não volta a olhar nos olhos de Andrew.

Controla-se para não sair correndo à frente de seu ponderado tio, não descer correndo o caminho ladeado por árvores e entrar no SUV quente onde a sra. Simpson cantarola músicas dos anos 1950 junto com o rádio, e Jesus e os anjos ainda se defendem do mundo cruel e confuso do demônio.

14

Andrew acende as lamparinas a óleo na grande mesa de pinheiro que fica no meio da biblioteca enquanto Salvador permanece por perto. O mago nunca deixa o homem de palha, cuja mão esquerda de madeira é mais nova e mais clara do que a direita, lidar com fogo.

O empregado escreve no Traço Mágico pendurado no pescoço, virando os botões com os dedos hábeis, o quadril de palha movendo-se lentamente com o fantasma do rabo em movimento.

AJUDA?

— Vinho — diz Andrew, e Salvador vira o olhar de retrato em direção ao corredor, partindo naquela direção, antes de dar a impressão de se lembrar de algo importante.

Ele estremece, emitindo um som parecido com um gemido e balançando a cabeça. Une as mãos em súplica e olha para Andrew, ainda choramingando.

— Eu sei, garoto. Isso foi ruim. Eu estava só testando. Água com gás serve.

Salvador visivelmente relaxa e sai correndo da biblioteca. Andrew vai até a estante, uma desgastada estante azul, suspensa perto do teto alto por correias e fora do alcance. Uma boneca com cabelos desgrenhados e sem olhos está pendurada com um cadarço de sapato preso à parte de baixo. Um cobertor com estampa indiana cobre os volumes que esperam ali dentro. Andrew se aproxima da boneca e diz:

— Olá, Sally. Eu me declaro Andrew Ranulf Blankenship, filho de George Blankenship, neto de Charles Thaddeus Blankenship e verdadeiro dono desta casa e destes livros.

A boneca movimenta as pernas para começar a balançar devagar. Depois de três balançadas, ela se lança aos cabelos de Andrew com uma das mãos de plástico. Sente o rosto dele com a outra mão e, satisfeita, beija sua bochecha e volta a ficar inanimada, pendurada na parte de baixo da estante. As correias que mantêm a estante suspensa no alto se afrouxam e ela se abaixa, de modo que Andrew possa alcançar. Ele afasta a cortina para o lado. A furadeira elétrica que deveria ter sido acionada e cegado a todos, menos Andrew, treme uma vez para mostrar que está em funcionamento. A furadeira fica no fundo de dois níveis, ao lado de uma cobra de borracha e de um punho mumificado com falanges de ferro (sua Mão da Glória não pega cadeados, não acende velas e não esmaga corações — pertenceu a um pugilista cossaco que foi enforcado por bater até matar no amante da mulher e nos dois irmãos do homem). Na parte de cima, nove enormes livros idênticos com capa de couro estão organizados de três em três, com a lombada para o lado de fora. O mago relaxa os dedos ao pegar o livro na pilha mais certinha e tira o exemplar de baixo. Cada uma das oito armadilhas guarda uma surpresa desagradável para qualquer pessoa, incluindo Andrew, que começa a pegar a obra: por exemplo, o livro por baixo do livro de verdade tem diversos parasitas secos, como vermes dos rios da Amazônia. Eles se embrenham nas roupas do invasor e seguem em direção à uretra, se for preciso lutando entre si pela honra de se enfiar e se prender na bexiga com seus espinhos voltados para trás. Só a oração do pajé de uma tribo quase extinta faria a coisa sair, mas isso precisaria acontecer dentro de uma semana; caso contrário, o verme pegará fogo. Não tão depressa quanto os cartuchos de espingarda (que já pertenceram a Doc Holliday, um dos maiores mitos do Velho Oeste) que esperam no livro dois, mas qualquer feiticeiro (e quem mais chegaria tão longe?) teria dificuldade para se concentrar em algo acima da cintura quando os vermes fizessem o trabalho deles.

Andrew segura e coloca o livro sobre a mesa, puxando um dicionário de russo antigo de uma estante comum às suas costas. Depois pega lápis, um caderno de espiral e se senta para ler. Dos quatro livros que trouxe para a casa das florestas perto do Volga (cada um com sua estante e armadilha), este é um dos dois que ele menos entende.

Depois, é claro, do *Livro dos Pesares*.

Mas esse.

Sobre a Alma e sua Mutabilidade e o Melhor Modo de Sobreviver à Morte

Andrew sabe que aquele é o seu livro mais precioso e que qualquer mago que conheça sua existência não vai poupar esforços para consegui-lo. Dizem que Rasputin foi protegido por alguns dos feitiços mais fracos ali e que Koschei, o Imortal, dominou a coisa toda antes da megera tirar a obra dele na época do czar Alexandre II.

Até o momento, Andrew havia compreendido algumas partes, mas tem medo de tentar qualquer coisa além de enviar sua consciência, ainda bem ligada a seu corpo adormecido, a vagar pelas praias do lago ou através das paredes das casas dos vizinhos.

Ele abriu mão dessa última habilidade depois de observar seu misantropo vizinho sobrevivencialista John Dawes (do outro lado da Willow Fork Road, à distância do binóculo), bêbado, depilando o escroto com uma navalha enquanto assistia a uma reprise de *A Ilha dos Birutas*. Aquela imagem assustou Andrew a ponto de ele sentir um tipo de espasmo e suspeitar de que quase teve um ataque. Ainda não tinha visto nada que o convencesse de que o inferno era real (ou que não era), mas sair de seu corpo em repouso enquanto sua alma assombra a casa de um depilador de saco feliz e solitário parece algo bem perto disso. Portanto, agora ele limita os experimentos a perambular pela praia e a dar voos de baixa altitude, e nunca se afasta mais do que dois ou três quilômetros do corpo. Pretende ir adiante se conseguir descobrir como voltar sem o reconfortante cordão umbilical astral que o prende. Voltar para o próprio corpo sem ele é o primeiro passo. Em seguida, e mais difícil, será dominar outro corpo, algo assustador e ruim. A possessão temporária é possível, mas a linguagem em *Sobre a Alma* alerta que enfiar duas almas em um corpo é desgastante para ambos: o hospedeiro original pode conseguir empurrar o intruso para fora, direto para o abraço da morte. Se isso não acontecer, a presença de várias almas em um corpo atrai "outros seres",

Saia, Ichthus70
cuja companhia pode ser indesejável. A ocupação permanente é, claro, um assassinato.

E, ainda assim, uma pessoa pode usar essa técnica para viver eternamente, praticando um tipo de alquimia biológica, transmutando o peso da idade e dos corpos doentes em corpos saudáveis e jovens. Uma pessoa pode viver na beleza e no auge da força por séculos.

Andrew tem a forte suspeita de que algumas pessoas estejam fazendo isso agora mesmo.

Ele costuma pensar que, se entrasse em uma sala cheia de pessoas que comandam o mundo, os *invisíveis* que mandam no Estado e dão ordens aos barões do petróleo, ela se assemelharia à sala de audição de uma novela na TV: todos seriam adoráveis, pareceriam ter entre 25 a quarenta anos e, caso isso fosse conseguido pela bruxaria da ciência ou pela ciência da bruxaria, seria igual a dinheiro. Aqueles que usam a magia valorizam o dinheiro menos do que os outros, porque sempre podem fabricar, roubar, ganhar ou conjurar conforme o necessário; a maioria dos criadores vê aqueles que acumulam dinheiro como nada além de ratos bajulados armazenando para um inverno que não vão nem estar vivos para ver. Porém, ao acumular muitos zeros atrás de um número inteiro, digamos o suficiente para subornar um primeiro-ministro ou comprar uma floresta ampla, nem mesmo um feiticeiro vai ignorar isso: muitas pessoas podem estar em busca da juventude prolongada.

— Mas não da juventude eterna — diz Andrew, baixinho.

Nada é para sempre.

Uma lembrança quase lhe arranca um sorriso antes que ele a afaste, voltando sua atenção para o problema do cordão umbilical espiritual.

Salvador entra na sala e despeja água Gerolsteiner de uma jarra de barro (uma das de Anneke) dentro do copo de Andrew, esperando receber mais uma ordem, embora aceitando ser ignorado — seu dono inclinou a cabeça para estudar e, apesar de ter ficado para trás a época em que o homem com coração de cachorro precisava tirar duas garrafas de vinho vazias da mesa e rosquear uma terceira antes de levar o mago embriagado para a cama pelas pernas, será quase alvorada quando o mago fechar o livro.

15

— Tira isso de perto de mim, *carajo* — diz Chancho.
Dez da manhã, hora de treinar.
Chancho tirou a manhã de folga da oficina North Star, o que costuma fazer, já que é o dono. Todd, Rick e Gonzo, seus três empregados com estaturas tão diferentes que poderiam formar um totem, cuidam das coisas num ritmo mais lento quando ele não está, mas ainda assim trabalham direito, e ai deles se enrolarem e ainda cobrarem pelo tempo de enrolação.
Chancho quer que seus clientes digam a seus amigos que os reparos são baratos na North Star, que o trabalho é feito depressa e que os mecânicos são educados. Gonzo, um metro e noventa, mas tão magro que parece que saiu de um quadro de El Greco, cuida do balcão e do telefone — os cabelos são compridos e ele mantém uma barbicha horrorosa que costumava prender com um elástico,

Por que você usa essa "m" na barba?
Pode dizer "essa merda", não vou ficar ofendido.
Não digo mais merda.
Acabou de dizer.
Por que você usa isso?
Sei lá.
Então pare. Não vou obrigá-lo a cortar a barbicha, ainda que, com ela, você pareça um cafetão. Mas esse elástico tem que sumir. Enrole umas notas com ele.
Não tenho dinheiro.
Isso porque você coloca o dinheiro que recebe no carajo *do banco. Os bancos estão cheios de ladrões. Enrole as notas com um elástico e enterre essas porras.*
Por que você pode dizer porra, *mas não* merda?
...
Preciso pensar nisso.

mas Gonzo tem uma voz de mel despejado numa jarra e olhos de Paul Newman.

Todo mundo gosta de Gonzo.

As pessoas de Cayuga County ainda são um tanto xenófobas, e a invasão mexicana está só começando a chegar à parte alta de Nova York. Então, Chancho, com a barbicha e as tatuagens, não quer que seu rosto moreno seja o primeiro a ser visto na North Star.

Ele não precisa do amor daquelas pessoas.

Só dos serviços.

No quesito amor, recebe o que precisa de sua esposa e de Jesus Cristo. Consuela engordou, mas Jesus continuou magro. Ele preferiria que tivesse sido o contrário, já que só precisa *chingar* Consuela, mas o rosto dela continua bonito e ele se lembra de como o corpo dela era no México e no Texas. Talvez ela faça a mesma coisa com ele — Chancho também tem uma barriga maior agora, e o que é justo é justo.

— Não, falando sério, *brujo*, tire esse *cabrón* de perto de mim. Ele me irrita.

Salvador permanece com duas garrafas de água mineral em cima de uma bandeja, quase movendo o quadril acompanhando um rabo em movimento. Salvador se lembra do homem grande com cheiro de óleo de motor e cominho desde a sua época de quatro patas. Chancho costumava lançar um frisbee para ele e elogiá-lo pelos pulos altos, além de coçar suas orelhas de cão. Seu dono lhe explicou que Chancho agora tem medo dele, mas que não deve levar para o lado pessoal.

Salvador quer que Chancho goste dele outra vez.

Ele se aproxima um pouco com a bandeja.

Chancho estreita os olhos, pega a água mineral da bandeja do homem de palha e se benze.

16

Minutos depois.

Chancho segura os protetores para Andrew e então começa a cantar os golpes.

— Jab. Jab. Cruzado de direita. Jab duplo. Gancho de esquerda.

Chancho grita essas palavras com a mesma delicadeza de uma pessoa arrumando flores em um velório.

— Agora venha pra cima — diz ele, deixando Andrew empurrá-lo pelo quintal.

Chancho para de cantar os golpes, só segura os protetores e deixa o amigo improvisar.

— Agora bata enquanto recua. Isso é muito importante. Você pode derrubar um cara que acredita estar ganhando.

Chancho se movimenta lenta mas insistentemente para a frente, alternando golpes, assentindo quando Andrew acerta um bem forte.

As luvas bem amarradas deixam marcas nos protetores. No quintal dos fundos, o barulho dos socos se mistura agradavelmente ao gorjeio dos pássaros e a um trator espalhando asfalto e terra na estrada à frente.

— Não me acerte — diz o mexicano, tocando as orelhas de Andrew cuidadosamente com as luvas, para mostrar que está baixando a guarda.

— Vamos trocar — diz ele.

Andrew pega os protetores, preparando-se para a enxurrada de golpes que vai receber. De qualquer maneira, continua feliz: os exercícios o deixaram cansado.

O barulho dos socos fica mais rápido e mais intenso agora, e o homem maior afasta o menor, mexendo a cabeça e os ombros como um chimpanzé irritado. Chancho fora um boxeador formidável quinze anos antes e poderia ter se profissionalizado se não gostasse tanto de cerveja — ele nunca conseguiu ter uma barriga de tanquinho. O modo mais óbvio de derrotar Chancho era fazendo com que ele se cansasse — e vários conseguiram, impedindo que ele largasse o emprego diário.

Mas muitos não conseguiam: para cansar Chancho, era preciso aguentar seus golpes de urso, que eram duros, ou não absorvê-los, o que era quase impossível.

E era preciso não fumar um maço por dia.

— Certo, chega de bater.

— Graças aos deuses.

— Agora os cotovelos. — Chancho só sussurra, abrindo um sorrisão embaixo do bigode antiquado e desigual, que está ficando grisalho. Só os pelos acima do queixo o impedem de parecer como se saído de um episódio da série policial dos anos 1970 *Starsky e Hutch*.

Chancho dá cotoveladas, de modo que o mago possa descansar os pulmões um pouco mais. Os braços tatuados batem nos protetores com força e o cotovelo esquerdo exibe a tatuagem da estrela do Texas, onde o grandalhão vivia até encontrar Jesus e parar de mexer com drogas. Ou melhor, parar de proteger pessoas que mexiam com drogas.

Chancho sempre seria o primeiro cara que uma pessoa gostaria de encontrar no ringue e o último que alguém gostaria de encontrar em um estacionamento. Ou ver entrando por uma porta de vidro com uma máscara de *lucha libre.*

Andrew está se sentindo tonto e exausto, mas Chancho quer que ele vá em frente, então ele vai, e o suor molha seus cabelos compridos mesmo no rabo de cavalo, fazendo o peito nu brilhar e umedecer o cós da calça jeans.

— Agora você. Mexa a cintura. Você é pequeno, por isso é ainda mais importante que consiga se esquivar. Quero vinte de cada lado.

Quando os protetores molhados e fedorentos estão sobre a mesa e os homens ofegantes se sentam nos bancos, Salvador entra pela porta dos fundos carregando garrafas de Coca-Cola mexicana em uma bandeja.

— Bom garoto — diz Andrew. — Obrigado.

Já faz seis anos desde que ele usou os livros secretos para trazer o cachorro de volta. Chancho prega os olhos em Salvador: desviar o olhar dele é difícil, principalmente quando ele vira a cabeça de Dalí para olhar nos seus olhos. A coisa se move tão... fluidamente.

Chancho gosta da Coca-Cola mexicana porque vem em garrafa de vidro e tem açúcar, não é aquele xarope de milho que colocam em tudo agora.

Ele gosta tanto que não se benze quando pega a garrafa do homem de palha.

Ele se vira para olhar para Andrew.

— Você precisa parar de fumar.

Andrew, que sabe que está muito verde, só assente, bebendo o refrigerante.

— Eu sei. Mas isso não é meio contraditório? Você fuma.

A gotas geladas no vidro verde das garrafas parecem o paraíso para Chancho e ele observa a sua, pressionando-a contra a têmpora.

— Eu sei.
— Você fuma os *meus* cigarros, porra.
— Seus cigarros são *bons*.
— Então compre alguns. Eles vendem pra você.
— Precisaria ir à loja de hippie para isso.
— Só estou dizendo que um fumante não deve dizer a outro que ele deve parar.
— Não fico ofegante como um aspirador de pó quebrado. Eu deveria parar. Você *tem que* parar.
— Talvez.
— Não existe um *carajo* de um feitiço pra isso?
— Claro. Está bem do lado daquele usado para parar de beber.
Chancho sorri.
— Talvez possamos encontrar um hipnotizador.
— Já viu algum?
— Já ouvi falar.
— Bem, eles me assustam pra caralho — diz Andrew. — Vi um deles fazer um cara pensar que tinha gozado em uma cafeteria. Aí, quando a garçonete chegou, o cara puxou a toalha de mesa, tentando cobrir a cintura.
Chancho ri o suficiente para mostrar o espaço onde o dente atrás do canino deveria ficar.
— Engraçado. Um homem assustando *você*. Um cara de carne e osso, quero dizer. Sendo que você brinca com garotas, cães mortos e coisas assim. Aquela moça do peixe, você disse que ela se matou, certo?
— A irmã roubou o homem dela e ela se jogou da ribanceira.
— Da ribanceira Bluffs? — perguntou Chancho.
Andrew assente.
— Porque conheço um cara que levou sua namorada para lá e os dois caíram. Ninguém morreu, só que ele fraturou a coluna, mas ainda assim conseguia andar. Acho que ela caiu em cima dele.
— Nadia morreu. Quebrou aquele belo pescoço em 1926.
Chancho estreita os olhos para ele e joga a cabeça para trás, avaliando.
— Você precisa se acertar com Jesus.
— Estou bem com Jesus.
Silêncio.
— Posso dirigir o Mustang?
— Se parar de falar sobre Jesus.
Chancho sorri.

17

Anos atrás.
Noite.
Outro Mustang, o de 1965.
Capotado, com as rodas girando, o motor ligado. Andrew desconfortável, ralado, confuso. Não consegue alcançar as chaves para desligar o motor porque tem um galho no caminho. Led Zeppelin está cantando sobre a Califórnia, mas parece errado porque só um alto-falante funciona.
Ele sai no ar frio da primavera, cheirando a gasolina e óleo de radiador.
Quase cai: há algo errado com sua perna.
Os camponeses! Os camponeses cortaram minha perna!
Ele olha para baixo, mas a perna está ali.
A maior parte dela, ao menos.
A calça jeans está rasgada e algumas partes doem, uma dor distante.
O coração dele está batendo.
Apenas respire.
Apenas caminhe.
Andrew caminha, com as costas voltadas para a vegetação, iluminada com os faróis e as rodas do Mustang batido girando.
Ford.
First on Race Day!
(F)ucked (OR) (D)ying.
Andrew com sua bota de pele de cobra e calça jeans escura, descendo a 104 A, sente-se tentado a parar em uma casa, mas percebe que fez algo errado. Precisa voltar para sua casa e para Sarah. Lá estará em segurança: vai dormir e saber o que fazer de manhã.
Como a perna esquerda dói, se senta na cerca de proteção da escada. Tira a bota, vira o sangue de dentro, não volta a calçá-la.
Segura a bota e avança mancando, acenando para muitos carros que param, gritando para um dos grandalhões, um cara que parece sueco, que insiste para que ele entre na caminhonete, algo que não faz. Então parece que o sujeito quer colocá-lo à força dentro da caminhonete. Até Andrew apontar para o rosto do cara grande, lhe causar uma contração nos músculos do rosto

Como é Próspero de sua parte ah isso não foi legal ele só quer ajudar mas eu tenho que tenho que só por favor Deus ir para casa
 e ver o grandalhão partir, assustado por saber que o homenzinho maluco e ferido causou isso na sua cara. Andrew não compreende como se sujou de lama, mas tem lama secando nos cabelos e no rosto. Remove a sujeira, cospe na mão e limpa o rosto.
 A bota pendendo na outra mão, o mago mancando.
 Apenas dezesseis quilômetros até Dog Neck Harbor, ele deve chegar de manhã.
 Andrew balança a mão para mais dois carros, mas o terceiro para na frente dele, com o teto explodindo com flashes rápidos, porém bonitos, de luz azul.
 Ele diz algumas palavras em russo medieval.
 E desaparece.
 Como sabe que o feitiço não vai durar muito tempo, ele vai em direção a um campo de soja.
 Invisível.
 Não dirijo muito bem, mas não estou tão bêbado assim para DESAPARECER!
 Ele se enrola nas plantas, sente algo como um besouro subir por sua mão, mas não o afasta.
 Diz "Eu perdoo você" com um sotaque alemão, como Ralph Fiennes em *A Lista de Schindler*, e ri até desmaiar.
 Sonha que seu carro é radioativo, iluminado o suficiente para envenenar Cayuga County, que ele precisa jogar bastante terra por cima para proteger todo mundo, mas não consegue. Simplesmente não consegue. E ele segura a pá e grita. Porque se deu mal, muito mal.
 De manhã, acorda ao ser cheirado por três cães. Um rosto bom e enrugado, um gigante, está olhando para ele.
 Fu, fu, fu, sinto cheiro de ossos russos.
 — A ambulância está vindo. Quer um pouco de água?
 Ele quer.
 Ah, Deus, estou fodido.
 Ele se fodeu.
 Mais do que sabe.
 Ele se senta.
 Vasculha o bolso, pensando que algo ali vai ajudá-lo.
 Um guardanapo com um recado nele, um semicírculo de cabernet onde o copo foi repousado, uma lua crescente de vício e loucura.

Quero você na biblioteca esta noite.
Quero que me coma naquela poltrona de couro.
— S.

Quando enfiou isso no bolso?
É de hoje?
Sarah.
— Sente-se devagar. Sem pressa.
O fazendeiro de novo.
Ele mostra ao fazendeiro o que está escrito no guardanapo.
— Você sabe quando isso foi escrito?
O fazendeiro balança a cabeça, negando.
— Foi uma moça bonita que escreveu. Ela costuma escrever para mim pedindo contribuições. E dizem que ela toca violão. E que ri, e que canta — diz Andrew.
O homem sorri, aponta para a ambulância, afasta-se para falar com os paramédicos, deixa um jarro com uma marca de tinta vermelha feita com o polegar.
Andrew percebe o silo vermelho.
Belo trabalho, senhor.
A água tem gosto de plástico.
E de poeira.
Poeira na minha boca.
La la la la.

18

— No que está pensando, *brujo*?
— No meu fundo do poço.
— Bang! — diz Chancho, virando o volante só um pouco, sorrindo.
O Mustang está a mais de cem em uma estrada de mão dupla.
Andrew se remexe, levando a mão à porta.
— Quem disse que você é engraçado era um *pendejo*.
Chancho corrige a pronúncia dele.

19

Andrew prende os cabelos em um rabo de cavalo para trabalhar no quintal na casa de Zautke porque se sente afeminado demais com o coque de samurai. Caminha atrás do cortador tentando dar a impressão de que sabe o que está fazendo, passando do meio-fio à não mencionada casa azul, dando a volta pelo bebedouro de pedra, avançando pelo mastro da bandeira. No entanto, como Salvador tem cortado a grama do quintal nos últimos anos, os pés de Andrew não estão acostumados a fazer as voltas, e ele deixa pequenos tufos de grama, que precisa refazer. Andrew olha para a metade da frente do quintal e acha graça, porque parece um pouco com o corte de cabelo estilo militar de Karl.

Karl o observa da varanda por um segundo.

Quer gritar "Precisa de alguma coisa?" para o estranho amigo que sua filha conheceu no AA, mas sabe que o cara está na mesma situação de Anneke e tudo o que Karl tem além de cerveja é suco de laranja barato meio marrom ou água da torneira meio limpa, água com gosto de... do que a água aqui tem gosto?

Não é gosto de água.

Maldita Niagara Mohawk.

Karl Zautke não tem se sentindo muito bem ultimamente, suas glândulas linfáticas estão inchadas como bolotas e ele anda sem fôlego. Não está tão mal a ponto de ir para o hospital, mas mal o bastante para que Anneke faça visitas dia sim, dia não, e não mais duas vezes por semana, como antes.

Ela cuida da louça suja, faz comida para duas semanas, lava as roupas azedas do pai.

Mas ele tenta cuidar da saúde frágil?

Karl bebe sua Pabst Blue Ribbon, aproveitando o sabor frio de levedo gaseificado na língua. É uma cerveja boa e simples para quando a sede vem, não uma daquelas misturas perfumadas cheias de frescura feitas por caras com costeletas.

Anneke está usando grandes luvas de camurça, equilibrada em cima de uma escada de alumínio que já teve dias melhores, arrancando do bordo galhos que tinham começado a encostar nas calhas do lado oeste da casa. Ela cambaleia um pouco e se equilibra. Karl vê isso, repousa sua cerveja e segura a escada

— Papai! — grita ela, alto o bastante para que a voz consiga se sobrepor ao som do cortador.

Aponta o dedo com luva para a porta da frente, dando a entender que ele deveria retomar seu lugar na cadeira. No entanto, Karl segura a escada com teimosia, respirando forte pelo nariz e sorrindo para ela, que não gosta de ver como o rosto dele está vermelho.

A escada parece mais robusta.

Se tem uma coisa que Karl Ernest Zautke é, é robusto.

Os três se sentam na varanda, e Karl seca a cabeça de vez em quando com um pano de prato. Karl Zautke é só um pouco grande demais para a cadeira em que está sentado. Andrew tem observado a cadeira cair em câmera lenta há um ano e meio. Anneke daria ao pai uma nova, mas sabe que Karl considera as coisas meio arruinadas mais confortáveis.

Papai.

O mesmo papai, mas velho agora.

Doente.

Não bebe como se fosse doente.

O papai está na terceira cerveja e Anneke promete a si mesma que vai arrancar a próxima lata da mão dele assim que ousar abri-la na frente dela.

Karl percebe que está na última cerveja da qual sairá impune e sabe que não deve testar a filha. Acomoda-se em seu trono.

Andrew se sente inadequado sentado na cadeira dobrável, dividindo a varanda com dois teutões grandes, como um visitante de uma pequena tribo mestiça de bons ossos que corta a grama do colonizador e busca cervejas para ele apesar da proibição do médico.

Como Anneke e ele não podem compartilhar suas gracinhas diante de Karl, Andrew se limita ao lado prático.

Karl não se sente à vontade falando sobre sua doença ou os problemas do dia a dia que enfrenta por causa dela na frente de Andrew. Anneke gosta de ver seus homens preferidos juntos: se os dois não sabem se relacionar, problema deles.

— O carro está rodando normal? — pergunta Andrew.

Karl dirige um Jeep Cherokee. Andrew lançou um feitiço para impedir que o carro desse defeito e outro para que parasse com segurança caso o motorista desmaiasse. O mago tem um grande talento para cuidar de carros, sabe improvisar a magia automotiva, mexendo em eixos e chassis, caprichando nas engrenagens e na pintura. Sabe muito bem que o jipe está funcionando sem problemas, mas nunca encontra o que dizer ao ex-piloto de submarino.

— Sim, perfeito — diz Karl. — Obrigado de novo por trocar o óleo.
— Foi um prazer.
Dois segundos se passam.
— O Mustang está bom? — diz Karl, indicando o carro de Andrew.
— Sim, senhor.
— Com certeza é um belo carro.
— Obrigado.
— Turquesa foi uma escolha interessante.
— Já veio assim.
— As pinturas são caras.
— Podem ser.
Mais dois segundos.
— Você precisa de um suco ou talvez de um copo d'água? Deve estar com sede. Está muito quente aqui fora.
Não está tão quente assim.
— Eu aceito uma água.
Os dois homens começam a se levantar, mas Anneke pousa a mão com delicadeza no ombro do pai, para que ele continue sentado.
Ela vai buscar a água.
— E então — começa Karl, olhando para a porta para ter certeza de que Anneke ainda não está vindo. Quando se aproxima para perguntar alguma coisa esquisita, Andrew sente a pele se arrepiar.
Como ele consegue fazer com que eu me sinta com doze anos e com a língua presa?
— Sim, senhor?
Mais uma vez com o senhor.
Esse cara não usa senhor com ninguém, aposto.
Sabe que eu fui da Marinha e quer me agradar.
Caramba, ele tem uns quarenta anos, mantém os cabelos compridos para ficar parecido com a Pocahontas. Provavelmente usa graxa nos cabelos.
Provavelmente também usa hidratante e faz a sobrancelha.
Passa um dia no spa de Syracuse.
Consigo ver esse cara fazendo as unhas dos pés.

Quero gostar dele, até quero.
Anneke passa bastante tempo com ele.
Um cara e uma moça não passam tanto tempo juntos assim sem.
Será que ele é?
Meio que torço para que seja.
— Você e Anneke...?
— Senhor?
De jeito nenhum.
Um cara como esse.
A menos que ela goste dele porque o sujeito se parece um pouco com uma garota.
Nem sei se as coisas são assim.
Merda, lá vem ela.
— Vocês vão ficar para o jantar?
Anneke entrega a água a Andrew, em um copo com girassóis desbotados pintados, o último do conjunto de oito peças de sua infância.
— Você sabe que vamos, papai.
Mas só Anneke passa a noite.

20

Noite.
Andrew abre os olhos na escuridão quase total de sua casa, dois dos três pavios da vela na lateral da cama ainda acesos, quase afogados na cera vermelha.
Seu exemplar de *O Barão nas Árvores* está aberto, virado para baixo sobre o travesseiro.
Algo está o observando.
Andrew sabe disso.
Também sabe que são três da manhã.
É quando a coisa costuma vir.
— Ichabod.
A entidade não responde.
— Ichabod, diga algo.

— Algo.
Ela escolheu uma voz de menininha.
— Manifeste-se em uma forma que eu não considere inadequada.
— *Ja, mein* capitão — diz a entidade.
Um brilhante Katzenjammer Kid, o loiro, aparece e se senta na cadeira de couro de Andrew, com as pernas cruzadas na altura dos joelhos. Andrew aprecia a novidade de ver o pequeno menino alemão dos quadrinhos em 3-D: *é* um tanto perturbador. Talvez falte bem pouquinho para ser *inadequado*.
Ichabod tem a precisão de um atirador de elite no que diz respeito a causar desconforto.
Ichabod não é o nome dele, claro, como também não é o nome comprido sumeriano cujas três primeiras sílabas pareciam, vagamente, *Ichabod*.
— Você tocou meu pé?
— Só estava brincando de dedinhos.
— Não gosto disso.
— Parecia a maneira mais suave de acordá-lo.
— Não faça isso de novo.
— É uma ordem?
— Sim. Você vai insistir nas formalidades?
— Não desta vez. Parece um pedido simples. Lembrete para mim mesmo: não tocar os dedinhos do mestre Andrew. Certo. Mais alguma coisa?
Andrew se senta e se cobre com o lençol.
— Diga por que está aqui.
— O quê, aqui? — pergunta a entidade, e agora o Katzenjammer Kid está sentado na cama ao lado de Andrew, com as mãos no joelho, parecendo uma criança que quer ouvir uma história. Libera frio como um presunto recém-tirado da geladeira. A entidade escolheu ser pesada — faz a cama abaixar.
Andrew se contém para não se retrair.
— Volte para a cadeira e fique ali até eu mandar.
A entidade pisca os grandes olhos de desenho duas vezes.
Andrew respira fundo para começar a ordem formal, mas Ichabod aparece na cadeira de couro, sentado na posição de lótus.
— E então?
— E então o quê? — responde a criatura, com uma voz incongruentemente masculina.

— Diga por que está aqui.

— Não posso fazer uma visita? Estou me sentindo sozinho em casa. Não tem muito o que fazer lá.

— Então volte de onde veio.

— E perder o resto de sua vida? Nem sonhando.

Andrew suspira com ansiedade.

Ichabod volta a falar, usando a voz de intelectual petulante.

— Estou muito preocupado com você, capitão. Mestre. Mestre Andrew, o Comandante.

— Diga por quê.

— Você sabe por quê.

— Não sei.

— Está na hora.

— Não sei do que você está falando.

— Só porque não quer saber. Mas precisa.

— Simplesmente diga o que tem para dizer e saia.

— Você deveria ter permitido que eu destruísse sua *rusalka*. Quando eu sugeri pela primeira vez.

— Não quero que ela seja destruída.

— Mas agora é tarde demais.

— Para quê?

— Aquele russo que ela afogou era uma espécie extraordinária.

— Não me diga.

Com a demonstração de ódio de Andrew, a criança dos quadrinhos cora, como se alguém tivesse derrubado sangue nas suas faces, e começa a tremeluzir.

Torna-se uma lula por um milésimo de segundo e volta a ser um Katzenjammer Kid.

— Algumas pessoas veem a mão de Deus como coincidência. Você é um desses casos?

Andrew ferve de ódio.

— Apenas...

A entidade o interrompe.

— Peça a coleira do cachorro para a sua *rusalka*.

— Por quê?

— Você vai querer pesquisar o dono dele.

21

— Existem dois tipos de usuários — comenta Andrew. — Os labutadores e os intuitivos, também chamados de discípulos e herdeiros.

Anneke está mexendo uma moeda de um centavo. Movimentar objetos pequenos é quase sempre como começa. Andrew avisou que ela precisa encontrar algo que consiga movimentar três vezes por dia por pelo menos dez minutos.

Ela escolhe a moeda.

Os dois estão no estúdio dela, aquele que Anneke usa quando o clima não permite que o trabalho seja feito ao ar livre. Hoje, como é possível constatar pela porta de correr de vidro, chove de modo indeciso, entre garoa e aguaceiro. A chuva molha a vegetação lá fora, e a vegetação fica mais linda quando coberta pelo clima cinzento.

Todos os tipos de vasos em diversos estágios de finalização enchem o pequeno ateliê de Anneke. Dez canecas cinza-esbranquiçadas estão viradas em uma tábua sobre uma tigela plástica cheia de argila — argila Cedar Heights, para ser mais exato, com as letras amarelas da marca em uma pilha de sacos vermelhos. Recostada em cima deles, uma torre para DVD, que parecia tentar alcançar o DVD player e a televisão, no alto. Tudo se recosta e balança aqui. Tudo está manchado, sujo ou com marcas de argila, fosse branca ou vermelha.

Os dois controles remotos, um para a TV, o outro para o DVD, foram envolvidos em plástico e estão marcados e sujos de argila.

Mais canecas viradas e várias xícaras de café e pires estão dispostas sobre uma mesinha, junto com um vaso alto virado sobre uma tábua de madeira meio precária. Havia cerca de quarenta rosetas secas sobre essa tábua, as mesmas que, quando equipadas com pinos de latão e pintadas de vermelho, adornaram os coletes e gibões do elenco profissional de atores da feira medieval, para distingui-los dos entusiastas amadores e fantasiados. Desse modo, quando um lansquenete embriagado, com uma armadura bem convincente, vomita em sua senhora, a falta da tal roseta no peito marcará o acontecimento como não autorizado, o que vai gerar um ressarcimento tanto para a feira quanto para a trupe de improvisadores profissionais que animam as ruas.

— De que tipo eu sou? — pergunta ela.

Anneke queria saber se era labutadora ou intuitiva.

— Um pouco dos dois, como eu. Mas acho que mais intuitiva.

Ela franze a testa e, apesar de não desviar o olhar do exercício que faz com a palma da mão, é claro que quer uma explicação mais profunda.

— Um intuitivo simplesmente *faz*, não precisa de muitas ferramentas, consegue fazer coisas pequenas quase no ato. Como você está fazendo. Um intuitivo é mais fulgurante e deve, de fato, ser fulgurante desde o início.

— E um planejador?

— Labutador.

— Labutador.

— Eles odeiam essa palavra. E alguns têm um pouco de desdém e de inveja dos intuitivos.

— Parece que você sente um pouco de desdém. *Labutador* é uma palavra feia. Como eles se autodenominam?

— *Discípulos* é o termo que preferem usar quando se diferenciam, mas não se intitulam assim. Eles se enxergam como disciplinados e como aqueles que não passam a vida curvados sobre livros como preguiçosos. A verdade é que são todos gênios. Os labutadores. Para chegar à magia sem a fulgurância, você precisa ser esperto o bastante para trabalhar para a Apple ou para a IBM, ou então para descobrir códigos para a CIA. Alguns deles chegam a fazer isso, inclusive. Os livros deles são muito mais complexos, mais como ciência espacial: tem mais glifos e fórmulas; se bem que um labutador diria *formulae*. Eles *pensam* na crença, abrem o código da magia e da compreensão com o poder cerebral. Não são todos fulgurantes no começo, mas chegam lá. Fazem uma fogueira com gravetos onde os outros já têm fogo. Mas a recompensa é que podem fazer coisas muito grandes e incríveis. Pense nisso como aprender um idioma com livros e fitas versus nascer naquele país. Os labutadores não fulgurantes são como falantes não nativos. Mas o inglês era o segundo idioma de Nabokov e ele escreveu *Lolita*. Ou seria seu terceiro idioma? Ele também falava francês.

— Nabokov, hein? Isso foi uma indireta?

— Para quem?

Ela ergue uma sobrancelha, sem deixar de movimentar a moeda.

— Ah, claro.

Eu me esqueci de que você é uma agressora sexual.

— Foi sem querer.

Anneke é oficialmente uma bruxa, mas uma noviça. Na primeira vez em que ela moveu aquela moeda, Andrew sentiu um formigamento de magia despertando. Ela caiu e chorou em seguida, mas isso era comum. Ele também teve uma reação emotiva na primeira vez em que abriu uma tampa. O primeiro feitiço costuma ser uma levitação leve. Mágica simples, de fato, um pequeno grão para começar a erguer montanhas.

Ele se inclina um pouco para a frente, de modo que o fogão cônico de ferro preto às costas dela pareça ficar sobre a cabeça da mulher, como um chapéu de bruxa. Incenso de sândalo solta fumaça atrás dela. Ele se inclina para o outro lado de modo que pareça sair do nariz dela.

— O que você está fazendo? — pergunta Anneke, com a concentração abalada e Abraham Lincoln morto outra vez no cunho de cobre da moeda em sua mão.

— Desculpe. Nada.

Ela joga a moeda dentro de uma caneca quebrada cheia de moedas, acende um cigarro e passa outro para ele, que tira o isqueiro da mão dela e levita o objeto até a sua.

— Exibido. Consegue acender?

— É um movimento mais preciso, precisa de mais força.

— Sim, mas você consegue?

— Queima mais gás.

Ela estreita os olhos para ele.

— A magia queima combustível. Feitiços contínuos ardem o combustível sem parar. Ferrões no uso da mágica podem estragar esses feitiços. Pense em um escape, a energia sai.

— Feitiços contínuos? Como o quê?

— Saúde. Juventude. Sorte. Um bom feitiço de sorte em Vegas e um usuário podem limpar a banca. Por isso que nos cassinos da MGM Mirage... como o Mandalay Bay e o Bellaggio... Eu me esqueço do resto, mas tenho uma lista... eles têm usuários trabalhando para eles, expulsando os outros. Ou fazendo coisa pior.

— Juventude, né? É um desses que você está fazendo agora, hein, sr. Parece Ter Trinta e Cinco?

— Você deveria saber. Tente detectar.

Ela fecha os olhos.

— Abra os olhos e pense a respeito do que deseja saber.

Ela observa Andrew: olha para ele, de verdade. E então sente, sutil como a respiração de um gato. Os pelos de seus braços se eriçam um pouco.

— Seu filho da puta inútil. Não pode acender o isqueiro por que vai ficar com manchas na pele?

— Sou um pouco mais forte do que isso — diz ele, sorrindo com as mãos atrás da cabeça, enquanto o isqueiro brilha e acende. — É que preciso me concentrar muito. É mais fácil simplesmente acender com a mão. É como o Skype.

— Como assim?

— Skype, é...

— Eu sei o que é o Skype. Qual é a relevância?

— Eu tinha uma bola de cristal.

— Parece o título de uma música.

Ele canta.

"Eu tinha uma bola de cristal,
que era na verdade um aquário."

Ele para.

— Não consegue pensar em uma rima?

— Não.

— Continue contando a história.

— Aquele negócio era meio chato. A outra pessoa tinha que ter um copo ou algo parecido com exatamente o mesmo feitiço dentro, e os dois precisavam se concentrar. Se alguém se distraísse, a imagem desaparecia ou ficava distorcida. Você está prestes a perguntar se meu aquário tocava. Sim, ele tocava. Pra valer. Estremecia quando a outra pessoa queria falar, mas só porque coloquei um sininho nele.

— Eu ia perguntar se havia um peixe dentro, na verdade.

— Costumava ter, mas encantei ele. Não sou bom com peixes.

— Não, você é bom com carros e pessoas mortas. E você é intuitivo, como eu. Quem é labutador?

— Conheço um. Na verdade, uma.

— Poderosa?

— Poderosa de assustar. Jovem também. Mora no Lincoln Park. Chicago. E está trabalhando em um projeto para mim no momento.

22

Chicagohoney85: O Mikhail Dragomirov que você está procurando é Mikhail "Misha" Yevgenievich Dragomirov. Nascido em dezembro de 1943. Foi um dos poucos não judeus de uma organização criminosa que apareceu durante a *détente* do início dos anos 1980. Vivia em Brighton Beach, que alguns chamavam de Little Odessa, embora ele não fosse de Odessa. Conhecia caras do Exército. Sua família tem elos fortes com os militares russos, sobretudo seu tio-avô Mikhail Dragomirov, de quem herdou o nome e o sobrenome, um coroa parecido com Sean Connery que escreveu muito sobre as táticas do século xix. O tio-avô morreu de ataque cardíaco em 1905, quando os japoneses acabaram com as táticas russas do século xx. O pai, Tevgeny, também não era nenhum preguiçoso. Uma porrada de medalhas na Segunda Guerra Mundial. Comandante de tanques, T-34. Apenas um *efreitor*, um artilheiro do Exército russo, mas sobreviveu a três tiros, rastejou para fora de dois tanques em chamas e matou mais alemães do que salsichas Bratwurst podres. Um cara durão de verdade.
Ranulf: De onde ele era?
— O tio-avô, o durão ou o seu cara?
— Os três.
— O Grande Urso, da Ucrânia. O Papai Urso, de uma vila perto do Volga. O Bebê Urso, de Gorky, agora chamada Níjni Novgorod.

Andrew sente um arrepio na espinha e se afasta do computador, como quem se afasta das lembranças que a palavra *Volga* causam nele.
Fu, fu, fu, sinto cheiro de ossos russos.
Ele percebe que suas palmas das mãos estão suando e as seca na calça.

— Onde está o pequeno Dragomirov agora?
— Eu que deveria estar te fazendo essa pergunta. Ele desapareceu da casa de verão dele em Sterling. Estado de Nova York. A alguns quilômetros de você, não?
— Não parece meio bagunçado? Antigos acertos de conta?

> — Não é bem assim. Todo mundo gostava dele. Era tão bom com números que foi contratado por três chefes para ajudá-los a acobertar esquemas de gasolina, e tão charmoso e engraçado que foi poupado pelos Lucchese quando encontraram Resnikoff. Mas esperou até o começo dos anos 1990, quando eles abriram aquela enorme discoteca, a *Rasputin's*. Enquanto isso, mais russos chegavam aos montes, vários com músculos de ex-Spetsnaz, as forças especiais da antiga União Soviética e da atual Federação Russa. O FBI ficou interessado porque esses caras eram tão grandes quanto os italianos, pelo menos regionalmente. Mikhail Dragomirov sentiu que as coisas estavam esquentando, partiu para São Petersburgo (na Flórida, não na Rússia), se casou com uma aeromoça que também trabalhava como modelo em exposições de barcos e comprou algumas casas. Ela morreu, ele vendeu as casas e agora vive com o cachorro, jogando e entrando em sites de acompanhantes. Ele adoooora as merdas de Vegas. E o Cirque du Soleil. Acho que ele assistiu a *Ka* sete vezes. E *Avenue Q*. Se fosse virar comida de peixe, alguém teria feito isso antes.

Andrew pisca ao ler a tela e coça o queixo. *"Virar comida de peixe?" Será que foi intencional? Ela sabe sobre Nadia?*

> — Jesus, meu velho, você ficou com uma *rusalka*? Não sabia que havia uma dessas no Ocidente. Que merda é essa? O cara chega aos Estados Unidos para ser afogado por uma sereia russa?
> — Você está lendo meus pensamentos pela internet? Esta conversa está segura?
> — O Facebook sabe mais sobre você do que eu. E computadores são minha especialidade. Você ficaria surpreso ;)

Ao dizer isso, Radha aparece em um box na tela (meio iraniana por parte de pai, mas ela diz persa — pele clara, cabelos escuros, ela *é* incrível), mostrando as mãos. O texto continua rolando.

> — Além do mais, não converso sem segurança, exceto na p**** da rede social, como fachada. Se eu não estivesse protegendo isso, conversaria com você pelo Skype, porque você

> digita como uma foca treinada usando o focinho. Sou a responsável por cerca de quarenta do nosso tipo... Acha mesmo que vou deixar alguém ler isto? Tente imprimir esta conversa, eu te desafio.

Como Andrew gosta de desafios, ele imprime. A página não mostra o texto, e sim uma fotografia: ele no banheiro, com a calça abaixada até os tornozelos, os cabelos compridos soltos, lendo um exemplar da *Timber Home Living*, sua revista preferida. A foto é da manhã daquele mesmo dia, pelo ângulo do espelho de latão polido acima da pia. Um canto do seu celular mostra a caixa de descarga do vaso, logo atrás dele, indicando a brecha que ela usou para entrar. Normalmente, os espelhos de latão são seguros, não podem ser usados como portais, ao contrário dos de vidro, mas Radha é tão boa com eletricidade e correntes que conseguiu usar o metal condutivo a seu favor.

> — Você me assusta.
> — Obrigada. Então, olha, você deveria saber que peguei uma mágica com ele. Forte. Não vem dele, mas de alguém perto dele, talvez alguém da família. Talvez a sobrinha. Uma conversa de internet a respeito de uma sobrinha que está vindo ajudar a procurar, mas nada específico. Acho que tem alguém protegendo isso.
> — Alguém mais forte do que você?

Radha cruza os braços e ergue uma sobrancelha.

> — Eu não disse isso.

Quando ela descruza os braços, está com seis, ao estilo Shiva: apoia as mãos no quadril de modo desafiador, com os seis cotovelos para atrás, parecendo um tipo de serafim persa.

> — Desafio você a conseguir informações sobre a sobrinha.
> — Não é justo.
> — Desafio você duas vezes.
> — O que eu ganho?
> — O que você quer?
> — Madeline Kahn.

— Certo, vou abrir um alçapão por cinco minutos. Você sabe como funciona, não é?

— Sim, você pode me mandar um DVD de um filme com a participação dela e eu consigo cinco minutos de conversa. Mas ela não precisa fazer isso. Ela pode me mandar pra puta que pariu e pedir que eu caia fora e a deixe em paz.

— Ou ela pode enlouquecer. É mais provável que ela use o tempo perguntando sobre amigos e familiares. Você deveria pesquisar todo mundo que ela conheceu. E vai ser um VHS. Ainda não sei fazer em DVD.

— Tem que aprender, cara. Até os DVDs estão ultrapassados hoje em dia. O que você vai fazer quando tudo for feito do computador? É assim agora.

— Acho que vou ter que aprender.

— Não consigo abrir alçapões. Já tentei. Vários.

— Então acho que você terá que ir a uma loja de usados para comprar um videocassete.

— Para a Madeline? Certo. E mande *A História do Mundo*. Quero conversar com ela naquele lance romano. "SIM! Não, não, não, não, não, não, SIM!"

— Tem certeza de que não tem um membro da família ou amigo com quem gostaria de conversar?

— Sou jovem. Todos os meus amigos estão vivos. Apenas familiares mortos já eram velhos. Uma avó bacana em Brick Lane, em Londres, morreu há pouco, mas prefiro falar com Madeline Kahn. "Ahhh, é verdade, é verdade!"

— Como quiser.

— Certo, vou continuar insistindo. Veremos se o camarada Dragomirov tem ativos ou passivos em seu canil.

23

Um apartamento em Kiev.

Pequeno e sujo, abarrotado de décadas de breguices ocidentais.

Um frasco de perfume no formato da Torre Eiffel, amarelado e vazio, com pelos de gato presos nas laterais, domina uma mesa de canto de plástico, branca, com marcas de cigarro em todos os lados.

Perto da mesa, mais alta, há uma pilha de livros, como a Torre de Babel. No alto da pilha, um livro cheio de orelhas mostra uma ruiva com sobrancelhas arqueadas e seios cônicos do fim dos anos 1960, parecidos com pequenos mísseis e quase saindo do biquíni. Ela está em cima de uma moto e embaixo do título em checo: *Anjos da Estrada e da Praia*.

Falsas canecas alemãs made in Japan estão no chão, encostadas em uma parede descascada que já foi verde-abacate, como contrarrevolucionários muito pequenos esperando por seu esquadrão de fogo.

Um pôster antigo enrolado, com as pontas marcadas com furos, mostra um Mickey Mouse com olhar malicioso e claramente não autorizado apontando um dedo da mão enluvada para a legenda ORLANDO. Laranjas saem do primeiro O, um golfinho salta pelo segundo. Atrás do rato enorme, homens e mulheres com penteados do início dos anos 1980, todos relaxados como alguém que o capitão Kirk está prestes a inseminar, sorriem em um tipo de céu pintado, de sonho e brilhante. A cintura de Mickey é coberta por um convite neobíblico, *Venha e Veja, Venha e Veja!* em russo e ucraniano. Abaixo, a logo da agência de turismo Sunny Skye acima de um número de telefone há muito desativado. As partes superior e inferior do pôster estão rasgadas e coladas com fita adesiva nos pontos em que o pai do morador do apartamento arrancou às pressas as tachinhas, tirando o cartaz da parede de seu negócio ilegal de Donetsk em 1986, pouco antes da chegada da polícia.

Um gato malhado com patas brancas se lambe, ignorando o homem diante do computador com uma camisa polo Izod rosada e desbotada pelo sol. Se quisesse se levantar e olhar para trás, veria que ele está digitando em inglês:

> Na ssexta, eu estava na fazenda das tias e por acaso vi Huh, ligue para mim, se quiser enfiar a mão na bunda dos cavalos até o cotovelo.

Ei, você já viu algo assim?

Dê uma olhada na foto:

http://... (etc.)

Por favor me diga se você, pervertido, quer ir comigo da próxima vez em que eu viajar para o interior.

A coluna do homem está arqueada como um ponto de interrogação: não por um problema de nascença, mas por ter passado anos diante dos monitores. Ele se afasta da tela, empertigando as costas o máximo que consegue, e analisa o trabalho. Tem orgulho das vírgulas antes e depois de *pervertido*, algo que apenas um especialista no idioma saberia fazer.

Fuma, ainda analisando, procurando erros. Vê a *sexta* com dois s, equilibra o cigarro no canto da mesa, digita rapidamente, solta a fumaça e traga outra vez. Em breve, venderá "passagem" nesse spam a vários clientes, alguns na Ucrânia, outros na China, outros ainda na África, que vão pagar para que ele insira e jogue URLs nocivas para americanos e canadenses por ordem alfabética. Como feitiços, mas aos milhões e milhões. Espermatozoide, seu espermatozoide, correndo em direção aos óvulos da informação pessoal. Cartões de crédito serão roubados, endereços de e-mail serão invadidos, *spywares* serão instalados e, ah, que caos lindo! Mais importante ainda: os lindos dólares! O dinheiro aparecerá em uma dúzia de contas de fachada do PayPal. Passará esse dinheiro para contas que mantém em Trinidad, St. Martin e nas Bahamas, e seu fundo de aposentadoria crescerá.

Ele tem trinta e quatro anos e pretende se aposentar aos cinquenta.

Tem ganhado o próprio dinheiro desde os quinze.

Vai viver até oitenta e cinco, com a ajuda da medicina ocidental e seu fundo de aposentadoria, passando trinta e cinco anos trabalhando e outros trinta e cinco fazendo *a merda que der na telha*. Quando visualiza seu saldo bancário, imagina uma bola de neve de dólares, crescendo à medida que desce a ladeira, chegando a um vale, e então começa a encolher enquanto rola até sumir, antes de um estouro baixo ser ouvido.

O estouro de uma calibre 22 contra a própria têmpora. Ele pretende ser tão pobre no topo do segundo monte que não terá escolha a não ser atirar em si mesmo.

Tem que ser uma calibre 22.

É um calibre pequeno para a bala entrar, mas não sair, ricocheteando por dentro, fazendo purê dos miolos, destruindo todo o sentimento, toda a lembrança. Deixando apenas um pequeno furo sangrento. As pessoas que atiram em si mesmas com armas potentes são egoístas, vulgares.

Burguesas.

Alguém precisa limpar os miolos da parede.

Xingando e esfregando.

A arma será sua primeira aquisição quando se aposentar.

Até lá, continuará sem conseguir gastar mais do que o necessário. É um pão-duro de primeira, usando tudo até o desgaste completo e a inutilidade total, comprando coisas que custam quase nada, a preço de banana.

Mas quando ele completar cinquenta...

... *da próxima vez que eu viajar para o interior.*

— Perfeito, pervertido — diz ele, com um sotaque carregado.

O gato boceja, mostrando presas que talvez sejam as únicas coisas brancas no apartamento, e se espreguiça, caminhando pelas costas capengas do sofá até se sentar em seu braço.

Agora, a brisa da noite, fria para junho até mesmo ali, passa por baixo da janela, soprando as cortinas com moscas. A vista *en face* é formada por apartamentos mais feios, com luzes acesas apenas em algumas janelas. No entanto, agora esses retângulos de luz estremecem de leve, como sob o vapor do calor.

Mas não está quente.

A sala está ficando mais fria.

O gato quase sibila, pois se lembra do que aconteceu na última vez e se encolhe perto dos pés do dono, com o rabo entre os calcanhares e as marcas de pés nos chinelos logo embaixo.

Agora, o homem se vira na cadeira e olha pela janela.

Ela está aqui.

Ele desvia o olhar depressa.

A palma da mão fica suada.

Ele prevê o som antes de ouvi-lo.

O som de uma panela de ferro raspando contra o gesso barato embaixo do peitoril, raspando como um barco a remo contra um píer.

Baba Yaga percorrendo os céus da noite de Kiev, sentada em uma panela de ferro, empurrando-a com uma vassoura.
Como nas fábulas contadas antes de dormir.
Mas ela está lá fora.
Uma parte dela, pelo menos.
Nove andares acima.
Yuri...
— Sim, mãezinha — diz ele, tragando de novo.
Toma o cuidado de não mostrar os dentes quando fala.
Use o lenço.
O gato estremece com violência.
Ele puxa a gaveta e pega uma toalha de mão azul. Sente-se mal pensando em colocar aquilo sobre os olhos, mas coloca mesmo assim, jogando a cabeça para trás, mantendo a posição porque se a toalhinha cair e ele chegar a vê-la... Deus o ajude.
O som do baque quando a panela de ferro bate no gesso.
Tem uma panela mesmo ou escuto porque estou esperando?
Um pé descalço no piso de linóleo.
Ela está no apartamento agora, ele sabe.
Yuri, você comprou a passagem?
— Sim. Uma passagem para Marina Yaganishna, primeira classe. Níjni Novgorod a Moscou, Moscou a Nova York, Nova York a Syracuse.
Ela não vai querer se sentar perto de ninguém gordo.
— Já olhei. O assento ao lado no voo internacional não foi ocupado, então passei um homem magro para ali.
Ótimo.
Um momento demorado passa.
Tem algo que você não está me dizendo.
Não gosto disso.
Um cheiro ácido quando o gato urina no chão.
— Desculpa, mãezinha. Eu... Havia alguém mexendo nas minhas coisas. Nos Estados Unidos. Chicago, eu acho. Magia.
Descubra quem.
E por quê.
Ela se aproxima.
O gato sai de debaixo da mesa, corre em direção ao quarto e outra coisa se move mais depressa do que o bichano, que grita.

Yuri não ousa olhar.

— Eu... eu estava cuidando disso. Eu queria ter a resposta antes de contar.

E é por isso que você passa seu tempo na sujeira?

Um dedo ossudo aparece na tela de seu computador.

Enfiar a mão em cavalos? Você acha que é isso o que acontece no interior? Posso mostrar a você o que acontece no interior, mas acho que não vai gostar.

Ele não sabe se ela está lendo o que está escrito na tela ou se está espiando sua mente. Não tem certeza se ela pode ou não fazer isso.

Não sabe o que ela é.

Ninguém sabe.

Ele sente o cheiro de ferro, gordura e pimenta, misturado com sangue seco, bolor, medo.

Ela tem cheiro de medo.

Ele pressiona a toalha com força nos olhos, receando que a mão trêmula o traia e faça a venda cair. Sua urina faz força, quer sair. Ele segura.

Yuri respira pela boca, estranhamente protegendo os dentes com os lábios.

Ela lhe concede um tempinho.

Yuri...

— Sim, mãezinha?

Você tem agulha e linha nessa espelunca?

— Sim, mãezinha.

Use para costurar o rabo do gato outra vez.

— Obrigado, Baba.

Em algum lugar da mente dele, ela resmunga.

Agora, o som de uma vassoura de ramas, varrendo suas pegadas.

Ela sobe na panela, que raspa fazendo barulho nos tijolos.

A mulher do apartamento ao lado chama pela parede.

— O que você tem aí, Yuri Denisovitch, um rinoceronte africano?

Então, mais baixinho, ele ouve quando ela exclama.

— Merda! Aranhas! São muitas!

Agora, o som de uma vassoura (barata, moderna) pelo chão, uma oração apressada.

O gato geme do quarto, com tristeza.

A brisa para.

O quarto volta a esquentar, se é que dá para dizer isso, passando do muito frio para apenas frio.

Meia hora se passa antes que ele se atreva a tirar a venda dos olhos. Está encharcada de suor.

Mas ao menos não se mijou desta vez.

24

Um homem mais velho em uma televisão de tela plana está falando com um dialeto da Nova Inglaterra que lembra o trotar lento de um cavalo. A cabeça do homem é comprida e parecida com a de um cavalo, mas ele é bonito, apesar de ter quase setenta anos. Olha para um papel e então para o telespectador.

E para Andrew.

Mas o homem mais velho não vê o homem mais jovem.

Ainda não.

Ainda está só na fita.

— ...A vida dele *depende* da obediência a princípios espirituais. Se ele for longe demais, o castigo será inevitável e rápido...

O homem olha para o papel.

— Bill.

— ...Ele adoecerá e acabará morrendo.

Andrew sabe que o homem vai olhar para a câmera antes de falar de novo.

— Bill Wilson. É Andrew Blankenship.

— Andrew Blank...?

O homem mais velho demonstra ter entendido.

O alçapão está aberto.

O homem já morto no filme caseiro meio desfocado fica um pouco mais borrado. Mas agora está acordado, consciente. Pousa os óculos de aro escuro no nariz e olha para Andrew pela televisão. Aquilo não está no roteiro. O ambiente está congelado. A fita para de girar em sua máquina.

As luzes na sala de vídeo são quentes e confortantes, nem claras, nem escuras. Andrew não sabe como fica na televisão, *de lá*. Também não sabe se está em comunhão com uma alma ou se está conversando com o homem em seu momento real.

Mas sabe que as almas mortas, ou as inteligências encapsuladas, ou as sombras em Hades, ou seja lá o que forem, fazem com que ele se lembre de quando as encontra de novo.

Existe continuidade.

— Onde você está? — pergunta Bill, apertando os olhos.

— Em casa.

— Isso mesmo. Você faz isso do porão, certo?

— Sim.

Bill ri de modo simpático. É um idoso em uma gravação de 1964 que Andrew comprou no eBay e converteu de filme 8 milímetros para VHS. Está falando em uma reunião em uma casa na Filadélfia. Lê muito do trabalho dos "primeiros cem bêbados" nessa parte e Andrew descobriu que, nesse trecho, onde fala sobre a morte, é mais fácil interrompê-lo. A metade visível de um jarro de ferro escovado brilha abaixo de Bill, mas é como um brilho de paisagem.

Andrew sabe que o homem poderia tocar a jarra e a condensação se daria de novo: uma gota escorreria pelo lado. Ele poderia pegar o jarro, mas só *veria* o jarro se Andrew dissesse que estava ali. Se perguntasse ao homem morto o que havia ao redor, ele diria que estava borrado, ou embaçado, e então muito provavelmente a dissonância cognitiva entraria em cena e o homem morto começaria a ficar chateado. Ao falar com o morto por meio de um filme, é melhor manter a atenção em você.

Eles já passaram por isso.

Bill sabe que morreu em 2012.

Andrew disse a ele.

Bill também sabe que Andrew é um feiticeiro, mas não usa isso contra ele. Nem se importa com os cabelos compridos e as estranhas roupas do homem. Bill talvez seja o morto menos crítico com quem Andrew teve contato.

— Na nossa última conversa — diz Bill —, você me disse que estava patrocinando uma jovem de Wisconsin.

— O pai dela é de Wisconsin.

— Isso mesmo. Como ela está?

— Tem seis meses agora, a última recaída. E as recaídas dela não são tão devastadoras, por isso está sóbria há oito anos. Mas não acho que ela realmente tenha chegado ao fundo do poço.

— Quando tempo faz desde nossa conversa?

— Faz... meses.

Bill seca os olhos por baixo dos óculos, como se estivesse cansado.

— Parece que foi há cinco minutos. O tempo não faz o menor sentido aqui.

Ele começa a olhar ao redor.

E começa a parecer agitado.

— Bill.

Bill olha para Andrew de novo.

— Sim, me desculpe.

— Não precisa se desculpar. Eu estava só pensando se você ainda se sente à vontade sendo meu padrinho. Isso é uma...

Andrew para de falar.

— Uma situação altamente incomum, eu sei — Bill finaliza para ele —, mas é claro que continuarei me encontrando com você. Afinal, o que mais tenho para fazer? E digo isso sem ressentimentos.

— Ótimo.

— No que está pensando?

— Eu... gostaria de saber se desistir da mágica e desistir de beber são coisas parecidas.

— Claro que são. Está pensando em voltar para a igreja?

Bill está sendo sincero quando pergunta isso. Andrew controla um riso, mas reconhece que teria sido uma risada feia e sem graça.

— Não.

— Depende de você, claro.

E para onde a igreja levou você, velho? Para o céu? Esse é você?

— Sim. Gostaria de saber se poderia desistir agora. Se quisesse.

— Não sozinho, com certeza.

Qual é meu poder exatamente?

— Desculpa. Era só isso. É bom falar com você.

— Você perdeu seu pai ainda jovem, não?

— Sim.

— É difícil não ter a figura paterna. Você procura o que não está recebendo do pai em outras pessoas. Ok. O amor é sempre ok.

Andrew assente.

As lágrimas se aproximam.
Ele se segura.
E aqui está o mago em uma sala escura, usando truques baratos para perturbar o descanso de um morto, chorando porque sente falta do seu pai e da sua mãe.
Que merda.
— Temos padrinhos no mundo da magia também. Mentores.
Bill só ouve.
— O meu vivia em Ohio.

25

Ano de 1977.
   Perto de Xenia, Ohio.
   O último dia quente do ano.
   — Não sou maricas — diz o motorista.
   — Isso não é problema meu — responde Andrew Randolph Blankenship, tentando entender por que um homem careca e barbudo, que usa camisa desabotoada para mostrar a barriga redonda, diminuiria a velocidade do espaçoso Impala azul para conversar com um adolescente andando de bicicleta.
   — Você sempre passa de bicicleta por essa casa.
O homem aponta para uma casa dos anos 1980, com dois andares, tinta azul descascada e uma placa desbotada pelo sol: VENDE-SE.
   Andrew não fala nada. Só franze a testa, como costuma fazer quando está processando muitas informações.
   Esse cara está me observando? É perigoso? Por acaso sabe por que eu passo de bicicleta por aqui? Será que ele também vê?
   — Você sabe que tem um fantasma aqui, certo?
   Andrew sente seu coração batendo forte no peito.
   Há um fantasma e ele me assusta pra caralho.
   Caminho com a bicicleta na mão porque já a quebrei duas vezes, ao saber que ela estava olhando para mim.
   — Sim, senhor.

— Não me chame de *senhor*.
— Tá.
Andrew coça uma das costeletas, que começou a deixar crescer para imitar seu irmão mais velho. Mas Charles logo vai raspar as que tem porque elas parecem "diferentes" demais.
Mas esse cara.
Quem é esse cara?
— Ela se infla como um balão quando você passa de bicicleta pela casa porque está a fim de você. Tinha dezessete anos quando morreu. Essa é sua idade agora, se não me engano, certo?
— Sim, deze... Sim.
Andrew espia dentro do carro, que está mais perto agora. Fica aliviado ao ver que o motorista está vestindo calça. Um macacão, para ser preciso.
— Sabe por que não consegue vê-la?
Andrew balança a cabeça negativamente.
Uma buzina toca porque o homem mais velho deixou seu Impala entre as duas pistas. Ele olha para a estrada de novo e corrige a direção, quando um caminhão sujo de lama, com a caçamba aberta e cheia de abóboras, passa, perdendo uma abóbora, com o motorista apontando um dedo entortado pela artrite.
— Quer uma carona até depois da casa? Levo você até o Enon.
Andrew até queria uma carona.
Não queria ver a menina flutuando na janela e olhando para ele, com a cabeça grande como um carro alegórico.
Também não queria passar quarenta minutos pedalando, sendo que poderia aproveitar esse tempo num cochilo. Quase não dormiu na noite passada, e a garota com quem fez amor na plantação de milho está de castigo.
Valeu a pena.
O momento de amor, rápido e rasteiro, aconteceu depois de eles mexerem nas letras da marquise da Igreja Batista Xenia, de modo que ARREPENDA-SE, MEU POVO, O TEMPO DE VIVER NO PECADO ACABOU virou ACABOU SENTADO NO PAU.
Agora, uma caminhonete bege com ferrugem por baixo, com a cor de molho de espaguete, ultrapassou o Impala e o motorista gritou coisas hostis pela janela aberta.
Os olhos do homem careca se fixaram em Andrew.

— E vou dizer por que você e eu podemos ver a garota morta e aquele cara não pode.

O rapaz para.

Um urubu-de-cabeça-vermelha sobrevoa a área devagar.

— Tem espaço para a minha bicicleta?

— Sim.

O homem que vai ensinar o primeiro feitiço a Andrew para o carro na frente do garoto. Ele abre o porta-malas enorme: o Impala mais parece uma baleia abrindo a boca.

Sua boca é muito preta.

Sua língua, um pneu sobressalente.

Andrew passa a bicicleta Schwinn à baleia e se prepara para ir a Nínive.

26

— Ele ainda está vivo?

— Não.

Silêncio.

— Ele te ensinou o que você está fazendo agora? Comigo?

— Sim — responde Andrew.

— Tenho certeza de que você pensou em tentar isso com ele.

— Ele me pediu para não fazer isso.

— Por quê?

— Não disse o motivo.

E ainda assim eu faço com você.

Bill assente, pensativo. E então diz:

— Tem mais coisa, não tem? Você não está apenas sozinho. Está com medo.

— Sim.

— E esse medo faz você sentir falta de John Barleycorn.

— Está mais para Gilbert Grape para mim, mas sim.

Ele não vai conhecer essa referência.

— Fico feliz que tenha me procurado.

— Mesmo?

— Fico, sim.
— Você é mesmo *você*, não é, Bill?
— Não sei responder a isso.
Bill seca os olhos de novo.
Quantos alcoólatras gostariam de conseguir fazer isso? Que dariam qualquer coisa por essa chance? Conversar com ELE. *Agradecer a* ELE *pessoalmente. Por que é justo que eu guarde isso para mim? E se eu deixar Anneke vê-lo, o que é? Estarei me exibindo? Devo deixá-lo ir. Queimar essa fita.*
— Andy.
Mas ele me chama de Andy.
— Sim?
— Não me mande de volta ainda.
Andrew ergue as sobrancelhas em vez de perguntar por quê.
Bill W. diz:
— Da próxima vez que eu acordar... conversar... estarei conversando com você. Sou sempre o mesmo, mas você... estou um pouco preocupado a respeito do que você terá para me dizer quando voltarmos a nos ver. Há uma nuvem pairando sobre você.
— Uma nuvem?
— Não sei como dizer isso. Só que... fique aqui comigo por um minuto. Tem música aqui?
— Música?
— Sabe... um fonógrafo?
— Tem música.
— Toque alguma coisa. Por favor.
Andrew vai até o rádio.
Liga o rádio por satélite.
Liga o canal dos anos 1940, em alto e bom som.
Bill W. fecha os olhos, inclina-se em direção à tela.
Mexe a cabeça no ritmo da música, com sutileza, fazendo Andrew pensar em uma cobra saindo do cesto para um encantador de serpentes.
Agora Andrew chora.
— Aí vem ele — diz Bill, com os olhos ainda fechados.
E, então, ele abre os olhos repentinamente, com força, e diz:
— Você é quem precisava da música. É um catalisador para seus sentimentos, como a bebida costumava ser. Desligue-me quando quiser, filho. Está tudo bem.

27

Começo da noite.

O celeiro atrás da casa de Andrew.

Anneke arrota e sai de perto, afastando-se do ar com odor de alho que ela acabou de produzir. O aroma do penne, da salsicha apimentada e do manjericão que Andrew preparou mais cedo não consegue superar o cheiro da perca crua.

— É preciso ser muito solitário e desesperado para querer secar um peixe, não?

Ele toca o lado amarelo do peixe com as costas da mão, concluindo que precisa secar mais. Aperta o botão e sopra ar quente de um lado a outro do peixe. Franze o nariz ao perceber que Anneke arrotou e vira o secador para ela, que ri.

— Melhor do que peixe quente. Esse lugar fede à podridão da sua amiga sereia — diz ela, falando mais alto do que o gemido petulante do secador.

Andrew sorri.

— A pele fica seca, aceitando a tinta — diz ele.

— Não tenho cinco anos. Sei por que você faz isso. Só estou dizendo que fede.

Ela toma um gole do refrigerante diet.

Agora, Andrew passa um amarelo meio amarronzado, cor de mostarda, no peixe, que está quase tingido no molde com formato de peixe que ele fez com a folha de isopor com revestimento prateado.

— Pensei que você tivesse comentado que queria me observar fazendo isso.

— Eu quero. Serei boazinha.

Ele resmunga de modo desconfiado, começa a passar tinta laranja nas barbatanas, que prendeu contra a embalagem. Anneke olha para a frente e para os lados, observando as cerca de vinte gravuras estranhas que ele emoldurou e pendurou por ali. Esturjão, carpa, robalo-preto, salmão, em muitas cores, algumas naturais, outras fantásticas, todos indo para o norte, como se fossem puxados em direção ao lago.

Em meio ao cardume, como se estivesse perdido, um polvo azul da Prússia, que veio parar na Flórida a nado.

— Gyotaku?

— Gyotaku — ele corrige a pronúncia dela, mas Anneke não percebe a diferença.

Agora, ele pega um pedaço de papel de arroz e coloca sobre a perca, envolvendo o peixe e prendendo por baixo, massageando o papel. Ele detalha a barbatana com uma colher de plástico.

— Certo, gosto disso. Não estou dizendo que quero aprender. Mas gosto.

Ele resmunga de novo, os olhos quase sem piscar, fixos no que está fazendo.

Ele tira o papel.

— Bacana! — diz ela.

— Vou deixar secar um pouco e então faço os olhos. Não sou um artista, mas sei lidar com olhos de peixe.

Ele prende o papel com um pregador e então se senta no sofá roído por traças e perto da geladeira enorme, em que costumava colocar cervejas escuras alemãs e britânicas.

Pega uma água com gás.

Os dois ficam ali, sentados, sem fazer nada por muito tempo.

O sol se põe e as mariposas voam ao redor da lâmpada.

— Está nervoso? — pergunta ela.

— Não — mente ele.

28

Totalmente escuro.

Os vaga-lumes do lado de fora já desistiram.

Andrew se deitou no sofá, com as mãos no peito como um faraó pronto para ser embalsamado. Pés descalços. Calça jeans. Sem cinto. Sem camisa. Os cabelos formam um travesseiro escuro sob sua cabeça.

Como pediu para Anneke observá-lo, ela se senta do outro lado, na cadeira dobrável enferrujada.

A mulher afasta uma mariposa dos olhos.

Outra mariposa, maior, anda por seu rosto, mas ela tem medo de tocá-la agora, por isso a mariposa permanece ali.

Andrew também observa a mariposa.

Ele está ao lado dela, fora de seu corpo.

Quando ele percebe isso, seu corpo se arrepia.

Ele vê seu corpo arrepiado.

29

Ele se vira — parece que está virando o corpo, mas acredita que é assim que explica a si mesmo — e olha para Anneke. Quer encostar o nariz na orelha dela e sentir seu cheiro levemente apimentado, mas a parte dele que quer fazer isso não tem nariz. O pescoço dela é bronzeado e adorável, e os olhos dela brilham com curiosidade e preocupação quando olha para o corpo dele. Andrew vê

com que olhos?

os pelos finos da face dela, a leve pulsação das têmporas, sente o ritmo daquele coração. Ele se aproxima, quase misturando-se a ela, e começa a sentir que está adiando o que teme fazer. Mas é *tão bom* estar perto dela. É assim que é ser fantasma? Não... ele ainda está ligado a seu corpo. Tenta sentir o cheiro dela, ouve

com que ouvidos?

os próprios pulmões se encherem de onde está deitado no sofá, acha que pode sentir o cheiro dela agora. *Anneke*. Ela sorri um pouco, olha para ele, comprime os lábios tentando controlar o sorriso, então ele segue o olhar dela e entende o motivo.

Está tendo uma ereção que pressiona o zíper da calça jeans desbotada.

Ah, que ótimo.

Incrível.

Andrew sente vontade de se cobrir e agora suas mãos obedecem ao impulso, o rosto fica corado, uma linha de preocupação em sua testa meio adormecida. Anneke morde a falange para não rir, mas o riso se acumula dentro dela. Andrew-no-sofá agora vira o corpo para ficar de costas para ela, rosna involuntariamente como um urso frustrado.

Anneke também se vira e o riso escapa do controle. Ela pega e enfia um cigarro na boca, mas não acende.

— Digamos — sussurra ela entre os risos — que posso acender isso mesmo que você esteja voando por aí, certo? Você não é inflamável nem nada. Tipo metano?

Ela ri tanto que está prestes a chorar.

— Socorro! Meu amigo se transformou em um peido e eu o queimei!

Ele ri ao lado dela, com a barriga sacudindo, deitado no sofá. Estica *com que mão?*

e tenta acender o cigarro dela, tremendo.

Ela se afasta ainda mais do sofá, passa *através* de Andrew que, quase contra sua vontade, aceita ser arrastado *dentro* dela.

Ele nunca sentiu nada como aquilo — é elétrico, delicioso... parece caramelo. Percebe que se permanecer ali logo sentirá a pele dela, moverá seus membros,

e o que acontecerá com Anneke?

mas isso dura só um instante — ele sai dela.

E a sensação do empurrar faz com que ele se lembre de algo do texto... o *empurrar* pode ser mudado para que aconteça entrando no corpo. Se você *empurrar* enquanto entra, pode libertar totalmente a outra alma, que morre. Se você tentar e não conseguir, se não acreditar, você morrerá.

Anneke só consegue sentir um flash de apatia, como se seu coração tivesse parado por um instante, e ela entende o que aconteceu. Seu riso morre como um vento que cessa. Estremece. O medo pisca em seu olho, ela se vira, como sempre acontece com ela, curiosa. Anneke se vira para onde pensa que ele está e, como se tivesse ousado falar sem conseguir se controlar, diz:

— Faça de novo.

Ela seca uma lágrima de riso do canto do olho.

— Faça de novo, quero que faça — diz ela, e desce os olhos pelo corpo dele. Ele balança a cabeça com suavidade, recusando-se.

Ela acende o cigarro.

30

Andrew-fora-de-Andrew sai correndo do celeiro — mais do que correndo, trotando. Ele olha para o celeiro, mas não é exatamente como olhar para trás de si, já que ele não tem pescoço para virar: parece que ele é meio náutilo, se locomovendo pela água escura, com os tentáculos atrás dele. Nada corre atrás de Andrew. Ele é nada, não tem nada.

O celeiro fica para trás, a luz passando pelas paredes com tábuas de pinheiro, banhando a grama alta e as árvores pequenas ao redor em um dourado fraco. Anneke está lá, fumando seu Winston até o filtro, guardando com sua consciência o corpo meio ausente enquanto Andrew-fora-de-Andrew passeia por Cayuga County. Ele se atira, o náutilo se transforma em coruja, com a atenção voltada para a frente. As árvores se aproximam e ele passa por elas, sentindo os ritmos mais lentos e baixos, esvoaçando as folhas como se fosse uma brisa.

Nenhuma droga pode fazer isso.

Agora, segue pela costa sul e oeste, longe de Dog Neck Harbor, passando baixo pela água, observando as luzes nas janelas, o brilho azulado da televisão anestesiando pescadores e garçonetes cansados e um deles pisca — pronto! —, e então os jovens pais começam a se acariciar à vontade, já que os filhos foram dormir.

Não permita que a coisa veja você.

Não, sério, que porra é essa?

Essa não é a primeira coisa estranha que ele viu ao ficar fora do corpo. Nem a mais assustadora. Mas pode ser a maior.

Ele se agita e rola, movendo-se devagar, brilhando como se tivesse luz por dentro. Acha que provavelmente nunca saberá o que é. Sente aquilo, não percebe malevolência nem boa vontade, apenas poder. Indiferença. Um deus? Um demônio? Um alienígena? Nenhuma das opções anteriores?

Se você sente essa coisa, talvez essa coisa possa sentir você.

Seu cordão estremece, quase o levando de volta ao corpo e quase... o quê? Quase arrebentando?

Não aqui.

Não assim.

E aquilo para.

E começa a seguir na direção dele.

Pensa no *Titanic* afastando-se de seu iceberg, devagar, tarde demais.

Só que eu sou o Titanic e isso é o iceberg.

Ah, que se foda.

Ele voa mais baixo, sobrevoando a água como um pelicano.

Sabe que está gemendo no celeiro.

O cordão puxa, mas ele resiste.

Ainda não, ainda não aprendi o suficiente, não vou deixar essa coisa me assustar. Mesmo que ela esteja me procurando, mesmo que devore minha alma, desafio isso a me encontrar.

(Cuidado!)

Ele se aproxima da costa, sobe uma ribanceira baixa e vai para a mata.

Agora se move como se tivesse pernas, como um raio.

Um morcego passa perto dele, *por* ele, pegando mosquitos e mariposas. Ele se retrai, o corpo se remexendo no sofá, mas então o morcego passa por ele de novo, e mais uma vez: o animal sabe que ele está ali, está sentindo o que Anneke sentiu. Ele relaxa, deixa estar. Sente aquele pequeno coração batendo centenas de vezes por minuto, sente a mariposa entrando em sua boca, a alegria áspera que é a carne do inseto, e então deseja que o morcego vá embora e ele vai, perdendo-se na noite.

Atrás de Andrew, um brilho avermelhado na água, ainda longe, mas se movendo com mais rapidez agora. A trilha de fogo se torna uma estrada pavimentada e ele se move pela lateral. Há uma casinha à esquerda, a luz entrando pela janela da frente. Dentro, um sexagenário de barba e óculos pequenos se inclina sobre um tabuleiro de xadrez, as pernas cruzadas na altura dos joelhos em estilo europeu, mas Andrew sente que o homem é norte-americano, que treinou para fazer aquilo. Ele move um peão branco, consulta um livro e então movimenta um peão preto. Leva uma taça de vinho aos lábios e uma gota meio avermelhada escorre por sua barba e, então, desaparece dentro dela.

Agora, o brilho está sobre a terra, porém mais longe, na direção de Rochester. Ele se movia mais depressa quando não estava vendo.

Ou há mais de um deles.

É o seu medo falando. Só tem um. Ele não vê você, não quer você.

Ele voa de novo, movendo-se para a esquerda, de volta em direção à água.

À sua direita, uma casinha preta, com escada de madeira que conduz diretamente à varanda dos fundos.

Abaixo dele, a areia seca fica molhada e se torna rochas, aqui e ali pontuada com restos de madeira ou algas marinhas. Observa a água de novo e então vê.

Vê a si mesmo.

Um fantasma.

Dentro d'água.

O fantasma de um homem inchado e mais velho nada sob a superfície do lago. Tem o corpo de um tom verde-acinzentado, como algas, e os olhos são como dois buracos de luz, vidrados em Andrew.

Ele aparece.

Ah, merda, está na hora de ir.

O cordão balança.

A mão brilhante surge da água e segura algo.

Segura o cordão umbilical invisível que prende Andrew a seu corpo.

E o balança com força.

NÃO!

Balança com mais força.

POR FAVOR!

A cabeça fosforescente inchada do homem morto sai do lago e abocanha o ar com os dentes negros. Andrew sente algo como dor onde sua barriga deveria estar.

Agora é dor, uma dor muito forte.

O cordão é roído, mas os últimos fios são resistentes e a coisa não consegue arrebentá-los.

Frio! Estou com frio!

Andrew tenta se afastar, mas é puxado para baixo *por seu cordão umbilical* até um braço morto e gorducho envolver seu pescoço e puxá-lo para baixo da superfície da água.

Como tenho um pescoço? Ah, merda, minha alma está quase toda aqui agora, estou prestes a morrer. Socorro! SOCORRO! POR FAVOR!

O rosto morto se vira para ele.

Nenhuma bolha.

Ele não respira.

Mas fala.

Em russo.

— É desagradável se afogar.

Os olhos não cintilam mais. São apenas lâmpadas de um branco leitoso, como o brilho que os peixes do fundo do mar usam para atrair a presa.

Em pânico, Andrew tenta pensar no que fazer. Não consegue escapar da meia chave de braço em que está preso, da massa macia, mas insistente, lidando com sua não massa, e seu cordão não é forte o bastante para trazê-lo de volta.

— Com sua permissão, gostaria de mostrar minha nova casa.

Dragomirov!

E eles mergulham.

Cada vez mais.

Eles passam por um cardume de peixes pretos, formas definidas movendo-se pelas almas divididas. Um navio se aproxima na parte de baixo, iluminado apenas pela luz fraca de um fantasma.

— Não é linda?

Andrew é derrubado, passa por uma brecha.

Vê um quinteto de esqueletos entre a névoa e os detritos, sentados a uma mesa posta, com pratos e copos, com restos de suas roupas ao redor.

A *rusalka* tem andado ocupada.

Talvez tenha ocorrido apenas um afogamento por ano, se todos os corpos estivessem ali, mas como aquilo começara antes de 1930 ela deve ter acabado com muitas outras vidas.

Ela é uma mulher de um único desastre, em câmera lenta.

Ela é um monstro.

Agora Andrew, segurado pela nuca, está frente a frente com um esqueleto sentado no canto.

— Olha. Esse aí sou eu. Você pode ver que as minhas roupas estão em condições melhores e que aqueles malditos mexilhões não tiveram tempo de crescer em mim como nos sujeitos esquecidos na sala de máquinas. Ela cuida de nós, dos recentes. Mantém cada um asseado, como bonecas em uma casa de brinquedo. Comprei esse jeans na Nordstrom do International Mall, em Tampa. Cento e cinquenta dólares. E agora observe. Observe o tratamento dentário que fiz no México, que maravilha, esses dentes postiços, uma obra de arte com a assinatura do dr. Hernan Rodriguez de Leon — e para quê? Para sua vaquinha bonitinha me afogar por nada em um lago frio.

Sinto muito.

— Ao diabo com seu pesar.

A coisa gorda que o segura estremece com força, começa a se desfazer, pedaços de sua não carne se soltando. Andrew consegue ver partes daquilo agora, mas a luz está desaparecendo. Está escurecendo no navio.

— Preciso ir agora, a vaca vai voltar.

Nadia!

— Mas quero dizer uma coisa, sr. Andrew. Você vai se arrepender logo. Eu sei quem você é e vou contar *a ela*.

Sua sobrinha?

— Seu maldito filho da puta!

Ele ri agora, chacoalhando, quase sem luz. Sua voz está abafada, como se estivesse se afogando outra vez.

— Mas vou pedir para ela acabar com você depressa. Se fizer algo por mim.

O quê?

— Encontrar meu cachorro. Encontre Gasparzinho.

31

Escuridão total.
Frio.
Andrew grita.
Braços frios o encontram, aninham sua cabeça, um mamilo rígido e frio resvala em seu rosto no barco morto.
— Seu idiota — diz a *rusalka*, beijando seus lábios.

32

Luz.
Calor.
Andrew grita.
Braços quentes o encontram, aninham sua cabeça, um seio macio por baixo do algodão de uma camiseta.
Anneke está chorando.
— Seu idiota — diz ela, beijando seus lábios.

33

— Pensei que você estivesse morto. Você parecia bem morto.
Ela usa um rolo de papel e um frasco de álcool para passar no lábio superior dele e no queixo. Enquanto as partes etéreas de Andrew estavam nas profundezas do lago Ontário, seu corpo teve uma grande hemorragia nasal. O outro lastro também cedeu, mas Anneke não o soltou.
Ele está de jaqueta de couro, debaixo de um cobertor.
— Preciso trocar minha calça.

Ela encosta a cabeça no peito dele mais uma vez.
Salvador caminha atrás dela.
— Peça para Jeeves buscar uma calça nova. Não quero que você ande ainda.
— Salvador, por favor, traga uma calça jeans.
Feliz por ter uma tarefa, o homem de palha desaparece do celeiro e segue em direção à casa principal.
— Bem, como você é meu padrinho, acho que é a única pessoa a quem posso dizer que quero uma bebida agora.
Ele assente, estremecendo.
O frio do lago ainda está em seus ossos.
— Você sabe o que foi o pior? Quando achei que Elvis tinha mesmo saído do prédio, meu primeiro pensamento não foi: "Ah, Deus, meu amigo morreu". Meu primeiro pensamento foi: "Vão pensar que eu matei ele. Vou voltar pra prisão". Isso não é horrível? Como pessoa, quero dizer. Quem consegue ser tão egoísta?
Ela não vai chorar.
Ele se esforça para se desvencilhar de Anneke, vai até a porta do celeiro, inclina-se e vomita. A água fria do lago sai da boca dele.
Anneke leva um lenço de papel aos lábios dele.
— Não entendi nem metade do que aconteceu hoje — comenta ele. — Mas tem alguém vindo atrás de mim. Alguém perigoso. E acho que sei quem está por trás disso.
— Quem?
— Não quero dizer o nome. Mas acho que está na hora de eu mostrar minha casa da maneira adequada. E também está na hora de eu contar o que aconteceu comigo na Rússia.
O cheiro do lago se torna horrível, pior do que antes.
— Está na hora de você contar para mim também — diz a mulher nua com os *dreadlocks* ruivos. Ela caminha pingando para dentro do celeiro, olhando para Anneke de modo territorialista.
Anneke também olha para ela.
— Tem um cigarro para mim?
— Você sabe onde está o maço.
Nadia atravessa o celeiro e enfia a mão no bolso da jaqueta.
Anneke a observa, esforçando-se para não reagir ao cheiro dela.

Nadia apanha um maço amarelo-claro de cigarros, mas o cigarro que ela puxa está pela metade.

— Merda — diz ela, cheirando a guimba amarela de tabaco.

Anneke oferece a ela um Winston.

A *rusalka* pega.

34

Ele conta para elas o que aconteceu na Rússia.

PARTE DOIS

BEM-VINDO à CASA dos ESPÍRITOS
CHRISTOPHER BUEHLMAN

35

O homem que se esquece do próprio nome vive em uma rua em Syracuse desde março. Março era um mês difícil, triste e terrível para alguém ficar na rua, mas com a ajuda do cobertor do Exército da Salvação, o agasalho da ONG Goodwill e o saco de dormir roubado, ele sobreviveu.

Ele é forte como um homem das cavernas.

Como uma tribo inteira.

Sente orgulho do saco de dormir: não só pela capacidade tática que demonstrou ao burlar os alarmes antes de ser visto pelo rapaz do estoque ou pela pura capacidade atlética, quando deixou o funcionário gorducho para trás, ofegante. Sente orgulho sobretudo por ter tido a ideia de afaná-lo enquanto ainda estava bem, pois sabia que não demoraria a cheirar mal e ficar barbudo, e que pessoas nesse estado são percebidas assim que entram em algum lugar.

Também sente orgulho da luta com o cara da touca de banho. O touca de banho queria aquele saco de dormir: era um saco de caçador, camuflado, nota dez. Não era preciso se esconder nem se encolher em um saco como aquele. O touca de banho empurrava um carrinho de compras cheio de animais empalhados, segurava os bichos e fazia com que acenassem para os carros antes de mostrar seu cartaz: ESTOU COM FOME, PRECISO DE UM DÓLAR, JESUS TE AMA. As crianças faziam os pais darem um dólar para ele e o sujeito abria um sorriso em que faltavam alguns dentes. Mas nem todo mundo que brinca com ursinhos de pelúcia é bacana. O touca de banho pensou que por ser grande e ter um cachimbo conseguiria o saco de dormir térmico e faria o dono procurar outra coisa. Mas ele estava enganado. O touca de banho seguiu em frente. Seu sorriso tem menos dentes agora.

O homem que se esquece do próprio nome sempre soube lutar.

Entrar na infantaria parecia certo, apesar de alguém com quem ele se importava lhe pedir para desistir. Naquele dia, no sofá, deitando sobre ele e chorando dentro de seus olhos, ela implorou para que não fosse.

Ele precisava ir e na época imaginou que ela não entendia, mas passou a acreditar que talvez entendesse.

Ele voltou do Afeganistão depois de apenas algumas semanas. Voltou diferente. Não diferente para melhor. Diferente com lesão-traumática-cerebral-e-zunido-no-ouvido. O dispositivo explosivo improvisado havia amassado o Humvee como uma latinha de refrigerante, partindo-o ao meio, matando na hora o tenente e o mexicano, cegando o cara que jogava hóquei. Não se lembrava mais de nomes, mas sabia que o cara jogava hóquei. Ele próprio era o cara mais sortudo no veículo militar naquele dia, mas não tinha tanta sorte assim: embora não tivesse perdido nenhum membro do corpo, como agora tudo parecia não passar de resmungos, se irritava depressa. Gritava quando discutia, o que não era bom no quiosque de vendas de smartphone no shopping Carousel. Ou na escola de ensino médio católica que lhe deu um emprego de servente. Ou no lava-rápido, onde trabalhava por seis horas.

O fato de enfatizar os gritos segurando e apertando braços não tinha funcionado muito bem com a menina de tatuagem de pardal. E era o apartamento da menina de tatuagem de pardal.

Acontecera antes de partir para o Exército, quando ele tinha a própria casa, também. Conhecia ela havia anos. Três? Quatro?

Ela havia chorado nos olhos dele.

Ele tinha algumas cartas que ela escreveu.

Ela teve razão de lhe dar um pé na bunda.

Ele roubou o saco de dormir no mesmo dia.

Nunca voltou para pegar suas coisas.

É um homem das cavernas agora.

O dia está quente e ele está usando a camiseta de videogame, sua camiseta preferida. Já havia recebido trinta e três dólares e cinquenta centavos dos bondosos motoristas que saíam do aeroporto na Interestadual 81. Ele se deita para cochilar quando vê uma mulher andando em sua direção, uma mulher madura e bonita.

Ele se senta apoiado em um dos cotovelos e sorri para ela.

Ainda tem um sorriso bonito.

Observa ela.

Não é todo dia que alguém se importa a ponto de sair do carro e se aproximar dele, apesar de isso já ter acontecido.

Um carro cheio está à espera dela, com pessoas a chamando em outro idioma. Um dos homens sai, começa a andar na direção dela de modo protetor, o que é totalmente desnecessário. Ele é inofensivo para mulheres, a menos que elas briguem com ele: aí apenas aperta os braços delas. Ele não planeja fazer isso.

Ela pega algo da bolsa: uma garrafa d'água? Cem mililitros, como recomendado em voos internacionais.

Ela desrosqueia a tampa.

Ele só presta atenção à sua beleza, à pele bonita e clara.

Ela é mais bonita do que a menina da tatuagem de pardal, apesar de ter idade suficiente para ser mãe dela.

Uma *MILF*.

Ele odeia essa palavra.

— O seu nome era Victor — a mulher diz para ele, com sotaque.

A voz dela interrompe os gemidos na cabeça dele. Os gemidos param de vez.

Ninguém nunca fez tanto por ele.

O zunido vai e vem quando quer, nem os médicos podem controlar, nem o Veterans Affairs pode controlar, mas aquela mulher conseguiu fazer aquilo parar.

Ele quer chorar.

— Victor — diz ele, concordando. — É, isso mesmo.

Ele se lembra disso às vezes, sozinho, mas é bom pronunciar seu nome outra vez.

Ouve o ruído baixo dos carros, a música deliciosa dos pássaros.

Sem reclamação.

— Você é jovem demais para viver de um jeito tão ruim. Não está com sede, Victor?

Pensando bem, ele *estava* com sede.

Ele lambe os lábios e assente.

O que é isso?, pensa ele.

— Neve derretida — diz ela. — De casa.

Ela passa a garrafa para ele, que bebe o líquido.

É frio, mais frio do que ele pensou que seria, e claro.

— Não desperdice nada — diz ela, e ele não desperdiça nem mesmo uma gota, chegando a lamber as costas da mão depois que seca a barba.

Agora, o estrangeiro está se aproximando, falando a língua deles.

É russo.

Ele compreende o idioma, mas não sabe como.

— Não fazemos esse tipo de coisa por aqui, essas pessoas são perigosas. Por favor, Marina.

— Ele não é perigoso para mim — diz ela, ainda ajoelhada, e pisca para ele.

Ela entrega a Victor uma nota de vinte dólares, mas ele compreende que não é de fato para ele, é apenas *pokazukha*, uma cena que ela está interpretando para o primo.

Ele não vai precisar mais do dinheiro e sorri ao pensar nisso.

Ele sorri para aquela mulher, a quem ama do fundo do coração, cujos braços nunca vai segurar e apertar, e ela sorri de volta.

Ela lhe devolveu seu nome, mas foi apenas para que ele soubesse como ela era especial, como era certo confiar nela.

Ele não é mais Victor.

Ele não é mais um homem das cavernas.

Ele não sabe o que é, mas dorme embaixo da passarela pela última vez antes da grande aventura e sonha com seu amigo cego jogando hóquei. Ele voltou a enxergar e está esquiando com o taco baixo, deslizando depressa, deslizando com agilidade e graça.

O Era-uma-vez-Victor precisa olhar para cima para ver o amigo esquiar.

Ele o observa por debaixo do gelo.

36

Manhã.
 A casa dos espíritos.
 Os pássaros estavam cantando, e ele imagina que continuem, mas Salvador preenche a casa com o barulho do aspirador de pó, talvez o som mais doméstico dos sons de fundo da televisão americana.
 A noite anterior foi repleta de horrores, mas a manhã parece estar tão calma que tudo pode ter sido um pesadelo.
 Terrível, terrível demais, mas aprendi muito.
 Estou pronto para tentar mais.
 Talvez hoje, depois que eu mostrar a casa às meninas?
 Ele esfrega o umbigo, lembrando-se de como doeu quando a coisa do lago mordeu o cordão.
 Para o inferno com isso.
 Nadia fuma e parte para o quintal, lá fora.
 Anneke ainda não chegou.
 Nada faz o mundo parecer comum como uma boa dose de rede social, que deixa a alma apática. Andrew para diante de seu Mac, entra no Facebook e rola a *timeline*. Assiste ao vídeo do esquilo dramático talvez pela quinquagésima vez, mas mesmo assim rindo de novo. Passa pelos convites para eventos, pelos joguinhos bobos, tipo Farmville, por uma daquelas histórias sensacionalistas de sempre que se torna amarga no fim com o "compartilhe, se não for um babaca" ou algo do tipo, e então encontra a foto de Obama que compartilhou. O presidente O com óculos bacanas, um sorrisão, erguendo a mão em um aceno, com legenda.

> DESCULPEM POR EU TER DEMORADO TANTO
> A MOSTRAR MINHA CERTIDÃO DE NASCIMENTO
> — EU ESTAVA OCUPADO MATANDO BIN LADEN

Trinta e sete comentários.
 Ele sabia, quando compartilhou, que era uma má ideia, um pouco mais errada do que engraçada, mas estava cansado. Não causava surpresa que aquilo tivesse gerado trinta e tantos comentários: a maioria

de seus amigos é liberal e a maior parte dos conservadores é educada o bastante para não se meter no post alheio, mas algumas pessoas curtem atacar uma plateia hostil.

Andrew chama esse esporte beligerante de "cabo de guerra" e, apesar de nunca participar dessas coisas, seu irmão Charley deveria fazer parte do hall da fama dos babacas das redes sociais.

Junto com John Dawes, do outro lado da rua.

Os dois se viam no círculo virtual de Andrew com tanta frequência que viraram amigos, apesar de nunca terem se encontrado pessoalmente. Aliás, se acabassem se conhecendo, um não gostaria do outro.

Charley é um forte propagandista de Jesus, usando a palavra Dele para enriquecimento — ou seja, bem longe do Jesus-de-sandálias-e-burrinho —, e Dawes tem um antigo rifle alemão e um cachorro bravo e valente. É um cão de três patas (uma das qualidades inegáveis de Dawes é seu voluntarismo e proteção a cães ferozes resgatados), mas o maldito animal sabe correr. Andrew detesta passar de bicicleta por aquela casa, porque corre o risco de parar no hospital e ainda ouvir de Dawes que a culpa da coisa toda é sua. Charley pensaria que Dawes tem sérios problemas emocionais (ele tem), e Dawes pensaria que Charley é um falso imbecil (ele é).

Andrew quer muito que eles saiam juntos qualquer dia desses.

Nesse post, John Dawes (que, diga-se de passagem, nunca esteve no Exército) está explicando os detalhes operacionais da missão de Bin Laden, ao passo que Charles Blankenship está questionando o patriotismo de Andrew, o que faz cerca de uma vez por mês.

Andrew gostaria de saber lançar feitiços pela internet — isso é coisa de Radha —, porque faria com satisfação aparecerem duas fotos:

1. John Dawes depilando as bolas durante a reprise de *A Ilha dos Birutas*.

2. Charles Blankenship, aos dez anos, com a mão no olho e fugindo da menina negra que ele tentou chamar de *crioula* em 1965. (Ironicamente, isso aconteceu em uma Festa de Halloween em Dayton, e Charley estava vestido de índio, com cocar e tudo.)

Anneke bate à porta.

Ela foi passar a noite em casa e voltou.

Andrew a recebe usando seu roupão japonês, com chinelos Ugg de lã nos pés.

Um aspirador está ligado, mas é desligado um segundo depois que a porta se abre.
— Esta é a minha casa e você deve sair do mesmo jeito que entrou. É importante.
Ele sempre diz isso quando ela vem.
— O que acontece se eu não sair?
— É importante.
Salvador passa atrás de Andrew, levando o aspirador de pó em uma das mãos e segurando o fio com a outra.
A *rusalka* já está ali, usando um vestido, quase certamente a pedido de Andrew. Um vestido de verão simples que fica um pouco curto nela, molhado na parte de cima, porque os cabelos dela estão sempre molhados.
Ele está mesmo fodendo com ela. Nariz, apresento-lhe um pregador de roupas.

Antes de tudo, o café de Sumatra passado na prensa francesa.
Puro para Anneke.
Mel para a *rusalka*.
Essência de avelã para Andrew.
Salvador conhece como cada um gosta.
Ele se afasta quando o passeio começa.

Primeiro, a escada.
— Certo, esta é barata e básica. Vou mostrar a você.
Ele para no alto da escada.
— Anneke, você topa uma emoção? Pode ser que se machuque.
Ela sorri ao ouvir aquilo.
— Sim.
— Suba aqui.
Ela começa a subir a escada.
Andrew diz:
— *Subida escorregadia.*
A escada se torna uma rampa muito lisa e encerada.
Ela cambaleia para a frente, escorrega, mas cai de pé.
— Legal! — diz ela.
— *Ziggurat.*
A escada reaparece.

— Quer tentar de novo?

Ela assente, sorrindo, e volta a subir.

— *Planta carnívora* — diz ele.

A realidade parece se tornar um borrão.

Anneke tem a sensação de que está caindo, parando.

Primeiro, não compreende por que parece mais baixa, mas quando tenta dar um passo percebe que afundou na madeira abaixo dela, como se estivesse em uma areia movediça que ganhou firmeza de uma hora para outra. Tudo abaixo de seus joelhos está imobilizado.

Sem pensar, ela olha para trás para ver a localização da *rusalka*.

Os olhos de Nadia estão estreitos e brilhando um verde luminoso fraco.

— Não faça isso — diz Anneke.

— Fazer o quê? — pergunta ela, com sotaque.

— Olhar para mim como uma presa em uma armadilha ou seja lá o que signifique essa cara de coitado.

— Ah. É só reflexo.

— Vamos começar de cima para baixo — comenta Andrew, enquanto Nadia e Anneke sobem a escada. Uma única lâmpada se acende acima. — Este é o meu sótão. A maioria das coisas aqui tem a ver com a segurança da casa, então, por favor, não toquem em nada. Nadinha. E não façam perguntas muito específicas a respeito dos itens. Quando um feitiço agressivo é colocado em um objeto físico, a explicação dilui seu poder. Às vezes, até o aciona.

— De que forma acionaria?

— Intenção. Visualização. Se alguém além do próprio criador sabe exatamente o que o objeto faz e imagina aquilo acontecendo, então pode fazer acontecer. "Alguém" no sentido de um usuário. Ou alguém com uma imaginação particularmente fértil. Acredito que isso deva ser raro, e nunca vi algo desaparecer porque foi explicado, mas já li que aconteceu.

Todos sobem.

As garotas olham ao redor.

O sótão está muito menos cheio do que Anneke esperava.

Algumas caixas de papelão e diversos tubos plásticos selados estão encostados nas paredes, mas não é isso o que chama atenção.

A coruja se destaca.

O corujão-orelhudo, de olhos vidrados, do tipo grande suficiente para tirar as águias de seus ninhos, fica no topo de uma estante comprida, também habitada por um gaio-azul, dois corvos e um beija-flor.

Anneke e a *rusalka* notam uma forma que lembra um animal em cima de um baú enorme, velho, coberto com um lençol empoeirado.

Independente do que seja, tem uma cauda longa, de réptil.

Andrew vê as duas observando, aproxima-se e tira o lençol.

— Que porra é *essa*?

— É um aspirador de pó com tubo Tri-Star antigo, claro. Levemente modificado.

— *Levemente modificado* — diz Nadia, mostrando os dentes podres em um sorriso de agradecimento.

A caixa triangular, que parece um buldogue, forma a base de uma mescla perturbadora de ferramentas e partes taxidérmicas de animais. As rodas que normalmente sustentariam a parte de trás maior do aparelho (agora revertida para servir como um peito inflado de uma fera) foram substituídas pelos braços de um chimpanzé, apoiado em seus ombros, com as mãos unidas como em oração. Um jacaré bem grande doou a cauda serpenteante da ponta maior, onde a mangueira já tinha sido encaixada. A tal mangueira foi passada para a ponta maior e usada como o pescoço que segurava a cabeça, um tipo de cabeça de galo de latão e metal com lentes de óculos grandes no lugar dos olhos e as pontas de facas de cozinha como uma crista. O bico parece totalmente capaz de furar um pneu de caminhão. Por via das dúvidas, o conjunto leva asas dobradas de urubu ajeitadas nas costas inclinadas.

— Ele tem um nome? — pergunta Anneke.

— Na verdade, *ela* tem. E sei que está na forma de um galo... pensei em chamá-la de "Billy" em homenagem ao cara que a soldou para mim... mas algo nessa coisa puxa o feminino.

Ele sussurra o nome a ela.

— *Electra*.

Em seguida, o trio passa por um tipo de tanque de peixes com um monte de terra até a metade. Cabides entrecruzados ficam por cima e, a partir dessa estrutura, presos por fios dourados, sustentam uma miniatura da casa dos espíritos, perfeita em todos os detalhes.

— Mas o quê...? — começa Anneke.

— Não faça nenhuma pergunta sobre isso — Andrew diz. — Vamos seguir em frente.

— O quarto — diz ele, do modo mais neutro possível.

— Fique na porta — diz ele a Anneke.

— Por que sempre ela? — pergunta a *rusalka*, magoada. — Quando vou conseguir fazer alguma coisa?

— Não sei bem como isso vai funcionar com você.

— Porque. Não. Sou. Uma. Pessoa — diz ela, com um pouco de orgulho ferido.

Sem se impressionar, Andrew responde:

— É. Exatamente. Por. Isso.

Ele se deita na cama e se estica.

— Venha e sente na cama — pede ele a Anneke.

Ela obedece, olha ao redor, tentando descobrir qual vai ser o truque.

Nada acontece.

Ela só fica sentada.

— Agora, volte e repita o movimento, mas desta vez pensando em me machucar.

— Com prazer — diz a mulher, rindo.

Agora, ela atravessa a sala meio abaixada, com a mão erguida, como se segurasse uma faca invisível, pronta para atacá-lo no estilo *Psicose*.

Quando está no meio do caminho, a porta do closet se abre.

— Ah, merda — solta ela.

Dá mais um passo. Tudo acontece depressa.

O telefone no criado-mudo de Andrew toca.

Quatro objetos serpenteantes, castanhos e pretos, caem do closet de Andrew, em alta velocidade.

Ela tenta cobrir o rosto com as mãos.

Não são cobras.

São cintos.

O couro arde em contato com a pele dela.

— Ah, merda!

Surpreso, Andrew solta um palavrão de dor.

Os cintos envolvem as mãos e os pés, amarrando e imobilizando Anneke. Um quinto cinto se enrola no pescoço dela, apertando apenas o suficiente para que ela sinta sua presença.

O motivo do xingamento de Andrew foi que o cinto que ele estava usando o acertou. Sentiu um ardor do lado do corpo, pois a fivela o atingiu ao partir na direção de Anneke.

O telefone toca de novo.

Levita sobre a cama, voa até ela.

Encaixa-se na orelha dela.

A voz de Andrew, pré-gravada: *"Honi soit qui mal y pense!* Tente não se mexer muito, porque os cintos se apertam quando você luta. Sobretudo aquele ao redor do pescoço. Vou estar com você assim que possível".

A linha cai, o telefone cai, fica no chão.

Nadia aplaude com delicadeza, como se estivesse na ópera.

O mago ajuda a tirar os cintos de Anneke.

— Por que você desperdiçou um grande assim?

— Vou recarregá-lo de novo amanhã. Não é o único aqui.

— O que foi dito em francês?

— Basicamente, *pense em coisas boas.*

37

— Este é o banheiro. Os prendedores prateados que vocês estão vendo segurando o rolo tornam o papel higiênico inesgotável. Muito popular com as moças, assim como a tampa do vaso, que se abaixa quando a pessoa sai. É uma magia bem sutil. Menos sutil é a banheira com pés curvos. Se você mergulhar de cabeça, é duro o bastante para quebrar seu pescoço,

(Nadia se retrai ao ouvir isso)

mas vai mandar você para o banheiro que quiser e que mentalizar. Se não disser nada, vai mandar você para o último lugar que ele computou.

Anneke pensa nisso. Faz sentido... os banheiros são particulares. Uma pessoa não desejaria aparecer no meio de uma fonte pública, nem mesmo de uma cozinha. Se o Superman fosse de verdade, ele se trocaria em um banheiro, não em uma cabine telefônica. Talvez ele use um banheiro agora, já que as cabines telefônicas estão quase extintas. Andrew deve saber — ele parece babaca o bastante a ponto de ter o hábito secreto de ler gibis.

— Você se molha?

— Só se a banheira estiver cheia. A água nos canos conduz, não transborda.

— Como você volta?

— Qualquer aparelho no banheiro para onde você for enviado mandará você de volta para esta banheira. Outra banheira é melhor porque, embora os vasos sanitários também funcionem, a ideia é meio repulsiva. A pia se alarga o suficiente para dar conta, se você acreditar, mas certa vez fraturei uma costela na torneira enquanto fiquei com medo de não conseguir escapar. Acreditar é mais do que metade do feitiço.

— Qual foi o último lugar computado? — pergunta Anneke.

— Não me lembro — diz ele. — Você gostaria de ver com os próprios olhos?

Ela lança um olhar do tipo "você deve ter se esquecido de quem está desafiando" e mergulha. Nadia, assustada (e um pouco impressionada), xinga em russo e dá um passo para trás, para não tropeçar no pé de Anneke.

38

Anneke se vê dentro de um banheiro pintado de verde da metade para baixo e de branco da metade para cima. Está sentada no vaso e a tampa, felizmente, está abaixada. Um jovem assustado, um branquelo com cabelo afro, estava lavando as mãos na pia. Sua mente não consegue lidar com a ideia de que ela simplesmente apareceu, então ele faz um tipo de correção de emergência.

— As pessoas costumam bater antes de entrar, sabia? Termino em um minuto.

Ela também está em choque, mas só olha para ele.

Ele tenta imaginar se ela machucou a cabeça.

— Você está bem?

Ela assente.

O papel higiênico acabou, então o jovem seca as mãos na calça.

Nem ocorre a ele que precisa puxar a travinha para abrir a porta, porque ninguém entrou depois dele.
— Quer que eu feche? — pergunta ele.
Cara bonzinho.
Ela assente.
Ela se levanta com as pernas trêmulas e tranca a porta de novo, para se recompor. Recosta-se. Um aquecedor de água domina o banheiro cheio e há um adesivo amarelo mostrando a ela que gasolina não deve ser guardada perto dali, pois a luz pode causar incêndios. As paredes estão tomadas por objetos de um programa de mafiosos da TV a cabo.
Ela pensa em entrar no vaso e voltar para casa, mas a dúvida a acomete. A peça parece mais dura, de certo modo, mais *real* do que aquela por onde se lançou na casa de Andrew. Ela imagina a si mesma quebrando a cabeça no cômodo velho. O branquelo de cabelo afro diria aos médicos que ela parecia confusa, deu um encontrão nele, não parecia muito bem.
E lá está ela, rolando em uma festa LGBT em uma cadeira de rodas.
— Como você ficou paralisada?
— TC.
— Ah, traumatismo crani...
(Ela interrompe a interlocutora imaginária que se parece com Shelly Bertolucci.)
— Toalete cretino.
Ela não sabe quanto tempo passa olhando para o vaso (que precisa ser limpo), mas uma batida tímida faz com que abandone seus devaneios.
— Só um minuto.
— Sem problema — diz uma garota.
Seja lá onde estiver, as pessoas até que são bacanas.

Ela sai do banheiro com os joelhos bambos, entra em um lugar iluminado — uma cafeteria — repleta de alunos estudando, hippies velhos falando de política, uma mulher com cara de brava na fila, cruzando e descruzando os braços, impaciente para pedir sua bebida rebuscada. Um caminhão vermelho reluzente passa na rua e o lugar todo recebe uma luz vermelha. Anneke abre a porta, o sino acima dela toca e o homem afável que está fazendo a máquina de cappuccino emitir um som sibilante diz:

— Volte sempre.
— Obrigada — diz ela, chegando à calçada.
Onde estou?
Como volto?
Vou mesmo pular em uma privada?
Sim, vou.
Então é melhor entrar e fazer isso porque quanto mais tempo passar pensando, pior será.

Ela olha para trás, para a janela na cafeteria, e vê um jornal abandonado em uma mesa. A porta faz ding-dong de novo. Anneke olha para o jornal. USA *Today*. Não ajuda. De onde veio? Ela avista a prateleira, perto do balcão, e se aproxima enquanto uma mulher de braços cruzados olha para ela, suspeitando que ela possa tentar cortar a fila.

The New York Times.
USA *Today.*
Ah!
The Dayton Daily News.
Essa cidade parece pequena e limpa demais para ser Dayton.

Ela vê uma pequena prateleira do outro lado da fila do café e vira a cabeça para olhar. A mulher se vira para pedir licença, mas o carinha simpático do balcão a interrompe com um: "Posso ajudá-la?".

Anneke pede licença atrás da mulher, pega um jornal e olha para ele.
The Yellow Springs News.
Yellow Springs, Ohio.
Jesus Cristo, é real!
Eu tenho que sair daqui.
Eles estão esperando.
Estão?
Isso está acontecendo em tempo real?

Ela pensa em entrar no banheiro de novo, mas o tipo poeta de barba cheia entra e fecha a porta.
Merda.
Não estou pronta para entrar na privada, não mesmo.
Ela entra na fila do café.
Olha para trás, pela janela da frente.
Um bar do outro lado da rua, antigo e de madeira.
Ah, era disso que eu precisava, porra.
Era EXATAMENTE *disso que eu preciso, porra.*

Coragem.
Ela sente que começa a suar.
Permanece na fila e pega um chocolate quente com o dinheiro no bolso da frente.
Beberica o chocolate quente devagar, olhando para o banheiro e então para o salão. Tamborila os dedos na mesa.
Certo, não é culpa sua. Você está em uma situação delicada. Tem que fazer isso.
Uau, você é sagaz.
Você acabou de passar por um portal mágico. Independente do que aconteça aqui, não vai fazer diferença.
[Bocejo] Nossa! Você é incrível.
Você já sabe que vai fazer. Ou faz, ou compra uma passagem de ônibus para Rochester. Só está perdendo tempo. O seu, o de Andrew e o da porra do peixe.
Certo, essa foi forte.
Momento de força maior.
Eu não tive um momento assim.
Sou uma farsa no AA.
Desde minha última recaída, apenas seis meses se passaram.
O que são seis meses?
Durante a meia hora seguinte, Anneke usa os dez dólares que restam no bolso para pedir mais um chocolate e um latte descafeinado com essência de avelã. Mexe os lábios enquanto fala sozinha. Depois de ir ao banheiro pela terceira vez, para ver o fundo do vaso, ela diz:
— Foda-se.
E sai pela porta.
Ding-dong!
E entra no bar do outro lado da rua, onde pede três doses de Jack Daniel's, mas fica sabendo que eles não servem destilado. Ela pergunta quem serve. Caminha o quarteirão e meio até o Dayton Street Gulch, irritada por isso.
Então, pede suas três doses.
— Quinze dólares — diz o atendente de lábios muito vermelhos e barba de um loiro desbotado.
Ela enfia a mão no bolso.
Está sem dinheiro.
Ela se vê enfiando a carteira embaixo do banco da frente de seu Subaru.

Minha carteira não está aqui!
O atendente se vira para a geladeira, pega uma cerveja para um homem negro de chapéu fedora que estava limpando a mesa de bilhar com um estudante universitário usando uma camisa de mecânico engraçadinha com uma etiqueta com o nome dele escrito. Anneke vira a primeira dose. Vai ao banheiro (só para urinar). Volta para o bar. Vira a segunda dose. Assiste à televisão sem som: um julgador de um programa de auditório repreende uma mulher com um cabelo estranho. Em seguida, uma série de comerciais:

Detergente com uma MILF e sorridente, e bebês mais sorridentes ainda.

Uma fita de autoajuda para ficar rico através da fé, apresentada por um hipócrita sorridente estranhamente familiar.

Fraldas.

Mais bebês.

Que merda é a televisão durante o dia.

Ela vira a terceira dose.

— Qual é a sua marca de fraldas preferida? — pergunta ela ao jovem atendente barbudo.

— Não tenho preferência.

— Muito diplomático de sua parte — diz ela.

Ele sorri.

Ela costumava conseguir beber mais do que os homens, mas agora anda fraca para a bebida. O uísque envolve seu coração com os dedos peludos.

É bom.

Aí vem o barato.

É muito bom.

Talvez ele me sirva mais duas.

Vou perguntar, primeiro, se eles aceitam Visa, para ele pensar que estou numa boa.

Eu quero as doses.

Mas, se beber, vou ficar bêbada.

A magia é bem perigosa estando sóbria, hein, brujo?

É agora ou nunca.

Anneke sai pela porta, por um triz não é atropelada por uma van, corre pelo estacionamento do posto de gasolina, quase bate em um carrinho de bebê, passa correndo pelo bar, entra na cafeteria,

Ding-dong!
e encontra a porta do banheiro trancada!
Olha para a janela.
Vê a cabeça do atendente entre os caminhões e por cima dos carros. Ela poderia ter agido com mais calma, como se estivesse indo até o carro, mas foi invadida pela adrenalina. Ele parece atento. Vai entrar quando houver uma brecha no trânsito.
Anneke diz:
— Porra!
E chuta a porta do banheiro para abri-la. A travinha cai no chão, fazendo um tilintar.
— Porra! — repete um tipo skinhead calmo com alargadores do tamanho de moedas grandes nas orelhas.
Anneke arranca o cara da frente do vaso antes de ele começar a urinar e o empurra para dentro da cafeteria, com o pau espetado com um piercing para fora.
— Que porra é essa, cara! — fala ele.
O atendente vê o empurrão e começa a dizer:
— Ei!
Antes de conseguir terminar, o atendente e o cara veem Anneke pular no vaso e desaparecer.
Para ser mais exato, ela pula na direção do vaso, mas nenhuma parte de seu corpo toca a privada.
Seus sapatos vermelhos meio rachados são a última coisa a desaparecer se agitando.
Os dois homens se esquecem dela no mesmo instante.
Quando o atendente surpreso abre a porta da cafeteria — *ding-dong!* —, o rapaz do balcão pergunta se aconteceu alguma coisa.
O atendente coça a barba.
— Desculpa — diz ele, percebendo que abriu a porta com força, mas se esquecendo totalmente do motivo.
Ele disfarça.
— Você tem notas de cinco?

39

A casinha está cheia de russos. Eles vieram da Flórida, de New Jersey, de Little Odessa. Alguns americanos, parentes da falecida esposa de Dragomirov, todos altos, loiros e de olhos azuis, se sentam, com caras de surpresa, num canto da varanda de trás, quase uns em cima dos outros por falta de espaço. A intensidade dos russos assusta esses luteranos cuja aeromoça-modelo se casou com um homem de empregos duvidosos e associações perigosas. Essa tribo Dragomirov tem olhos arregalados, cabelos escuros, riso frouxo e pouca paciência.

Eles leem poemas uns aos outros.

Quem lê poemas em uma festa?

Não é exatamente uma festa.

Ao mesmo tempo, não deixa de ser uma.

É como um velório, mas mais sombrio.

Cantorias, histórias, piadas, vestígios de vingança, tudo acompanhado por olhares cúmplices trocados entre homens que sugerem que mais coisas serão ditas quando as mulheres e os filhos saírem.

Mikhail Yevgenievich Dragomirov, "Misha", partiu há um mês.

A família veio hoje para assumir a casa, paga até o fim de agosto.

Seria de se pensar que o patriarca do lado americano da família, Georgi Fyodorovich Dragomirov, primo do desaparecido, dominaria a sala. Só que ele está velho agora, tinge as sobrancelhas, e sua azia o incomoda quando se esquece de tomar o remédio. Ele se esqueceu de tomar o remédio.

A próxima na fila poderia ter sido sua meia-irmã, Valentina Fyodorovna, a pedido de quem o ícone da Virgem apareceu na estante do canto, substituindo o uísque de Misha. Ela foi expatriada recentemente, mas está triste demais para falar e toda hora assoa o nariz, sempre com dois lenços, sempre atrás da mão manchada, cujas unhas brilham com o melhor esmalte vermelho.

A pessoa que se destaca não tem nem cinquenta anos — e ninguém ali a via há um bom tempo. A pequena Marina, que teve uma vida muito difícil. Marina de Níjni Novgorod, a garota da mata que foi salva da prostituição por seu Baba, indo então para a universidade. Para o lado da poesia. Como surpreendeu todos eles quando foram buscá-la no aeroporto Hancock, em Syracuse.

Ela é a mais inteligente entre eles, e parece envergonhá-los pelo modo com que os Estados Unidos tiraram a força dos Dragomirov.

Ela é pequena, bombada, bonita. Eles assistiram ao vídeo que ela enviou como apresentação, para mostrar que tinha o senso de humor do tio, um vídeo dela fazendo musculação com *kettlebell* na floresta ao som de "Volga Boat Song".

Agora, está ali, diante deles. Com a pele clara e saudável, acentuada pela marca em seu rosto, com o casaco, até parece uma Romanov perdida quando a noite cai.

— Meu tio não gostaria nada de ver lágrimas — começa Marina Yaganishna.

— Bobagem! Ele chorava no cinema. Ele chorava com poesia — diz uma poeta-sobrinha.

— Ele chorava com a poesia *dele*.

Eles riem.

Eles a amam.

Eles comeram os petiscos servidos no funeral que ela preparou em casa,

"Marisha tirou a virgindade do fogão — Misha só usava a grelha e o micro-ondas!"

com a marmelada que aprendeu a fazer na floresta,

"O Baba dela deve ter lhe ensinado antes de morrer!"

e a entupiram de vodca Stolichnaya e se embebedaram diante dos olhos limpos e da mente pura daquela garota,

"Garota, o cacete! Ela é um soldado forte como seu tio-avô Yevgeny!"

que faz aflorar o que cada um deles tem de melhor.

— Alexandr Nikolayevich, você vai desrespeitar a lembrança de seu tio-avô com um peido tão fraco? Ponha mais creme azedo nesse frango e peide como um cossaco.

O garoto, que tem doze anos, ri e cora como suco de beterraba ao ver sua desconhecida tia russa cutucá-lo de modo tão habilidoso. Mais cedo, ela havia apanhado o smartphone da mão dele e dito: "Nenhum homem com menos de quarenta anos deve passar mais tempo brincando com um telefone do que com seu *zalupa*".

Seu pai o havia feito rir ainda mais, acrescentando: "Mas eu digo a ele o tempo todo, solte esse *zalupa*!".

Um dos luteranos americanos, aliviado por ter algo sobre o que falar, explicou para Marina o que era *chalupa*, a tortilla mexicana do antigo comercial com o chihuahua falante.

Agora, quando a última luz desaparece do céu, os luteranos se despedem com largos sorrisos. Marina protege os olhos de modo engraçado, dizendo:

— Seus sorrisos são tão perfeitos nos Estados Unidos que vocês chegam a me cegar!

Mulheres e crianças saem da casa até sobrarem apenas Marina e os homens que conheciam Misha. Ela vai ficar — todos concordaram que ela pode ficar, se quiser.

Mas agora está na hora da conversa dos homens.

Eles olham para ela de modo significativo, talvez se desculpando um pouco, e ela compreende que eles vão encher as taças mais depressa e trocar votos de vingança se o desaparecimento acabar se revelando um assassinato — a polícia disse que houve sinais de luta, que foi encontrada a evidência do DNA de diversas mulheres, duas delas prostitutas conhecidas, uma delas desconhecida. Os primos e os sobrinhos do desaparecido conhecem os hábitos dele: haverá discussões sobre cafetões, amantes ciumentos. Os homens de sangue quente vão jurar se encarregar do assunto pessoalmente. Os mais inteligentes não vão deixar de mencionar — indiretamente, é claro — velhos conhecidos de Misha que poderiam entrar na lista, homens que sabem manusear uma pistola Makarov, homens que sabem deixar um mistério.

Ela sai.

Ela ri um pouco quando eles já não podem ver seu rosto.

Eles estão certos quando dizem que Dragomirov era o homem errado a enganar.

Porém, estão enganados quanto ao motivo.

Marina Yaganishna desce a escada, deixando para trás um rastro de luz que ilumina o pátio. Tira as botas e caminha descalça até a beira d'água, quase sem titubear, apesar da quantidade de vodca que bebeu. Carrega uma garrafa quase cheia consigo. Agora, tira o restante da roupa e entra no lago com a garrafa.

Fica de pé por um tempo, olhando para baixo, como se ouvisse as ondas.

O velho Georgi, apontando para a mulher nua, passa a mão no estômago ardendo, que ele sabe que vai arrancar sua vida em breve, e diz baixinho:

— Que bom que os americanos foram embora.
Eles riem.
— Ela tem o diabo no corpo — comenta alguém, de modo carinhoso.
Agora, eles observam a irmã abrir a garrafa, despejando-a na marola.
— Ha! Ela está dando bebida a Misha!
— Alguém deveria dizer a ela que ele prefere uísque.
Um silêncio, enquanto os homens continuam observando, mesmo sem querer.
Marina Yaganishna parece ter trinta e cinco anos, não quase cinquenta.
— Acho que a menopausa vai vir tarde para ela — sugere Georgi.
Eles riem até cansar e então voltam a falar sobre vingança.

No lago, a mulher despeja vodca na boca de um velho ajoelhado, com luzes fracas no lugar de olhos.
— Você tem certeza? — pergunta ela.
Ele assente.
— Será feito, então.
— E eu vou ser libertado?
— Acho que sim — responde ela. — A vingança é libertadora.
Ele abre a boca inchada para receber mais vodca.
Ela pegou a garrafa da geladeira, onde um dos luteranos a colocara por ignorância ao limpar a mesa.
Ela despeja de novo.
— Desculpe por estar fria.
Misha não se importa.
Tudo está frio agora.
Ele engole, aliviado.
Afunda.

40

Andrew escuta Anneke vomitando na pia e caminha até ela.

O cheiro de uísque, café e chocolate torna o ar irrespirável quando ele entra no banheiro de hóspedes.

— Você foi ao Dino's — diz ele.

Ela assente, inclinada, secando a boca.

— E ao Gulch.

Anneke assente de novo.

Olha para ele, com um brilho nos olhos, e Andrew não sabe se tem a ver com vergonha ou por ter vomitado.

Ela percebe o barulho de um aspirador de pó.

— O passeio acabou.

A vergonha da recaída começa a tomar conta, mas ela varre o sentimento para baixo do tapete.

— E a *rusalka*?

Anneke ficou fora por uma hora.

Nadia se entediou e saiu depois de dez minutos, mas Andrew só ignora a pergunta.

— Você está bem?

— Não.

Melhor do que deveria estar porque ainda não caiu no fundo do poço. Isso vai continuar acontecendo até você cair.

— Voltou a beber?

— Não.

Ele olha dentro dos olhos dela.

Os olhos dela dizem que sim.

Ela olha para trás, controlando a vontade de olhar para baixo.

A Anneke que Anneke quer ser não abaixa a cabeça.

— Bem, talvez o passeio não esteja totalmente terminado. Quero mostrar um filme para você.

— Certo — diz ela. — Desde que não seja *Papillon*.

Eles descem a escada até a sala de vídeo.

Andrew acende as luzes, diminui a claridade, na verdade, usa o interruptor da parede.

Vai ao baú de cedro com tranca. Dentro, há cerca de cinquenta fitas em fileiras, em ordem alfabética, com faixas de fita crepe: as fitas da esquerda são dos famosos — Muhammad ALI, Isaac ASIMOV, Sir Winston CHURCHILL, Harry HOUDINI *(sem som)*, John LENNON etc. As da direita, em menor número, não seguem ordem alfabética e muitas não têm indicação de sobrenome: *Marisol, PAPAI, SARAH, tia Katie, Bill BARNETT*.

Uma caixa à parte, trancada, está no fundo do baú.

— O que tem aí dentro? — pergunta Anneke.

— Você sempre quer o fruto proibido, não é?

— E você não?

— Sim. Acho que todos queremos. Todos queremos fazer isso.

A caixa tem fitas de pessoas mortas.

— Por que está trancada?

— As fitas são perigosas. Ainda podem lançar feitiços. Um deles não está morto... deixou a fita como uma apólice de seguro. Mas você precisa de um tipo diferente de feitiço, acredito.

Andrew pega a fita com a etiqueta de *Bill WILSON*, do canto esquerdo, ao fundo.

— Isso não é... — diz ela.

— Sim.

Ela olha para a fita.

Balança a cabeça em negativa.

Andrew coloca a fita em cima do videocassete, diante da TV.

Abraça Anneke, que permite.

Os dois se acomodam no sofá de couro, o índice da intimidade se movendo e se afastando de "amigos", embora ainda não chegando a "amantes". Andrew só abraça Anneke, faz cafuné em seus cabelos, até que ela, enfim, concorda.

Ele então coloca a fita.

Bill fala.

— Cada membro do AA sabe que precisa se conformar com os princípios da recuperação. A vida de vocês depende da obediência a princípios espirituais...

— Ele consegue nos ouvir? — sussurra ela.

— Ainda não.

Andrew beija a cabeça da mulher, separa-se dela o suficiente para manter o decoro, prepara-se para abrir o alçapão.

— ...Se ele for longe demais, o castigo será inevitável e rápido. Ele adoecerá e acabará morrendo...
— Bill Wilson. É Andrew Blankenship.
Bill continua, distraído.
— ...Ele passa a entender que nenhum sacrifício pessoal é grande demais para a preservação dessa parceria.
— Bill, está me ouvindo?
Aparentemente não.
— Ele aprende que o clamor dos desejos e as ambições pessoais devem ser silenciados internamente sempre que possam prejudicar o grupo.
— Bill Wilson.
Bill o ignora.
Andrew para a fita.
Volta.
Dá play.
A mesma coisa acontece, ou melhor, deixa de acontecer.
— Tem algo errado.
— Não brinca — comenta ela.
Ele passa a lenga-lenga de novo, avança um pouco.
— ...fica claro que o grupo deve sobreviver ou o indivíduo não sobreviverá.
— Bill Wilson, olá.
Bill continua.
Mas algo muda.
Seu sotaque da Nova Inglaterra se torna eslavo.
— ...E, quando o indivíduo não sobrevive, opa, opa! É uma tragédia, pequena no grande desenrolar do mundo, mas significativa para aqueles que conhecem o membro e se importam com ele...
Andrew olha atordoado para a tela.
Ele percebe a magia.
Ela também.
— Puta merda — diz ele.
— O que está acontecendo?
Ele põe a mão no joelho dela, inclina-se para a frente, confuso e assustado.
— ...e, se existe um Deus, talvez signifique muito para ele. Mas não existe Deus nenhum.
Bill está irritado — sua cabeça vira e ele cospe faísca quando diz *Deus*.

Andrew comenta:
— *Não é a mesma fita. Ele não diz essas coisas.*
Anneke sente a pele se arrepiar no lado esquerdo.
— ...Claro, um homem nunca diz que não existe Deus. Um homem não diz que está negando Deus, se quiser colher os benefícios da sociedade "civilizada".
Bill levanta da mesa e se aproxima de uma janela com cortinas.
A câmera o acompanha.
— Ichabod? — pergunta Andrew. — Exijo que você pare de mexer com essa fita.
Nada. Não é coisa de Ichabod. A entidade não deixa um tépido formigamento de magia em uma sala: é um tipo de vazio morto e comum.
Essa sala está formigando.
Na televisão, Bill pega a cordinha de regulagem das cortinas e se vira para olhar para a câmera.
— Mas quando um homem sabe profundamente como a sociedade pode não ser civilizada, como às vezes ela pode ser totalmente grosseira, nós o perdoamos por se dizer ateu.
Bill puxa a cordinha.
O filme se remexe, sai do enquadramento, fica branco, volta.
Uma junção ruim.
Bill está de pé no mesmo ponto, mas as cores mudaram.
Luzes laranjas e vermelhas tingem tudo.
O som de aviões planando lá fora.
Bombardeiros?
Ajude-me, bombardeiro!
Do lado de fora, fogo.
Uma cidade em chamas.
Stalingrado?
A janela que Bill abre fica no terceiro ou quarto andar de um prédio que balança, quando uma bomba explode perto.
Surge um coro de gritos.
— Ai, Deus — diz Anneke.
O filme estremece de novo.
As cores desbotadas do interior da fita original voltam.
A cortina foi fechada, ou nunca foi aberta, e Bill está sentado à sua mesa outra vez.
Só o jarro de ferro escovado se foi.

Uma garrafa quase vazia de uma antiga vodca soviética entrou em seu lugar, um Joseph Stálin bonito e moreno no rótulo: NENHUM PAS-SO PARA TRÁS!

A gravata de Bill está solta e folgada, e os primeiros botões da camisa estão abertos. Os cabelos estão despenteados. Ele está bêbado.

Os sons da guerra desapareceram.

Um músico sem talento toca um violino em outra sala.

— Está vendo para onde você me levou? — pergunta ele, em russo, com sotaque ucraniano, olhando para Andrew.

— Pare — diz Andrew, apontando de modo autoritário para a televisão.

— Pare! — diz Bill Wilson, embriagado, em inglês, imitando-o, rindo e apontando.

Andrew aperta o botão de desligar no controle.

A televisão desliga.

E então volta a *ligar*.

Bill aponta para Andrew e diz, em russo:

— Você acha que escapou, não acha? Mas seu tempo acabou. Nós sabemos onde você está. E estamos chegando.

As legendas aparecem em amarelo, sem dúvida para o bem de Anneke.

— Você vai morrer, seu merdinha. Seu corno. Fraco. Pequeno. Bosta.

— Quem é você?

Bill W. sorri, mas não é um sorriso agradável.

A imagem congela.

A celuloide queima exatamente no lugar da boca, queima quase todo o sorriso. Os olhos dele também queimam.

O violino para.

Agora, a tela da TV começa a esfumaçar no lugar da boca e dos olhos.

Anneke se levanta, coloca o sofá entre ela e a TV.

— Cristo! — grita Andrew.

A televisão pega fogo.

41

O fogo é mágico em sua origem, mas felizmente não em sua natureza: um extintor comum apaga as chamas em segundos. Não que a casa fosse ser incendiada: Andrew espalhou extintores por todos os cantos da propriedade. O alarme de fumaça toca, ferindo os ouvidos com o barulho estridente. Andrew deixa o extintor de lado, silencia o alarme. A sala está tomada de fumaça e nitrogênio. Anneke, com o estômago ainda fraco depois de recobrar a sobriedade, segura a vontade de vomitar.

— Bem — diz Andrew —, é assim que a mágica funciona quando usada como arma. Não é nada legal.

— Nada é legal quando usado como arma.

— Adoro sua abordagem de tolerância zero com bobagens.

— Você está tentando parecer autoritário, como se estivesse no controle. Mas não está, está?

— Não totalmente.

— Não totalmente? Mais bobagem. Você não tem a menor ideia de quem fez isso?

— Acho que tenho.

— Como eles entraram na casa? Na *sua* casa?

Ele percebe o fio que liga o MacBook Pro à televisão com o último filme.

— Através disso — responde ele, apontando.

Ele desconecta, segurando o fio como se fosse uma serpente que ainda pudesse picar.

— Preciso enviar um e-mail a uma pessoa.

42

CHICAGOHONEY85: Você vai ficar me devendo muito por isso. Não sei se você sabe como algo assim é difícil.

RANULF: Não pode ter sido tão difícil se você já está me respondendo.

— A dificuldade não é medida em duração.

— Acho que deve ter sido umas vinte e quatro horas.

— Um parto pode durar vinte e quatro horas. Ou pode durar duas. Nunca pari, mas dizem por aí que é ruim de qualquer jeito.

— Certo. Mas vai demorar um tempo para descolar um carro para você. É o que você quer, não é? Um carro que policiais, ladrões e guardas não percebam?

— Sim. Diga de novo o que ele vai fazer. Coisas de carro da cidade, certo? Não preciso de carro grande e rápido.

— Ele anda na água. Conheço outro usuário que consegue fazer isso, mas enfiar em espaços muito apertados tornando-os maiores é coisa minha. Por enquanto, pelo menos.

— Que ótimo! Estacionar aqui é péssimo. É exatamente o que eu quero!

— Então, tudo bem! Mas vou precisar de uma semana ou duas para encontrar o carro certo e mais uma semana para fazer o trabalho. Vinte e quatro horas, o cacete!

— O quê? Eu deveria ter agido como se tivesse demorado mais? Um mecânico sempre recebe menos por hora do que alguém de TI. E você gosta de cuidar de carros ☺

— Não mais do que você gosta de quebra-cabeças ☺

— Agora você me pegou. Gosto mesmo! E esse foi um inferno! Aqui está o que você me passou de dica: uma casa em algum lugar rural da Rússia, provavelmente na região do Volga, mas talvez em algum outro lugar do país. Talvez na Bielorrússia, talvez na Ucrânia, talvez na Polônia, algum lugar eslavo. Bem específico, não?

— Passei mais dicas do que isso!

— Passou e consegui. Só estou dizendo que tive que varrer boa parte da Terra.

— Mas você tem um jeito de detectar a magia, não tem? Alguma coisa no Google Earth ou algo assim?

— Sim, algo assim. Mas eu disse para você antes que tem alguém ajudando ela. Alguém que saca de tecnologia. Alguém fera.

— Acho que tenho uma ideia de como ele é fera.

Andrew se lembra do sorriso ardente, dos olhos ardentes, de como eles grudaram no vidro, e então queimaram o outro lado.

— Mas você tem certeza de que é um homem? Eu não sou um homem.
— Eu acho que é um homem. Eu acho que você é uma mulher. Não tenho certeza de nada.
— Se você fosse dez anos mais jovem, te convidaria para vir a Chicago para eu poder mostrar. Já vi fotos antigas suas, sabe? Estalqueei você no Facebook. Gostoso! Mas você está muito velho agora, então vai ter que acreditar na minha palavra. Só estou dizendo para não tirar conclusões que podem te matar nesse jogo.
— Verdade. Mas eu quis dizer que, por melhor que ele ou ela seja, eu me sinto bem por ter você do meu lado. Você é boa também.
— Eu sou! É por isso que acho que encontrei ela.
— Posso perguntar como?
— Acabou de perguntar. E sim: encontrei ela com sombras.
— Não entendi.
— Primeiro, usei magia de detecção e então surgiram áreas que pareciam obscuras, como um véu na tela. Uma bruxa menos capaz não conseguiria ver. Mas eu consigo. Percebo um leve borrão. Marquei todos os borrões em países eslavos. Há uma grande carga de magia lá, a propósito. Você teve coragem de ir lá, quando... durante a Guerra Fria?
— Você chama de coragem. Algumas pessoas chamariam de burrice.
— Agora entendi outra coisa que você comentou comigo uma vez. Ela come crianças, certo? Literalmente falando.

Andrew se afasta da tela, esfrega os olhos com as mãos, como se varresse as imagens da mente.

— Você está aí?
— Sim. Ela come crianças.
— Invadi registros policiais. Não falo aqueles idiomas, por isso terceirizei as traduções. Essas pessoas não são iluminadas, só querem dinheiro, e já enviei a conta. É meio alta. Bom, rápido e barato, não dá para ter os três ao mesmo tempo, certo?

— Já recebi a conta.
— Então, procurei os registros de crianças desaparecidas. Bebês. O Volga se acende, como você disse que se acenderia. Mas assim como outras áreas onde eu vi borrões. Aí procuro magia, magia escondida e crianças desaparecidas. Ainda está meio confuso. Mas o material do Volga era velho, tipo alguns anos. Sabe o que apareceu desde 2008?
— Diga.
— Você vai gostar. Quer dizer, não das crianças desaparecidas, mas de onde eu acho que ela está. Isso se encaixa. Mas antes vou contar a terceira coisa que procurei, porque tenho orgulho dela.
— Sombras, você disse.
— Sombras, claro, mas de que tipo?
— Desisto.
— Então, aí eu busco observadores militares, depois de invadi-los. São poderosos. Imagens de satélite. Consigo encontrar uma mosca sobrevoando um cocô na Mongólia.
— Ha!
— Agora, penso na estrutura física. Você disse que o casebre fica apoiado em patas de galinha, não é? Patas grandes, tipo maiores do que um homem.
— Nem todo mundo é capaz de ver.
— O filme ainda registra coisas assim. É por isso que às vezes vemos fantasmas em fotos. A câmera não mente: a mentira acontece na nossa cabeça.
— Mas e o ângulo? Um satélite não veria as patas embaixo de um casebre.
— Pense.

Andrew franze a testa, bate o dedo indicador na mesa como um pica-pau procurando insetos. É mais fácil para ela montar as coisas — ela é uma labutadora, não inata. Entrou na magia com o cérebro. Mas Andrew está longe de ser tolo. A última batida é forte, um *Eureca!* percussivo.

— A sombra! O casebre está mais alto, como se estivesse sobre vigas.
— Mas as vigas não são uma coisa importante nesses países. Na Louisiana, na Indonésia, no Sudeste da Ásia, claro. Mas, quando não se trata de cabanas de pesca no gelo, não é algo eslavo.

— Mas eu lembro que estava na floresta... estava escuro. Ela gosta do escuro. E as árvores?
— Você também disse que tinha um jardim. Jardins precisam de sol. Ela não vai se esconder na escuridão total. Tem que ter uma brecha.
— Havia! Havia um feixe de luz de sol.
— Agora, temos três critérios de busca... magia, crianças desaparecidas e um casebre com sombra mas com uma brecha de uns dois metros de claridade. Uma ocorrência. Veja.

Uma foto aparece.
Um casebre com teto de palha, não muito grande.
Não por fora, pelo menos.
Fu, fu, fu, sinto cheiro de ossos russos!
E então um segundo cursor aparece.
Aponta para uma pessoa curvada, levando uma panela com o que pareciam ossos de porco, especialmente na sombra. Sem distinção.
Andrew estremece.

Não olhe para mim com seus olhos ou vou pegá-los.
Não sorria para mim com seus dentes ou vou pegá-los.
Mije abaixado ou entalharei uma vagina em você.

— Você está aí?
— Só um minuto.
— Ok.

Andrew percebe que começa a estremecer, uma reação involuntária que é capaz de observar, como se fosse o estremecimento de outra pessoa, mas que não consegue deter.

— É ela, Ranulf?

O cursor passa sobre a feiosa.
Andrew sente os testículos congelarem.
Como as palmas da mão estão suadas, usa a calça jeans para secá-las.

— É Baba Yaga?

Ele não consegue fazer seus dedos digitarem.

O nome dela foi invocado.

Ele olha para trás, para um belo espelho de latão, com medo de ver a imagem dela, mas só enxerga o próprio rosto assustado.

Os espelhos de latão são seguros, não servem de portais para ela.

Percebe a tensão nos lábios, cuidadosamente cerrados.

Radha continua esperando.

Ela quer saber se a figura curvada com a panela cheia de ossos é a velha que raptou Andrew vinte e nove anos atrás.

> — Acho que sim.
> — Ótimo! Eu também acho que sim. Você quer saber onde ela está? Não exatamente onde, mas perto de onde ela está.

Ele inveja o destemor de Radha, a desenvoltura confiante que ela tem do próprio poder. Ele também era assim antes de ir para a Rússia.

> — Onde é?
> — É bem assustador. E perfeito. Ninguém vai poder foder com ela lá. A propósito, Madeline Kahn é meio bruxa.
> — Onde ela está, Radha?

A mulher digita.

Andrew sabe que palavra vai aparecer, sabe uma fração de segundo antes de ela aparecer na tela, como um nome em um mapa do inferno...

Geena.

Dis.

Tártaro.

Aqueronte.

> — Tchernóbil.

No outro cômodo, o telefone de Anneke toca.

43

Karl Zautke se deita de lado com o tubo de respiração ligado.

Os travesseiros estão encharcados sob sua cabeça. Os nódulos linfáticos do pescoço, que passaram de bolotas a uvas, causam dor, mas ele consegue respirar um pouco melhor, o suficiente para dormir. No entanto, ele resiste para ficar acordado e, quando os grandes olhos azuis rolam para trás e as pálpebras se fecham, ele faz um esforço para que fiquem abertas para outra imagem borrada da filha, com seu amigo bacana mas afeminado, sentado ao lado dela.

Ele se sente tão mal que não quer nem uma cerveja.

Seu pé esquerdo aparece, rosa e enorme, a carne inchada ao redor das pequenas unhas amarelas.

Karl é grande demais para esse lugar, odeia a camisola do hospital, odeia estar encharcado de suor. Um dos pequenos desconfortos (entre muitos desconfortos, grandes e pequenos) em relação à leucemia é a quantidade de roupa que você tem que lavar, o quanto você transpira. *Suando feito um porco* é o seu clichê. A filha tem lavado a roupa dele, tem feito tudo. Ele não suporta ser um peso, mas transpira mesmo assim. Ensopa as camisas e as roupas íntimas com tanta facilidade que deixa o ar-condicionado de três saídas ligado a 19°C de junho a setembro.

Eles continuam ligados em sua casa vazia.

Esta é a terceira internação de Karl por pneumonia em dois anos, e ele sabe tão bem quanto Anneke que isso é o que mata a maioria das pessoas com seu tipo de leucemia. Leucemia linfocítica aguda, a mais lenta. Algo que desgasta, corrói a pessoa. Ele está doente há oito anos, com vários períodos de melhora que lhe dão a esperança de que pode viver por tempo suficiente para morrer de ataque cardíaco ou algo que não seja tão... *perturbador*. Isso não é vida para um homem, viver o tempo todo cansado, com medo de uma infecção. Remédio no bolso da camisa. Clareamento nos malditos dentes como um modelo. Ter que atravessar a rua para longe de qualquer pessoa que esteja tossindo, principalmente crianças. Karl *gosta* de crianças. Não é justo que ele precise se manter longe delas agora, já que não fez nada de *errado*.

Ele olha para Anneke mais uma vez.

Um pensamento desagradável atravessa a mente de Karl, que o afasta.

Pensa na filha aprendendo a andar naquela bicicleta azul com fitinhas nos guidões. A cara que ela fez (dentes expostos, boca entreaberta, um leãozinho prestes a morder) quando ele tirou as pedrinhas do joelho ralado e espirrou mercurocromo no machucado. Karl sentiu muito orgulho quando Anneke voltou a subir na bicicleta no mesmo instante, pois sabia que ela estava fazendo aquilo por ele, pelo brilho extra em seus olhos quando sorria para ela.

Nada agrada mais Karl do que observar alguém que ele ama tomar uma atitude corajosa.

É por isso que Anneke.

Não.

Vai chorar.

Nem a pau.

Seus olhos estão marejados, mas é só.

O pai olha para a filha, a filha olha para o pai.

Aqueles olhos azuis germânicos mantêm a ligação por alguns segundos, antes de o homem grande rolar os olhos e dormir.

— Não me sinto bem com isso — diz ela.

Andrew segura a mão de Anneke, que permite, embora apertando de poucos em poucos segundos, como se quisesse mostrar a ele a força de sua mão, como se fosse orgulhosa demais para deixar sua mão na dele, absorvendo o calor e o amor de Andrew.

— Ele tem setenta anos agora. Está cansado — comenta ela.

Andrew assente, olhando para ele.

Sua barba esbranquiçada com partes meio ruivas, que o deixam parecido com um Robert Redford na juventude, parece coçar e não combinar com ele. Karl só deixou crescer para esconder os nódulos linfáticos, para que ninguém fizesse perguntas.

— Ele odeia pena. Não suporta pessoas em cima dele — explica Anneke, com voz de professora, assumindo um papel de controle para que não sinta muito.

Andrew já sabe esse detalhe a respeito daquele homem, não só porque o ex-piloto de submarino esperou até que estivesse quase sufocando para telefonar para sua garotinha e pedir ajuda como também porque Anneke poderia estar se descrevendo.

O homem nunca pensou muito em Andrew, nunca o conheceu bem, e nem queria isso. Era bem agradável, só não sabia em que gaveta colocá-lo de modo a irradiar uma neutralidade benigna em direção ao homem menor. Não o namorado de sua filha: ela não tinha um. Afeminado, provavelmente alguém que ela conheceu em "círculos gays", independente do que isso significasse. Andrew sempre se sentia vagamente envergonhado perto dele, até mesmo agora, olhando para as borradas tatuagens azuis de âncora nos braços dele, a imagem apagada de um pardal no peito espiando pela camisola aberta. Karl é cem por cento másculo e ninguém jamais duvidou disso. A parte pequena, insegura e órfã de Andrew quer a aprovação de Karl e vê a última chance para conseguir, e ele se sente egoísta por pensar em si mesmo.

Andrew só fica ali, sentado, sentindo os apertos da mão de Anneke, deixando que ela fale sobre o pai de vez em quando, querendo que ela encoste a cabeça em seu peito para poder acalmá-la, fazer carinho em seus cabelos. Só que ela raramente mostra esse seu lado, e nunca na frente de Karl Zautke.

Andrew se pergunta, não pela primeira vez, como é bom se camuflar com magia quando o fim se aproxima, independente do que ou de quem você seja.

Exceto, talvez, por ela.
Ela é velha.
Tão velha.
Não pense nela agora.
Tem espelhos aqui?

Ele se sente aliviado por ver que não. Claro que não tem espelhos — os doentes não gostam de olhar para o próprio rosto.

Em pouco tempo, Anneke cochila e sua cabeça toca o ombro de Andrew. O som do ventilador também faz com que ele sinta sono.

Ela entra no banheiro pelo espelho.
Andrew a escuta, ouve o som que ela faz passando, um tipo de som que sugere um vidro prestes a se quebrar.
Preciso usar meu guardanapo!
Agora!
Ele pega uma toalha de mão do criado-mudo, que Anneke vinha usando para secar a cabeça suada do pai. Morna agora e levemente azeda pelo cheiro do suor da doença de Karl. Não importa — Andrew joga a cabeça para trás e coloca a venda sobre os olhos.
O tremor começa.

Ele se controla para ficar calmo, mas só consegue fazer isso em parte.
Fu, fu, fu.
Ela está no banheiro!
O ventilador para.
O monitor cardíaco desacelera, linhas retas, e o bipe comprido anuncia outra morte na terra do ar-condicionado e das caminhonetes.
Ninguém se mexe.
Nenhuma enfermeira vem.
A porta do banheiro se abre. Andrew sente o ar ficar mais frio.
Com um suspiro e um súbito espasmo no corpo, Anneke morre ao seu lado.
Baba usou a Mão da Glória que pegou da casinha da bruxa, a que faz parar o coração.
Como Anneke não é importante para ela, a velha a descarta.
Baba só quer ele.
Ela não vai parar o coração dele.
Ela vai pegá-lo de volta agora, levá-lo de volta à casinha.
De volta para o canil dele.
De volta para ter o sangue sugado.

— Ei! Shh! Você está fazendo barulho.
Anneke está olhando para ele, exausta, irritada, assustada.
Ele assente.
Senta-se com a coluna ereta.
Sente o coração acelerado.
O som do ventilador o confunde.
Ela acaricia os cabelos dele.
E o acalma.

44

Dia.

A casa dos espíritos.

Andrew está na sala de estar da frente, perto da lareira apagada, observando o homem nervoso agachado diante das árvores. O homem veste uma camiseta de cor indeterminada, tão rasgada que deixa à mostra os ombros ossudos e um mamilo — a gola da camiseta é o que ainda mantém aquele trapo no corpo dele. A estampa do peito exibe o que parece ser um Pac-Man desbotado com fantasmas em seu encalço. As pernas do homem estão dentro de uma calça jeans suja de lama, que parece prestes a cair e revelar as coxas do mártir. Os cabelos molhados e a barba não aparada fazem com que ele se pareça um João Batista moderno ou um Charles Manson mais novo. Não há fios prateados naquela juba preta. Ele é jovem. Pelos movimentos, mais de macaco e menos de gato, Andrew imagina que o rapaz tenha cerca de vinte anos. O sujeito afasta os arbustos e se movimenta abaixado, cheirando, ouvindo e também olhando. Mas Andrew gosta menos do olhar.

Ele vê a casa.

Ninguém que não é convidado vê a maldita casa.

Era esse o propósito do feitiço de três meses que Andrew criou, enterrando os cacos de vidro e a pele seca de camaleões em um círculo, pintando as paredes com tinta que havia escondido em público por um mês e acrescentando tinta de polvo, entoando a *Ilíada* e a *Odisseia*, em grego de Homero, para provocar uma cegueira benigna em quem subisse o monte e olhasse para a casa. Claro, as pessoas que sabiam que ele estava ali poderiam ver. No entanto, como seu endereço não está disponível na lista, as únicas pessoas que sabiam que a casa ficava ali eram amigos e vizinhos do bairro, que conheciam a casa antes que ele tivesse comprado, há muitos anos.

Aquele jovem olha pela janela e *para* ele. Mesmo sem uma sombra mágica, o ângulo do sol deveria fazer as janelas refletirem, deveriam lançar tanta luz na direção contrária que as cortinas se tornariam escudos de árvores e céu, impedindo que algum olhar escapasse ou adentrasse o coração frio da casa.

Mas aquele homem consegue vê-lo.

Andrew caminha para trás, para longe da janela — o rapaz parece acompanhá-lo em seu movimento, e Andrew espera perto da lareira antes de seguir até a segunda janela. Quando chega lá, o rapaz já havia partido. Totalmente. Será que esteve ali antes? Andrew passa a língua sobre os lábios e olha para a prateleira sobre a lareira, onde seu uísque ficava antes de ele tirar toda a bebida alcoólica da casa.

Pense em uma garrafa ali, você tem um feitiço para que seis frases e uma picada de agulha façam brotar uma garrafa onde a gota de sangue cair.

Ele deixa isso de lado e volta para a primeira janela, de onde observa, com os pacientes olhos de um caçador, o local arborizado onde avistou o Pac-Man. Já não percebe movimento, nenhum ombro ou tronco entre a vegetação. Mas agora ele quer uma bebida, e quer muito.

Um remédio funciona melhor do que qualquer outro para tirar aquele ruído de sua mente.

A sala de peles.

Ele vai até a porta de carvalho e fecha os olhos, lembrando-se da primeira caçada, lembrando-se do pedaço de coração que seu tio lhe oferecera com a faca.

A porta vai se abrir a você apenas quando comer o coração de algo morto por suas próprias mãos.

Ele desliza a trava de latão e se vira, sentindo a porta se abrir com facilidade. É uma peça pequena, com cabeças de cervos nas paredes, mapas e um antigo armário de cada lado. Ele se dirige para abrir uma janela que dá para uma espécie de alameda de árvores que leva ao monte, em direção ao caminho da floresta.

Vou matar dois coelhos com uma cajadada só. Vou correr até a mata para ver se consigo encontrar o rapaz que se parece com Jesus.

Devo ir com medo ou depressa?

O cara está armado?

Não parecia.

E se ele estiver vendo que estou me aprontando?

Ele que se foda. Que veja. Talvez se cague todo.

Andrew abre a janela bem devagar, sem fazer barulho: é sempre melhor abrir a janela primeiro, enquanto ainda tem polegares.

Abre o armário da esquerda, a porta encobre sua visão da janela, e ele observa a seleção de peles penduradas em ganchos de ferro. Raposa. Lobo. Urso. Cervo. Lince. Todos animais nativos, que certamente correm por essas matas. O armário da direita tem mais peles exóticas, peles para ocasiões especiais.

Não, ele vai ser uma fera de Nova York hoje.

Ele passa a mão no pelo preto de urso.

Ele matou esse urso com um arco laranja osage e uma flecha feita por um flecheiro na Pensilvânia.

Ele batizou o urso de Norris.

Norris está bom.

Agora, ele enfia o polegar no umbigo e empurra, dizendo em francês antigo: "Eu me abro". Imagina o polegar escorregando por baixo da pele, e escorrega. Não machuca, exatamente, mas a sensação é bem assustadora. Ele passa o polegar por baixo e tira a própria pele. Pendura a pele em um gancho vazio no armário. Precisa ser rápido agora — não pode ficar por aí sem pele —, então apanha a pele preta do urso e coloca sobre os ombros, sentindo que ela se encaixa, que o envolve totalmente de modo que suas pernas se tornam as pernas do urso e seu pau se torna o pau do urso, e o focinho fareja frutinhas, e Andrew assume sua condição de urso e sai pela janela de modo engraçado.

Vamos ver se o camiseta de Pac-Man curte isso.

Sentir o cheiro do rapaz é fácil com o focinho do urso: o cheiro é forte, humano e acentuado, inocente. Ele abaixa a cabeça e entra na mata, com os ombros pretos e brilhantes de urso em movimento, avançando. Não muito longe da casa, perto da plantação de morangos, precisa de toda a sua força de vontade humana, vencendo a força do urso, para deixar de lado a busca de alimentos e se concentrar e cheirar um monte de merda. Merda humana na mata não é algo estranho para o urso, mas o Andrew-dentro-do-urso se sente um tanto ofendido ao ver que uma pessoa, além de ter espiado sua casa, ainda teve a audácia territorial de deixar seus resíduos.

Resíduos estranhos para um homem, aliás.

Esse sujeito com certeza devora fast-food como muitas crianças — hambúrguer barato de carne de boi inchada por hormônios, banhada de conservantes e desespero —, mas não mastiga muito antes de engolir. Sua dieta também inclui besouros. O indivíduo havia tirado larvas de cigarra do chão, comido minhocas da terra cruas e cozinhado besouros com gordura de esquilo. Além disso, havia comido esquilos e até ossos finos de esquilos.

Muito rápido ou bom com armadilhas.
Ou uma boa tentativa.
Mas não sinto cheiro de arma nem de pólvora.
Um homem consegue matar um urso sem arma de fogo.
Você conseguiu.
Isso é mais menino do que homem.
O menino também comeu morangos.
Meus morangos!
Ah, não, nem a metade.

Andrew fareja e passa pelo local onde o rapaz estivera agachado, olhando para a janela. Segue rastros e odores dentro da mata e, em pouco tempo, se vê olhando para a janela que leva para a sua sala de peles.

O rapaz está entre a linha das árvores e a janela aberta, observando por uma fresta. Ele não apenas vê a casa, como está prestes a entrar!

Que se foda!

O Andrew-dentro-do-urso se remexe e parte para cima do rapaz, que se vira e olha de modo passivo para ele. Seria justo dizer que o rapaz parece curioso, mas não cheira a medo como o Andrew-dentro-do-urso esperava.

O urso se aproxima do rapaz e então fica de pé.

Só um pouco mais alto nas patas traseiras: Norris não tinha sido um urso enorme, mas, ainda assim, era letal.

Ele expira o hálito de urso no rosto do rapaz, que fica só olhando.

Por que não corre?

O Andrew-dentro-do-urso empurra o peito do rapaz com as patas dianteiras, sem força, mas também sem muita delicadeza. O rapaz vai para trás, mas não faz menção de se retirar.

Certo, você quer mais agressividade? Posso fazer isso.

Ele apanha a calça jeans do rapaz com os dentes, escorregando as presas cirurgicamente para dentro da linha da cintura. Em um movimento, joga a presa para trás, rasgando parte da calça: o rapaz cai para, logo depois, conseguir se levantar. Começa a se afastar, mas não está assustado.

Mais rápido, seu merdinha.

Agora, o urso corre atrás dele, estendendo as garras — não para perfurar, mas com força suficiente para derrubar.

Para surpresa de Andrew, o camiseta de Pac-Man não se levanta desta vez, mas começa a correr de quatro. O urso parte atrás em duas patas: o Andrew-dentro-do-urso está levemente consciente da ironia da situação.

Um pouco antes de o jovem chegar à linha das árvores, fica de pé de novo e lança outro olhar demorado ao urso. Um olhar de análise, de cálculo.

Calcule isto.

O urso corre e o rapaz foge.

Quem é esse cara?

Não, sério, que porra foi aquela?

O urso parte de volta em direção à casa, olhando para trás e farejando o ar uma ou duas vezes, para ter certeza de que o invasor realmente se fora.

Em seguida se aproxima da plantação de morangos e come até quase passar mal.

Dominado demais pela fome de urso, ele nem percebe que os frutos estão congelados.

45

Isto é o que Andrew faz em uma reunião do AA.

Ele cumprimenta o diretor Bob quando entra, comentando mais uma vez como Bob está feliz. Como está maldita e inegavelmente *feliz*. O homem foi preso quatro vezes por dirigir embriagado e por homicídio culposo, foi solto, perdeu dois casamentos, um barco e uma carreira como capitão de navio. Agora trabalha no brechó da igreja, não tem onde cair morto, mas ainda assim...

— Andrew! Não vemos você há uma ou duas semana. Sentimos sua falta!

— Devo ter sentido que você sentia a minha falta, Bob! Aqui estou.

Bob dá um abraço como se Andrew fosse seu irmão: não há falsidade alguma no gesto.

Bem diferente do abraço do próprio irmão de Andrew, apesar de isso não acontecer há um bom tempo.

Talvez quinze anos, desde que Charles deu a Andrew algo além do aperto de mão de praxe.

Bob está sóbrio há quinze anos, um senhor de respeito.

Bob não tem nada em comum com Charles.

Bob escolheu o Jesus-de-sandálias-e-burrinho, sabe que o Jesus-que-traz-grana, de Charles, é outra coisa.

Os olhos de Bob brilham como se ele tivesse descoberto que Deus é seu Papai Noel e como se soubesse que você entenderá que Ele também é o seu, mas no tempo certo. Antes, Andrew se sentia dividido, porque era inspirado por Bob e ficava profundamente ofendido com isso: afinal, como um cara velho que não é muito bonito, que não é capaz de fazer um feitiço, que não consegue pagar uma porra de refeição em um restaurante e que não transa desde a queda do Muro de Berlim é *feliz* daquele jeito? É meio como ser iluminado, mas Bob nunca vai aprender um feitiço num livro e nunca fará as coisas acontecerem no planeta. Toda a magia acontece na mente de Bob, que parou de tentar mudar o mundo e só mudou o modo como olha para ele.

É sabedoria, se você conseguir lidar direitinho com ela.

Por que construir uma casa grande, se você está feliz em um barraco?

Por que desejar um carrão novo quando a manivela manual para abrir o vidro ainda funciona tão bem e Chancho conserta sua lata-velha cobrando tão pouco?

Se alguém cagasse no bolso da camisa de Bob, talvez ele corresse para espalhar a merda em seu pomar de mirtilos.

Entre a introdução ao lado hostil da magia e a morte iminente do pai, Anneke precisa de Bob.

Como está sendo perseguido pela velha megera russa que o prendeu e torturou vinte e nove anos atrás, Andrew também precisa de Bob.

Bob não sabe ao certo o que há de errado na vida desses dois, eles não compartilharam o que estão sentido esta noite, mas está feliz por terem vindo. Lê algo do Livro Grande e então fala sobre perdão.

Andrew tem dificuldade para se concentrar na mensagem.

Ele não está pensando em perdão.

Está pensando em defesa pessoal.

Está pensando em vingança.

46

New Orleans em junho é como uma sauna ensolarada e perigosa, cujo vapor parece vir da virilha e das axilas de seus habitantes. O centro da cidade é uma mistura de ruas coloniais onde turistas pisam em ossos: eles bebem licores destilados do suor dos africanos mortos, cujos netos foram empurrados e humilhados para esperar pelo afogamento centenário, mas alguns não esperam em silêncio. É fácil levar um tiro aqui, receber uma facada ali ou perder os dentes acolá, mesmo nos lugares mais bem iluminados que cheiram a rum e suco de fruta, mesmo quando policiais observam da sela dos cavalos e moradores gordos de Iowa e Michigan dormem em hotéis caros, sonhando com o próximo café da manhã.

Haint aprecia isso no Bairro Francês. Gosta de caminhar entre os sujeitos que recebem ajuda do governo e os cegos e sentir a condescendência deles: Haint é outra curiosidade em uma cidade repleta de curiosidades, um negro com a pele quase azul marcada de propósito, com a coroa de cabelos grisalhos e um domo careca que traz uma fileira de cicatrizes que ele causou a si mesmo com um ferro quente.

— Gostei de sua carta — diz Haint a Andrew, os dois homens suando sem parar. — Você escreve as palavras de um jeito claro com a caneta, as letras claras, nenhuma malfeita.

— Eu enviei um e-mail para você — comenta Andrew.

Haint escolhe cada uma das palavras seguintes com cuidado, como se explicasse as coisas a uma criança bem-intencionada, mas desapontada.

— Estou falando. Sobre o caminho. Vi ele na minha mente. Visualizei seu e-mail como uma carta.

Haint é um daqueles usuários meio malucos cuja conversa deve ser peneirada para separar a ilusão da magia em si. Isso costuma ser difícil.

— Você escreve forte com a caneta — continua ele. — *Você diz que o que diz é o que aquilo diz.* Trago homens assim dentro do peito.

Ele coça a careca da cabeça com o quepe sujo e desengonçado, um quepe que mais segura do que usa. Em seguida, dá outra mordida na jambalaia, que considera morna na temperatura (ainda que não no sabor), uma *paella* com molho quente Crystal acumulado como sangue alaranjado ao redor da borda do prato.

— Você vai me ajudar? — pergunta Andrew.

— Outra coisa que gosto em você é que não tenta agir como se não sentisse medo.

Andrew assente.

— Qualquer pessoa esperta estaria com medo daquela velh... dela. Dela, quero dizer. Eu nem sabia que ela era real. Ouvi histórias macabras, mas imaginei que fossem só histórias. Mas se ela é uma *realidade* de verdade, e ela *é* bem velha, vai fazer Marie Laveau parecer uma escoteira, deixando de lado o orgulho do time da casa e tudo. Sim, vou ajudá-lo. Mas fique com o livro. Não uso livros e não leio bem o suficiente no meu idioma a ponto de ter esperança de ler em russo.

A parte a respeito de "não ler bem o suficiente" é uma mentira deslavada. Haint lê como um estudioso de Oxford, mas esconde sua inteligência atrás de um monte de gírias.

O e-mail de Andrew oferecia um dos tesouros que ele levou para casa em 1983, um belo tomo sobre invisibilidade escrito na época de Pedro, o Grande. Um livro particularmente valioso por motivos estéticos e práticos.

No entanto, o que Haint acabou de dizer mostra a Andrew que o homem já sabe desaparecer e não está interessado em obter algo para repassar.

— Quero a mão.

— Você já tem uma Mão da Glória. Que inferno, eu soube que você tinha três delas.

— Nenhuma como aquela. A minha abre cadeados, acende e apaga luzes. Muito útil, não me entenda mal. Mas você sabe o que aquela mão russa faz, não?

— Faz corações pararem de bater.

— Funciona, não funciona?

— Sim.

— Como você sabe?

— Sabendo.

— Provavelmente você derrubou um esquilo de uma árvore com ela. Mas nunca tentou em uma pessoa, porque você não é assim. Já eu, eu sou assim. É por isso que me procurou.

Andrew assente. Claro que Haint já tinha ouvido falar da Mão da Glória letal de Baba: Haint é um colecionador de assassinatos, um homem que reuniu um arsenal de artefatos que tiram a vida. Dizem que tem uma faca turca que, quando usada em um pedaço de pele de carneiro, corta ou fura o que o usuário quiser cortar ou furar, mesmo do outro lado do oceano, desde que ele tenha visto o alvo e consiga imaginá-lo com clareza. Anos atrás, Haint levava uma câmera Polaroid pendurada no pescoço para o caso de querer captar uma imagem.

Agora, Steve Jobs o armou com um smartphone.

Se você tiver uma conta no Facebook ou se sua imagem puder ser procurada no Google, dizem que esse homem pode cortar sua garganta por mais distante que você more do apartamento dele, na Frenchman Street. Ou na Carondelet. Ou onde quer que Haint esteja na semana — também dizem que o apartamento de Haint é, na verdade, um saco preto de lixo que ele pode jogar pela janela de qualquer lugar abandonado e sair em questão de minutos.

Ele recebeu o e-mail de Andrew com o endereço de usuário hoodoohowdoyoudo@gmail.com. Até o ano 2000, quando finalmente passou a usar o computador, Haint costumava enviar cartas a uma caixa postal com o nome de Sam E. DiBaron. Era a mesma caixa postal que usava para organizar matanças, mas nunca por dinheiro.

Sempre por coisas.

Nunca por coisas que ele queria tanto quanto a Mão da Glória de Baba Yaga.

— Você pode fazer isso?

— Se eu não puder, você também não pode.

— Isso não é uma resposta.

— Não. Porque não tenho uma. Não sei se ela pode morrer: se não puder, não sei se consigo me esconder dela.

— Eu consegui.

— Eu sei. É o único motivo que me leva a considerar o assassinato dessa merda. Como está o *boudin*?

Andrew assente, de maneira apreciável.

— Eles nunca incluem no cardápio, porque não conseguem vender antes que azede. Só em dias especiais, às vezes. Normalmente, você não pede *boudin* no restaurante... o que costuma querer é *boudin* no posto de gasolina, um *boudin* que a mãe de alguém fez em uma tenda ao ar livre em Grosse Tête ou Scott ou na Breaux Bridge, se você tolerar os babacas de lá. Mas não é ruim. Eles sabem o que estão fazendo. Tem um cozinheiro branco de *dreddy* que toca violino pra caramba também. Vou ouvi-lo tocar hoje à noite. Quer ir?

— Muito. Valeu.

Haint bebe a cerveja e usa um fósforo pequeno para reacender o toco de charuto que colocou em cima da tampa da garrafa. Na terceira baforada, uma mulher na mesa à direita tosse com delicadeza, atrás de uma mão pequena. No mesmo momento, o homem de camisa polo de costas para eles se vira, lançando um olhar de reprovação.

Provavelmente foi esse palhaço que colocou as músicas de Jack Johnson no jukebox da internet.

Haint bate discretamente na mesa com os nós dos dedos e um alarme de carro começa a tocar na Decatur Street. O homem olha para baixo e se desculpa para sair, mexendo nas chaves. Quando passa pela porta, Haint rapidamente pega o fósforo entre os dois dedos, com o polegar, e o homem tropeça, tentando impedir a queda com a mão. Seu pulso fratura com um barulho alto e ele grita. A mulher se levanta, esquecendo que não gosta de fumaça de charuto e que há ali homens negros sem camisa. A garçonete corre para ajudar, limpando as mãos no avental.

O cara de barba espia pela porta da cozinha e um adolescente começa a filmar o incidente com o telefone, ignorando as reprimendas da mãe. O jukebox engasga, abortando a canção que estava em andamento e começando a tocar "They Can't Take That Away From Me", na voz de Billie Holiday.

Haint mantém contato visual com Andrew durante todo o tempo, fumando o charuto. Brincos que não combinam brilham nas orelhas do homem vodu.

— Talvez você possa.
— Talvez eu possa — concorda o homem, com os olhos brilhando.

47

Como Andrew tem um tempo para matar antes de anoitecer, dá uma volta pelo bairro. Há canteiros de obra por todos os lados, como sempre: ruas destruídas bloqueadas com fitas laranjas, turistas se esbarrando no que sobrou da calçada, pisando com cuidado entre pilhas de coisas de uma loja nova ou outra. Na Royal Street, as mulheres com fantasias de carnaval dançam no calor enquanto câmeras se viram e pessoas da equipe de gravação levam as pessoas para Orleans: algumas se amontoam nas beiradas com telefones em punho para filmar as cenas das dançarinas.

No Dauphine, a mulher que gerencia uma perfumaria está gritando com o dono do salão de tatuagem ao lado porque a nova pintura roxo-metálica está deixando um cheiro forte. Ele dá um breve tchauzinho para ela e entra. Ela grita enquanto ele se mantém de costas e continua gritando na porta, até que ele sai segurando um ukulele e toca acompanhando o que a mulher diz, fazendo com que ela fale mais alto, arregalando os olhos, furiosa. Andrew quase é atingido no olho pelo dedo dela, que não para de gesticular, e ri ao passar por eles, tendo o bom senso de não responder quando ela grita "Qual é a graça?".

A camisa de Andrew está ensopada quando ele chega à altura de seu antigo apartamento em St. Ann, um pequeno flat no segundo andar que foi anexado ao hotel Sanson. Ele fica diante do prédio e olha para cima, percebendo que o apartamento parece muito mais organizado e convidativo agora. Plantas penduradas descem majestosamente em cascata das varandas. Uma mulher com um roupão turquesa olha para ele sem pudor. Ela é como uma gata de varanda bebendo algo vermelho de um copo transparente de plástico: suas cores combinam tão bem com o gesso verde-água às suas costas que ela poderia ser paga para ficar ali.

— Tarde — diz Andrew.

Ela levanta o copo e inclina a cabeça de leve, com a delicadeza do inebriamento diurno.

Ele sente falta de seu apartamento no Bairro Francês, mas o vendeu depois do Katrina. No fim das contas, não ia lá com frequência para justificar o gasto, e normalmente não é muito difícil encontrar um hotel em New Orleans.

Normalmente.

Andrew segue outra vez para o sul e então sai na Bourbon e entra à direita na Frenchman.

A loja de vodu da Frenchman fica debaixo de um letreiro de madeira que exibe um morcego com uma peruca do século XVIII. O morcego segura um pequeno crânio em uma das patas e um baralho de tarô na outra, ecoando a imagem da águia americana com o ramo de oliveira e o conjunto de flechas. A srta. Mathilda, uma negra enorme com vestido de estampa indiana, aconselha um homem tímido com terno de lã.

— Esse tipo de serviço não é barato porque é de verdade. O senhor compreende? Não é brincadeira.

Ela olha para Andrew quando ele entra.

O homem com terno de lã também.

Ela pisca para Andrew, olha de novo para o homem, usa o dedo para virar o rosto para si. Ele sente dor. Ela continua.

— Você terá que me trazer um vídeo de seu pai, além de um ou dois objetos pessoais dele, de preferência coisas que ele costumava mexer bastante.

O homem olha para Andrew outra vez.

A srta. Mathilda diz:

— Ele é um amigo meu, podemos falar na frente dele.

Ela mal consegue conter o sorriso.

Ela vira o rosto do homem mais uma vez com o dedo e crava os olhos nele.

— Em mais ou menos duas semanas após a entrega da fita, entraremos em contato. Não se esqueça, a fita precisa ser vhs.

— Sim, senhora.

— Você tem uma gravação em vhs de seu pai?

— Fazendo o quê?

— Qualquer coisa.

— Natal. Pode ser do Natal?

— Adoramos o Natal na loja de vodu da Frenchman.

— Mas só tenho uma cópia. E ninguém faz vhs hoje em dia.

Ela pega um cartão de visita dos dentes do crânio de um gato.

— Esse cara em Tchopitoulas faz. Toque a campainha embaixo das escadas. E não se assuste se ele atender de cueca. Cá entre nós, ele está um pouco alterado, mas é o melhor na cidade para cuidar de eletrônicos antigos.

— Como eu...?

— Como você pode saber que é verdade?

Ela estica um dedo, apontando a unha preta com um triângulo brilhante, que parece uma estrela, para uma porta vermelha cheia de relatos.

— Aquela sala. Você vai assistir pela primeira vez naquela sala. Caso seu pai não fale com você, você não precisa pagar.

Os olhos dele dançam pelo rosto dela, à procura de uma pegadinha.

— Sério?

— É claro. Como já disse, isso é de verdade. Não precisamos enganar ninguém.
— Três mil redondos? Sem taxa?
Ela assente.
— Para onde a fita vai?
— Não posso dizer.
— Isso é legal?
Ela abre um sorrisão.
— Meu amigo, ninguém me perguntou isso antes.

Quando o homem sai, Andrew e a srta. Mathilda trocam um abraço de urso, riem e conversam.
— Há quanto tempo está aqui, bonitão?
— Não muito.
— Você tem cheiro de vodu.
— Culpado.
— E *boudin*. Andou comendo *boudin*?
Ele confirma com um meneio de cabeça.
— Cadê o meu?
Ele dá de ombros, sorrindo. Ela é cerca de uma década mais jovem do que ele, mas sempre faz com que Andrew se sinta com doze anos. Ele decide que da próxima vez trará *boudin* para ela.
— Mas e aí? Aquele cara. Você acha que ele vai querer um alçapão?
— Pode ser.
— Que coincidência. Digo, eu estar entrando bem na hora.
— Não tanto quanto você imagina.
— Como assim?
— Meu caro sr. Blankenship, ofereço seu serviço diversas vezes por dia, na maioria dos dias. A todos que permanecem no altar dos mortos com esperança ou tristeza nos olhos. E, claro, a quem compra uma vela para acender ou pendurar uma foto. Veja quantas!

A árvore de metal em cima do altar de cera está repleta de fotos dos mortos. O incenso continua aceso.
Ela continua.
— É que poucas pessoas têm esse dinheiro hoje em dia. Até mesmo para falar com os benditos mortos.
— Eu tenho.

— Se você tivesse, não teria aberto mão daquele apartamento pequeno e lindo.

Ele pisca duas vezes, estreita os olhos como se estivesse prestes a pedir um favor.

Ela se adianta.

— Está visitando um amigo, não é?

— Sim.

— Tem exposição de armas na cidade esta semana — diz ela.

— Aham.

— Os hotéis estão todos lotados.

Ele se envergonha do planejamento malfeito.

— Isso mesmo.

Ela pega algo perto da caixa registradora.

Levanta três chaves de metal como se abrisse três cartas de baralho.

— Escolha.

48

Andrew abre a porta do quarto 373 do Brass Key Apartments, levando a mão esquerda a um interruptor na parede, as narinas se dilatando para respirar o ar úmido. Quente e pesado. Tem cheiro de meias de náilon e sêmen, o kit do adultério, mas como seria diferente? Adultério faz parte de seu negócio também.

Ele atravessa o quarto até o ar-condicionado sob a janela e gira o botão, satisfeito ao ouvir o aparelho ligar. O ar que escapa da saída com grades é quente como o hálito de um cão e, mesmo virando o botão meio solto da temperatura ao máximo, o aparelho esfria muito pouco. Uma gota de suor meio esbranquiçada de sal desce por seu nariz e desaparece na abertura do aparelho.

Ele tenta abrir a janela, que está emperrada, e então toma fôlego e empurra com força. Bem fechada. Um jovem casal na rua solta uma gargalhada, e ele também ri, imaginando-se metendo a mão no vidro para chamar a atenção como um cão preso dentro de um carro abafado. Sua camisa guayabera está começando a grudar nas costas de novo.

Do outro lado da rua, um homem calvo com suspensórios e uma camisa ensopada de sangue está atrás de uma janela imunda, abanando-se com um chapéu fedora. Seu olhar sugere leve curiosidade, incompatível com sua garganta recentemente cortada. Um fantasma. Há tantos deles aqui. Andrew controla a vontade de acenar e dá as costas para a janela.

Os letreiros dos bares na St. Louis iluminam o quarto com uma luz vermelha que lembra a sala de máquinas de um submarino da Segunda Guerra Mundial, apesar das cortinas finas. Andrew se senta no futon e busca o puxador da luminária até encontrar o botão, arrependendo-se de ter acionado no mesmo instante. Agora, vê diante de si a parede roxa e dourada, com a *fleur-de-lis* de praxe. Agora, vê a marca de porra na capa do futon, grande como o mapa de Cuba. Tem a impressão de que a porra veio de um jogador de beisebol, mas não faz ideia de como isso lhe ocorreu.

Ele vê um cinzeiro transparente de vidro perto da luminária e decide tentar abrir a janela de novo.

Toma fôlego.

Empurra com força.

A janela continua fechada.

Gota de suor no olho.

E uma ideia.

Está relutante em incomodar Haint de novo, já que o deixou no Tin Shack para ouvir a segunda parte do show de violino. Só que Haint é o melhor homem que ele conhece para resolver esse problema: o melhor, não, o único. A srta. Mathilda, que entregou a chave a Andrew, já deve estar se preparando para dormir, já deve ter lido uma reportagem da *Scientific American* ou da *Popular Science* para sua filha autista.

Ele envia uma mensagem de texto a Haint com uma foto da janela:

Emperrada. O quarto está mto quente. E agora?

Menos de um minuto depois, começa a tocar "Ring of Fire" e ele vê Haint na tela. Ele liga a câmera. Haint está mais bêbado do que nunca, segurando um gato morto pelo pescoço com uma das mãos. Na outra, está usando uma mão com garras. Haint faz um gesto com a mão com garras pedindo para Andrew virar a câmera do telefone para a janela.

"Tap-tap", emite o telefone, e Andrew bate duas vezes com ele no vidro da janela.

Uma lasca com uma rachadura aparece na janela, como se uma pedrinha tivesse sido jogada. Uma rachadura atravessa a parede, descascando a tinta, traçando um quadrado em volta da moldura, como se a janela estivesse se abrindo com um zíper, como se uma mão muito forte estivesse segurando uma faca invisível. A estrutura toda estremece e a janela se abre, cedendo dois centímetros. Andrew empurra com a mão livre e a janela corre como se estivesse lubrificada nas dobradiças.

O ar entra, não frio, mas fresco.

Andrew vira a tela do telefone na própria direção para agradecer a Haint, mas o homem está ocupado demais em seu apartamento, dançando à luz de velas com o gato mole e beijando sua boca morta, segurando a Mão da Glória na outra. Etta James toca baixinho pelo alto-falante do telefone.

— Boa noite, Haint — diz Andrew, e o homem enfia a mão na mão dele duas vezes, como resposta.

Andrew desliga e se senta no futon, longe do mapa de Cuba. No celular, confere a hora: 00h22.

Acende um Spirit e traga com prazer, soprando lentamente a nuvem de fumaça em direção à janela, que mostra a noite subtropical do outro lado do quarto.

Althea.

Ela vai chegar em oito minutos, se cumprir a promessa, mas ela nunca cumpre suas promessas.

— Você vai a uma reunião? — pergunta ela, enquanto estão deitados na cama úmida.

Ele ainda está ofegante. Ela já está procurando, com os pés, a calcinha no amontoado de lençóis, para vesti-la outra vez. São quase três da manhã e ela quer receber seu homem em casa quando ele voltar do trabalho. E então dormir da manhã até quase cinco da tarde, quando vai preparar uma salada esquisita com damascos, ou morangos, ou sementes de romã e sairá correndo para dar três horas de aula de Kundalini, Hatha e hot yoga, se ainda conseguir.

— Desta vez, não — diz ele. — Não vou ficar na cidade por muito tempo. Só um dia.

— Mas você foi recentemente? A uma reunião?

— Ontem à noite.

— Ótimo. Então está se sentindo forte?

— Não comece — diz ele, arrependendo-se na mesma hora.

Pedir a Althea para não fazer alguma coisa é como pisar no acelerador para parar um carro. Ela pega uma garrafa pequena de Jack Daniel's da bolsa e beberica, curvando-se para beijar os lábios dele. Andrew vira a cabeça.

— Vamos — comenta ele —, não tem graça.

— Quem disse que tinha? — pergunta ela, virando a garrafa de novo para encher a boca, para tentar espirrar a bebida entre os lábios.

Ele passa os polegares sob as axilas dela e faz cosquinhas, levando Althea a rir, tossir, e cuspir o uísque, que escorre pelo queixo. Tenta salvá-lo com a mão em concha.

Satisfeita, ela se curva para beijá-lo. Desta vez, Andrew deixa e é envolvido pelos cabelos encaracolados e castanhos dela, assim como por seu cheiro de leito de rio, enquanto o gosto proibido da bebida passa pela língua de Althea e entra em sua boca.

E assim ele desperta de novo.

O eletrizante animal que carrega dentro de si e não entende a palavra *não*.

Você está em apuros.

Andrew respira forte, querendo tomar a garrafa de uísque e beber até uma poça quente envolver seu coração, mas se concentra na língua dela. É uma língua suja, sempre coberta com alguma coisa: como a pele de alguém fica quando toma um banho com água morna, sempre escorregadia, sempre encapada.

A garrafa de Jack Daniel's está na cama, com o belo rótulo e a sensação de formigamento que causa na mão por estar a centímetros do alcance.

Você tem que sair dessa, porra.

Andrew olha para baixo, para além dos bicos dos seios de Althea, onde a barriga, pálida acima dos pentelhos escuros, começa a criar uma dobrinha conforme ela se aproxima dos seus quarenta anos.

Ele começa a ficar duro de novo, encostando a cabeça do pênis no corpo nu dela.

— Hum — geme ela, descendo para ele, mas Andrew a tira de cima, segurando-a na cama. Ela serpenteia as pernas ao redor dele, até as costelas, e se remexe, esperando.

Com certeza ainda ensina yoga.

Ele endurece mais um pouco.

Fecha os olhos e pensa em Anneke.

Desejando-me, nua e a fim.

Mas Anneke já me ama.
Não apenas sexualmente, mas "como uma esposa ama um marido".
Ou o bico do corvo a mataria.
Assim como o câncer está matando o pai dela.
Pare de cortar o clima, você precisa disso.
Por quê?
O que acontece quando você fica velho demais para trepar?
E é só você com você.
Andrew abre os olhos, vê a bela mulher embaixo dele. Abre as narinas e sente o cheiro forte do sexo excitado dela. Althea tem um cheiro forte, mas leve e doce em comparação ao da *rusalka*. Ele volta a fechar os olhos.
Karl Zautke está morrendo.
Anneke está tendo recaídas.
Ela precisa de você, e você está aqui.
Abre os olhos.
— Você não me ama, não é?
Sua voz o surpreende.
Althea controla uma risada e então balança a cabeça devagar e de modo travesso.
— Eu amo meu marido — diz ela.
E ama. Ama muito o marido, de verdade, a ponto de amarrá-lo quando ele chegar do bar e de contar os detalhes da transa sem camisinha com seu amante de Nova York. Ele vai querer ser galopado por ela enquanto ainda está repleta do rival, e Althea vai emasculá-lo até ele quase chorar. E então, quando acabar, cuidará dele como se fosse sua mamãe, limpando e ninando o grandalhão até o sol raiar. Nunca ninguém olharia para o grande leão de chácara, com cara de perigoso e calvo, com bíceps enormes e pensaria *Esse cara só fica de pau duro quando está sendo humilhado* — mas é isso aí.
— Eu sei. Só quero ouvir.
— Cale a boca — diz ela.
Ele cala a boca.
Andrew coloca uma moeda entre os olhos dela, o que lhe permite pensar coisas dentro da mente dela. Ele mostra um sonho em que ela está estuprando homens em uma galé persa de escravos — Althea grita tanto no fim que um dos vizinhos acompanha os vocais dela batendo na parede.
Alguém lá fora aplaude.

49

Andrew sai de seu banheiro carregando uma bolsa pequena que levou a New Orleans. Nada de despachar bagagem, nada de seguranças observando você se afastar até sumir: a fiscalização de aeroportos que se foda. O dia que um usuário decidir ser terrorista vai ser um dia ruim, de verdade.

Seu celular, temporariamente confuso e talvez ofendido pela rápida mudança de fusos, reinicia sozinho e apita com a chegada de uma mensagem de texto perdida na caixa.

ANNEKE ZAUTKE
Papai está saindo. Não venha. Mas mando notícias.
Desculpa e obrigada. Que droga.

Und zo.
Ele sobe a escada, senta-se à beira da cama e tira suas botas Old Gringos. Um chulé quente e meio animal chega até as narinas — estava muito calor no Bairro Francês —, e ele percebe um furo que logo vai permitir que o dedão saia da meia.
Hora de jogar essa meia fora.
Tirá-la e dar para o cachorro roer.
Mas o cachorro não é mais um cachorro agora.
Como se tivesse sido ensaiado, Salvador bate à porta, mantendo-se fora do alcance de visão, educadamente. O bater de madeira em madeira assusta o mago cansado.

— Entre — diz ele, quase acrescentando *garoto*.
Não é um cachorro.
Então que porra ele é?
Um monstro. Você o transformou em algo não natural, como faz com tudo. Ele deveria ser um monte de cinzas no vento. Deveria estar perseguindo coelhos nos Campos Elísios.
Você vai colocar o coração de Karl Zautke em um cesto e fazer com que ele lave suas cuecas também?
Salvador entra, o Traço Mágico pendurado no pescoço. Os botões giram e letras pretas aparecem.

— Mais perto, Sal, não consigo ver.

O autômato se aproxima, o botão ainda girando.

TV SEM VOLUME.
ALHO PICADO NA TIGELA.
QUEM COZINHA?

Salvador limpou a sala de vídeo e colocou uma televisão nova.

Fatiou alho porque, apesar de não saber o que Andrew quer comer, certamente tem alho na receita.

— Eu vou cozinhar. Obrigado.

Caramba.

Não consigo nem coçar suas orelhas agora.

A moldura do quadro se inclina, agora a cabeça de Salvador Dalí está em um ângulo estranho. Ele quer mais ordens. Como um border collie feliz com uma tarefa.

Salvador sempre pergunta quem cozinha apesar de Andrew não permitir que ele chegue perto do gás desde que incendiou o próprio corpo há dois anos. Mas ele não tem medo de fogo, não tem medo de nada, exceto de desagradar seu dono.

O que mais ele tem?

A mim.

Ele só tem a mim.

Andrew se levanta, calça o par de tênis de corrida de que Anneke faz piada por ser laranja e pega uma bola de tênis do armário. Vai com Salvador para o quintal. Durante meia hora, Andrew joga a bola e o outro corre com as pernas sintéticas para pegar, recolhendo com as mãos de madeira de modo apático, antes de jogá-la de volta. Quando cai no mato, Salvador vira a cabeça para o lado para que os galhos não o atinjam.

John Dawes, o vizinho do outro lado da rua, observa com binóculos militares, sem conseguir entender de jeito nenhum por que o mordomo com aparência de espanhol brincaria de pega-pega com um solteirão desconhecido. Os dois dão gargalhadas, mas só um deles está suado quando voltam para casa.

No entanto, aquela não é a coisa mais estranha que John viu na Willow Fork Road, número 4.700.

Nem de longe.

O anoitecer está se aproximando.

Os dedos de Andrew estão amarelos pela cúrcuma e pela sopa de abóbora que está fervendo quando o telefone toca de novo.

Ele sabe o que está escrito.

Anneke Zautke
Papai morreu.

Deus do céu!
Elvis saiu do prédio. O show acabou.
Do nada, ele grita.
Por seu pai policial morto.
Por seu mentor morto.

Mas também por Anneke, que terá que aprender sozinha como é difícil perder a mãe e o pai. Como é real quando você está suando separando coisas em caixas de papelão que serão enviadas para a caridade ou o Exército da Salvação. Quando nem pai nem mãe estão por perto para contar histórias de quando você nasceu. Quando você entra no sótão e coisinhas se desfazem na sua mão, e você chora como nunca quando percebe que sua mãe guardou um monte de boletins da terceira e quarta séries porque tinham elogios sobre o filho dela.

Sobre você.

E que aqueles cartões esperaram naquela pasta velha para que sua mão adulta os pegasse e os jogasse fora, porque nunca mais ninguém no mundo vai se preocupar com aquilo outra vez.

Talvez você enfim cresça de verdade ao ver que a parede atrás da última caixa de mistérios é apenas uma parede.

Sua parede agora.

50

Andrew dirige antevendo que encontrará pelo menos um cervo, o que não tem nada que ver com magia: essas matas estão repletas de cervos, que atravessam a estrada com tanta liberdade que motoristas atentos sempre ficam de olho na vegetação do acostamento. Esses animais seguem como em um balé, dali até Buffalo, e se mais deles são vistos na rota de morte de cervos, a Interestadual 81, isso só ocorre porque o departamento de estradas corta a grama da rodovia. Na mata, entram em buracos cheios de mato, escondidos da vista dos motoristas, mas exalam seu cheiro de poucos em poucos quilômetros para as pessoas que seguem a pé ou de bicicleta ou nos lentos tratores que percorrem o espaço entre as propriedades.

Andrew não está em um trator naquela noite.

Ele abriu a capota do Mustang 302, que rosna como um animal faminto, como algo que estivesse esperando há muito tempo para correr.

Um dia se passou desde a morte de Karl, faltam quarenta e oito horas para o enterro, e a filha dele está bêbada. Está com as cervejas do pai no colo, uma garrafa de uísque Tullamore Dew entre os pés, e virou o botão do volume do rádio quase no máximo. Uma das estações de rock clássico: como Andrew troca de estação a cada comercial, raramente sabe qual está ouvindo. Seja lá qual for, "From the Beginning" toca tão alto que Andrew precisa gritar para falar com Anneke.

— Veja! — diz ele, apontando para o outro lado da rua à esquerda.

Um cervo está tão imóvel que parece feito de pedra, com os olhos verdes brilhando como garrafas de refrigerante sob os faróis, uma tiara de vaga-lumes piscando ao redor da cabeça. Anneke não olha, apenas solta os cabelos pesados e se esforça ao máximo para acompanhar a música no rádio. Não saber a letra não a impede de cantar.

O mago posiciona a mão em cima da buzina e prepara o pé para frear, mas o cervo não se mexe e, como sempre acontece com pessoas como ele, Andrew se pergunta, depois que passa, se realmente viu o animal.

Então relaxa.

Ele *viu* seu cervo noctívago.

Anneke está observando a estrada agora.

Andrew sente vontade de arriscar aquela travessura que fazia com frequência antes de ficar sóbrio — a mesma que estava fazendo quando bateu o '65.

Sim, vamos fazer.

Quando vê que a estrada está livre nos dois sentidos, diminui a velocidade para 35 quilômetros por hora. Apaga os faróis para que Anneke e ele possam ver o balé de vaga-lumes brilhando nos pontos baixos na terra à direita e à esquerda.

Exibindo-se.

Anneke adora, sorri com o rosto corado, olhos arregalados como os de uma menininha no circo. Emerson, Lake & Palmer ainda são ouvidos pelos alto-falantes, mas sem acompanhamento. Como os vaga-lumes são lindos. Há uma pequena galáxia deles sinalizando entre si quando a última luz violeta reluz sobre eles.

— Incrível — comenta Andrew, sem conseguir se fazer ouvir em razão da música, e então acende as luzes de novo.

— Mais! — pede Anneke. — Bis!

Em vez disso, ele pisa fundo outra vez. Ela aperta a buzina do Mustang e então uiva da janela como um lobo.

Na ribanceira.

O sussurrar da onda faz com que ele pense na coisa que veio da água para cima dele em um sonho.

Não foi um sonho.

Você estava voando sem seu corpo e quase não conseguiu voltar.

Mas ele adora essas ribanceiras, assim como Anneke, e com certeza não vai se afastar só por causa de um cara nojento em um navio afundado. O navio está distante e o casebre russo fica a cerca de dois quilômetros.

Eles estão seguros.

Os dois bruxos, mestre e aprendiz, estão sozinhos.

Os dois alcoólatras em recuperação, um se esforçando, o outro em meio a uma recaída, estão sozinhos.

A filha e o melhor amigo sozinhos.

E se beijando.

Quando chegaram, estenderam a manta indiana na grama alta e rolaram sobre ela, rindo. Apesar da grama alta e da manta, o chão continua duro sob seus corpos, mas eles querem ficar fora da trilha para o caso de chegar alguém. O festival Sterling Renaissance vai começar em breve, e os músicos, atores e vendedores ficam ali nos meses de verão para cantar, beber e trepar. Os adolescentes da região também frequentam essas ribanceiras, arrombando os carros estacionados, fumando maconha e bebendo. Mas agora nada se move além da água do lago e da brisa. Andrew e Anneke se deitam juntos, protegidos em seu pequeno reduto de grama.

Escondidos.

Ocultos, no sentido literal da palavra.

E se beijam.

Os dois mal conversaram no caminho desde que saíram do carro, apenas andaram, pularam a enferrujada cerca de proteção e subiram o monte que durante o dia tem vista para o lago e para o pequeno promontório, que ninguém se atreve a escalar. Tinham acabado de estender a manta quando os lábios dela cobriram os dele, quentes e embriagados.

E o beijo foi bom.

É bom.

Ela leva as mãos ao cinto dele e Andrew se surpreende ao impedi-la, sendo bonzinho como uma menina católica.

Ela para e estreita os olhos vermelhos.

— Você não quer?

Ele vê que ela está chorando.

— Tenho medo de que *você* não queira.

— Você está errado.

As mãos fortes dela voltam ao cinto, mais insistentes: ela abre a fivela. Andrew se afasta.

— Você está falando sério? — pergunta ela, secando uma lágrima debaixo do olho com o punho.

— Anneke, você está bêbada.

— E daí?

— Vai se arrepender, só isso.

Ela o empurra para o chão.

Caramba, ela é mesmo mais forte do que eu?

— Não sei se você percebeu. Mas arrependimento?

Está bêbada demais para dizer as palavras que gostaria, mas balança a cabeça. Ele entende. Anneke não costuma se arrepender ou pelo menos repete isso para si mesma o suficiente para a frase ter se tornado seu mantra. Se ela estivesse no *Game of Thrones*, seu lema seria: "Sim, eu fiz isso. E você que se foda".

— Eu preciso disso — diz ela.

Ela está em cima dele agora, com o quadril encaixado, as pontas da lua atrás de sua cabeça e um embaraço das estrelas ao redor como uma corte, testemunhas da carência e da primazia de Anneke na cena.

Meu pai morreu e você vai me fazer esquecer um pouco disso. Só um pouco. Porque quando a tribo é reduzida a um membro, os filhos e as filhas vão para os campos para procriar.

Isso não será *Papillon*.

Ela não está rindo com ele agora.

Ela é apavorante.

Isso vai trazer o corvo?

— Você me ama?

Sua silhueta assente.

— Como irmão. Não como marido. Mas faremos isso esta noite.

Ela se inclina e uma lágrima cai de modo bem ridículo dentro da narina de Andrew, mas a cena continua não tendo graça, e Anneke agarra os cabelos escuros dele com as duas mãos, com esforço, os cabelos perto das têmporas. Ela o beija com delicadeza, um beijo molhado, até a tensão abandonar o corpo dele. Ele sente a reação na genitália, aquele primeiro formigamento, assim como ela.

Anneke sai de cima e abaixa a calça dele.

Ela nunca caiu de boca nele antes, talvez nunca tenha feito aquilo com homem nenhum. Como não sabe totalmente o que está fazendo, acaba machucando um pouco, mas não importa.

Andrew tem a sensação de que aquele ponto de contato quente e úmido entre eles é o centro geográfico de toda a criação.

É algo muito diferente do que Althea costuma fazer — ele *sente* aquilo. Seu coração está tão quente quanto o tutano dos ossos de um carneiro assado, derretendo da mesma maneira, e ela poderia bicar abaixo do esterno dele e lamber.

Os dois sabem que vai acontecer.

E acontece.

Com urgência.

Com rapidez.

Ela mal tira a calça jeans.

Ele se espalha sobre o umbigo dela, dentro dela, extravagantemente como um rapaz de vinte anos, ofegante.

Ela range os dentes para não soluçar, não de prazer, ele tem certeza de que ela não gozou, mas de pesar, amor contrariado, mortalidade, gratidão por esse pouco de calor, essa nesga de divindade. Ela segura Andrew, a barriga suada subindo e descendo.

Ele sabe que vai ouvir o som um segundo antes de ouvir e parece tão clichê, horrível e óbvio que ele fica bravo por Deus ter permitido que ouvisse os motores em funcionamento de modo tão previsível e intratável em direção ao pesar.

Sempre pesar.

Um corvo nas árvores.

Kwaaaar!

Ele tenta se convencer de que é uma gralha, e talvez seja.

Só escuta o grasnido uma vez.

E não tem certeza.

51

Barulhentas gralhas nas árvores recebem Jim Coyle, ex-professor de religião comparada na Universidade Cornell, quando ele sai de seu Toyota. Ele pendura a pequena sacola de compras no braço — é importante não comprar demais quando você está prestes a sair de um lugar — e anda na direção da casinha.

Jim gostou bastante de sua meia temporada de verão no lago Ontário. Como a dona da casa mora na Pensilvânia e faz todo o trabalho por correspondência e pela internet, ninguém o perturba ali. Ele está no meio do texto intitulado *O Mecanismo de Deus — Fazendo Amizade com a Morte*. O trabalho está bem adiantado e ele ainda tem a maior parte do adiantamento no banco.

O período longe da esposa também tem sido restaurador. O sistema que adotaram desde a mudança do filho é simples: quando precisam de espaço, alguém sai; quando sentem saudade, se encontram. Pelo menos da parte dele, a regra do "Não pergunte, não conte, use preservativo" tem sido inútil desde que completou sessenta anos: ele simplesmente não liga mais para todo o esforço e toda a luta, e não sente nem um pouco de ciúme de Nancy. Meio que torce para que alguém esteja lhe dando esse tipo de contribuição — ela ainda é bem atraente esteticamente falando —, desde que ela não se separe em definitivo dele: Jim sentiria a falta dela, ainda que não reaja mais à esposa abaixo da linha da cintura. Para dizer a verdade, ele se sente culpado por sua apatia nesse quesito. Pensou em reposição hormonal, mas sem dúvida teria que fazer uso de testosterona, e a testosterona é a principal suspeita no caso de sua juventude tola. Interrogar namoradas a respeito de ex-namorados, ficar obcecado por calouras e alunas do segundo ano e, às vezes, levá-las para a cama, meter-se em discussões intensas em telefones públicos, tudo isso era uma tempestade ridícula do ego, e ele ficou feliz de deixar aquilo para trás ao entrar na meia-idade. Jim começou a ficar calvo ainda jovem e contrai os lábios diante da lembrança de como escondia a calvície com cuidado na época em que adultos não usavam boné.

Nancy tinha sido uma boa esposa — racional, não romântica, centrada. Ria fácil, era difícil de irritar. Professora de música. Não sabia se queria se casar, mas aceitou fazer uma viagem a Chicago quando ele a pediu em casamento no Navy Pier Ferris, depois de uma gravação do programa da NPR, *Wait, Wait, Don't Tell Me*.

Se ao menos ele ainda a desejasse.

Daquele jeito.

— Você sabe quem eu desejo *desse jeito* — murmura ele ao olhar dentro da sacola reutilizável do Pick & Save (sacolas de plástico *não* são legais), enquanto enfia a chave na fechadura —, aquela belezinha russa que se mudou para a casa de Dragomirov, isso sim.

As gralhas piam para ele.

Jim retira da sacola os produtos: linguine integral, molho de macarrão com vodca, azeitonas, um litro de leite desnatado orgânico e meia dúzia de outros itens que se esperariam no carrinho de compras de um intelectual de classe média alta preocupado com a saúde e o meio ambiente. Sorri de seus hábitos burgueses enquanto guarda os produtos no armário e na geladeira.

— A culpa não é minha. — Ele se dirige a ninguém em específico. — Eu comia biscoitos e macarrão com queijo na infância. Compro pão artesanal da Toscana se eu quiser.

Mas voltando à sobrinha do pobre sr. Dragomirov.

A pintinha no rosto dela o distrai — uma marca clássica digna de Maria Antonieta —, sem falar que ela tem o corpo mais firme que ele já viu em alguém da idade dela, com exceção de astros de cinema ou instrutoras de ginástica. Jim meio que a imaginava sorrindo para ele *daquele jeito* de vez em quando, mas sabe que não deve bancar o bobo. Ela não curte professores barbudos, calvos e míopes, por mais abastecido que seja o armário dele de vinho cabernet ou por mais perto que tenha chegado de vencer seu brilhante tio no xadrez. Certo, não chegou perto nem sequer uma vez nas seis ou sete partidas, mas era no que *acreditava*.

Agora que a nuvem de gafanhotos russos havia se dispersado, ela parecia estar sozinha. Aquele bando já foi tarde. Jim chegou a flagrar um deles, um homem da cor do couro cinzento, de meias e sandálias, de pé em seu quintal, mijando um tanto bêbado em suas mudas de manjericão.

Mas era um velório, afinal.

Coitado do Dragomirov.

Um cara simpático.

Com uma sobrinha bem simpática também.

Que gosta de nadar no lago.

Jim pensou em oferecer seus serviços como guia, talvez levá-la à ribanceira McIntyre para ver o mais inesquecível pôr do sol do mundo, mas sabe que ela estará rindo por dentro, mesmo que o trate de modo educado.

Não, ele vai se afastar daquele Caríbdis e se considerar sortudo por voltar aos braços de sua pragmática Penélope e de sua excelente coleção de CDs de viola de gamba.

Enquanto pensa nessas coisas, pega uma blusa das costas de uma cadeira.

Frio aqui.

Não estamos no verão?

Ele pensa em conferir se deixou o ar-condicionado ligado, mas lembra que não tem ar-condicionado. Só está frio. Isso faz com que ele sinta um espasmo de ansiedade — basta um dia frio de verão para que seu pai super-republicano (oitenta e oito anos e ainda caçando pássaros) se encha de piadas contra o aquecimento global que podem durar por todo um inverno infernal ou todo um verão glacial.

Mas está quente lá fora.

Não está?

Ele sai de novo, sente o sol no rosto e o ar agradavelmente quente do lago. Um pouco frio à sombra, mas muito frio dentro de casa. Jim dá a volta pela lateral da residência, gralhas atrás dele, e vê que tem algo estranho na janela do quarto. Demora um pouco para ver o que é.

Embaçamento?

A água desce pela janela, escorre em fios.

A janela do quarto está suando como uma lata de refrigerante em um piquenique.

— Que coisa curiosa — diz ele, voltando para a entrada escura da frente da casinha. Vai para o quarto, encontra a porta. Ele nunca fecha as portas de dentro de uma casa.

Segura a maçaneta.

Fria.

Bem fria.

E trancada.

Ele nunca *tranca* as portas dentro de uma casa.

Pensa em ligar para a polícia e então ri de sua covardia.

Alô, polícia? Sim, gostaria de relatar um trancamento suspeito e uma temperatura anormal. Há uma viatura na vizinhança? Com uma caixa térmica de chocolate quente e um psicólogo especializado em traumas?

Sai de novo. As gralhas estão caladas.

Olha para a árvore, imaginando que elas desapareceram, mas não. Estão apenas caladas. E observando.

Ele olha para seu Toyota.

Entre e vá embora — tem algo errado.

Oi, Nancy. Deixei todas as minhas roupas, livros e computador na casa porque meu quarto estava frio e trancado, e também porque pássaros olhavam para mim.

Eu sei, mas foi o MODO *como olhavam para mim.*

Ele volta a lançar um olhar para as gralhas.

Continuam o observando.

Xô, pássaros.

Jim se rende a um impulso juvenil e quebra o galho.

Atravessa o quintal e olha para a janela.

Não consegue ver dentro do quarto por causa do embaçamento.

Usa o cotovelo com a blusa de lã para limpar parte do vidro e espia dentro.

Tem alguém ali!

Seu coração se acelera e então batuca.

Um desconhecido está sentado em sua cama, lendo algo.

Um homem estranho e feroz, com uma camiseta imunda.
Aquele é o meu rascunho?
Ele se acalma um pouco... as pessoas que leem não são perigosas.
Ele bate à janela.
O jovem se vira.
Barba farta, cabelos pretos. Olhos arregalados também. Provavelmente um dos malditos russos. Mas não aquele que mijou nas plantas. Aquele tinha um barrigão, esse é magricela. Macilento, até. A parte da frente da camiseta está visível agora.
Pac-Man?
O homem sorri para ele, mas não de forma simpática.
— Com licença! — diz ele.
Chame a polícia, isso é invasão e um bom motivo para ligar.
Alô, polícia? Sim, um rapaz mal-encarado está lendo na minha cama. A Guarda Nacional tem um tanque extra para enviar? Parece perigoso.
Ele bate de novo.
— O que você está fazendo na minha casa?
Jim protege os olhos da luz, espiando pela janela. Observa o homem entrar no banheiro, procurar em uma gaveta, pegar um secador de cabelos. O secador que ele usa para secar a tinta de hena que aplica na barba.
O garoto volta com o secador, aponta para a janela. Ele liga — e Jim escuta o secador gemer.
Mas ele não ligou na tomada.
A névoa aparece na parte do vidro aquecida.
Não, sério, ele não ligou na tomada.
Agora, o dedo do garoto traça letras na névoa.
Por que ele não respirou na janela?

E VOCÊ

Porque ele não respira.

REALMENTE

Entre no carro.

FEZ AMIZADE

Entre no carro e perceba depois que você está hipnotizado isso é perigoso e os pássaros e o secador ELE NÃO LIGOU A PORRA DO SECADOR NA TOMADA! CORRA!

COM A MORTE?

Quando o dedo do jovem termina o ponto de interrogação, a janela range. O professor se afasta, direto para sua penteadeira.
Ele está dentro do quarto agora.
De algum modo, o quarto e o lado de fora se inverteram.
Como xícaras, uma delas envenenada, em um filme de espionagem.
Ele se sente zonzo.
Confere sua respiração.
Sai da boca aberta.
Tão frio.
Ele não consegue fechar a boca.
Nada disso é real.
Eu estava na loja!
Só consegue se espantar e balançar a cabeça enquanto observa a neve começar a cair do telhado do quarto.

52

Andrew aparece no banheiro do café do Dino's em Yellow Springs, Ohio. Uma mulher de cerca de quarenta anos está perto dele, boquiaberta, com o smartphone na mão, confusa. Ele não pensaria que ela era o tipo de pessoa que gostava de Angry Birds, mas é o que está jogando. Ela começa a puxar a calça acima do joelho e move os lábios como se quisesse formar uma palavra. Parece que a palavra vai ser *Quem*. No entanto, antes de ela começar a falar, ele sorri de modo desconcertante e diz:

— Sei que você está um pouco assustada, mas não tem nada com que se preocupar. Não estou aqui de verdade.

— Claro que não está — comenta ela, como se confirmasse a inocência de uma criança injustamente acusada, e volta ao jogo.

Andrew entra no corredor, fecha a porta, espia a sala dos fundos. Seu amigo Eric, um simpático músico e poeta de barba vermelha que atua como prefeito não oficial de Yellow Springs, diz "Paisan!" quando vê o mago, se levanta e lhe dá um abraço fraternal, com direito a tapinhas nas costas.

— Posso pegar seu carro emprestado por duas horas?

Eric lhe entrega as chaves.

O carro emprestado tem cheiro de criança.

Andrew coloca o buquê de girassóis e a única garrafa de cerveja Yuengling no banco de trás, ao lado de um martelo de brinquedo e uma meia cor-de-rosa minúscula.

Ele dirige na direção de Enon.

Ele dirige para casa.

O céu brilha em um cinza-claro e sem sol feito para castigar as pessoas de ressaca. Por sorte, Anneke está cuidando da dela a dois estados dali, e Andrew não está de ressaca. Só exausto.

O cemitério Enon é um dos três da região: Mud Run e Prairie Knob (atrás do escritório do posto de gasolina) estão fechados agora, cheios de mortos da época da Guerra Civil. O cemitério Enon tem o corpo de vários combatentes, principalmente descansando sob lápides, mas algumas dezenas dos obeliscos brancos são em homenagem aos mortos mais ricos do século XIX, projetados como espinhas de peixe. Saído de um monte, o maior sobe em direção ao céu com o seguinte epitáfio:

EM MEMÓRIA DOS PATRIOTAS
DA CIDADE MAD RIVER
QUE MORRERAM PELO PAÍS
1865

O segundo obelisco maior lembra um tal de Leander J.M. Baker e sua esposa, Martha. Um monumento fálico de Ed Baker desponta ali perto, os dois além de um sexteto de pináculos menores em primeiro plano, todos pertencentes aos Funderburgh, que adoram se divertir. Andrew segue por monumentos mais baixos e mais escuros entre os velhos obeliscos e túmulos de meados dos anos 1980, quando ficou decidido que seria eliminada a passagem que costumava dividir essa parte do cemitério e que começariam a plantar *Enonites* entre os antepassados.

Andrew se ajoelha diante da pequena lápide de sua mãe e então coloca os girassóis no chão, sem se preocupar em depositá-los em um vaso ou na água. Era assim que sua mãe deixava flores para o vovô John Standingcorn.

As flores são para os mortos, não para os vivos. Muitas pessoas colocam na água só para aparecer. Quanto antes as flores apodrecerem, mais depressa o vovô vai recebê-las.

ELIZABETH
STANDINGCORN
BLANKENSHIP

As letras se acumulam de um jeito esquisito na pedra cinza-rosada e ele franze a testa lembrando da briga que teve com o irmão a respeito de incluir o sobrenome de solteira da mãe, de origem indígena, da tribo shawnee.

Ela nunca usava esse sobrenome. É comprido demais. E não é cristão.

Lembra-se como se fosse ontem de Charley de pé diante de si, levantando um dedo para cada um desses argumentos até formar um tridente com a mão, sem perceber a ironia.

Charles Stewart Blankenship não entende ironia.

Como também não supervisionou, uma ligação de última hora de Andrew à empresa do monumento resolveu a questão do Standingcorn.

Charles odeia seu sangue indígena e provavelmente agradece a seu Jesus branco todas as noites por ter herdado a pele rosada e os cabelos castanhos do pai, deixando para Andrew a pele morena e a juba bem preta do avô.

Charley não quer ter nada parecido com seu irmão aparentemente índio afeito ao ocultismo.

O Blankenship mais velho ficou rico com uma série de CDs sobre como ficar rico. Com Jesus. Chama-se *A Pescaria* e revela a quem ouve como focar a concentração para fazer a riqueza aparecer. Dizer certas coisas ritualísticas todos os dias, acreditar e visualizar. Implorar fartura ao Pescador.

Funciona.

Pelo menos funciona para Charley, que é levemente luminoso.

E provavelmente para todas as outras pessoas que também são.

O fato de seu irmão mais velho, que odeia magia, ter se tornado milionário praticando sem disposição a magia de nível básico é uma das melhores ironias que Andrew Ranulf Blankenship conhece.

Charley diria que não se trata de magia porque usa Jesus para fazer a grana rolar. Andrew não entende muita coisa sobre Jesus, se é que existe mesmo um, mas duvida que o cara que disse que seria mais fácil um camelo passar pelo buraco de uma agulha do que um rico entrar no reino do céus estaria multiplicando verdinhas para seus crentes.

Charley não distingue hipocrisia.

Charley não entende hipocrisia.

Mas o pai deles entendia.

O pai deles, o policial, era um verdadeiro pescador, não de homens ou de verdinhas, mas de trutas.

Andrew abre e despeja a cerveja Yuengling na grama diante da lápide ao lado da de Elizabeth, que simplesmente diz:

GEORGE
BLANKENSHIP

— Sinto muito pela cerveja estar quente, pai.

Ele dirige o carro de Eric a alguns quarteirões a partir do cemitério e estaciona na Indian Drive, perto da esquina do monte. O monte é dos índios adena, não shawnee: os adenas se estabeleceram ali quando Jesus era adolescente.

Pula a cerquinha ao redor, lembrando-se de como ele e as outras crianças não demonstravam respeito por aquilo que ele chamou de "teta da terra". Foi ali que fumou seu primeiro baseado, em uma noite sem lua em novembro de 1975, com as três árvores segurando as últimas folhas do ano. Isso não foi tão ruim, mas então ele deu uma bela e longa mijada em uma daquelas árvores, para arrancar o riso dos amigos.

Eles riram, mas não queriam rir.

Ele riu também.

Lembra-se do sonho que teve naquela noite. Estava amarrado à árvore na qual havia mijado e um homem com morangos no lugar de olhos dançava ao seu redor, batendo diversas vezes em seu rosto com um porco-espinho morto na ponta de uma lança. O porco-espinho cheirava mal. Andrew tinha certeza de que acabaria sendo cegado por um golpe final e decisivo, e então, de repente e de modo doloroso, isso aconteceu. Aparentemente, ele não havia esvaziado a bexiga direito antes, porque acordou em lençóis frios e molhados.

Nunca mais urinou no monte onde os adenas tinham sido enterrados.

Ele permanece ali por dez minutos.
O sol esquenta seu rosto.
Mais quente do que em Nova York.
E então ele se vai.

53

A foto de Haint aparece no telefone de Andrew.

Ele está sorrindo, com muitos dentes, para a câmera de computador.

Está longe o suficiente para que Andrew possa ver ao redor e atrás dele — consegue a melhor imagem do apartamento portátil de Haint.

O violinista de *dreddy* aparece atrás do homem vodu, fumando um baseado enorme e mal enrolado, que parece prestes a se desfazer. Uma iguana observa no braço do sofá, com serenidade. Há tijolos à vista atrás do sofá, uma estante com um tipo de altar, uma Bíblia grande de couro, um copo de dados. Vinagre dos quatro ladrões. Esculturas esquisitas nas paredes. A peça visível com mais clareza parece um sol de ferro — correntes de diferentes espessuras e em diferentes níveis de oxidação formando um círculo de ferro cujo centro é uma armadilha enferrujada para urso, montada e pronta.

Não é difícil imaginar o que esse negócio faz se a pessoa errada entrar.

Nem Haint nem Andrew falam por um momento.

— Gosto que você não diz nem olá. Está esperando notícias e só quer saber disso. Qualquer outra coisa é besteira.

Andrew pisca os olhos, sente lampejos de alegria: Haint parece satisfeito consigo mesmo. Deve ter boas notícias.

Será que...?

Haint levanta uma pele de carneiro coberta de sangue seco, uma abertura em formato de sorriso deixando uma ponta para pendurar. Haint começa a dançar, exibindo a pele, e então passa a cantar.

— Ding-dong, a cadela está morta, mortinha. Matei ela, ding-dong, a cadela russa está moooooorta.

O homem do sofá pisca em meio à fumaça do baseado girando acima de sua cabeça, como se tivesse acabado de se dar conta de que seu excêntrico anfitrião pode mesmo matar pessoas. Parece rejeitar a ideia, traga de novo, inclina-se para soltar a fumaça na cara da iguana como se estivesse fazendo um favor ao réptil, que só pisca.

O coração de Andrew está acelerado, a respiração, ofegante. Ele se lembra da cabana, da última vez em que pensou que ela estivesse morta. O velho e macabro lance. Ninguém se torna velho sendo morto com facilidade, mas é uma nova era. A tecnologia pode ter tornado a inimiga vulnerável. A faca efésia e amaldiçoada de Haint se uniu à foto de satélite, descendo como o míssil de um avião para matar a bruxa em seu jardim.

Ajude-me, bombardeiro!

Ele afasta o velho medo, apega-se à nova esperança que Haint lhe dá. A evidência na pele.

Tanta.

— Você tem certeza?

Haint não fala.

E então desanda a narrar.

— Aquela manchinha ali é minha, sangue meu para aprontar a faca. O resto, *todo o resto*, é dela. Eu avistei em minha mente. Ela estava agachada no jardim, escavando um nabo ou algo assim, e nem sequer viu o brilho na lâmina da faca. Não que houvesse muito brilho, cara, porque o lugar ali é mata fechada. Mas eu fiz *zip* e ela gritou *gaa*! E foi isso...

Ao contar, ele anda para trás, pega a iguana pela cauda e bate com força no chão, segurando para que Andrew consiga ver os últimos espasmos. Andrew faz força para não demonstrar repúdio em seus olhos, deixando-os calmos. O cara de *dreddy* não acompanha a calma de Andrew. Fica assustado com a velocidade e a brutalidade de Haint, derruba o baseado no colo, se queima e solta um "PORRA, cara!".

— PORRA, cara! — imita Haint, jogando o réptil morto sobre ele, fazendo o músico se levantar, ainda tirando as cinzas quentes da calça.

Gotas de sangue da cabeça da iguana marcam sua camiseta.

— Isso não é LEGAL! — comenta ele, parecendo menos assustado do que deveria.

Isso é muito pior do que não ser legal!

Saia daí!

Haint olha para Andrew, com as sobrancelhas erguidas de modo desdenhoso, como se dissesse: *Dá para acreditar nesse cara?*

— Verifique e traga o lance — diz ele a Andrew.

Parecendo feliz consigo mesmo.

Andrew concorda.

Deveria desligar o telefone, mas não consegue.

Esta é a maior fraqueza de um usuário: a necessidade de saber o que acontece, como as coisas funcionam, ver o que os outros não veem, por mais cruel e feio que seja. *Principalmente* se for cruel e feio.

O cara pega a bolsa de lona, sai batendo os pés atrás de Haint e então volta na outra direção.

— Cadê a porra da porta? — pergunta.

Haint ergue as sobrancelhas de novo.

Esfrega as mãos pelas laterais cheias de cicatrizes do couro cabeludo, de frente para trás.

Desliga a câmera.

Deixa o som ligado.

Sabe que Andrew vai ouvir.

Está fazendo isso *por* Andrew, porque gosta dele e quer que ele fique surpreso, desconfortável e com raiva.

Haint só respeita outros usuários.

— Você está me dizendo mesmo o que é legal e o que não é legal na MINHA casa?

— Só quero saber onde fica a porta, eu vou embora.

— Você ACHA que vai embora, mas não vai ainda.

— Olha, tudo bem, cara, só quero a porta.

— Não está tudo bem, *cara*. É a *minha* porta, *cara*, e você só vai usar quando eu deixar.

— Abaixe isso.

O dedo de Andrew está pairando sobre o botão de finalizar a ligação, mas é claro que ele não consegue pressioná-lo.

— Aí está você dizendo o que eu devo fazer na minha casa...

Um fala mais alto do que o outro.

— Por favor, só...
— Na porra da MINHA CASA!
— Eu quero ir...
— A casa de um homem é o seu castelo, e você está no meu CASTELO...
— Certo, certo, calma aí... quer dizer, vamos...
— E, no meu CASTELO, você não deve recusar a minha HOSPITALIDADE.
— Certo, por favor, não...
— Coma.
Silêncio.
— Como gosto das coisas que você cozinha e do seu jeito de tocar, vou dar uma chance pra você. Vou fazer a porta voltar e deixar você sair daqui se comer essa merda. Inteirinha.
— Por favor.
— POR FAVOR NADA, NÃO ESTOU FAZENDO FAVOR NENHUM, VOCÊ VAI COMER ESSA MERDA.
Silêncio.
— Tome um pouco de pimenta.
Chamada finalizada.

PARTE TRÊS

BEM-VINDO à CASA dos ESPÍRITOS
CHRISTOPHER BUEHLMAN

54

Michael Rudnick dirige sua velha caminhonete até a casa de Anneke, seguindo um pequeno pintassilgo dourado, que pousa na árvore perto das curvas que Michael deve fazer, voa por ali e parte para a próxima curva. Os pássaros que Michael atrai para guiá-lo ficam atrás do carro nas rodovias, mas não precisa deles ali: os mapas funcionam direitinho naquele lugar. Só chama uma ave-guia em estradas rurais perto das quais tantos usuários norte-americanos decidem viver. Os usuários são uma raça solitária: são mais gatos grandes que lobos, no fim das contas.

— Andy tinha razão. Você parece um leão mesmo. Sou Michael Rudnick. Pode me chamar de Mike.

Anneke fica de pé na varanda da frente, perplexa.

Ela só recebeu a mensagem de manhã.

ANDREW B-SHIP
O CARA QUE ESCREVEU O LIVRO DE PEDRA ESTÁ INDO AJUDÁ-LA. DEIXE ENTRAR. ELE É LEGAL.

Mike Rudnick estende a mão grande e áspera, e Anneke estica a dela.

As mãos de Mike são ásperas e cheias de calosidades, com pequenas unhas grossas.

Mãos de trabalhador, não de leitor.

Além disso, o cara tomou tanto sol que a parte branca da barba praticamente toda grisalha quase brilha. Parece um Hemingway à vontade, mais rígido e mais esguio. Michael Rudnick é o último indivíduo para quem você olharia e pensaria: *usuário*. Ele se porta como um fazendeiro ou talvez um funcionário do circo — alguém que trabalha com animais grandes e que garante que façam o que ele quer porque só existe essa maneira.

Parece ter setenta anos.

— Ninguém chama ele de Andy — comenta ela.

Michael ignora isso, mas sorri. De modo paternal, divertindo-se, de certo modo. Ela não sabe se foi com a cara dele.

Também não sabe se não foi.

Mas ainda assim.

Um pássaro canta.

O que diabos Andrew estava pensando ao mandar para cá um velho como uma espécie de pai substituto?

Ela sabe que é rabugenta, sabe que a bebida faz isso. Sente-se bem e rabugenta.

A caminhonete para.

A ressaca batuca com a participação especial do pintassilgo que canta e da caminhonete que estala.

— Quer dizer que você é boa com minerais.

— Eu faço esculturas.

— Que bacana. É bacana, sim. Eu também faço esculturas. Posso ver?

— Hum.... não está...

— Argila também, certo? Canecas, copos.

— Olha, não sei se isso vai dar certo. É um momento difícil para mim.

— Na verdade, é um bom momento.

Ela pisca duas vezes.

Esse cara que se foda!

— Quem disse?

— O pesar é um empurrão para a magia. Crescemos quando somos feridos: quanto maior a ferida, mais rápido é o crescimento. Mas isso tudo depende do esforço, é claro.

Anneke o encara, sua boca abrindo levemente, mas sem dizer nada. Os dentes dela ainda estão escuros pelo vinho de ontem à noite e há um resquício de merlot e cabernet seco ao redor de seus lábios.

Ela parece durona e sabe disso.

Lembra-se de ter vomitado no vaso sanitário ontem à noite, o vômito quase preto de tabaco e vinho.

Ele pega a mão dela outra vez. Ela quase chega a puxar, mas desiste da ideia. Com a outra mão, Michael saca um par de óculos de leitura do bolso da camisa. Olha para a mão dela, à procura de calosidades, como se fosse uma ferramenta que pudesse comprar se o preço estivesse bom.

— Vou embora — diz ele, virando e soltando a mão dela, mas pegando a outra. Agora, olha para ela, por cima dos óculos. — Mas não vou voltar.

Anneke olha para ele, sem piscar.

— Olha, senhor...

Ela não se lembra.

— Rudnick — diz ele, sem se ofender.

O rosto dele está sério, bronzeado, com sulcos profundos ao redor da boca e dos olhos.

— Ninguém me perguntou sobre isso. Fico feliz que você tenha vindo aqui.

Ele só observa.

O pássaro gorjeia.

Ele balança uma mão para a ave, um gesto sutil, e o pintassilgo voa para longe, para sempre.

— Mas acabei de perder meu pai, dias atrás, e não consigo me focar em nada no momento. Só consigo virar peças, jogar Sudoku e... só isso. Sudoku e só.

Ele observa.

Não sabe e nem quer saber o que é Sudoku.

— Entendo que o senhor é o melhor professor que posso ter, se eu quiser mesmo seguir em frente com isso. Li seu livro. Consigo fazer algumas daquelas coisas. Mas se você tiver apenas este momento para mim, tenho que dizer não.

Essa era a deixa para ele agradecer, apertar a mão dela e voltar para a caminhonete.

Ou mandá-la para a casa do caralho, virar-se e voltar para a caminhonete.

Mas ele não sai do lugar.

Apenas observa, como se estivesse esperando que ela percebesse que está fazendo merda, o que a deixa um pouco irritada. Até mesmo Karl Zautke sabia que não deveria mandar nela: aprendeu isso quando a filha não passava de uma menina. Uma pessoa pode discordar de Anneke Zautke, mas *não deve* tratá-la como uma tola.

Grande erro, velho.

— Bem, tenha um bom dia — diz ela, fechando a porta.

Ela não bate, mas não fecha como quem se desculpa.

Fecha como fecharia se não houvesse ninguém ali.

Sim, um pouco grosseira.

Ela respira por um minuto, ainda olhando para a porta, sabendo que ele está de pé ali. Não acha que ele seja perigoso, mas se pergunta se está cometendo um erro. O que ela deve fazer além de entregar canecas para o festival e se distrair até dormir? Além do mais, quer chorar pelo pai, beber e chorar mais um pouco. Ela faz menção de abrir a porta, mas se lembra do meio sorriso espertinho e confiante dele e se irrita de novo.

Vira-se de modo decisivo, de costas para a porta.

Diz *Ahhh!*

Ela foi encurralada. Por suas próprias peças. Todas as canecas, tigelas e travessas que terminou, que não terminou, que comprou, tudo está empilhado à sua frente. Do chão ao teto. Uma cascata congelada de peças de porcelana. Todas empilhadas mal e porcamente, algumas nos cantos, a coisa toda prestes a desmoronar. Se tirar uma xícara, vai cair como dinamite. Em cima dela. O trabalho árduo de um mês completamente destruído. Olhos roxos, machucados, talvez até coisa pior, sem falar na gigantesca bagunça de cacos e pó de argila em vez da metade da renda de um verão.

A mulher de vários piercings que cuida do estande de Anneke no festival Renaissance, Kat, chega amanhã em sua van cheia de adesivos no para-choque com as rosas secas no painel para pegar as peças finalizadas. Com a doença do pai, Anneke desmarcou com Kat várias vezes e agora seu estande tem prateleiras vazias. Se tudo isso cair, não vai sobrar nada além de prateleiras vazias.

Foda-se aquele velho.

Ela respira com dificuldade.

Ela se vira para abrir a porta.

Não consegue.

Está trancada, com concreto enfiado na fechadura, nas dobradiças. Uma língua de pedra sai da fechadura destruída. A única parte da casa que não foi coberta com concreto é a abertura de cartas na porta. Que se abre. Anneke dá meio passo para trás, que é só o que consegue se afastar caso não queira derrubar a parede de peças.

Um chocolate Snickers e uma caixinha de passas escorregam por ali, caem no chão.

— Que MERDA! — diz ela. — Me deixa sair daqui, seu velho FILHO DA PUTA. TÁ ME OUVINDO, PORRA?

A parede de peças estremece, um pires quase cai, não desencadeando a avalanche por um triz.

— Calma — sugere ele. — Faça uma pergunta de modo civilizado e eu responderei.

Ela faz um barulho nada civilizado.

Amassa o chocolate e empurra pela abertura.

O chocolate volta.

— Procure não amassar sua refeição. Você vai sentir fome. Provavelmente, muita fome. Depende do seu comportamento e da sua disposição para ouvir. Vou dizer como abrir essa parede, se quiser saber. Mas não vai usar as mãos. Terá que começar de cima.

Ela está irada.

Ele espera.

— E se eu não conseguir?

— Daqui a um ou dois dias, deixarei você sair, se tiver que fazer isso.

— Faça isso agora.

— Desculpa. Você estava pronta para desperdiçar meu tempo ao me mandar embora. Não vou desperdiçar o seu. Se conseguir derrubar essa parede, ensinarei mais coisas a você. Se não conseguir, bem, foi um prazer.

Ela está irada, mas se acalma.

— Vou sentir sede antes de sentir fome.

Silêncio.

— E então?

Silêncio.

A mangueira do jardim passa pela abertura, fica pendurada ali.

Espera.

55

O escapamento chama atenção.
    Dois furos perfeitos na pequena parte de trás.
    O carro que Andrew dará a Radha.
    Acima de tudo, uma distração.
    O telefone toca.
    Ele pega.

    ANNEKE ZAUTKE
    Seu amigo é um imbecil.

Ele responde.

    ANDREW B-SHIP
    POR QUÊ?

    ANNEKE ZAUTKE
    Porque é ☹

Enfia o telefone outra vez no bolso.
    Andrew e Chancho permanecem embaixo do Mini Cooper que está sendo elevado. Chancho aponta um dedo grosso, torto, com graxa na cutícula.
    — O sistema de escapamento, isso é performance, como uma arma de dois canos. BANG! BANG! Mas uma arma silenciosa, tem um ronronar de gato, bonitinho. É um carro bacana, cara. Ano 2003, mas uma beleza.
    — Veio do Arizona.
    — Pois é, comeu a poeira dessa estrada. Quanto pagou?
    — Seis mil e cem.
    — Dou sete mil e quinhentos na mão, agora.
    Andrew balança a cabeça, recusando.
    — Pago oito, então.
    — Não. Preciso fazer consertos.
    — Você quer dizer que vai dar uma de *brujo* e mexer nos *chicharrones* dele, certo?

Andrew sorri.

— Isso. A mulher me fez um favor, faço outro. Você descobriu por que estava batendo?

— Sim. Os suportes do motor estão dando problema. Principalmente o do lado direito. As oficinas do Arizona não devem prestar. Fiz Rick voltar de Syracuse com peças, peguei umas placas do lugar de importação. Tudo polido e tal. Pronto.

— Essa mulher não vai se importar com isso. Ela provavelmente nem vai abrir o capô.

— Sim... Mas, quem abrir, PRONTO!

Gonzo olha para o balcão da recepção. Uma mulher de olhos grandes está encarando o trio, prestes a entregar as chaves.

O sorriso de Andrew se abre ainda mais.

— Mas passa no teste? O Cooper?

— Mais do que passa. Você ferrou aquele cara.

— Foi generoso da sua parte anunciar um carro tão bom por seis mil. Todo mundo no Arizona é bondoso assim? Por acaso você joga tênis profissionalmente?

— Profissionalmente? Não.

— Você parece um jogador profissional.

— Acho que você entendeu errado. Nenhum Mini nesse estado será vendido por seis mil. É dez. Peça a alguém de confiança para dar uma conferida. Você viu o escapamento? As rodas de liga? Só o rádio vale mil.

— Você tem razão. É uma bela máquina. Sinto muito em saber que você está doente.

— Como é?

— Esse ar úmido de Nova York, um cara do Arizona terá uma reação ruim. Até mesmo um atleta. Claro que você não está legal.

— Do que está falando?

— Estou enganado?

— Sim. Nunca me senti tão bem.

Andrew pisca, parece confuso.

— O que eu falei?

— Que eu estava doente.

— O quê?

— Você disse que eu estava doente.

— Seis mil, então, está de bom tamanho.

Agora, o rapaz parece confuso, quase se descontrola.
— Não posso...
— Quanto quer, cinco e cem?
— Não.
— Então, que tal seis redondos?
— Seis e cem.
O jovem suspira com orgulho.
— Como?
— Seis e cem.
— Seis?
— Seis e cem, que inferno, seis e cem!
Andrew sorri de modo a desarmá-lo.
— Feito!
Ele estende a mão.
O jovem aperta.

— Só enrolei o cara um pouco.
 — *Brujo* danado.
 Chancho sorri, não se segura.
 Dá um tapinha nas costas de Andrew.
 Deixa uma mancha.

56

Andrew roda pelas estradas no Cooper, vindo da oficina North Star, admirando o bom funcionamento do veículo. Meio instável nos obstáculos, mas tranquilo nas curvas. Não engole estrada como o Mustang: vence distâncias (o maldito carro sem dúvida pensa em quilômetros, independente do que o hodômetro diga) como segundos em um relógio de corredor. Radha vai ficar feliz. Seis horas de feitiços e pensamento direcionado, um pouco de penas de beija-flor no tanque de gasolina, uma boa massagem na carcaça com cera preparada.

Ingredientes da cera: cera de abelha, pelos de texugo, casco de caracol, partes de uma mola de brinquedo, cinzas de trinta multas de estacionamento. Conseguir os pelos de texugo não seria uma tarefa fácil, mas aí Andrew se lembrou de que as escovas antigas eram feitas com pelos desse tipo de animal — então comprou uma Vulfix 403 do Melhor Texugo de um cara levemente iluminado, mas sem prática: o jovem dono da Classicshaving.com.

Agora, o Cooper funciona com água e se encaixará em qualquer vaga de estacionamento, desde que o proprietário acredite que isso seja possível.

Perfeito para Chicagohoney85.

Ela acredita em qualquer história que envolva o próprio sucesso.

Por isso é tão poderosa.

Andrew estaciona na frente da casa e vê um homem esperando na varanda.

Um homem mais velho.

Michael Rudnick.

Os dois trocam acenos breves.

Ele estaciona o Mini cor de cereja ao lado de seu Mustang, continua seguindo até ficar na frente de sua garagem anexa.

Desliga aquele motor lindo e certinho.

Michael já está se aproximando.

— Você continua igual — diz o mago mais velho quando Andrew sai e fica de pé.

Não é um elogio.

Michael sabe que Andrew está queimando magia para fazer com que se pareça mais jovem.

Provavelmente muita magia.

Michael não continua igual. O cabelo ainda estava quase todo escuro na última vez em que se encontraram. A pele parece mais manchada também, os tons castanhos e ruivos mais separados, o bronzeado saudável menos acentuado do que Andrew se lembrava.

Aquele cara parece um candidato a ter câncer de pele.

— Bom te ver, Michael.

Andrew gosta de dar abraços, mas Michael não. Por isso, Michael aperta a mão do amigo no caminho e vai até a varanda.

— O que você acha da Anneke?
— Iluminada pra caramba.
— Pensei que fosse só um pouco.
— Só um pouco pra você. A mecânica e os mortos são sua especialidade. Quando o assunto é pedra, você é só um pouco iluminado. Qual é o tamanho da pedra que podemos mover?
— Talvez um tijolo.
— Ela estará movendo tijolos no fim da semana, se tentar. Talvez mais. Sei que ela consegue fazer isso com minerais, é meio assustador. Você fez bem em me chamar.
— Onde ela está? Ela vem?
— Hoje não. Passei a ela um pouco de lição de casa.

Os dois homens não entraram ainda.
Michael se aproxima do monte de carros e de lixo, encosta as mãos e o rosto nas pedras.
Entrelaça os dedos nas vinhas e toca os galhos e as folhas da árvore.
Sobe e toca os chifres do crânio do touro de chifres compridos. Mexe em um dente amarelo e herbívoro em um espaço do crânio sorridente, preso ao poste, um inadequado exílio ocidental nessa província úmida do norte.
De volta às rochas maiores, há três delas: uma do tamanho de uma televisão antiga, outra do tamanho de uma poltrona dupla e uma terceira do tamanho de um Fusca, um obstáculo.
Pedras menores estão espalhadas, embora pesadas demais para serem erguidas.
Rosto e mãos em todas elas, como um médico.
Como se tivesse um estetoscópio.
Sem pressa, talvez dez minutos imerso naquilo.
— Como está?
Michael sorri.
Assovia observando.
Como homens mais velhos fazem para dizer *uau*.
— Ainda ali. Tudo ali ainda.
Ele parece orgulhoso como nunca.
Já fazia dez anos desde a construção.
Desde que os dois colocaram um feitiço ali.
Salvador ainda era um cachorro.

Andrew tinha bebido.
Sarah.
Não vamos começar a pensar em Sarah.
Esse feitiço.
Esse feitiço de merda.
Evidentemente, ele não estragou tudo naquela época.
— É mesmo? — pergunta ao outro mago.
Mas ele sabe.
Ele coloca a mão no capô do Mustang batido, sente o batuque da magia ferrosa incrustada.
Isso é forte de verdade.
— Provavelmente ainda vai estar aqui em dez anos. Temos direito.

57

Anneke toma café da manhã com eles no dia seguinte, os cabelos endurecidos pelo pó de argila, os olhos inchados por ter dormido tão pouco. Ela cheira a suor e raiva. Andrew quebra ovos e despeja o conteúdo em furos feitos nos pães franceses quentes, enquanto ela olha para Michael Rudnick. Salvador traz a prensa francesa, despeja café na xícara. Ela apanha uma, mas Michael balança um dedo para ela.
— O quê?
Essa foi a primeira coisa que ela disse desde que entrou.
— Use a mão para pegar essa xícara e vou jogá-la na sua cara.
Ela pisca duas vezes para não partir para cima dele.
Sente vontade de jogar alguma coisa naquele homem.
Mas resolve falar.
— *Você* está usando as mãos. Está levando a xícara à boca como todo mundo.
Ele toma um gole de café só para provocar.
O velho a encara, com os olhos brilhando como falhas no quartzo.
Ele não precisa dizer: ela entende. Michael não tem nada a provar. Tem o próprio regime, abriu e consertou a fundação de sua casa seis vezes este ano, leva quarenta tijolos empilhados todos os domingos,

transforma coelhos, esquilos e corças em pedra no meio do caminho e volta a animá-los. É um filho da puta poderoso com olhos de Medusa e coração de geólogo, e vai usar as mãos, se e quando quiser.

É ela que cuida dos detalhes.

Anneke desvia o olhar irritado dos olhos de Michael para a xícara fumegante à sua frente. De argila colorida, com toques de arte, de uma feira artesanal em Ithaca. Ela sente a argila ali como se fosse uma parte separada dela, acredita ser parte dela, sente o calor do café na xícara que agora é como sua carne, mas a sensação é abafada, desaparece.

A xícara é como um membro adormecido. É difícil fazer com que se mova, e a alça formiga em solidariedade.

Isso é mais difícil do que levantar panelas e pratos vazios, o que acabou ficando fácil no fim: quando Anneke estava perto de zerar a pilha, mantinha duas peças levantadas de vez.

Apesar da primeira. Doía entre os olhos, como uma dor de cabeça depois de tomar sorvete, mas no lugar errado. Ela precisou de duas horas para se livrar da primeira peça, que então caiu imediatamente de sua mão mental fraca e se quebrou. Quase derrubou a parede toda. Michael espiou pela abertura e a auxiliou, ajudando a firmar a parede. O segundo item, uma taça de vinho, também foi difícil e também tinha se quebrado. O terceiro, uma caneca de cerveja, escorregou, mas numa descida controlada que, embora ela não tenha conseguido impedir, ao menos diminuiu de velocidade o suficiente para que o recipiente sobrevivesse à queda. Foi como ver um paraquedista cair um pouco mais forte do que desejava.

Aquele tinha sido seu primeiro ato significativo de magia.

Ela vinha fazendo exercícios com uma moeda de um centavo e com um caco de vidro. Em seguida, conseguiu mover areia com delicadeza, como um gatinho com a pata, e por fim rachou uma taça fina de vinho.

Pegar aquela caneca de um ponto alto foi algo diferente.

Ela salvaria aquela caneca.

Beberia água Mountain Dew nela quando voltasse da reabilitação.

Mas aquilo...

Uma xícara cheia de café. Sem falar que não tinha feito aquela xícara, não tinha uma ligação intuitiva com ela. O peso do líquido confunde Anneke, multiplica-se como peso na ponta errada de uma alavanca. É mais pesado, sim, mas ela está mais forte do que estava um dia antes: é uma luta justa. Ela range os dentes, sente algo se enrolando dentro dela, preparando-se para se expandir.

Vê a xícara de café subindo, consegue avançar, derruba um pouco de café na mesa de Andrew.

Resmunga.

Tenta de novo.

A xícara balança, o café cai pelos lados, derramando na mesa.

Anneke leva o recipiente aos lábios, começa a inclinar a cabeça, vê Michael fazendo um gesto para que ela fique parada.

Deixe a xícara fazer o trabalho, pensa ela, e então se lembra das palavras de Michael quando ficou na porta dando as instruções.

Deixe a xícara se mexer, não faça com que ela se mexa. Como no arco e flecha, no golfe ou no boliche, o segredo é relaxar, não ficar tensa.

Algo em seu íntimo relaxa.

A xícara se aproxima, meio cambaleante, sem saber se deve permanecer no ar. Agora, o recipiente treme em seus lábios, chacoalhando tanto que a superfície do café se remexe e forma ondas.

Ela beberica.

O café quente em seus lábios faz com que Anneke volte a si.

A xícara cai, faz um barulho, mas não quebra, e o café se espalha pela mesa, pelo colo dela, por toda parte.

Michael assente como se dissesse *Bom trabalho*.

Ele comenta:

— Da próxima vez, você vai estar pronta e não vai se distrair com o calor.

Andrew, que havia acabado de tirar os pães do fogão, se aproxima com um pano.

Por que ele está me dando um pano?

Ah, o café.

Gotas de sangue se espalham na mesa, misturando-se com o café.

Não só o café.

Sangue do nariz.

O feitiço me fez sangrar.

A primeira vez foi só brincadeira, mas agora é sério.

Perdeu o cabaço, como gostavam de dizer os caras que me ajudaram a preferir garotas.

Ela pega o pano.

— Bem-vinda ao clube — diz Andrew.

O café da manhã está gostoso.

Antes de saírem da cozinha, Michael faz Anneke transformar um tomate-cereja em uma pedra. Isso demora meia hora. Sua menstruação, que só viria na semana seguinte, desce forte, fazendo com que ela saia correndo para pegar os absorventes que deixou no banheiro de visitas.

Ela se deita no quarto de hóspedes, pretendendo descansar os olhos e a cabeça, que lateja, mas adormece e permanece assim por dois dias.

Quando acorda, Andrew lhe entrega um envelope.

A pedra está ali dentro, junto com um bilhete.

SE QUISER APRENDER A TORNAR ISTO UM TOMATE DE NOVO,
VENHA PASSAR UMA SEMANA EM VERMONT.
MAS SEM BEBIDA.
PRECISO DE VOCÊ SÓBRIA.

O endereço de Michael Rudnick.

Ela apanha o tomate-cereja petrificado e sai.

58

CHICAGOHONEY85: Isso é bem bacana para quem gosta de coisas pesadas. Mas acho que você não gosta dessas coisas tanto quanto eu. Tem certeza de que está a fim de ver isso?
RANULF: Mostra. Preciso saber.

— O quê, você não confia em mim? Não vou dizer que sei se eu não sei. E é uma bruxa morta. Morta pra valer, mortinha da silva.
— Legal. Então me mostra.
— Como está meu carro?
— Você vai gozar.
— Acho que está tentando dizer gostar. Porque gozar é tipo um homem ejacular, o que é anatomicamente errado e um pouco inadequado.
— Eu quis dizer gostar.

— Eu sei. Um cara como você se garante e não precisa bancar o babaca. Não tem nada que eu odeie mais do que caras que querem causar.
— É compreensível. Você vai me mostrar?
— De que cor é?
— ?
— O carro!
— Cereja. Um Mini Cooper.
— *aaahhh!* Certo, aqui está seu agradinho mórbido. Já vou avisando que é esquisito. Não sabia que coisas assim aconteciam. Bem doido. As imagens foram feitas em intervalos de dois segundos.

Uma foto aparece. Preta e branca, foto de satélite militar. A cabana, o jardim, é difícil distinguir. De manhã cedo. O pé de uma senhora, um chinelo perto. É impossível não notar o eco de O Mágico de Oz.
Ding-dong, a cadela está morta.

— Consegue dar um zoom naquele sapato?

Ela aproxima a imagem. Fica meio embaçado, mas ele acha que pode ser um chinelo antigo. Não vermelho. Bordado.
Ele não sabe, mas acha que já viu o sapato antes.
O estômago dele se embrulha.

— Clique quando estiver pronto para ver a próxima imagem. A coisa vai esquentar.

Ele clica.
Um lobo se abaixa no caminho. Um lobo magricela, não como aqueles vistos em fotos do Alasca ou de Yellowstone — seu pelo é mais cinza e desgrenhado, e o animal parece muito faminto.
Pequeno. O focinho afilado como uma arma apontado na direção do pé inanimado.
(Clique)
Aquele lobo está quase fora da linha, só o rabo fica visível. Está cheirando o corpo. Talvez esteja fazendo mais do que isso. Dois outros lobos aparecem no caminho diante do casebre para dividir a recompensa.

— Agora, observe a casa.

(Clique)
A casa virou.
Ele vê uma das janelas como um olho escuro.
Virou noventa graus em direção aos lobos, à mulher morta.
(Clique)
Totalmente virada, de frente para eles.
Mais lobos chegam, dois deles agachados e rosnando para a casa, os demais ao redor do corpo.
Alimentando-se.

— Você não vai acreditar nisso. Está sentado?

(Clique)
Movimento. As coisas ficam embaçadas agora. Algo brilhou debaixo da casa, desencadeando uma reação nos lobos. Um deles foi lento demais. O borrão tomou o animal.
(Clique)
Uma pata enorme de galinha.
É o que pegou o lobo.
Ainda embaçado, um pouco menos agora, e ainda em movimento.
O lobo se esforça, tentando se livrar.
(Clique)
O lobo está morto.
Os miolos dele estão espalhados pelo chão, morto como a iguana de Haint.
Dois outros rosnam para a casa, com as patas da frente abaixadas, como cães brincando, mas sem brincar. Não chegam a cercar a casa, como poderiam cercar um alce gigante, mas bloqueiam o acesso ao corpo, enquanto os outros se retiram.
O resto da matilha está arrastando a velha, cerca de um terço dela na imagem agora, tomada por sangue seco.
(Clique)
Tudo borrado, a casa girando, movimento por baixo.
(Clique)
A casa virando, só um canto dela aparecendo.

Dois lobos mortos jogados como trapos.
A mulher e os outros lobos se foram.
(Clique)
Só o jardim.
O caminho.
Um dos lobos tentando se levantar.
Não estava morto, no fim das contas.
Mas vai estar em breve.
Grande parte do que existia dentro dele está para fora.

Essa é a última imagem.
   Ele clica e passa por elas mais duas vezes.

    — O que você acha?
    — Acho que você pode estar certa.
    — Estou certa. Ela está mortinha da silva. Você está limpo, cara.
    — Obrigado. De verdade, Radha, obrigado.

59

Andrew se sente muito bem quando junho dá lugar a julho e os dias voam.
   Baba Yaga está morta.
   Ele tem que aprontar o carro para Radha. É um carrinho engraçado.
   A mulher que ele ama está envolvida nas bruxarias, estudando em Vermont por um mês.
   Chancho, cuja família está vindo do Texas, convidou-o para uma *fiesta*, o que significa pilhas de tamales oleosos, de tacos e enchiladas e de tigelas do melhor guacamole daquele lado de Austin.
   Quem se importa se os primos do cara levam drogas para os Zeta?
   Ele consegue quase ignorar totalmente a vozinha em seu ouvido dizendo
Tem algo errado,
Tem algo errado.

60

14 de julho.

Dia da Bastilha.

Aniversário da queda da Bastilha, em Paris, claro, mas também uma data muito pessoal para Andrew Blankenship.

Exatos sete anos desde que Sarah teve um colapso no lago Darien.

Aneurisma.

Um pouco depois de andar na montanha-russa.

Uma das piadas idiotas e sem graça da vida.

O suficiente para fazer uma pessoa concluir que existe um Deus e que ele não é tão legal.

Andrew estava lhe devolvendo os brincos quando ela disse que não se sentia bem.

Queria se sentar.

Caiu como uma criança fazendo uma brincadeira.

E foi isso.

Ele havia começado a procurar uma aliança, pensava em pedir sua mão em casamento no Dia das Bruxas.

Agora, ele está no topo da escada que leva para a sala de vídeo.

Eu não deveria estar fazendo isso.
   Por que estou fazendo, então?
   Não machuca ela.
   É, mas me machuca.
   Eu preciso vê-la de novo.
   Deus.
   Deus.

No andar de baixo.

Depressa, antes que você perca a coragem.

Da caixa de fitas vhs, retira uma com a etiqueta SARAH.

Coloca no aparelho.

Pare.

Ele para, mas só porque precisa fechar e trancar a porta da sala de vídeo.
Salvador não pode e nem deve ver isso.
Volta a se sentar.
Aperta o play.
Aperte o stop.
Não, sério. APERTE O STOP.

A mulher lança um frisbee, provavelmente uma hora antes do pôr do sol.
Ribanceira McIntyre.
Em 2004.
Oito anos atrás, antes de o caminho para o promontório se tornar um monte de terra, época em que uma alma corajosa ou tola podia subir um tipo de coluna até a plataforma de gramado que permaneceu.
Voltando à mulher.
Cerca de trinta anos, cabelos castanhos e franjas.
Aquele sorriso derreteria um coração de gelo.
Aquele sorriso poderia deter o próprio mal.
É o sol brindando, é o sol na manhã de Natal sem nenhuma guerra.
É um sorriso pelo qual vale a pena desistir da magia.
A calça jeans desbotada, todos os anéis em seus dedos, um deles feito com uma colher de chá retorcida.
Eu deveria ter me jogado daquele promontório.
Como a rusalka *fez há tantos anos.*
O que eu me tornei depois de Sarah?
Ela detestava essa parte de você, essa parte cheia de autopiedade.
Não, ela não detestava.
Sarah não detestava.
Agora, a câmera segue algo que brilha no meio da grama alta.
Uma faixa do lago de pano de fundo.
Está mesmo a toda.
Um cachorro.
Um border collie jovem, não deve ter nem um ano, mas já é um acrobata.
Ele salta, pega o disco vermelho no ar, como se o arrancasse do céu azul atrás do precipício.
A câmera volta até a mulher, que ri e aplaude.
O alçapão está vindo.
— Ótimo, Sal. Muito bem, espertinho! — diz ela.

O cão solta o frisbee na grama aos pés da dona. Suas botas de cadarço do brechó. Sarah, que é a rainha dos brechós, tem um metro e sessenta, cintura fina, calça 36 e qualquer merda de roupa serve nela.
E o brechó pegou tudo de volta.
Ali está o alçapão.
A queda do frisbee é a deixa.
Andrew pode dizer o nome dela, fazer com que ela olhe em seus olhos, conversar com ela.
Fez isso em três ocasiões, nem mais, nem menos.
Só uma vez estava sóbrio.
Não hoje.
Nem nunca, não é assim que funciona.
Não hoje.
— Esse é o meu garoto — diz ela, e lança o frisbee.
— Uma ajuda para você — comenta o Andrew-mais-jovem.
Sua única contribuição na fita.
Ela olha para a câmera.
Olha para o Andrew-mais-jovem que ela adorava daquele jeito.
O alçapão ainda está aberto.
Se ele falar.
Se ele disser *Sarah*.
Ela está prestes a falar com o Andrew-mais-jovem.
Ela olha para a esquerda e sorri aquele sorriso.
Agora, Salvador aparece, mas não larga o frisbee.
Quer brincar de pegar desta vez.
Correndo de novo na grama alta.
O que ela ia dizer não é dito, vira risada quando ela corre atrás do cachorro. Fora de vista. O Andrew-mais-jovem é esperto o bastante para parar de filmar, colocar a câmera no chão e correr junto. Ao vivo. Em pouco tempo, o jovem casal vai pegar o cachorro, os cobertores e a garrafa vazia de vinho e colocar tudo dentro do Mustang, seguir para casa, de volta para aquela casa, e fazer amor.
O Andrew-mais-velho não é bem-vindo nessa festa.
Vamos dizer... o Andrew-de-agora, certo?
O Andrew-de-agora não é bem-vindo nessa festa.
Mas tudo bem.

Ele não tem certeza de que acredita no tempo e, se não existir tempo, ele está fazendo amor com Sarah agora mesmo.

Ele costuma pensar com frequência na palavra russa para *asa* quando pensa em fazer amor com Sarah. *Krihlo*. Disse com aquela vogalzinha russa que parece *i*, mas na frente da boca, como se estivesse tentando enfiar um *w* ali. Aquele *a* que abre os lábios em vez de fechá-los.

Deus Sarah Deus Sarah Deus
Os anéis dela no criado-mudo.
As botas dela no chão, fazendo com as dele uma cruz gamada feliz.
Seus gemidos baixos e alegres.
Salvador, o cachorro, chorando para poder entrar.

Salvador, o homem estranho, bate na porta da sala de vídeo.
Vamos dizer o Salvador-de-agora.
O Salvador-de-agora, então.
O Salvador-de-agora seca o rosto.
Guarda a fita.
Abre a porta.

61

O cara da UPS chegou com um pacote que Andrew deve assinar.
Um pacote que saiu da Frenchman Street, em New Orleans.
Ele sabe pelo peso do pacote.
Reconhece a letra quadrada e cuidadosa da srta. Mathilda.
Três fitas.
Os mortos envoltos nos embrulhos plásticos pretos.
Almas presas em âmbar.
Ele não pode libertá-las, mas pode fazer com que dancem.
Ah, Deus, ele quer uma bebida.
A casa está silenciosa, uma calmaria que a televisão e a música não conseguem interromper. A noite geme meio enferrujada.

62

O sonho é o mesmo sonho.
 Sempre o mesmo sonho.
 O sonho soviético.

Ele volta a ter vinte e três anos, arrogante, forte, bonito como uma garota, irresistível a mulheres de qualquer lugar. Ele passa com facilidade pela Rússia soviética, usando magia para superar a burocracia, inteligente em alguns pontos, mas fria. Secular. Incapaz de permitir o impossível. Está jogando xadrez com adversários que não conseguem ver todas as peças, que conseguiriam derrotá-lo se tivessem pensado na *hipótese* de que talvez não pudessem ver todas as peças.
 Os documentos de Andrew dizem que ele é um cidadão soviético.
 A magia lhe confere um russo impecável.
 A magia faz brotar respostas perfeitas em seus lábios.
 Ele é leve demais para a polícia.
 É esperto demais para a KGB.
 Ele está à procura de livros mágicos raros, tesouros perdidos desde a época dos czares.
 "*De todos os livros de feitiços e antiguidades que existem, vistos por testemunhas confiáveis ou mencionados em outros trabalhos, apenas 25% deles, aproximadamente, estão em mãos conhecidas*", dissera seu mentor. Ao ouvir falar sobre livros mágicos, Andrew permaneceu como um gato diante de uma lata de sardinhas. "*Do resto, continua se acreditando que uma quantidade desproporcional se acumulou onde atualmente fica a União Soviética. Alguns se escondem à vista, sem dúvida, esperando em livrarias pela primeira pessoa iluminada que fará a compra por menos de um dólar americano. A maioria será reunida e arquivada.*"
 "Por quem?"
 "Não sabemos. Diversos usuários, ainda mais bem escondidos que os ocidentais e talvez mais poderosos. Conheço um homem, um belga, que foi para Leningrado em 1973 e voltou com um livro sobre viagem subaquática, um pouco redundante na era do mergulho, mas mesmo assim válido. Também conheci um casal que foi para o Volga e não voltou. O Volga reúne provavelmente a maior parte dos exemplares."

"*Quando eles foram?*"
"*Em 1975? Jesus, três anos atrás. Vi os dois se casando um ano antes.*"
Agora, no sonho de 1983, Andrew deixou a cidade natal de Gorki, na região do Volga, e foi de trem e ônibus para o interior, pegando caronas em caminhões de agricultores, em *zaporojets*, aqueles carros soviéticos baratos, e até mesmo em um trenó com barris de leite.

E então.

E então.

Andrew tinha passado o dia pedindo carona, com relativo sucesso.

Ele percebe que não come há um tempão e está faminto apenas quando se vê olhando para uma cena do século XIX.

Dois homens de camisa folgada, colete de lã e calça marrom estão cortando a grama alta com foice, como se tivessem saído de *Um Violinista no Telhado*. Estão trabalhando na lateral de um monte, de cima para baixo, com o céu azul-claro acima de suas cabeças, um murmurando para manter o ritmo, o mais jovem balançando sem tanto vigor, apanhando da foice, cansado. Talvez dezesseis anos.

— Estou vendo que trata a grama como um inimigo, Lyosha — diz o homem mais velho por baixo do bigode digno de um czar. — Isso não vai dar certo. Trate-a como uma amiga. Mostre que você só quer colocá-la para deitar e descansar.

Ele volta a sussurrar uma canção, mas o rapaz continua cortando a grama e suando, parando por um momento para secar a testa com o boné.

— Chame o idiota do seu irmão e veja se ele consegue mostrar como fazer isso.

— Ele não vai vir, tio. Ele está no fogão.

— Chame mesmo assim.

— Ivan! — grita o garoto.

Andrew continua descendo pelo caminho, de olho para ver se encontra uma possível carona. Mas aquilo.

Aquilo é outra coisa.

Ele começa a andar mais devagar porque quer ver como aquele idílio vai acabar. Eles ainda fazem irmãos idiotas que gostam de ficar no fogão na Rússia da Guerra Fria?

Claro que sim. O homem grande que sobe o monte e desce em direção aos outros dois tem o olho meio puxado, característico da síndrome de Down, e respira pela boca enquanto diz:

— O que você quer? Eu estava pegando moscas.

— Você não pegou mosca nenhuma, a não ser que elas tenham aterrissado na sua boca — diz o homem de bigode. — Agora mostre ao seu irmão como um homem corta grama.

O rapaz entrega a foice ao irmão e Ivan começa a capinar a grama como um louco, cortando tufos e tufos a cada golpe, rindo. Em pouco tempo, o irmão pega um punhado de grama e joga em Ivan, saindo do caminho antes de a lâmina da foice descer de novo. Aquilo se torna um jogo. O homem mais velho larga a foice e participa da brincadeira, acertando grama no camponês que ri e se afasta da lâmina.

Andrew agora precisa virar a cabeça para observar, por isso para de andar e escorrega a mochila pelos braços. Acende um cigarro soviético de modo que não pareça ser enxerido, apenas um homem descansando e fumando. Senta-se sobre o saco grande de lona que estava carregando.

Um bando de pardais passa por ali, pousa brevemente na estrada perto dele e parte de novo.

E então.

Acontece.

O mais novo assume mais e mais riscos com a foice, esquecendo-se de jogar grama, pulando como um cossaco enquanto o tio aplaude e grita. Andrew sabe o que vai acontecer um instante antes de acontecer: finalmente, o irmão idiota se balança mais depressa do que o previsto pelo outro e corta a perna do jovem acrobático.

Ela cai logo abaixo do joelho.

Ele cai na grama com uma cara assustada.

Seu rosto está muito pálido!

A boca escancarada!

A boca de Andrew também está aberta, com o cigarro preso no lábio inferior.

O garoto ferido urra de dor. O homem mais velho vai até ele.

O idiota permanece olhando boquiaberto, uma linha comprida de baba chegando até a grama.

O estado de paralisia de Andrew passa e ele sussurra:

— Jesus.

O garoto fica calado.

O tio está retirando o cinto para amarrar a perna do rapaz, mas se detém e vira a cabeça na direção de Andrew. O irmão idiota olha para ele também. O garoto está sentado, segurando o toco ensanguentado, mais preocupado com Andrew do que com o sangue jorrando pelos dedos.

— Posso ajudar? — pergunta Andrew em um russo bem falado, mas com sotaque, seu próprio russo, russo que fede a Ohio.

Então caminha em direção a eles, com as mãos abertas em um gesto universal para mostrar que é inofensivo.

Nem sequer percebe que seu encanto de fluência falhou.

Os três olham para Andrew estreitando os olhos, com suspeita. Na verdade, eles têm um olhar tão malvado que Andrew para de andar na direção do trio. Não tem certeza de que aquilo é o que parece ser.

E, então, percebe.

Magia.

Faz tanto tempo que não sente a magia que agora está cego.

Ele não viu as peças.

O medo desperta dentro dele.

Isso pode ser ruim.

Isso pode ser muito ruim.

— Posso ajudar? — repete o tio, imitando o sotaque americano de Andrew. — Quem poderia impedir *isso*?

Ele faz um gesto para a perna ensanguentada do garoto.

— Ou isso? — continua, apontando para o irmão idiota, que leva a foice para trás.

Ele, então, corta a cabeça do tio.

Ah puta merda merda merda

As pernas de Andrew enfraquecem de medo.

Ele começa a se afastar num ritmo mais do que tranquilo, ainda que se veja incapaz de deixar de olhar para a cena no campo.

Agora, o grande idiota se inclina, com as pernas abertas, o rego aparecendo sob a camisa curta demais. Apanha com delicadeza o boné da cabeça do tio para poder pegar seus cabelos e levanta a cabeça, os olhos brancos e rolados para trás que voltam ao lugar.

E se fixam em Andrew.

A alguns metros, o corpo do tio está sentado.

E então se levanta, com o sangue jorrando.

Pega o cinto com as duas mãos e solta.

— Agora você quer ajudar? Jesus Cristo quer ajudar? — pergunta a cabeça na mão enorme do idiota, cuspindo um monte de sangue brilhante.

O idiota pega a foice com a outra mão e começa a caminhar na direção de Andrew.

— Acho que ele quer ouvir inglês americano, tio — diz o garoto ensanguentado, usando uma foice como bengala e mantendo-se de pé com a perna que sobrou. — Aposto dois copeques que quer.

A cabeça pendurada na mão de Ivan abre a boca e um som parecido com o de estática de televisão é ouvido.

O *chunk chunk chunk* de canais de TV sendo trocados, e então...

Notícias.

Uma repórter fala pela boca aberta do tio, com sotaque de inglês americano perfeito do Centro-Oeste.

— Os restos de um mochileiro americano na União Soviética desde junho foram devolvidos à família dele hoje...

Andrew se afasta mais rápido.

Cospe o cigarro.

— A mãe do jovem e o irmão mais velho voaram para a base aérea Wright-Patterson para reconhecer o corpo, que sofreu grande violência nas mãos de agressores desconhecidos...

O idiota que segurava a cabeça decepada, o garoto sangrando com a foice e o camponês sem cabeça com o cinto entre as mãos avançam na direção de Andrew.

Ele dá um passo atrás, morrendo de medo de cair.

— ...as mãos, os pés e as genitálias foram cortados pelo que pareceu ser um instrumento agrícola, mas a causa da morte foi estrangulamento...

Andrew continua andando para trás, sem querer tirar os olhos deles. Percebe que a distância não diminui.

— O secretário-geral Andropov prometeu uma investigação completa da barbárie, e disse que se encarregará pessoalmente quando sua tosse insistente desaparecer.

— Socorro! — grita Andrew. — Preciso de ajuda!

— SOCORRO! — grita a cabeça, muito mais alto do que Andrew tinha gritado, arregalando os olhos para ele.

Ah, virar-se e correr.

Ele se aventura a olhar para trás e constata que a estrada segue em linha reta, com árvores intermitentes pontuando os pastos repletos de carneiros e vacas, que circulam com a cabeça abaixada, mastigando grama.

Quando volta a olhar para eles, os três camponeses estão bem mais perto, embora Andrew não consiga perceber diferença no modo como andam. Percebe as botas manchadas de terra.

— Você me devem dois copeques, Lyosha. O homem não queria ouvir inglês americano.

A cabeça grita e cospe de novo.

Estou sonhando.

Estamos em 1983 e estou sonhando.

Olhe para cima!

Uma série de jatos se espalha pelo céu claro de verão.

Bombardeiro!

— BOMBARDEIRO! — grita a cabeça, sem tirar os olhos de Andrew.

— AJUDE-ME, BOMBARDEIRO!

O idiota gosta disso e diz, como se falasse sozinho:

— Ajude-me, bombardeiro.

Eles continuam caminhando pela estrada por um tempo, Andrew suando mais do que deveria para um dia frio.

Espera ouvir um caminhão atrás de si, quase reza para ouvir uma buzina. Assim que pensa isso, a cabeça do tio ecoa o *Paaaaaaaaam!* de um caminhão.

Não deve desviar o olhar de novo.

— Ei, Lyosha — diz a cabeça ao rapaz. — Acho que ele não pretende desviar o olhar de novo.

— Acho que tem razão, tio.

— Não será bom se ele nos vir. Ele pode manter a mesma distância o dia todo.

— Concordo outra vez, tio.

— Ele é jovem e tem pernas compridas. Não é como você desde seu acidente, seu estúpido.

— Você também sofreu um acidente, tio.

— Mas o meu não me deixou mais lento, como você pode ver.

Assim dizendo, o corpo que levava o cinto executa algo entre um espasmo e um *tour jeté*.

O idiota ri e então morde a orelha da cabeça decepada, para segurá-la assim e poder bater as mãos.

O corpo pula de novo.

— Vanka — diz a cabeça, revirando os olhos de modo drástico para olhar para o idiota que a carrega —, quantas moscas você pegou?

A cabeça volta para a mão, para que Vanka possa responder.

— Muitas.

— O suficiente para uma noite?

— Noite! Noite! Noite! — entoa o homenzarrão, e fica claro que bateria as mãos se não estivesse carregando a cabeça.

— Faça isso, garoto!

Agora, o idiota abre a boca e o que parece um pudim grande e preto começa a brotar. Ele vomita aquilo na estrada, que se remexe e ondula, sua superfície lisa sendo acariciada pela luz fraca do sol.

Agora, o rapaz pula com a perna que lhe resta e usa a foice para acertar o pudim com força, que explode em uma nuvem de moscas pretas que cobrem o sol.

E a noite vem.

Uma noite sem estrelas.

Andrew corre.

O sonho muda e ele se vê em um ninho.

Ou talvez seja uma cama de palha seca?

Algo pinica seu braço, mastigando.

Ele empurra a cabeça para afastar a coisa, que berra com força, mostrando uma língua negra.

Um carneiro.

Onde diabos eu estou?

Um telhado de madeira está acima dele.

Sem paredes.

Um estábulo?

O sol está se pondo, ou talvez nascendo, lançando uma luz violeta fraca. Um tridente se ergue do chão, iluminado por trás, e se eriça: dois de seus dentes oblongos estão prendendo algo com um formato de cabeça, também iluminada por trás.

Ah, é uma cabeça.

Ela escarra e cospe antes de falar.

— Nosso bebezinho está acordado agora, não é?

Um riso rouco vem de perto do cocho, onde o irmão idiota está sentado, com a mochila de Andrew virada. Ele desenrola uma calça jeans desbotada e se surpreende com ela, um cigarro aceso na boca.

Espere até ele encontrar as Playboys
Ele não deveria fumar
Por quê? Porque é retardado?
Especial, dizemos especial agora, porque é mais bacana

— Não queime isso com o cigarro, Vanka... Podemos vender a um membro do grupo por um preço bem alto — diz a cabeça de onde está.

— Então, querido, você gosta de Jesus, certo?

Andrew não diz nada.

— Você gosta tanto d'Ele que O coloca em uma manjedoura.

O balido do carneiro de novo, como se tivesse sido combinado.

Andrew olha para o campo, onde o corpo sem cabeça está penteando um cavalo de arado, que permanece de pé com calma, batendo a cauda para afastar as moscas. Sem dúvida, corpos sem cabeça cuidam de cavalos o tempo todo nesse infernal conto de fadas russo.

Será que estou no inferno?
Encontrei algo rígido no escuro.
Uma cerca?
Um arado?
Será que eu morri?

— O que foi, você não tem nada a dizer?

Andrew apenas pisca.

A cabeça se remexe e cospe de novo, pedindo licença.

Um sonho que não passa de sonho
Mas eu achei a mesma coisa quando aconteceu
E foi real

— Mesmo em um sonho, é preciso ser educado. Mas não. Vocês americanos são malcriados. Mesmo que falasse, eu só ouviria o som dos Estados Unidos saindo da sua boca. Você conhece esse som?

Andrew não diz nada.

— Você gostaria de ouvir esse som? O som dos Estados Unidos?

Andrew balança a cabeça devagar, com dor na cabeça e no pescoço.

— Finalmente! O pequeno tem uma opinião! Bem, o problema é que ele ouvirá mesmo assim.

A cabeça rosna nesse momento, exibindo dentes tortos por baixo do bigode grande. O rosnado se torna o som de um motor sendo ligado. Um motor de helicóptero. Ele abre a boca à medida que os rotores do helicóptero invisível rodam mais depressa e então, quando os rotores se movem à velocidade de voo, ele escancara a boca e sopra uma rajada de vento, quente e fedendo a gasolina, soprando a palha do estábulo com fúria, afastando os carneiros e espalhando um trio de galinhas. O irmão idiota tenta proteger o cigarro com as mãos em concha mas, como voa mesmo assim, ele chora.

A cabeça fecha a boca, interrompendo o vento ruidoso.

— Tudo bem, Ivan. Os Estados Unidos se foram agora e está na hora das toalhas quentes.

— Toalhas quentes? Eu gosto de toalhas quentes.

— Eu sei. Toalhas quentes são boas.

Agora o rapaz vem por trás de Andrew

O pescoço dói demais para virar e ver de onde veio

De algum modo, carregando um balde, toalhas, uma lâmpada a óleo acesa e um kit de barbear. O rapaz voltou a ter a perna

?

mas manca de leve enquanto carrega o balde.

Seu irmão pega um banquinho e se senta, com o queixo apontando para a frente, afrouxando a gola. O garoto coloca uma toalha quente ao redor do pescoço do homem e sussurra.

O corpo sem cabeça vem agora, limpa o suor do cavalo nas mãos com sabão e água, tira a toalha e então ensaboa e barbeia o rosto de Ivan, batendo de leve em uma das faces, quando quer que ele se ajeite.

Maneja a lâmina com destreza.

Andrew estremece.

Se eles fossem me machucar, já teriam feito isso
Quem disse?

— Machucar você? — pergunta a cabeça dos dentes do tridente, semicerrando os olhos com concentração para o trabalho de barbear ao qual seu corpo se dedica. — Mais luz! — diz ele, e o garoto enrola o pequeno botão para ajustar o comprimento do pavio, aproximando a lamparina.

— Agora, você está no meu caminho.

O rapaz dá um passo para o lado.

— Ótimo. Fique aí.

Ele se remexe, solta um cuspe preto e então olha para Andrew de novo.

— Machucar você? Por que machucaríamos se você está fazendo um ótimo trabalho machucando a si mesmo? Você deveria ver o tamanho do galo em sua cabeça. Não, queremos você bem. Temos muitos acidentes por aqui. O trabalho rural é perigoso... mas como você

saberia quando há supermercados, putas e favelas? Queremos você são e salvo para poder nos curar, Jesusinho. Viu como ajudou Lyosha?
Quero acordar
— Então acorde!
Quero ir para casa
— Quem está impedindo? Vá! — diz a cabeça, olhando para Andrew agora. O corpo também se virou para ele e gesticulou com a lâmina, como se quisesse apontar a estrada para Andrew caminhar.

Com certo esforço, Andrew mexe o quadril perto da manjedoura, mas tem algo errado, algo mais do que a cabeça latejante e o pescoço.

Ele tenta se levantar, mas cai no chão, batendo o queixo e mordendo a língua. Um galo assustado bate as asas meio fracamente e começa a se pavonear.

Claro que ele caiu.
Ele só tem uma perna.

Andrew desperta. Ajusta o travesseiro empapado de suor.
Ao longe, um trem.

63

— Ichabod.
Nada.
— Ichabod, ordeno que apareça para mim.
Nada.
Se ele não estiver ouvindo, não vai obedecer.
Andrew vai precisar invocá-lo formalmente ou ir vê-lo.
Pensar em ir vê-lo na caverna dele lhe dá calafrios.
A caverna perto dos trilhos do trem.
Uma invocação formal é um saco.
Ele olha para o relógio antigo em seu criado-mudo.
Uma e dez da madrugada.
Já passou da meia-noite em New Orleans.
Ele tem uma dívida a pagar.

Ele aparece no banheiro de um restaurante fino perto de Chartres, que sabe que funciona até tarde nos fins de semana. Sabe também que não vai estar tão cheio a ponto de ter companhia em uma mesa reservada. Ele se prepara, aparece diante da pia e se olha no espelho.

Parece mais velho.

Parece ter uns quarenta anos, não trinta e cinco.

Os cabelos ainda são pretos, a pele ainda está boa, mas há algo.

Ainda é melhor do que aparentar cinquenta e três anos... mas como seria nesse caso?

Diante de seus olhos, os cabelos ficam quase todos brancos, perdem o brilho. Linhas profundas marcam a boca, no canto dos olhos aparecem pés de galinha.

Não estou pronto para isso. Ainda não. Volte.

Ele se concentra, acreditando ser mais jovem.

Torna-se mais jovem, trinta e cinco de novo.

Uma veia grossa aparece em seu olho.

— Ah, MERDA!

Seu olho esquerdo fica vermelho. Ele se inclina.

Um garçom espia da porta do banheiro.

— Está tudo bem, senhor?

— Perfeito, obrigado.

Ele está longe de estar perfeito mas, como as pessoas não insistem nessa cidade, o garçom desaparece. Sua esclera vai ficar mais clara — e ele vai ficar ainda mais jovem quando isso acontecer.

Apesar disso, fica mais difícil a cada ano. Todos perdem essa luta.

Ele sente o volume no bolso do casaco, tenta imaginar se o garçom pensou que estivesse armado.

É pior do que uma arma!

Ele passa pelo bar onde um barman com gel no cabelo em estilo retrô abre um ovo, olha para Andrew, volta a olhar para o que está fazendo, termina de preparar o champanhe pré-Lei Seca para a moça rica vestindo meias de seda. Seria uma cena de 1935 até o celular dela tocar e ela olhar para o aparelho, sorrindo discretamente.

Agora ele pega o telefone e liga para Haint.

Toca cinco vezes e então escuta a mensagem.

— Você sabe quem está falando se ligou para este número. Não me engane.

Agora o som de algo pequeno e estridente sendo morto por algo duro e pesado, enfatizado pela risada grave de Haint.
Bip.
— É Andrew. Ligue para mim. Estarei no Lafitte's. Durante um tempo.

Ele já está ali há bastante tempo.

Um barbudo usando chapéu-coco começa a tocar "Werewolves of London", de Zevon, na parte dos fundos, diante dos ouvintes de frente para o piano, em banquinhos. O amigo do pianista se recosta na parede perto dele, acompanhando com a gaita. Tudo está apagado. Todos embriagados. O local pequeno e quente cheira a uísque e se remexe inebriado.

Se Dionísio voltasse, aqui seria seu templo.

Assim que Andrew pensa nisso, Dionísio entrou.

Mas que porra é essa?

É o maldito Dionísio?

Andrew relaxa um pouco quando percebe que a figura com coroa de folhas de uva passando pela multidão está usando uma máscara de papel machê. Volta a ficar tenso quando percebe que mais ninguém olha para aquilo. A coisa olha para ele. Não, corrigindo: vira para ele as órbitas oculares, pretas e sem olhos. As mangas passam por onde as mãos ficariam, mas Andrew tem certeza, de modo nauseante, de que a coisa não tem mãos: flutua em vez de andar.

Andrew se segura à mesa com força.

Agora, o pianista aborta a canção dos Doobie Brothers que havia acabado de começar, bate as mãos sem coordenação nas teclas, olha para Andrew e diz:

— Posso me sentar?

Mais ninguém percebe.

As pessoas gesticulam, bebem e conversam como se ainda estivessem ouvindo a música.

O homem da gaita continua tocando.

— Claro — diz Andrew.

A cadeira oposta a ele se afasta sozinha e o Dionísio vazio se senta nela, com a guirlanda de folhas de uva e a máscara em cima, as órbitas oculares fixas no teto.

A garçonete, uma mulher deprimente com um olho preguiçoso e uma camiseta escrito *Who Dat?*, pega uma coroa de folhas de uva da cadeira e leva ao pianista, colocando-a sobre o chapéu.

— Obrigado, Felicity. Você não vai sentir cólica em sua próxima menstruação.
— Ótimo — agradece ela, parecendo animada pela primeira vez na noite.
O pianista toca as teclas e fala outra vez com Andrew.
— Acredito que você seja a única pessoa neste estabelecimento bebendo água com gás. Você profana meu templo, senhor.
— Ichabod?
— A seu dispor, como sempre.
— Chamei você horas atrás.
— Você ordenou que eu aparecesse. Não especificou quando.
Todo mundo ao redor do piano aplaude e grita.
Um homem com uma peruca ridícula passa por outras pessoas para enfiar uma nota de cinco dólares no jarro de gorjetas bem recheado.
A garçonete aponta para o copo quase vazio do músico como se perguntasse se ele quer outra bebida.
— Absinto — responde o músico.
Olha para Andrew.
— O que deseja, ó, mago?
— Tenho uma pergunta, mas gostaria de fazê-la a sós.
— Pode perguntar! Não tem ninguém ouvindo.
Agora, todo mundo no bar se vira e olha para Andrew.
— Ichabod.
— Eu sei. As coisas nesta cidade não são mais como costumavam ser. Amigos, podemos ter um pouco de privacidade?
Aqueles que bebiam tapam os ouvidos, ainda olhando para Andrew.
O medo de Andrew aumenta, mas então ele se lembra de que está no controle.
Mais ou menos.
— Isso foi bom — diz ele.
— São mais fáceis de controlar quando estão bêbados. Mas você sabe disso.
Ele toca um riff de piano.
— Faça com que parem.
— FAÇA COM QUE PAREM! — repetem todos, em coro.
— Eu estou mandando.
— EU ESTOU MANDANDO!
— Está mesmo? — pergunta o pianista.

Seu amigo começa a fazer barulho de trem com a gaita.
— Sim — diz Andrew.
A gaita faz *choo* como um apito de locomotiva.
O gaitista agora abaixa a gaita e também olha para Andrew.
Silêncio.
 O pianista vira o chapéu com a guirlanda, volta a colocá-lo na cabeça em posição mais firme.
— Decido interpretar "Faça com que parem" como "Faça com que parem de viver". É uma ordem. Quarenta almas nesta sala, incluindo o pianista. Terei que abrir o gás.
— Isso não...
A garçonete volta trazendo um copo com um líquido verde, como anticongelante. O pianista apanha. Acena para ela e diz:
— Quarenta e um!
— Minha vida é uma merda, mesmo — diz ela.
— *Quarenta e um em uma explosão de gás em New Orleans, o bar mais antigo dos Estados Unidos destruído.* Nós dois sobreviveremos, claro. Mas isso vai passar na CNN! — comenta o pianista.
— Não foi o que eu quis dizer e você sabe.
— Não tenho que saber o que você quer ou não dizer. Só tenho que saber o que disse. Agora: ou você insiste e todos morrem, ou eu desobedeço. Pode escolher.
Todos no bar, então, se ajoelham e abaixam a cabeça, com as mãos estendidas e as palmas viradas para cima, suplicando.
— Isso é meio clássico, não? Vamos fazer algo moderno.
Todos olham para cima, entrelaçam os dedos, as lágrimas rolando pelas faces como se estivessem presos ao mesmo sistema de irrigação.
Andrew não consegue falar.
— Diga apenas "viver" ou "morrer". Não vou insistir no protocolo.
A mente de Andrew não para de trabalhar. Ele não consegue pensar num jeito de sair da enrascada.
— Amigos — diz ele —, acredito que o mago tema desprender minha coleira, mesmo que seja apenas um pouco. Se alguém tiver mais alguma coisa a dizer, agora seria um bom momento.
As pessoas falam em coro.

"ANJO DA MINHA GUARDA
DOCE COMPANHIA

NÃO ME DESAMPARE
NEM DE NOITE, NEM DE DIA."

Todos os olhos encaram o mago.
O som do gás vazando surge.
Uma das velas treme.
— Viver! — diz Andrew.
O zunido para.
A vela treme de novo, espalhando muita luz, lançando a sombra do pianista contra a parede de tijolos atrás, mas é claro que não é um homem — tentáculos, uma lula, apenas um milésimo de segundo disso.
Agora, ele toca "Happy Days Are Here Again" no piano.
Todos os presentes trocam olhares, estendem os braços e se beijam sem distinção, sem qualquer preocupação com idade ou sexo. Começam a abaixar calças, levantar camisas, mostrar seios.
De joelhos, um asiático de olhos arregalados começa a acariciar a coxa de Andrew, que se afasta e fica de pé. O asiático se aproxima de outro casal, acaricia e é acariciado de volta.
— Devo fazer com que *parem*? — pergunta o pianista, sorrindo.
Andrew fala devagar, analisando cada palavra.
— Eu, Andrew Ranulf Blankenship, ordeno a você, pelas condições de sua entrada nesta esfera e pelo poder das palavras que aqui evoco e o colocam a meu serviço, a soltar todos os homens e todas as mulheres que agora estão sob seu poder e a colocar todos em um estado de ação e de pensamento independente, da mesma forma que você os encontrou ao entrar neste estabelecimento.
O pianista para de tocar.
— Muito bem.
Ergue a taça a Andrew.
Ele vai sair antes que eu consiga perguntar se a bruxa morreu mesmo.
— Ao senhor. E ao absinto.
Ele bebe o absinto.
— Ichabod, espere...
A sala vira um borrão.
O rapaz barbudo com o chapéu-coco grita "Werewolves of London" e o amigo o acompanha na gaita.
A entidade
é um demônio, diga logo

se foi.
Veio como quis e acabou com Andrew até ele cometer um erro.
Aproximou-se muito da liberdade.
E deu um pé na bunda do mago.
Haint não vem e não responde a mensagens posteriores.
Quando Andrew volta ao restaurante, encontra o estabelecimento fechado e trancado.
Vai dormir entre as criptas no cemitério ao norte do Bairro Francês, não muito longe de Marie Laveau. Vai dormir por lá, sem medo de ser molestado: vai se tornar invisível.
Fracassando nisso, tem outros meios de defesa pessoal.
Meios muito persuasivos, de fato.
No dia seguinte, Andrew levará sua Mão da Glória e sua pergunta não respondida à toca do coelho, de volta a Dog Neck Harbor, Nova York.
Ao senhor.
E ao absinto.

64

Brant McGowan, o delegado de Cayuga County, segue o Toyota vermelho.
Mantém-se atrás dele quando sai do posto de gasolina Fair Haven e decide tentar ver o motorista.
Um sequestro de criança em Syracuse deixa todas as pessoas dali até Watertown ansiosas. É o segundo caso em duas semanas, mas o único com pistas. O primeiro foi um bebê levado de um carrinho, que desapareceu ninguém sabe quando ou como. O incidente aconteceu em Red Creek, e a mãe é a principal suspeita. Na mais recente ocorrência, um desconhecido tirou um bebê do colo da própria irmã do neném enquanto voltavam do parque a dois quarteirões de casa. O suspeito aparece em flashes da câmera de segurança, saindo de seu Toyota Prius vermelho, e a ação fazia Brant se lembrar de uma aranha-armadeira que viu quando era criança na seção de insetos e aracnídeos de um zoológico. Não faz tanto tempo. O delegado McGowan é um homem jovem.

Assim como o cara do vídeo. Jovem e sujo para estar naquele tipo de carro.

O delegado McGowan está de folga, voltando para sua casa em Auburn em seu Saturn — não o tipo de veículo que chamasse atenção, ainda que ele admitisse abertamente que seus óculos lembravam um pouco os de um policial.

Acha que o motorista não sabe que está sendo seguido.

Deve ter avistado uns três Toyota híbridos vermelhos desde que viu o vídeo, mas esse é o primeiro que está sendo dirigido por um homem. Também é o primeiro que o deixa apreensivo: até agora, ele só viu o motorista por trás, descobrindo que é um homem calvo e de cabelos curtos, de idade não determinada. Precisa emparelhar com o Toyota para ver direito, mas as estradas de mão dupla ali no interior não permitem isso, a menos que seja numa ultrapassagem.

É melhor continuar atrás do Toyota por um tempo.

Acontece que ele continua atrás do veículo até a Marsh Road.

Quando vê o Prius diminuir a velocidade e dar a seta para entrar na 104 A, precisa decidir se vira também: se virar, não haverá mais dúvida. O cara vai saber que está sendo seguido. Se for *o* cara. A maioria dos cidadãos honestos não percebe nada a menos que tenha um bom motivo.

Acaba virando junto, mantendo uma boa distância, quase permanecendo fora de vista.

Olhou para ele ao virar.

Cara mais velho, barbudo.

Velho demais para ser o cara.

Mas talvez ele não seja o único que dirige aquele carro.

Quando o cara barbudo sobe a rua residencial sem saída, a brincadeira termina de vez: não pode simplesmente entrar ali atrás dele. Brant passa pela entrada, para na frente de uma casa, permanece ali até o Toyota sair de vista.

Não houve um desaparecimento ali, talvez naquelas casas?

Sim... turista alemão ou coisa assim. A polícia estadual disse que coletou um DNA esquisito, mas não há corpo, não há suspeito.

Uma mulher olha para ele pelas cortinas.

Ele finge estar checando algo no telefone, sai, estaciona um pouco mais adiante.

Desce a rua em direção às casas, a pé.

Um cara simples andando.

Com óculos de policial.
Eu sou péssimo nisso.
Deixei minha arma no carro.
Nunca vou ser um detetive.
Preciso inventar uma história, caso ele venha falar comigo.
Vê o Prius agora.
E caminha para mais perto das árvores, na sombra, fingindo olhar para o telefone de novo.
Vê o homem saindo.
Um tipo meio artístico e espertalhão.
Que agora está tirando algo de trás.
Uma gaiola?
Uma gaiola.
Com um galo dentro!
Batendo as asas com desânimo, penas voando.
O homem franze o nariz.
Leva a gaiola para dentro de casa.
O que um cara aparentemente pacífico como aquele quer com um galo?
Devo falar com ele?
Direi que estou procurando pela casa de um amigo.
Bob?
Genérico demais.
Kyle.
Cara grande de barba ruiva, que vai dar um festão.
Ele vai detestar isso, vai ficar tão puto que não vai parar para pensar se sou um policial, se não estiver envolvido com o sequestro.
Se não estiver, quem se importa?
Se estiver envolvido, posso assustá-lo.
Está meio inquieto, será que está com medo ou coisa assim?
Eu gostaria de saber o que é.
Se mais alguém vive ali, tenho que ver quem é.
Movimento às suas costas.
Brant se vira, mas seja lá o que fosse parou ou se foi.
Esquilo.
Não, maior do que um esquilo.
Olha para trás em direção à casa.
Tudo quieto e silencioso.

Acho que ninguém mais mora aqui.
Isso é ridículo.
Está de braços cruzados, pesando os prós e os contras de se aproximar da residência.

Tem alguma coisa esquisita acontecendo aqui, mas esquisito não é ilegal. Acho que esse não é o cara. E se for, sou capaz de estragar as coisas em vez de ajudar. Ainda assim, vou informar Syracuse sobre o carro e o homem-galinha e ver se enviam alguém de plantão para passar e fazer perguntas.

Ele percebe movimento atrás de si, mas outra vez se vira tarde demais.
Os pássaros voam perto da copa das árvores.
Brant leva a mão para onde a arma deveria estar.
Ele decide que é uma suspeita oficial.
Está assustado.
Que vá para o inferno.
Volta a descer a rua, sentindo-se observado.
Caminha mais depressa.
O sol forte pinta o fim da tarde, embora não esteja nem perto de escurecer, e Brant se sente como uma adolescente em um cemitério.
Ri de si mesmo.
Mas continua andando depressa.
Vê seu carro.
Algo está diferente.
Eu deixei o vidro fechado.
Agora está abaixado.
Cheguei a fechar?
Ele se aproxima do carro pelo ponto cego, só para garantir.
Abre o porta-malas com a chave.
Um Volkswagen Jetta cinza passa e o motorista olha para ele, parecendo desconfiado.
Brant acena sem querer, por instinto.
Passa o cinto de segurança.
Sente-se melhor.
Olha pela janela, não vê ninguém, relaxa um pouco.
Ele se aconchega no banco, mas sente um arrepio percorrer seu corpo.
Caramba, está frio. Tudo bem, o ar estava ligado, mas caramba.
Vazamento de freon ou algo assim?
Ele liga o carro.

Inclina o espelho para olhar o próprio rosto, considera-se ridículo com aqueles óculos de cara mau.

Abre o porta-luvas para guardá-los e pega um chiclete.

Então vê.

O chifre.

Confere as janelas e os espelhos de novo, para ter certeza de que não há ninguém perto do carro, e então olha de novo.

É um maldito chifre, um chifre de um cervo jovem.

Quase pega, mas então pensa no DNA e nas digitais e decide não tocar no chifre até encontrar um saco plástico.

Está muito frio no carro, frio o suficiente para levá-lo a ligar o aquecimento.

Ele fecha o porta-luvas e parte com os óculos no rosto, sem mascar o chiclete.

65

Os caras dentro do Volkswagen Jetta cinza não são de muitas palavras.

Estão a caminho para vingar Mikhail Dragomirov, que Georgi acredita ter sido assassinado pela parceira de um tal de Andrew Blankenship, que mora na Willow Fork Road. A casa deve ser identificada por um Mustang turquesa do fim dos anos 1960, que os americanos de certa idade chamam de *muscle car*.

Sergei Alexandrovich Rozhkov não gosta disso.

Ele também não gosta de Georgi.

Sergei tem quase setenta e sete anos, mas ainda é vigoroso. Ainda é perigoso. Seu filho que mora no Brooklyn parece mais velho do que ele agora, desde que os problemas no fígado o deixaram com cor de salmão passado.

Georgi não é filho dele.

Georgi é sobrinho de um velho amigo, o tipo de amigo para quem fazemos favores inconvenientes.

Mesmo quando esse amigo está morto.

Georgi parou nos trinta e poucos anos, não é nem totalmente americano nem totalmente russo, assustado demais para se unir à multidão, um cidadão honesto que não percebe nada. O homem por quem passaram na estrada era um policial com uma arma. É claro que Georgi olhou para ele, chamando sua atenção. O policial olhou para seu rosto. Não haveria espaço para um homem como aquele na operação Odessa, mas isso já faz muito tempo.

Além disso, Georgi está apaixonado por sua estranha prima, a sobrinha, e quer impressioná-la matando quem pode ou não ter assassinado Misha. A sobrinha acredita que foi Blankenship, um homem sem importância, que matou Misha por causa de uma prostituta, e ela não vai dizer como sabe disso.

Sergei tem quase certeza de que Misha se afogou.

É sempre assim. Quando perdemos alguém que amamos, queremos achar um vilão. E se o vilão fosse o uísque que Misha estava bebendo e as correntezas no lago? Ele deveria simplesmente beber uma garrafa de uísque, esvaziar o pente da arma no lago e ir para casa.

Misha era um bom homem, talentoso no xadrez, um gênio com números, mas vinha de uma família decadente que já viveu dias melhores. Todos já viveram dias melhores. O mundo se tornou um playground de idiotas e fanáticos, no qual o centro sempre menor de homens razoáveis deve trabalhar com mais afinco para manter as luzes acesas e impedir que as bombas explodam.

Sergei quer voltar para o Brooklyn e sair desse paraíso de bosta de cavalo e maçãs em que é preciso dirigir para todos os lados.

Sente falta do pastrami na delicatéssen da rua cheia de gregos.

Agora, sobem a Willow Fork Road, procurando uma casa que não parece estar ali.

— Está certo esse endereço que ela nos passou?

Sergei fala em inglês porque Georgi passa tempo demais procurando as palavras em russo, o que o irrita.

Georgi responde em russo, mesmo assim.

— Não sei. Diz ela que sim, mas o endereço não está na lista. O Mustang é conhecido. O... qual é a palavra?... registro de vendas foi encontrado. Na internet. E essa cor, verde-azulado e claro.

Sergei diz a palavra em russo para *turquesa*.

Georgi muda para o inglês.

— Sim, *biryuzoviy*. É uma cor incomum e um carro incomum. Veja — diz ele, mostrando uma página arrancada de uma revista de venda de carros, com um Mustang 1968 circulado com caneta vermelha, um crânio pequeno desenhado mais ou menos perto.

— É um belo carro — comenta Sergei.

Eles chegam ao fim da estrada, fazem um retorno e voltam.

E então dão sorte!

O Mustang turquesa aparece de um caminho escondido por árvores que parece não levar a nenhuma casa: deve ser o carro procurado. É uma máquina brilhante. Vira à direita na estrada e parte, usando seu motor da época do Vietnã para atravessar a longa estrada. O motor faz mais barulho que o dos carros modernos: parece forte, como um predador. E clássico. O cara que tem um carro assim deve saber manobrar, deve ter braço. Sergei pensa que é capaz de gostar mais do cara no Mustang do que da sobrinha do seu antigo sócio.

Porém, promessa é dívida.

Seguem o carro para fora de Dog Neck Harbor passando por Fair Haven, onde o carro sai da 104 A e estaciona atrás de um antigo celeiro, hoje uma oficina, do outro lado da rua, na frente do silo. North Star. Bom nome.

O motorista já entrou na oficina quando eles param o Jetta.

— Lembre-se — diz Georgi —, ele tem cabelos pretos e compridos como um índio e é magro.

— E por acaso sou um homem a quem você precisa repetir as coisas?

— Desculpe.

— Deixa eu ver sua arma.

Georgi olha ao redor e então saca o .38.

Sergei pega, abre o cilindro, gira o tambor, com o coração alegre ao ver o metal. Cartuchos são suas joias preferidas.

— Está pronto. Tente não atirar em mim.

Ele pega a Makarov, solta a trava, coloca de volta dentro do casaco. Os dois saem.

Abrem a porta, entram como se soubessem o que estão fazendo. Espreitar é coisa de idiota: as pessoas que parecem ter um propósito raramente são interrogadas.

Encontram-se em uma sala de fundo, espécie de sala de empregados. Vários mexicanos cheios de tatuagem estão reunidos em volta de uma mesa repleta de garrafas de tequila e pratos remexidos com molhos marrom e verde.

O lugar cheira a chocolate, canela e alho.

Georgi e Sergei ouvem uma voz às suas costas.
Sotaque mexicano.
— Tirem as mãos dos bolsos.
Eles tiram.
— Por que estavam me seguindo?
— Gosto de Mustangs — responde Sergei. — Esperava que um deles estivesse à venda. Está?
Chancho resmunga.
Os homens à mesa olham para o russo com olhos semelhante ao arenito. Vários mantêm as mãos embaixo da mesa.
— Por que estavam indo à porta dos fundos para falar sobre comprar um carro?
— É assim que se entra. Queríamos falar com você.
Chancho resmunga.
Gonzo se aproxima, vê as armas, coloca as mãos sobre os olhos como o macaco mizaru e sai depressa.
— Para que as *pistolas*? Sabe, não é legal vir perguntar sobre um carro à venda pela porta dos fundos.
— Por favor — Georgi começa.
Sergei avisa, em russo:
— Se implorar, eu mesmo vou atirar em você.
Então, em inglês:
— Isso foi um equívoco. Peço desculpas por incomodá-lo. Se permitir, sairemos agora e não voltaremos.
— Passem as carteiras — fala Chancho. — E coloquem as armas na mesa. Mas devagar. Bem devagar.
Eles obedecem.
Chancho olha as carteiras, resmunga.
— Tem dinheiro demais nessas carteiras. Se eu ainda roubasse, ficaria feliz com elas.
Os russos ficam quietos.
— Mas não roubo, não mais — diz ele. — Não dinheiro, pelo menos.
Pega apenas as carteiras de habilitação, devolve as carteiras, sempre às costas dos russos, que não olham para ele.
Agora, joga as carteiras de habilitação na mesa. A de Georgi cai sobre um *pico-de-gallo*.

— Meus primos vão cuidar delas. Podem ser falsas, mas acho que não. Se algo ruim nos acontecer, algo bem ruim vai acontecer com vocês. ¿*Comprende, pendejos?*
— *Ponymayu* — responde Sergei, assentindo.
Os mexicanos levam a dupla para fora.
Chancho pede que os dois abram a porta do carro.
Eles abrem.
Chancho pega uma faca grande e ameaçadora e faz desenhos no estofamento. Faz isso de modo impassível, sem pressa, como se estragar estofados de carro fosse apenas outro serviço oferecido na North Star, como algo que desejasse fazer bem.
Faz um sinal para que eles retornem ao carro.
Eles retornam.
— *Adiós, pendejos*. E não pensem em voltar.
Antes de o vandalizado Volkswagen sair da oficina North Star, Sergei Alexandrovich Rozhkov olha para Georgi.
— Quando você deixa uma mulher lhe dizer o que fazer, é isso o que acontece.
— Mas...
— Fique quieto. Misha se afogou. Você é um idiota. E eu vou voltar para o Brooklyn.

66

Noite.
Uma lua nova, o céu e o lago pretos como petróleo.
A mulher está de pé, nua, em cima da casa, apenas com uma bolsa de lona sobre o ombro. Prepara duas garrafas, garrafas de vodca cheias de sangue até o gargalo.
Uma delas tem sangue de galo.
A outra, não.
Toma um gole da segunda e então esvazia as duas em um balde com uma vassoura dentro. Amarra e pendura as duas garrafas vazias em

volta do pescoço. Usa a vassoura para espalhar o sangue no telhado, sabendo que verá moscas amanhã, mas não pode fazer nada. As coisas são assim. Ela não precisa cobrir o telhado todo — não teria como —, mas não deve deixar dois palmos sem sangue.

É um feitiço antigo, e feitiços antigos são inflexíveis.

Anda para trás em direção à escada, levando o balde, raspando os pés para não deixá-los sujos. Mais ou menos a cada metro, descansa a vassoura, tira penas de galinha do saco ao ombro e espalha no telhado, repetindo um verso em russo e concentrando-se no que quer.

As garrafas às vezes batem devagar, lembrando-a de que os testículos, os seios e os ovários — todos os órgãos genitivos — existem em duplas. Três é um número para fortificar, invocar e matar. Quatro é para proteção e para o clima. Mas o dois é para criação.

Dois bebês, um menino e uma menina.

Dois galináceos, um galo e uma galinha.

Após descer a escada, entrega as garrafas ao Homem-que-Não-Olha-para-Ela, que coloca as duas no saco de lixo com os ossos. Os ossos da galinha e do galo, e então os ossos que não são nem de galinha nem de galo.

E as roupas.

As roupinhas.

Na sacola que será levada para o lago.

Ela fica de pé na varanda observando o Homem Frio.

Moroz.

O Homem-que-Não-Olha-para-Ela não rema — ele vai voltar para seu quarto rápido como um pássaro e entre o sono e o despertar. Aprendeu depressa, protege-se de modo obediente, vai para a cidade para cumprir tarefas e nunca ousa correr. Sabe que o Homem Frio iria atrás dele e da sua família. Aceitou a situação de modo natural porque é um covarde. Não um ladrão.

As coisas estão começando a acontecer contra o ladrão.

Ele está forte agora, não como antes.

Ele matou a Baba na mata ou fez com que ela fosse morta.

A cadela na água matou o doce Misha.

A casa dele é cheia de truques.

Ele tem amigos, muitos amigos.

Primeiro, os amigos.

Então, o medo chegará até a ele e vai enfraquecê-lo.

E, então, ela vai fechar os olhos dele.

E vai pegar o que é dela.
Ele se escondeu, mas a mágica está desaparecendo.
Ela conhece a cidade dele, até a rua dele.
Ele se desgastou com outros feitiços.
Ela vai encontrá-lo logo.
A mágica desta noite deve dormir, mas será despertada quando a lua estiver grande e cheia.
— Espere um pouco — diz ela. — As batatas.
O Homem-que-Não-Olha-para-Ela está amarrando e colocando a sacola dentro do barco. Escuta o que ela diz e pergunta:
— Batatas? Você precisa de batatas?
— Sim. Deve bastar para ele. Você deve sair amanhã para encontrar um balde de batatas. Outras coisas também.
— Claro.
— Está com fome?
Ele balança a cabeça, olhando para os pés.
— Você vai ter que comer.
Ele balança a cabeça de novo.
Uma lágrima cai em seus pés.
— Vá já para o canil.
Ele sai, ainda olhando para baixo, os ombros encolhidos.
Ela fareja o ar.
Sorri.
Alho, alecrim, vinho, pimenta do reino.
E carne.
Ela saliva.
O primeiro assado está pronto.

67

Andrew vai com Salvador à oficina North Star, onde o carro de Radha espera para ser levado para o norte de Chicago. Salvador vai dirigi-lo por um dia, sem precisar descansar nem dormir, parecendo a todos, menos aos muito iluminados, um jovem latino bonito. E, como os muito iluminados estão acostumados a ver coisas estranhas, não acharão aquilo estranho quando virem um retrato de Salvador Dalí apoiado na janela de um Mini Cooper, conferindo o ponto cego duas vezes enquanto muda de pista. Ele vai voltar pelo chuveiro de Radha, talvez a tempo do almoço de amanhã.

Chancho mostra a Andrew o toque final. Assentos com pele de zebra. Tinha visto no Facebook um post dela elogiando travesseiros de pele, dizendo adorar pele de zebra em especial.

Ela vai pirar.

Chancho parece pálido, distraído.

— Você ainda está pensando nos russos, Chancho?

— Neles? Não. Um era um maricas, o outro não se importava. Não o suficiente para encrencar com a gente. Aqueles dois não vão voltar.

Mas Andrew está pensando nos russos. Acha que pode ser prudente comprar um pingente que desvia balas, uma peça de bruxaria feita com Kevlar, aço, prata, sangue de tatu e o dente de alguém que morreu de causas naturais. Só que o cara que faz isso mora no Rio de Janeiro e não se importa com fitas de mortos ou carros.

O que o brasileiro quer é uma capa de penas que o transforme em uma águia. Andrew poderia fazer uma capa assim, mas demoraria semanas, talvez meses. Pássaros são difíceis, e não é especialidade dele. O usuário no Brasil não conhece Andrew e tem fama de ser meio fresco — QPQ. *Quid pro quo*. Reputação é tudo entre usuários, por isso eles costumam confiar uns nos outros. Não o cara da bala. QPQ. Ele quer receber no ato da entrega. E Andrew quer o pingente de proteção.

A melhor transformadora, aquela que ensinou Andrew, vive perto de Québec e poderia fazer a capa de águia em dias. Provavelmente já deve ter uma ou duas sobrando, para negociar. Ele não sabe o que ela poderia querer além de uma poção de juventude forte, produto com alta, altíssima procura. Ela já pediu feitiços de pedras. Nesse caso, ele procuraria Michael Rudnick, que vai ficar com Anneke até a lua cheia. Por sorte, a *québécoise* confia em outros usuários, conhece Andrew e estaria disposta a esperar. Por azar, ela é velha, muito velha, e não usa internet. Acha que é algo do mal. Então, Andrew terá que telefonar para ela de um telefone fixo. De novo. Ela não atendeu na noite passada, mas isso é comum: ela muda e passa dias como um animal. Todo mundo sabe que ela está perto de abandonar tudo de vez, transformando-se em um gafanhoto para passar os últimos anos na Terra voando e rastejando de quatro.

Há um homem na cidade que entende de pássaros e transformação, mas que também é velho.

E já ajudou Andrew antes.

O tipo de ajuda impagável e sem possibilidade de novos favores.

De volta a Chancho e seu rosto pálido.

— O que foi?

— Vi um negócio esquisito hoje.

— Você já viu muita coisa esquisita.

— Não como essa.

— Não como o quê?

— Quer ver?

— Não. Sim.

Eles entram na sala de funcionários. Uma AK-47 está no canto, parecendo despreocupada.

— A polícia do estado deixou aí para eu limpar. Levaram o *muerto*, deixaram o cervo. Bem difícil. Veja esse *carajo* de cervo.

Primeiro, Andrew olha para o carro.

O monte de resto de um carro.

Agora, olha para o animal tampando a abertura onde o para-brisa deveria estar.

É um baita problema de um *carajo* de cervo.

Cento e dez quilos ou mais. Quinze pontos ou mais na parede, se o troféu estivesse intacto. Mas não está. Está atravessado no para-brisa do Saturn, que também bateu em uma árvore. O cervo está praticamente *fundido* no carro.

— Dá pra ver onde eles tiveram que cortar o coitado desse lado, cortar parte dos chifres do cervo também, onde atravessaram o cara. Atravessaram *tudo*. Veja esse assento.

Andrew controla o reflexo de vomitar.

— Mas eu não entendo...
Agora, ele aponta para um buraco no ombro do cervo, outro atrás do pescoço.
— Balas. O cara atirou nesse cervo. Provavelmente pelo vidro, mas o vidro foi levado. Levaram também a arma, que ele estava segurando. Pediram alicates para tirar o corpo, de tão preso nas ferragens que estava.
Andrew tenta processar as informações.
— Sim, eu sei. Complicado. Mas veja isso...
O dedo engraxado e forte do mexicano indica uma lanterna quebrada, sangue, pelugem.
— E isso.
Pegadas cheias de lama no telhado, marcas no chão.
— Mais de um cervo, digo eu.
— Sim, e esse estrago na frente foi feito pela *árvore*, não pelo cervo. Não por *esse* cervo.
— Ele não acertou esse cervo?
— Não. Ele acertou outro. Bateu o carro. Quando o cervo veio... talvez mais de um. Veja... marca de pata, marca de pata. Saindo da mata e indo ao carro, ao que parece. Foi quando o grandão veio como um tiro de canhão, passou pelo para-brisa tão depressa que quebrou e enfiou os chifres no coração do cara. Apesar de ele ter atirado, e atirado direito. Dá só uma olhada.
Ele aponta de novo para as feridas letais a bala.
— Isso é coisa de *brujo*, não?
Andrew toca o carro.
— Não é?
O mago assente.
Coisa de *brujo* é a primeira ordem.
Mágica na floresta eslava.
E muito, muito forte.
E então, acontece.
Um jovem aparece, pálido, atingido pelo cervo, remexendo-se no assento. Usa óculos de aviador. O sangue sai de sua boca, faz bolhas sempre que ele diz a palavra *por favor*. Algo que diz muitas vezes.
Chancho não consegue ver, ainda está examinando o telhado e as marcas de chifre no acabamento do Saturn, como hieróglifos malfeitos que pudessem explicar como coisas assim aconteciam no mundo.
O fantasma começa a inchar.

Vá devagar, Andrew pensa. *Estou vendo você.*
ENTÃO, ME AJUDE
O jovem pálido coloca a arma na boca, puxa o gatilho de modo impotente, cospe sangue em cima da arma e chora.
Me ajude
Como?
A coisa estremece. Aponta a arma para Andrew. A mão tem um espasmo ao puxar o gatilho. Nada acontece, embora acerte Andrew várias vezes, depois Chancho, depois a si mesmo.
Pegue eles.
Quem?
Eles, responde.
O espírito fica frustrado por Andrew não entender, começa a ficar cansado. Fantasmas novos ficam cansados com facilidade.
Vomita líquido preto em si mesmo e desaparece.
O cervo morto se remexe e chuta.
Chancho se sobressalta, se benze.
O cervo se encolhe um pouco, permanece deitado, bem parado, não se mexe.
Andrew esfrega as têmporas.
— Dor de cabeça?
Ele sorri, balança a cabeça, fecha os olhos.
— Estou com um problema, Chancho. Um problemão.
O mexicano assente.
— Eu disse a você para não causar mais problema. *Cabrón!*
Chancho bate o punho na coxa, olha com raiva para Andrew.
— É coisa antiga, Chancho. De antes de a gente se conhecer.
— Sim, mas você continua envolvido. Não está vendo? É por isso que eles ainda podem chegar até você. *Saia* disso.
— Não é assim.
Chancho ergue os braços.
— Não, é *assim* — responde ele, indicando a batida, o cervo inesperado, o assento cheio de sangue.
Andrew assente.
— Vou ficar longe de você até acabar. Depois, vou te ajudar a limpar isso. Não é bagunça sua.
— Não, vá para casa. Você só vai atrapalhar. E não desapareça depois. Pare com os livros e com as malditas *brujerías*.

Andrew ri um pouco, ainda esfregando as têmporas.
Olha para Chancho.
— Percebi que você xinga em espanhol, mas não em inglês. Por quê?
Chancho para.
— Porque sou americano agora. Os palavrões em espanhol estão no meu sangue. Não consigo controlar. Mas preciso começar de novo com os americanos.
— Ah — diz o mago, claramente sem se convencer.
O homenzarrão se aproxima, envolve Andrew com um braço forte.
— Vou pedir para os garotos ficarem por perto — comenta Chancho. — Vou rezar também. Fazer um Jesus descer.
Se fosse possível.
Andrew não sabe se existiu um Jesus e, caso sim, se era Deus ou homem. Se fosse um homem, deve ter sido um usuário.
Transformar água em vinho parece.
Bom.
Pra cacete.

68

Começo da noite.
A campainha toca.
Como Salvador está cuidando do jardim, Andrew abre a porta e encontra Arthur Madden e a sra. Simpson em sua varanda. O sr. Madden está mais ofegante do que o normal, e a sra. Simpson estampa um sorriso largo e segura um prato coberto por papel-alumínio.
— Boa noite, sr. Blankenship — diz ela, com os seios avantajados formando como uma falésia. — Peço desculpas por bater tão tarde. Espero que não estejamos perturbando você.
Ela está falando para Arthur poder recuperar o fôlego.
— De jeito nenhum.
Ele pensa depressa, tentando lembrar se tem algo controverso na sala de estar ou de jantar.
Acha que não.

— Gostariam de entrar?

Andrew descobre por que a testemunha de Jeová mais velha está tão ofegante: uma cesta de alimentos e duas sacolas cheias de compras estão na varanda atrás dos dois. Subir a rua é quase demais para Arthur sem sacos para carregar, então foi um teste.

— Ah, não poderíamos abusar de sua hospitalidade tão perto da hora do jantar — responde ela.

Um segundo e meio passa como uma pausa musical esquisita.

— Estávamos na vizinhança e pensamos em trazer uns restos.

Restos?

Andrew tenta recusar de várias maneiras educadas, mas a sra. Simpson é especialista em se desviar de desculpas. Cansa Andrew, que pega o prato e dá uma espiada por baixo.

Olha para o assado, para o creme de milho e a salada de repolho.

— É um estufado — comenta ela. — Feito por mim. Então você terá que comer tudo.

— Hum-mmm — solta ele. — Bem, obrigado.

Arthur recuperou o fôlego para falar.

— Também compramos uns produtos.

— Senhor....

— Madden, tudo bem.

— Não me sinto à vontade aceitando seus produtos. Estou com a despensa cheia e tenho certeza de que você pode pensar em alguém necessitado que adoraria receber um presente desses.

— Bem, a situação é a seguinte, Andrew. Estou cansado demais de carregar essas sacolas pelo caminho e, Deus que me perdoe, sou orgulhoso demais para deixar você ou a sra. Simpson fazer isso. Então. Você. Vai. Ter. Que. Aceitar. As. Compras. Pense nisso como um favor para mim.

Essa cara seria capaz de tirar um caminhoneiro gay do armário.

O que diabos está acontecendo?

— A que devo a honra?

— Chame de ato aleatório de gentileza. Você viu aquele adesivo do para-choque? Fazer coisas bonitas e realizar atos de gentileza?

— Certo — diz Andrew. — Você ganhou.

— Costumo ganhar. Agora, você não vai deixar essas coisas estragarem, não é?

— Tenho certeza de que não.

Andrew espia a primeira sacola.

Primeiro item, estranhamente, um saco *ziplock* com cerca de meia dúzia de ovos em conserva.

Um pedaço de queijo cheddar.

Enlatados.

Tomates, ervilhas, canja de galinha.

Creme de milho.

— E não se preocupe com nada. Eu sei que as coisas podem parecer estranhas nesse momento mas, com a ajuda do Senhor, todas as etapas são temporárias e todos os pesos são suportáveis.

Andrew espia dentro da segunda sacola.

Arroz. Macarrão e queijo. Espaguete seco nas caixas compridas que parecem caixões.

— Etapas?

— Não precisa se envergonhar de nada, sr. Blankenship. Essa recessão é muito real. Não está fácil arrumar ou manter um emprego. Muitos de nossa congregação também estão atrás de trabalho, e compreendo que você esteja sem um salário fixo há um tempo.

Andrew faz uma pausa. Olha para Arthur. Olha para a cesta de alimentos e então tira o tecido de cima, revelando um monte de batatas.

E um espelho.

Um pequeno espelho de mão.

Em cima das batatas.

Ele vê o próprio reflexo.

Um feitiço.

Seu coração se acelera.

Ele volta a cobrir a cesta como se cobrisse uma serpente.

— Ela disse que você poderia relutar em aceitar ajuda, mas eu garanti a ela...

— Ela? — Andrew diz um pouco alto demais.

Coração disparado.

— Sim. A amiga de sua mãe.

— Que amiga de minha mãe?

— Olha, ela não me disse o nome. A moça polonesa.

— Russa — corrige a sra. Simpson.

— Isso mesmo, russa. Muito bacana. Ela contou que estava falando com sua mãe...

Minha mãe está morta.
— ...e comentou com ela que traria batatas de sua horta porque alimentos caseiros têm um gosto melhor. Também prometeu à sua mãe que você logo fará uma visita a ela.
— Perdão, mas vocês precisam ir agora.
— Como?
— Por favor, saiam — pede ele, empurrando Arthur um pouco. — Salvador!
— Bom, claro, tudo bem. De qualquer maneira, se há algo que possamos fazer...
— SALVADOR!
Andrew pega o espelho debaixo do pano, quebra o objeto com violência na varanda.
A sra. Simpson pega o colega pelo cotovelo e começa a levá-lo pelo caminho comprido.
— Boa noite, sr. Blankenship — diz ela, se despedindo. — Deus o abençoe.

Salvador vem correndo pela lateral da casa, segurando uma tesoura de poda, as próteses do joelho sujas de terra. Algum tipo de planta ficou presa em seu braço esquerdo.
A cabeça se inclina para um lado, esperando instruções.
No entanto, antes que Andrew tenha tempo de abrir a boca, a cesta de produtos se vira e as batatas começam a rolar e quicar como ratos sem rabo, escapando de um navio.
As batatas se afastam de Andrew e se dividem. Andrew mergulha, pega uma, mas ela escapa de sua mão e continua rolando.
— Descubra aonde elas estão indo! — grita para Salvador.
O homem obedece, seguindo o maior grupo.
Andrew persegue a batata que pegou.
Ela segue a leste, para a mata perto de sua casa. Andrew vê outras se movendo no arbusto baixo: à sua esquerda, uma para de rolar, começa a girar no lugar e se enterra com um barulho estridente.
Ele ouve isso acontecer ao redor.
— Ah, merda.
A que estava perseguindo também faz isso, assim que se afasta seis metros.

Estão se plantando.
Não conheço esse feitiço.
Não gosto desse feitiço.
Salvador o encontra, aponta depressa, em várias direções.
— Certo, certo. Obrigado, garoto. Primeiro, pegue uma pá. Não, eu pego a pá, você faz um buraco com lenha.
Salvador inclina a cabeça e passa o polegar e o indicador como se cobrindo dois centímetros.
Quanta lenha?
— Toda.

69

Esta foi a explicação de Andrew a Anneke sobre o vidro temperado, no mês anterior, quando permitiu que ela o observasse em ação.

— Qualquer vidro funciona, mas eu gosto de vidro amarelo, para saber o que é. Esse vidro vai servir. Como o âmbar. Primeiro você quebra. Quando for encantar, você instruirá os pedaços para que aumentem, fiquem lisos e maleáveis, como pedrinhas. Então, depois de quebrar, pegue os cacos maiores e, pelo amor de Deus, não se corte. Se fizer vidro temperado com seu sangue, o fogo tentará encontrar você, sairá da lareira em sua direção, subirá pelo carpete, por suas roupas. Bom, você entendeu.
— É possível matar alguém com isso? Tipo, pôr sangue da pessoa em uma lâmpada, transformar em vidro temperado e colocar em outro banheiro, instruindo o vidro para pegar fogo não por uma ordem, mas quando o filamento aquecer?
Ele só olha para ela.
Sente um pouco de medo dela.
Apaixona-se um pouco mais por ela.

70

Andrew corre para o celeiro, pega algumas pedras de vidro temperado do vaso, volta correndo e atira por baixo do primeiro carregamento de lenha que Salvador montou em uma pilha triangular. Diz *bhastrika* e as pedras lançam chama e ar quente, como pequenas tochas, até se consumirem, acendendo um boa fogueira no buraco. No caminho, passa por Salvador que está trazendo outra carga de achas de lenha e diz:
— Tome cuidado!
E corre para pegar uma pá e luvas.
E uma lanterna.
Ainda não está escuro, mas está ficando tarde.

Encontra a primeira batata graças ao aparente montinho de terra.
Usa a pá de cabo longo e o ancinho para arrancar.
Está maior do que antes, apenas um pouco maior do que uma batata grande, e formou gavinhas.
Traz para cima com a mão, desconfiando de que poderiam brotar espinhos ou algo assim.
No mesmo momento, brotam espinhos.
— Merda!
Larga na hora, tomando cuidado para não ser acertado. A ponta de um dos espinhos fica grudada entre o polegar e o indicador da luva quando a batata cai no chão.
Dá um peteleco e derruba no chão.
A coisa rola para dentro do buraco de novo, começa a usar suas gavinhas levando tudo junto, cobrindo-se com terra.
— Sua merdinha.
Ele avança com a pá, percebe que a textura não é totalmente de batata, mais áspera por fora, mais mole por dentro.
Provavelmente está se tornando um animal, e um cheio de sangue.
A coisa escapa da pá, mas não consegue fugir. Por fim, Andrew bate forte o suficiente para fazer com que a coisa se exploda e sangre. Ainda está vazando, como um fígado ou outro órgão, enquanto o mago a persegue para levá-la até a fogueira.
Ele se prepara para ouvir um som.

A coisa dá um grito enorme quando é jogada ali dentro, de maneira infantil, mas não exatamente humana. Irritada porque não conseguiu fazer seu trabalho.
Me matar.
Mas como?
Estava crescendo.
O fogo está bem alto agora, e lá vem Salvador com outra carga de achas de lenha, como o aprendiz de feiticeiro, literalmente preparado para jogar mais lenha na fogueira.
— Chega, Sal.
Sal coloca a lenha no chão.
— Agora preciso que me ajude a encontrar essas coisas.
Ele levanta a pá: o retrato se inclina de leve, a mão articulada do autômato tocando a pá quase com carinho, como se fosse uma flor.
A fogueira lança luz âmbar na moldura brilhante do quadro.
As narinas de Dalí parecem aumentar um pouco quando Salvador sente o cheiro.
Seu quadril se remexe um pouco.
Cheirar as coisas é algo muito parecido ao que faz um cachorro.
Tudo bem, você previu os espinhos, o sangue e os gritos. Você sabe como ela é, sabe como ela pensa. O que acontece depois? Prepare-se. A próximo será maior.
Salvador aponta para um ponto no chão: um quarteto de gavinhas se enfiou com delicadeza para baixo do monte que formou ao se enterrar.
Coisinhas espertas e horrorosas.
Andrew tira a terra com a pá.
Essa é do tamanho de uma abobrinha pequena, não uma batata.
Começa a se enterrar mais.
Ele remexe com a pá até aquela coisa também começar a sangrar, roncar e se enfraquecer.
Não há espinhos nesta. Será que são todas diferentes?
Agora essa forma uma boquinha, como a de um bebê, mordendo a pá sem força.
Andrew faz uma careta, ataca mais algumas vezes.
Acaba com a boquinha.
Esmaga bem.
Pega com a pá e leva à fogueira.

Tenho que trabalhar depressa, elas estão crescendo.
A seguinte, do tamanho de um gato, tem gavinhas suficientes para tentar derrotar a pá. Perde.
O sol se pôs.
Pense!
A próxima precisa ser levada ao fogo em um balde.
Quando as bolhas começam a estalar e doer dentro das luvas de Andrew, Salvador cava.
A outra se enterra ainda mais antes que a pá acabe com ela, e Andrew tem uma ideia.
Quando a próxima vai ainda mais fundo, Andrew joga vidro temperado no buraco.
Bhastrika!
As chamas saem do buraco, lambem a calça jeans de Andrew.
A coisa-batata grita e morre.
Seus vizinhos não iluminados não escutam esse grito.
Escutam um trem.

O trabalho vara a noite.
Andrew escava aquelas coisas, encontra abominações ainda maiores, mais fortes, mais difíceis de olhar. Queima elas, que gritam ou urram, depois recolhe tudo no balde e leva para a fogueira maior.
A última que Salvador encontra é grande como um filhote de urso.
Quando o mago ilumina o buraco, olhos brilham em sua direção. Ele faz uma pausa, assustado. Parecem humanos. A coisa começa a se cobrir.
Ele corre até a casa, pega um magnum .357 Smith and Wesson e um extintor de incêndio. Segurando a lanterna com uma das mãos, pegando a pá com a outra, cavando com os calcanhares de prótese, Salvador está perdendo a pá de jardim para a coisa.
Uma vinha se serpenteou ao redor de uma das pernas de Sal.
Ele está ganindo e rosnando.
Andrew ergue a arma de cano de doze centímetros para a coisa no buraco.
Que pisca para ele.
Será que ela sabe?
A coisa solta a pá, cobre a cara com gavinhas maiores, gavinhas que se parecem mãos.

Andrew leva a mão ao gatilho, imaginando o som de uma criança batendo em uma tampa de uma lata de lixo de metal. Quando atirar, os vizinhos vão ouvir aquilo.
Será que a coisa vai implorar pela vida?
Implora pela vida, ou tenta, com a boca cheia de terra.
— Por favor...
Parece com o fantasma no carro.
Mágica da floresta eslava.
A coisa quase leva uma mão-gavinha ao cano quando Andrew se recupera do leve encanto.
A tampa da lata de lixo bate seis vezes.
Um trem assovia.
A coisa no buraco está quase morta.
— Afaste-se, Sal.
O mago joga tantas pedras de vidro temperado no buraco que, quando diz *bhastrika*, as chamas sobem, formando um círculo que ilumina o arbusto e os galhos mais baixos.
Ele usa o extintor.
Vira-se e encontra Nadia olhando em sua direção, satisfeita com ele.

São quase duas da manhã quando ele considera já ter encontrado todas as coisas e que seu trabalho está cumprido. Salvador cobre toda a propriedade. Os três invadem o quintal do vizinho, Nadia segurando a lanterna, todos invisíveis: se forem vistos, parecerão moscas perdidas. Esse feitiço cansa o já cansado mago, mas deve ser feito.
Aproximando-se da porta da frente devagar, vê um texugo correr, arrastando o saco de ovos em conserva.
Só um texugo.
Só ovos.
Acha graça e ri como as pessoas às vezes fazem no metrô, quando deixam de se importar com quem está olhando para elas.
De repente, para de rir, lembra-se do que estava fazendo. Estremece ao pensar no que aquelas coisas podem ter se transformado.

Antes do banho, olha para o próprio reflexo no espelho acima da pia.
Olha para a parede atrás do ombro, feliz por ser só uma parede.
Feliz por não ter ninguém às suas costas.
Será que a bruxa velha morreu de verdade?

O que diabos está atrás de mim?
Ele está imundo, os cabelos cheios de pedaços de batata, a pele com sangue. Sem falar dos olhos.
A veia em sua esclera apareceu de novo.
Dói.
Andrew decide ficar um pouco mais velho, pelo menos até recobrar as forças. Fios brancos despontam em diversos pontos do cabelo preto de índio, como fios em uma meia-calça. As linhas ao redor da boca se aprofundam. Ele aparenta ter cerca de quarenta anos agora, mas se sente com sessenta. De qualquer maneira, os olhos param de doer, ficam mais claros.
Seus músculos estão tão doloridos que ele mal consegue abrir a torneira, mas o banho está bom. Sujeira e sangue correm pelos azulejos italianos e descem pelo ralo.
Está observando o resto da sujeira da noite passada desaparecer pelo cano quando vê os pés pálidos e compridos dela às suas costas. A *rusalka* não consegue resistir à água. Ele é invadido pelo cheiro de água e maré, que parece estranhamente agradável depois do forte, germinal odor das batatas. É estranho como o cheiro mudou à medida que aquelas coisas cresceram, se tornando mais sangrentas, mais mamíferas.
Ele não olha para ela, apenas para seus pés. Ela provavelmente calça o quê, 39? Os homens da família da *rusalka* devem ter pés grandes. Andrew se lembra de histórias que Nadia contou a respeito das botas, das botas altas e pretas dos tios, que trabalhavam em uma fábrica de Nova York, onde pintavam gravatas de seda. Ela não passava de uma adolescente quando eles fugiram da Revolução Russa, mas o bater daquelas botas a acalmou, fez com que se sentisse consolada e com saudade de casa, tudo ao mesmo tempo, certa pelo menos de que fazia parte de uma tribo. *Intelligentsia* russa. Pessoas que queriam manter suas casas bacanas, que não podiam fingir que gostavam dos profetas de olhos arregalados que o maldito Lênin mandava como anjos sórdidos para aumentar o ódio dos agricultores, fazendo exigências, subindo em coisas para falar.
Então, lutaram ao lado do Exército Branco.
Dos perdedores.
Mas perdedores civilizados.
Romanos fugindo antes dos vândalos.
Romanovs morrendo no quintal.
A primeira vez que ele uniu essas palavras, romanos, *romanov*.

Assim como *czar* vem de *Cesar*.
Será que Nadia chegou a ver o czar?
Quem se importa?
Ela afoga as pessoas.
Elas imploram pela vida e ela afoga da mesma maneira.
E eu trepo com ela.
Ele sente o sabão deslizar pelo quadril, pelo umbigo.
Ela busca um contato ainda mais íntimo, segura-o na mão, desliza o polegar pela cabeça.
Ele se afasta.
— Hoje, não — ele diz.
— Quando? — pergunta ela, com o sotaque carregado.
— Não sei. Talvez quando eu me esquecer daquele navio cheio de gente morta que você mantém. Ou daquelas coisas nos buracos lá fora. Bem horrível, é tudo tão horrível.
— Você quer que eu vá embora?
Ele para.
Ela começa a sair.
Ela é um monstro.
Mas eu também sou.
Se fizer isso.
— Não — diz ele.
— Ótimo. Você não deveria continuar dormindo sozinho.
Ele balança a cabeça negando, como se concordasse.
— Na verdade, não vou deixar você fazer isso — diz ela em russo.
Ela seca e leva Andrew para a cama.
Ele deixa.
Ela tenta fazer outra coisa de novo, mas ele se encolhe.
Por favor, disse a coisa.
Com terra na boca.
E, então, eu atirei.
Ele mais desmaia do que adormece.
Nadia se lembra de uma parte de si que se importava com outras coisas além de trepar, nadar, matar e comer peixe no lago.
Segura o mago adormecido nos braços, lembra-se de outros braços quentes que a seguravam muito tempo atrás.
Calmamente, percebe que é ali que ela deveria chorar, se conseguisse fazer isso.

71

Andrew acorda com o barulho de Salvador latindo.
Estava tendo um sonho bem ruim em que versões malignas e deformadas de si mesmo tentavam entrar na casa.
— O cachorro está latindo — diz ele a Sarah.
Mas não é Sarah, a carinhosa Sarah com seu cheiro de sândalo.
É uma mulher de cheiro esquisito e pés frios.
E Salvador não é mais um cachorro.
A menos que alguém tente entrar na casa.
Porque faz parte do feitiço.
Um vidro se quebra.
— Ah, merda!
Andrew e a *rusalka* saltam da cama.

A coisa mais parecida com isso que Andrew já viu foi em *A Noite dos Mortos-Vivos*, quando os zumbis cercam a casa e entram de maneira estúpida. Andrew não tem certeza de quantos são, mas sem dúvida estão cercando a casa e um deles quebrou a janela na porta da cozinha.
Como quebrou a janela?
Eu enfeiticei essas janelas para que não quebrassem.
Será que exauri a magia usando outros feitiços?
A coisa está agora mexendo na maçaneta, prestes a abrir a porta.
Salvador, que voltou a ser um border collie, mas maior, quase do tamanho de um pastor-alemão ou de um lobo, se prepara para atacar.
E se confunde.
Porque o que atravessa a porta é o seu dono.
Ou melhor, como o seu dono seria se estivesse transformado ou levemente derretido, nu, mudo e forte. A coisa que atravessa a porta é cheia de músculos.
Assim como as que vêm atrás.
É por isso que Salvador não viu.
O cheiro das coisas mudou.
Quando cheiravam assim, Sal não conseguia mais encontrá-las no chão.
Como lutar com isso?
Sala de peles.

— Sal! Não sou eu! Pega, pega! — ordena Andrew. — Eles não podem se aproximar!

Salvador derruba o primeiro, morde o braço.

O segundo dá um soco no cachorro com força suficiente para fazer com que ele grite e solte, recuando para a sala de estar.

Andrew manda Nadia sair por onde veio, pela porta da frente, mas ela não sai sozinha.

Pega um Andrew falso pelos cabelos e corre com ele para o lago.

O restante deles se reúne.

— Eles não podem se aproximar — diz um, de maneira desajeitada.

— Aproximar! — grita outro.

Andrew corre para dentro da sala, para dentro da sala de peles.

Enfia o polegar por baixo da própria pele, tira o zíper, com o máximo de rapidez possível.

Que bom que você não bebe.

Você não poderia se mexer e pensar tão depressa se estivesse embriagado.

Rápido!

Pense!

— Eles não podem se aproximar — diz alguém, batendo na porta. Batendo *forte*. É uma sólida porta de carvalho, mas não vai resistir muito.

BAM! A sala estremece.

— Eles não podem se aproximar! — diz alguém da cozinha, e muitas coisas se quebram.

Eles estão atacando a maldita casa, rápido.

A pele sai.

Andrew normalmente não precisa fazer isso tão depressa.

Ele abre o guarda-roupa à direita.

Sabe qual.

Mas queima muito combustível mágico.

— Eles não podem se aproximar!!!

BAM!

(estremece)

— Aproximar, aproximar!

Agora, vindo da sala de estar, o som de uma luta.

Rosnando, vociferando.

Pega eles, Sal! Pega eles!

O homem descascado está prestes a colocar a pele.

É uma pele pesada.

Ele se lembra de abrir a janela.

Um aparece na frente da janela.

— Eles não podem se aproximar! — repete a coisa, partindo para cima com tudo.

Andrew dá um passo para trás, vê aquelas unhas brilhantes, sujas de terra, abrindo espaço.

A coisa coloca o pé para entrar, quando um braço rápido e branco envolve seu pescoço. Os olhos se arregalam, e surge atrás da criatura um rosto bonito emoldurado com *dreadlocks* ruivos, os dentes rangendo de prazer. Ela ri enquanto corre com a coisa, maior do que ela, mas que mais parece ser uma boneca.

Minha amiga é um monstro.

Como eu.

Andrew pega a pele de novo, está prestes a colocá-la.

Não consegue resistir enquanto tem uma boca, mas está com muita pressa: logo vai começar a sentir a falta de pele e isso dói MUITO, e seu corpo todo passa a ser uma ferida aberta.

Mas faz questão de dizer aquilo.

Grita pela porta.

— Quem me criou é um completo babaca!

Com a pele agora.

A sua preferida.

Ah, que bom.

Três criaturas se reuniram na sala das peles.

Uma está pisando na pele de Andrew.

Duas encurralaram Sal. Estão batendo, mas apanham de volta. A mulher do lago afogou duas e vai atrás de uma terceira.

Uma sobe a escada.

— Quem me criou é um completo babaca! — diz uma criatura, chutando a porta da sala de peles.

— Babaca! — grita outra, concordando.

As criaturas devem matar Andrew. Mas essa sala está vazia, só há uma pele humana que estranhamente parece com a dele.

Na sala de estar, um cão resiste, mas foi machucado.

Uma perna quebrada.

Um deles tem uma ideia, se sacrifica, deixa o cão abrir sua barriga para que outro possa agarrar o animal pelo pescoço.

Lutar dói, mas é melhor do que se enterrar no chão, que é a única comparação que podem fazer.

Aquele que foi aberto está morrendo, mas continua chutando o cachorro.

O outro está prestes a matar Sal, torcendo a cabeça.

Embora sinta que o cão já morreu antes.

Se o cachorro morrer de novo, a magia dentro dele vai sair: a outra coisa é que não se moverá de novo.

Isso seria bom.

Mas a coisa não consegue mais sentir os braços e as pernas porque algo a pegou pelo pescoço, certo? Certo. Algo muito mais forte do que o cachorro quebrou seu pescoço.

A criatura vê um pedaço da coisa, consulta o saco de peles do criador.

Cachorro?

Não.

Tigre.

Tigre de bengala, nativo da Índia.

Chegam a três metros, incluindo o rabo.

Esse tem três metros.

— Quem me criou é... um completo babaca — reclama ele.

E morre.

O tigre passa pelas três criaturas na sala de peles como se elas não fossem nada. Não são nada perto de um felino de duzentos e cinquenta quilos, que gira suas cabeças, morde por dentro e arranca membros com a delicadeza de uma fera selvagem e a esperteza de um homem. Demora menos de um minuto.

É preocupante que um deles esteja com a pele de homem na mão, mas Andrew-no-tigre pensará nisso depois.

Pensar como um homem é mais difícil no tigre: a essência do tigre é totalmente dominante, e muito menos parecida com a do homem do que na comparação com a pele do urso.

O Andrew-no-tigre lambe os membros, abre um bocejo grande, enrolando a língua (afinal, a noite foi *muito* longa), lambe o cachorro ferido na sala de estar, que lambe o dono de volta, e então fareja com seu focinho de tigre.

Mais um.

No andar de cima.

Na biblioteca!
Devo matá-lo!
Livros grandes lá!

No andar de cima.
A porta da biblioteca está aberta.
O último Andrew falso está ali, sujo e nu, olhando ao redor, sem tocar nada.
Seus olhos brilham azulados.
Não é como os outros.
Quando vê o tigre entrar, sorri.
O tigre estava prestes a se lançar naquela criatura, mas algo no sorriso e os olhos azuis iluminados levaram a fera a parar.
Andrew-no-tigre ruge, apesar de sentir dúvida.
Como não sente desde que encontrou um elefante em 1913, o dia em que levou um tiro.
— Parabéns — diz o Andrew falso.
A voz de Andrew, só que mais grave.
Sotaque eslavo.
O rugido do tigre prossegue, contínuo.
— Você passou no teste. Agora, a luta começa. Você é um homem lindo. Será que é bonito demais para lutar? Bonito ou feio, saiba o que deve esperar.
A criatura então se abaixa e, com certa dificuldade, *arranca os próprios testículos.*
Começa a comê-los.
Minha nossa! NÃÃÃÃOOO!, pensa Andrew-no-tigre.
O Tigre-no-Andrew pensa *Eu ia fazer isso!*
O tigre corre.
Termina as coisas.
Arranca a criatura da biblioteca.
Desce a escada.
Sai.

— Ah, não — diz Andrew, olhando-se no espelho.
Mesmo no latão amarelo, consegue ver a gravidade.
— Puta que pariu.

72

— O que aconteceu com você?
É Bob, na frente da igreja, antes da reunião do AA.
O sorriso, normalmente enorme, está guardado, e os olhos brilhantes irradiam preocupação sincera. Alguns colegas se aproximam.
— Fui assaltado.
Ele parece mesmo ter sido assaltado.
No caminho de volta, quando foi atropelado por um caminhão de sorvete.
— Onde? — pergunta uma mulher com cabelo tingido de vermelho.
— Syracuse. Clinton Street.
Todos assentem.
Quando os outros se afastam, Bob diz:
— Se precisar de alguma coisa, qualquer coisa mesmo, não tenha vergonha de pedir. Está bem?
— Obrigado, Bob.
Aquela noite é uma reunião aberta. Todos que quiserem participar, amigos, curiosos, podem. Não é a melhor noite para Andrew chegar parecendo uma berinjela torta tingida, mas ele precisa dessa noite. Agora. Havia dormido o dia todo, quase foi convencido por Chancho a procurar a emergência do hospital, decidiu não procurar, mas, quando o mecânico mencionou a reunião, Andrew havia concordado, babando e segurando um saco de ervilhas congeladas na lateral do rosto.
Os hematomas eram deploráveis, cobriam o que parecia um terço de seu corpo. Ter a própria epiderme batida no chão duro por uma versão neandertal de si mesmo havia evitado ossos quebrados e tecido conectivo prejudicado mas, quando ele se levantou, começou a sangrar em seis lugares e o inchaço foi horrível. O olho esquerdo ficou roxo e enorme e quase se fechou, assim como o direito. Ele lembrava um pouco o texugo que vira correndo com o saco de ovos.
Primeiro, havia cuidado de Salvador, que rapidamente ficou sem a mágica do cachorro acionada pelo alarme e voltou a ser um autômato. Aquilo tinha sido difícil de ver, assim como tantas coisas. Pelo menos, um braço era mais fácil de consertar do que uma pata quebrada de um cão.

Então, Sal ajudou seu dono: pegou gelo, um saco de ervilhas congeladas e ibuprofeno, sentando-se ao lado dele e revezando o gelo e as ervilhas.

Observou Nadia arrastar um Andrew morto e pesado atrás do outro para o lago, para dentro da água.

Corpos mortos por tigres fazem uma grande sujeira.

Primeiro, Salvador limpou, o que levou um tempo. Então, espalhou um produto de remoção de manchas nos tapetes orientais do corredor, embora provavelmente apenas um deles pudesse ser salvo. Na cozinha, reuniu os cacos da prensa francesa, dos pratos e dos copos, jogou no lixo o liquidificador estragado, assim como a mesa de canto e várias estátuas não mágicas. Estava colocando fitas adesivas na janela da porta da cozinha quando Chancho se aproximou.

Fez uma careta quando Salvador abriu a porta do quarto de Andrew.

Algumas pessoas na reunião do AA tinham feito a mesma cara quando entraram. Andrew se sentia como o Homem Elefante.

Os curiosos estão pensando que eu me envolvi em um acidente de carro e em uma briga depois de beber. Certo, já fiz essas coisas, mas não ontem à noite. Tudo bem. Podem olhar à vontade. Podem pensar que não são tão ruins quanto eu, se vão se sentir bem, porque se ainda estão nessa fase provavelmente não chegaram ao fundo do poço e acham que nem vão chegar. Alguns até escapam, mas a maioria não.

Eu quase morri ontem à noite.

Teria morrido se tivesse bebido uma garrafa de vinho.

Foi isso.

Terrível.

Preciso sair dessa.

Mas, antes, tenho que me preparar para ela.

Para a sobrinha, a parente.

Ela é tão forte.

E me encontrou.

Como?

Os olhos dele se arregalam bastante ao ver os hematomas.

As malditas testemunhas de Jeová.

Ela viu as testemunhas pregando, talvez tenham até tocado sua campainha, seja lá onde ela esteja. Então lançou um feitiço.

Fez com que se encarregassem de entregar sua mágica.

Está só começando.

Eu poderia correr, mas para onde?

Ela me encontrou aqui, vai me encontrar de novo, mas da próxima vez não será na minha casa, na minha terra. Um terroir não é importante apenas para as uvas: é importante para os usuários. Nós nos fortalecemos em nossa terra. Por isso que muitos aqui têm pelo menos um pouco de sangue indígena.
Escapar ou procurar?
Eu poderia abandonar meus livros, desistir da magia, voltar para Ohio. Ou ir a qualquer lugar. Ela gostaria disso... tomar minha biblioteca sem resistência, me encontrar recolhido em Enon e me espremer entre dedos como uma pulga. Crucificar e pendurar meu corpo de cabeça para baixo no Apple Butter Festival com um grande **Foda-se pra Cristo,** *para Ohio e para torta de maçã. Eu poderia lutar com ela no monte dos adenas, mas com o quê? O porco-espinho morto não seria de grande ajuda: eu mijei na cova dele.*

Chancho cutuca Andrew, sussurra ao pé do ouvido.

— Ei, *brujo*, está no mundo da lua? Pelo menos finja que se importa... esse cara está falando sobre a mãe que batia nele.

Um cara de cabelos ruivos encaracolados e um daqueles pescoços que parecem mais compridos do que o normal,

um pescoço como um cano embaixo de uma pia,

está falando sobre a mãe que inalava gás e bebia gim barato e, às vezes, o agredia com um desentupidor de privada, mas ele se afastou dela e foi para a faculdade, onde por sua vez começou a beber e descobriu que não conseguiria parar.

Andrew escreve no guardanapo.

Chancho resmunga e então responde.

Andrew vira o guardanapo.

Mãe do desentupidor de privada?
Qual é o problema dessas pessoas?
ELAS SÃO <u>HORRÍVEIS</u>!!!
TODAS MENOS JESUS
Ele não é uma pessoa
PRESTE ATENÇÃO NO CARA
Ele parece o Art Garfunkel
VOCÊ PARECE UM COCÔ
Um cocô? Sério?
COCÔ ROXU

Agora, os dois estão tentando não rir.

Chancho morde o lado interno da boca com tanta força que uma lágrima rola por seu rosto.

Depois da reunião, o cara da direção defensiva, o que desceu do banco de carona do Lexus, aproxima-se de Andrew e da caixa de donut. Andrew não está com fome, mas está perto de Chancho, que está enfiando metade de um donut na boca.

— Andrew? Certo?
— Sim.
— Não sei se você se lembra de mim, mas sou Jim. Aqui está o meu cartão. Entre em contato se eu puder fazer alguma coisa por você.

SIMKO, MOSS e MCALLEN
Jim Simko, advogado
Quando você precisa de uma voz

Agora tudo se encaixa.

Andrew viu os comerciais horríveis do cara: os cartazes em toda a Rochester. Um advogado de quinta, sempre à porta das ambulâncias para aliciar possíveis clientes.

Provavelmente escapou da condenação por direção sob efeito de álcool, usou sua mágica sombria para trocar isso por direção descuidada, mas reuniões do AA?

O juiz não se dobraria.

Recebi um cartão porque me pareço com um COCÔ ROXU.

Ele consegue controlar o riso.

Consegue não dizer as três palavras em aramaico que fariam Jim Simko ter um ataque na corte no dia seguinte, esvaziando a bexiga e o intestino grosso.

Dez anos atrás, teria dito essas palavras.

Ontem à noite, na pele de tigre, teria batido na cara do advogado, e então se sentaria nas pernas dele, acompanhando a morte, porque tigres agem por instinto.

Agora, apenas pega e coloca o cartão no bolso de trás, onde sabe que aquilo vai virar uma bolinha de papel na máquina de lavar.

Não gosto desse cara, não tenho que gostar desse cara, mas não tenho o direito de julgá-lo. Está fazendo o melhor que pode, como eu.

Ah, mas ele é um safado, não?
Pare de analisar tudo.
Ele é.
Como aquela vaca assassina que está atrás de você.
Não, você não pode escapar ileso dessa.
Não tem dúvida sobre ela.
Ela é má.
É muito, muito má.
E ela não vai se safar dessa.
Ele deveria dar o cartão a ela.
— Obrigado, Jim — fala Andrew.
Segue Chancho, que continua mastigando, e sai para fumar.
Dá um tapinha nas costas de Bob ao sair.
Não vou fugir.
Vou me esconder como um maldito texugo.

73

Andrew não entra na internet há um tempo.

Ele acessa, segurando o pacote de quiabo congelado contra a cabeça.

Está usando esse pacote porque vai fazer um cozido de quiabo, mas não começou. O quiabo serve quase tanto quanto as ervilhas, o problema é que ele comeu as ervilhas.

Fica encantado ao ver um e-mail de Radha em sua caixa de entrada.

> CHICAGOHONEY85: O carro é de arrasar. Radha é uma mulher feliz. Sabe, deixei aquela belezinha estacionada depois da placa de "não estacione na esquina" na Clark Street à direita e à esquerda O DIA TODO. Nenhuma multa, nada. Só um cara que me viu entrar no café me deixou um recado no limpador de para-brisa, desenhou uma flor, uma flor bonita, e seu número de telefone e website. Um ator. Tem site próprio, mas ainda não fez nada, exceto um musical nu para a Bailiwick. Que meus amigos chamam de Gailywick porque tudo ali tem ligação com gays e é um saco. Não é muito politicamente

correto, mas é meio divertido. Os gays chamam de Gailywick também, então tudo bem, acho.

Enfim. Mas e o Cooper?

Você arrasou com o carro.

O assento de pele de zebra realmente deu a você o status mais desejado da nação.

E é assim que Radha agradece.

INFORMAÇÃO!

E você quer isso.

É interessante.

Isso tem a ver com o Papai Urso, Yevgeny Dragomirov.

Duas coisas.

Uma: eu procurei isso em arquivos militares soviéticos, que não é o tipo de coisa para a qual os americanos são convidados. Mas eu tenho meus atalhos e contatos. Dragomirov lutou em Stalingrado e Kursk, batalhas pesadas, bem ruins, algumas das coisas mais brutais da guerra. Kursk foi um negócio enorme, cinco mil tanques misturados, mais de dois milhões de combatentes. Hitler estava tentando continuar ativo depois de perder força em Stalingrado, mas sofreu mais baixas em Kursk. Esse é o ponto para mim, isso era a sobrevivência da Mãe Rússia, porra, não o tipo de batalha da qual se escapa, e Yevgeny e seu T-34 se envolveram nisso de novembro de 1942 até pelo menos agosto de 1943. Mikhail Dragomirov nasceu em dezembro de 1943. Você pode achar que sabe aonde isso vai parar, mas não sabe.

Acho que Mama Dragomirov não pulou a cerca: era uma coisinha leal a seu marido e também sentia medo dele. Trabalhava sem parar em uma fábrica que produzia botas de soldado, além de cintos e bolsas.

Não, não foi ela.

Tem mais coisa aí.

Eu encontrei o registro de um soldado, um tal de Gennady Lemenkov, agricultor analfabeto dos montes Urais que, com a ajuda de um amigo que sabia ler e escrever, enviou uma carta de reclamação a um oficial superior a respeito do camarada D. Aqui está a carta:

Camarada subtenente,

Conheço o perigo que corre nossa amada pátria e assim não tomaria seu tempo com assuntos insignificantes. No entanto, por favor acredite quando digo que nosso companheiro *efreitor* Yevgeny Dragomirov abandona seu posto para ter relações com

uma mulher. Essa mulher segue a coluna. Pode bem ser uma espiã dos fascistas. Ela vai e vem como quer e conhece truques que apenas um espião conheceria. Já a vi trazer vinho para Yevgeny, que até dividiu conosco, mas quando ela se foi havia na lama apenas pegadas de uma lebre-americana. Já a vi se aproximar dele com aparência de uma bela mulher, enquanto ele dormia em um estábulo. Quando saiu, a lua estava no céu e pude ver que ela havia se tornado um velho *babka*. Um truque de disfarce! Sei que o camarada Dragomirov tem sido um soldado leal. Não desejo nada de mal a ele. Mas, por favor, pelo amor de nossas vidas, venha investigar este assunto. Antes que ela possa nos entregar aos inimigos. E acredito que fará isso. Outros também pensam assim. Um cossaco ordinário cujo nome esqueci disse que ela é uma bruxa, uma bruxa muito má, e que pegou homens mortos de tanques e os cozinhou para comer sua carne: foi a fumaça deles que vimos nas árvores, apesar de os patrulheiros não terem encontrado nada. Outro homem concordou que ela era uma bruxa (a própria Baba Yaga, acredita?), mas disse que ela era contra a Alemanha, que havia trazido um inverno difícil para matar todos os alemães e que aquela geada a acompanhou na forma de um lobo faminto. Não acredito em coisas tão infantis. Mas sei que ela não faz bem para o moral. E acredito que esteja grávida agora. Além do mais, ainda que não seja uma espiã ou uma bruxa, não é justo que um homem tenha o conforto de uma mulher enquanto o restante de nós, não.
Não tem registro de andamento, pelo menos não por parte dos soviéticos.
Aposto que morreram de rir daquele cara.
Mas alguém não estava rindo.
Esse Lemenkov saiu perseguindo um cara qualquer alguns dias depois e desapareceu. Achavam que ele havia desertado. Mas foi encontrado morto, nu, segurando uma árvore. Estava chorando: sabem disso porque as lágrimas dele congelaram em seu rosto.
Os olhos estavam congelados na cabeça.
O cara que contou sobre Dragomirov congelou e morreu.
Em junho.
E ninguém mexeu com Yevgeny Dragomirov de novo.
Está me acompanhando? Ele engravidou uma bruxa na mesma época em que a esposa supostamente engravidou. Mas a esposa não deixou de trabalhar na fábrica. Até mulheres soviéticas determinadas tiram licença-maternidade. Zero. Nada. *Nyitchevo*.
Sabe o que eu acho?

Acho que foi Baba Yaga, na mata, com a fumaça e as pegadas de lebre.
Acho que ela foi até a casa de Dragomirov com um bebê nos braços e obrigou a esposa de Dragomirov a criar a criança.
Acho que sua *rusalka* matou o filho de Baba Yaga.

Dois:
Anexei um artigo de um parágrafo a respeito de um roubo de túmulo perto de Níjni Novgorod.
Um corpo foi levado semana passada.
Provavelmente nunca chegaria ao jornal, mas foi o corpo de um herói muito condecorado da guerra contra os fascistas. Mesmo nos dias de hoje, ninguém mexe com os heróis da Segunda Guerra Mundial. Você sabe como protegemos os nossos. Os russos são ainda mais rígidos a respeito de seus veteranos da Segunda Guerra Mundial: adoram esses caras e por um bom motivo.
Estou saindo do assunto.
A questão é que esse era o nosso cara.
Yevgeny Dragomirov foi exumado na semana passada.

Não anunciei uma terceira coisa, mas ela existe.
Três:
Alguém está tentando me atacar.
ME atacar.
Sério?
Eu segui a fonte provável à Ucrânia e não deve demorar muito até eu ter um nome e um endereço.
E então?
Trago as novidades.
Estou pensando talvez que...
Mas vou manter segredo para o caso de ele ou ela interceptar.
Eu REALMENTE não acho que há grandes chances de isso acontecer.
Mas.

Se ESTIVER lendo isto, filho da puta, deveria pensar em tirar férias, e não se aproximar de nada que tenha uma tela e um plug até o Carnaval. Ou até o apocalipse maia começar.
E não vai começar.
A menos para você, se não deixar de lado a tecnologia, e digo a partir de agora.
E espero que deixe.
TENHO UMA BAITA SURPRESA PARA VOCÊ!

74

Vermont.
 Anneke se agacha como uma rã, tocando as folhas do bordo que acabou de petrificar.
 — Preciso descansar — diz ela.
 A cabeça dói e ela está nauseada: a árvore lutou com toda a seiva, toda a clorofila e todo o bom senso não verbal contra a coisa não natural que Anneke estava fazendo. É como discutir com alguém sabendo que o argumento está errado, mas ganhar injustamente porque foi mais insinuante na discussão e desgastou o oponente. Anneke torceu as partes vibrantes e suculentas com uma mão feia e forte que nem sabia que tinha, e agora está diante da árvore branca, pálida e morta. Algo ainda belo, mas belo porque impossível: nenhum escultor poderia entalhar ou modelar folhas tão finas e perfeitas de granito. Enquanto Anneke pensa isso, uma folha cai do galho.
 É belo, pensa.
 Isso poderia ser vendido por vinte mil.
 Michael só olha para ela, sentado em sua cadeira de acampamento, bebendo café. A aula acontece em uma parte da floresta entre a casa da fazenda e a pedreira.
 Esse maldito velho não vai me deixar descansar.
 Michael flagra Anneke olhando para ele e apenas assente para a árvore.
 — Não me sinto muito bem — comenta ela.
 — Você não tem que se sentir bem mesmo. Acabou de burlar as leis da natureza. Agora, conserte.
 Ela engole o sapo.
 Leis da natureza burladas cercam os dois: Michael Rudnick parece viver em uma casa de campo antiga da Nova Inglaterra perto de uma velha pedreira, mas ele vive na pedreira. Uma cobertura perfeita de granito com vinhas protege um antigo trailer Airstream. Colunas dóricas nos moldes daquelas que sustentam o templo ateniense de Efesto parecem manter a estrutura, e paredes de pedra de diversas alturas dividem o espaço, com nichos e alcovas com lamparinas a óleo que não se apagam à noite. Bancos de pedra e cadeiras cercam uma fogueira grande com uma chaminé no formato da boca aberta de uma pessoa

inalando fumaça. Não dá para saber como o trailer foi colocado ali ou como pode sair. As escadas de pedra levam a uma abertura por baixo da estrutura. E outro conjunto leva à água.

No lago em forma de trapézio que se formou na parte de baixo da pedreira submergem uma escultura grande e um jardim de ciprestes: um elefante de granito jorra água com a tromba erguida, gigantes ciclópicos, como Atlas, se curvam sob os jardins, que aparecem em meio às pedras, e um querubim com expressão travessa se abaixa em um pedestal acima da linha da água, com uma pedra na mão e a postura de um arremessador de beisebol, uma pilha de outras pedras como aquela a seus pés. Parece estar olhando os degraus. As pedras são do tamanho de bolas de vôlei. Coisas desagradáveis acontecem a quem se aproxima da caverna de Michael com ideias desagradáveis.

Anneke olha para a árvore de pedra.

Sente o eco da vida desaparecida, sente como o bordo ficou surpreso ao se ver tão violado, afastado da água, apático à luz do sol. Morto. Quando Anneke toca o tronco, sente sua ausência.

— Devolva a vida à árvore.

Ela tenta.

— Veja acontecer.

Ela imagina o vento soprando pelas folhas.

Nada acontece.

— Não é como mover pedras — diz ela.

— Não. É intimista.

Ela tenta.

A cabeça lateja.

— Por que não há escolas para isso? — pergunta. — Harry Potter, e coisa e tal.

Ele se limita a lançar um olhar para ela.

— Há?

— Você está em uma.

— Não, estou falando de uma grande. Como uma universidade.

Ele balança a cabeça.

— A mágica é algo artesanal. Você aprende. Uma por vez. Você também ensinará a alguém, um dia. Você vai ter que me prometer antes de sair daqui.

— Alguém deve ter uma escola.

— Acontecem oficinas em universidades de verdade. De maneira complementar, velada. O Antioch College em Yellow Springs é um bom exemplo. Havia três usuários na faculdade, certa vez. Eles faziam com que os alunos a quem queriam ensinar mágica se inscrevessem nas cadeiras que estavam lecionando.

Ela se lembra de como foi embaraçosa sua chegada àquela cidade, como mergulhou para dentro da banheira, tomou um porre e se atirou em uma privada.

— Andrew estudou lá?

Michael assente.

— Estudou russo. E outras coisas mais.

— Continuo sem entender por que não há algo grande.

— Volta e meia isso é debatido. Mas todo mundo tem medo. Três é o número máximo de usuários que devem ser reunidos em um mesmo lugar ao mesmo tempo.

— Por quê?

— Algo muda.

— Então ninguém nunca tentou criar uma universidade grande só para isso?

— Escolas foram abertas. Algumas vezes.

— O que aconteceu? — pergunta ela, tocando as folhas das árvores mortas de modo distraído.

— Coisas diferentes.

— Ruins?

— Poderíamos dizer que sim.

— Me conte.

— A mais bem-sucedida ficava na Inglaterra e teve início nos anos 1580. Oculta mas bem fácil de achar. Às margens do Tâmisa, em Deptford, que na época não fazia parte de Londres. Fez coisas importantes. Você sabia que a Espanha nunca conseguiu invadir a Inglaterra com sua armada? Não foi só uma vez. Os espanhóis tentaram em três ocasiões e foram atrapalhados por tempestades em todas. Isso não foi acidente.

— E depois?

— Os usuários acabaram se matando. Os sobreviventes determinaram que muitos usuários juntos deixam a coisa sombria. Concordaram em se separar.

Agora, ela só olha para ele. Tem mais, e Anneke quer ouvir.

— A última grande foi na França, fora de Paris. Entre as guerras. Uns dez usuários, trinta e poucos alunos. Trocaram juras de fraternidade, tornaram a lealdade e a amizade mais importantes do que a magia, afastaram quem parecia ganancioso. Se autointitularam a Ordem do Pato. Eu vi fotos. Muito bonitinhos com as calças curtas e as meias compridas, até mesmo boinas e baguetes, como manda o estereótipo.

— E então?

— Algo veio e matou todos.

— Um demônio?

— Mais ou menos. Hitler.

Ela franze o rosto.

— Eles não podiam lutar ou se esconder?

— Não podiam lutar contra um exército. E é difícil se esconder de outros usuários.

— Hitler tinha usuários?

Ele olha para ela.

Ela se lembra de uma foto de Adolf Hitler cercado por adoradores de olhos arregalados, todos meio malucos. Hitler calmo no meio da tempestade de loucura. Eles estavam olhando para ele como se estivessem à procura de algo, algo em suas palavras e olhos, algo que apenas ele podia dar. Estavam viciados nele.

— Ai, meu Deus — diz ela. — Ele era um.

Michael assente.

— Apenas os muito iluminados conseguiam escapar do encanto, mas aquelas fitas em que ele gritava em alemão? Ouvi todas elas. Não é alemão. Não é uma linguagem humana. Alguma coisa ensinou a ele aquelas palavras. Algo que ele criou. E só dá para ouvir por um momento, porque começa a mexer com você, começa a parecer alemão. E, se você fala alemão, começa a parecer verdade.

Ela fica pálida.

E se pergunta onde foi se enfiar.

E se pergunta se quer saber essas coisas.

Acha que é *tarde demais*.

— Não se preocupe — diz ele. — Nem tudo é uma merda. Agora, conserte a árvore.

Ela olha para uma folha de pedra.

Puxa. Segura a folha pelo cabinho, contra o sol. Uma luz fina passa por ela, iluminando veias e capilares. Seria quase possível se depilar com as pontas.

Ela vai precisar recitar uma palavra.

Grego antigo é melhor para uma pedra.

— *Pneuma* — diz ela.

— *Ezasa* — diz ela.

A folha gostou mais de *pneuma*.

A folha estremece.

Anneke se concentra na parte que brilha com o sol por trás, vê o brilho se tornando verde-opaco.

— *Pneuma* — repete e sopra, como se atiçando o fogo.

O verde brilha onde seu hálito tocou a folha, começa a passar para as bordas como o fogo se espalharia no papel.

— Ah! Ah!

A folha é quase uma folha outra vez.

— Depressa — diz ele.

Ela compreende.

Ela toca a folha para o resto da árvore, observa o verde ganhar vida, se espalhar. Sopra como faria para atiçar, observa passar de folha a folha, reavivando até finalmente a árvore tremer na brisa de novo, até a última folha voltar à vida. Existe de novo. Não estava ali, mas estava. Como seu pai tinha estado ali e então partiu, no tempo de uma respiração.

75

A moça bonita franze o rosto, olhando para o celular. O belo homem sentado à frente dela no moderno restaurante japonês na Lincoln Square pergunta:

— Está tudo bem?

Ela assente, ainda olhando para a palma da mão, mas sem mudar de semblante. Guarda o telefone no bolso.

— Desculpe. Sei que é grosseiro — comenta ela, ainda sem olhar para ele.

No entanto, ela já disse a mesma coisa antes e continuou checando o celular. Quando faz isso, ele não sabe para onde olhar. Às vezes, para o decote dela; às vezes, para a fonte luxuosa do restaurante. Ele sabia que ela tinha gostos luxuosos: parecia ter gostos luxuosos quando ele a viu descer a Clark Street com uma sacola repleta de caixas de sapatos e sapatilhas amarelo-mostarda. Ainda assim, ele pegou uma folha da caderneta, desenhou uma flor, deixou o número de telefone e colocou embaixo do limpador de para-brisa porque ela também parecia esperta. Garotas que não são tão espertas podem ser divertidas, mas não surpreendem. Aquela devia ser a garota mais surpreendente que ele já levou ao Fugu Sushi.

Ele levou dezessete garotas ao Fugu Sushi.

Ele agendou com antecedência para conseguir uma cadeira perto da janela. Acredita que todo mundo sai ganhando porque ele consegue uma boa vista, o restaurante parece moderno (porque parece moderno) e o garçom sempre leva 25%. Vinte e cinco por cento deixam um garçom feliz, 25% fazem com que o cliente seja lembrado. Os garçons se lembram dele.

Mas não como ele imagina.

Eles o apelidaram de garanhão, algo como "Eu estou ferrado esta noite, você pegou o garanhão".

Sempre uma mesa para dois.

Sempre perto da janela.

As gracinhas dos funcionários começaram quando, na acompanhante número oito, ele deixou seu site e seu e-mail para a garçonete, assim como o rascunho do desenho de um polvo (ele havia comido polvo naquela noite), preparado com antecedência. Conseguiu fazer isso enquanto ajudava a acompanhante da noite a vestir o casaco, com a habilidade de um trapaceiro.

A garçonete mostrou o desenho do polvo para todo mundo, e agora uma onda de dedos, parecida com um polvo, significa *garanhão*. Além disso, apontar para si mesmo e mexer o dedo, com um biquinho de repulsa, quer dizer "Eu sirvo o garanhão". O barman também entrou na brincadeira. O movimento de dedo seguido por um gesto de levar a xícara aos lábios significa: "O que o garanhão e a jovem querem beber?".

A número dezessete, que parece bem exótica e bebe saquê Bride of the Fox, já teria entendido o lance do garanhão se não estivesse ocupada demais com problemas de informática para analisar o cara antes do encontro. Já naquela noite, está distraída demais com o telefone para prestar atenção aos monólogos encantadoramente autodepreciativos e tentar manter uma postura de sinceridade ou espontaneidade.

— Se você estiver com problema e precisar sair antes da hora, eu vou entender — diz ele.

Sabe que é isso que precisa dizer, mas não quer que ela saia antes da hora — quer levá-la de volta para casa, colocar Portishead para tocar e subir um dedo por baixo da saia de camurça laranja, para provar sua teoria de que mulheres de ossos pequenos são mais apertadas e de que mulheres de lábios mais carnudos são mais molhadas.

O celular dela está no bolso há menos de um minuto quando toca de novo.

Ela decide contar o problema.

— Alguém está me enviando mensagens de texto esquisitas.

— Por que você não desliga?

— Boa ideia — diz ela, que pensa em desligar, mas não desliga. — Mas estou confusa.

— Por quê?

Ela o encara: ele só serve para pequenas confidências.

— O que você está vendo? — pergunta ela, mostrando o celular.

— Um cavalo.

— Sim, um cavalo.

Ela rola a tela para baixo.

— Mais cavalos — comenta ele. — Você é amazona?

Ela responde negativamente com a cabeça.

Ele os vê.

É alguma coisa.

Agora ela sabe que as fotos enviadas por mensagem não são mágicas, embora sinta a magia ao redor delas e o número do remetente esteja bloqueado. Tem certeza de que, se visse o número, seria internacional, com origem na Ucrânia. É madrugada lá. Ela vira o telefone outra vez para si e rola as fotos: as vinte e poucas imagens mostram cavalos diferentes, baios, alazões e pretos, árabes, quarto de milha e belgas.

Isso é um ataque.

É assim que os magos lutam. Eles começam atraindo o oponente.

Não vai funcionar comigo.

Cavalos?

Meu hacker deve ser um homem, um homem muito tolo.

— Posso experimentar seu saquê? — pergunta o homem.

Ela olha para o cara como se tivesse acabado de perceber que ele está ali.

Ela sente um formigamento no ouvido, indicando que há uma conversa que ela deseja ouvir. Vira uma orelha invisível em direção à cozinha.

...gostosa demais para aquele esquisitão, não sei como ele traz essas garotas aqui.

Bem, ele é gostoso, isso não é problema. Parece o Johnny Depp. Só não tem a mínima noção. Queria saber como ele atraiu esta.

Você acha que ele leva elas pra cama?

Algumas, sim. Caso contrário, ele não continuaria gastando dinheiro. Deve ter muita grana. Certa vez, ele me disse que era ator, seu cartão de crédito tem três primeiros nomes, como um ator, Michael Oliver Scott ou algo assim. Mas nem eles ganham tanto dinheiro assim, não em Chicago. A menos que seja com comerciais de TV.

Ela escuta por mais um momento, olhando nos olhos de Michael Anthony Scott.

Sorri para ele.

Ele ainda está esperando uma resposta a respeito do saquê, tentando entender qual é a dela.

Como vai descobrir em menos de um minuto, a dela é "terminar o saquê e deixar ele falando sozinho no restaurante".

A dela também é "roubar sua carteira com um feitiço".

A dela também é saber "o que ele carrega nos bolsos".

Quando ele pegar a carteira, vai encontrar um pedaço de papel com um desenho de criança feito com giz de cera, um desenho de um homem chorando e sendo preso na frente do FUGU SOOSHI. Quando mostrar ao gerente como prova de que alguém deve estar fazendo uma brincadeira com ele, o gerente não vai conseguir enxergar o desenho de criança. Vai ver uma nota de jornal a respeito da prisão do ator Michael Scott na pizzaria Ravenswood, com uma foto tirada na cadeia.

Sentada no assento de pele de zebra em seu Mini Cooper, Radha dita a natureza do desenho, da foto e do texto do artigo e depois onde quer que esse artigo seja colocado em seu celular, em um aplicativo que criou para isso. Em seguida, clica em pré-visualizar, ri e pressiona OK.

Ela está dirigindo de volta para casa.

Quando se vira para Damen, vê um homem desabrigado sentado em um pedaço de papelão, com dois cães de rua cochilando perto.

Ela desce o vidro.
Joga a carteira.
O objeto escorrega e para no meio das pernas dele.
— Faça o que quiser com isso — diz ela.
Ele sorri, faz um sinal de positivo.
Uma versão animada de "Blues Skies" toca em kazoo.

76

Mais tarde.
Radha se senta na frente do computador.
Está vestindo o pijama-macacão dos Muppets, um macacão com o Animal nos dois pés.
O colega com quem divide a casa, um dançarino fabulosamente gay, um Michael que escreve o nome com Y e não faz ideia de que ela é uma bruxa, só vai chegar do ensaio depois da meia-noite: a estreia de *Equus* vai acontecer em menos de uma semana. Ela fez os cenários, três dançarinos com máscaras de cavalo congelados em movimento sincrônico contra um fundo verde-pera. As máscaras têm um look distópico, algo que H.R. Giger poderia ter feito, e os dançarinos parecem desequilibrados, prestes a cair. Ela sente grande orgulho de sua arte.
Sente menos orgulho do problema persistente que seu computador parece ter. Mesmo com toda a análise, proteção e digitação de códigos, parece que não tem jeito. O vírus interferiu na capacidade que Radha tem de localizar o ucraniano, impedindo que ela o encurrale. Sem falar que ele encontra e infecta qualquer outro equipamento em que ela tente acessar a internet.
Sou o vetor.
Ele se esconde em mim de algum jeito.
Trata-se de cibermagia de alto nível.
Como ele faz isso?
Ela está elaborando um feitiço para criar um tipo de anticorpo ao sistema, e tem certeza de que vai dar certo, mas escrever o código específico do invasor demora. Além disso, ela tem que conseguir o sangue de um cão

de guarda. Ela já escolheu o cachorro, um pastor-alemão que latiu para ela atrás do portão branco de ferro fundido de uma casa a dois quarteirões de seu condomínio, a caminho da loja de doces. Ela poderia fazer o cachorro cochilar com um feitiço mas, como não é boa com mágica animal, gastaria elementos de que precisa para encontrar o vírus do computador.

Por isso, vai pegar o tranquilizante com um veterinário.

Ainda que odeie agulhas.

Talvez ela encante ou pague um flebotomista para ir junto.

E, quando a infecção for resolvida, ela poderá partir para a ofensiva. Radha encontrou um feitiço brasileiro muito ameaçador que liquidifica ossos e já testou em um filhote de carneiro. O coitadinho fez uma dancinha espasmódica e soltou fumaça antes de murchar como um balão. Ela está mais do que pronta para experimentar isso em seu amigo eslavo.

Ela nunca duelou com outro usuário e, ainda que esteja um pouco assustada, acima de tudo, está animada. Os americanos têm a melhor magia de informática, e ela está entre os melhores nos Estados Unidos. É uma brincadeira para bruxas jovens. Talvez apenas sealiongod@me.com seja melhor, mas ele está em San Francisco.

Beleza.

Um iogurte grego com amêndoas e mel.

Um cálice de gewürztraminer.

Uma hora de código.

Então, outra taça de gewürztraminer enquanto Mykel esfrega pomada nas canelas e reclama das escolhas do diretor.

Quando ela volta da cozinha, algo está errado.

O protetor de tela com três cavaleiros se transformou em um GIF: as figuras agora se movem em loop, fazendo um plié, girando sem parar.

Merda! Ele passou!

Ela tira a colher coberta de iogurte da boca.

Uma das cabeças de cavalo cutuca a tela, aponta como se fosse um plástico flexível. Acontece devagar e então depressa, como se alguém acelerasse um filme.

Primeiro uma cabeça de cavalo de verdade, depois o corpo de um homem de verdade, e o monstro brota do computador, derrubando a cadeira dela.

Os outros dois homens-cavalos simplesmente aparecem atrás, na entrada mágica.

Ela está prestes a usar o feitiço brasileiro quando se dá conta de que não tem certeza do que essas coisas são feitas, se elas têm ossos.

Agora, o primeiro monstro parte para cima de Radha, segura seus ombros e a encosta na parede.

A violência a deixa chocada — *ninguém* a domina.

Tão forte, tão rápido.

Estou em perigo.

Não.

Eu sou o perigo.

A primeira regra de um combate mágico é *Seja a coisa mais perigosa na luta.*

Acredite e será verdade.

Ela relaxa o máximo que consegue, sente o formigamento da mágica despertando; no entanto, antes que possa pronunciar um feitiço, a mão do homem-cavalo chega para cobrir sua boca. Ela morde, mas parece que ele não se importa. A mão começa a sufocá-la. A segunda criatura surge por baixo do braço do amigo e morde Radha.

Você arrancou meu mamilo, porra!

Ela não consegue nem gritar.

Lágrimas de dor se empoçam em seus olhos, borrando a imagem da coisa que está tirando sua vida. A terceira criatura pega o taco de beisebol que ela deixa ao lado da cama.

Eles têm ossos

Foi um erro não usar o feitiço

Morrendo

Ela se lembra de outro feitiço.

Imagina a parte esquerda do pijama se rasgando, o que de fato acontece, expondo seu pé descalço. Ela procura a tomada, mas está longe demais.

Então prolonga a perna magicamente, para o dobro do comprimento, encontra a tomada e encosta a sola do pé contra ela.

Imagina-se feita de cobre.

Torna-se um conduíte.

O segundo monstro começou a morder sua orelha.

Péssima hora.

Para tocá-la ali.

Radha lança tanta eletricidade nos homens-cavalos que eles relincham de dor e saltam em seus pés flexionados de homens, em convulsão.

Ela sente cheiro de pelo equino queimando.
Eles caem.
A traqueia está avariada, mas não destruída.
Ela puxa ar.
Tosse.
O terceiro está quase em cima dela, com o taco erguido, a um segundo e meio de atingir seu crânio.
O que não chega a acontecer.
Ela estica o braço, batendo a palma da mão no focinho do inimigo, segurando.
Ela escuta um *pop!* e vê uma névoa quase cômica de fumaça sair da cabeça dele, que fica dura, pouco antes da coisa cair e convulsionar.
Agora ela está irritada.
Ela olha para o computador, vê um olho no canto da tela.
Ele pisca duas vezes e desaparece, mas tarde demais.
Radha corre até o computador.
Vê seu reflexo na tela escura, fraca, tornando-se maior, o sangue de seu seio ferido manchando o pijama.
Ela salta.

Yuri preparou o feitiço há uma semana.
Fez a cabeça de cavalo em 3-D usando a arte da mulher como modelo. Ensinou as criaturas a matar e a não deixar que a mulher falasse.
Agora está na hora.
Ele precisa conseguir.
Seu feitiço fraco não vai se segurar por muito tempo, queima combustível demais e, se ela o encontrar, será seu fim. Ele sabe que não é tão forte quanto ela. Sabe que só é forte porque Baba o fez forte, colocando nele a magia que roubou de outros.
Só tem uma chance.
Ele observa os monstros ganharem vida, envia as criaturas pela tela, acreditando que finalmente pegou Chicagohoney85. Acredita que ela precisa de um computador, como ele, e que se tornará vulnerável sem isso, como ele. Criaturas assim teriam arrebentado Yuri sem muita dificuldade.
Mas ela não é fraca.
O feitiço com a tomada é extraordinário.
Genial!

— Xhm — solta ele, vendo tudo como uma partida de videogame que tomou um rumo indesejado. Em tese, percebe que estará em perigo a partir de agora, mas só sente isso na prática ao constatar que Chicagohoney85 o percebe, ao avistar o olho, ao sentir o olhar dela.

Ele desliga a câmera, mas é tarde demais.

Ela passa uma mão pela tela.

Ele volta a clicar no botão da câmera, afastando-se da mão que tenta pegá-lo.

Sente a eletricidade daquilo, sabe que vai torrar como um amendoim se for tocado.

Ele grita, afasta a cadeira.

Agora, ela está enfiando a cabeça.

Devagar, como se fosse através de uma membrana transparente.

Ela o vê!

Atrás dela, um dos homens-cavalos, aquele que a mordeu, está de joelhos, vomitando, quase morto.

Mas ainda vivo.

— Plugue! — diz Yuri em russo.

O homem-cavalo cambaleia para o lado.

A cabeça de Radha está atravessando.

Ele sente uma mágica forte, sabe que vai morrer se ela falar.

A boca da mulher já passou.

Atrás dela, o monstro do quarto desaparece engatinhando para baixo da mesa do computador, gemendo de dor.

Ela escuta os gemidos.

Escuta o monstro engatinhar, bater a cabeça na mesa.

Sabe o que está prestes a acontecer.

Não há tempo para mudar de direção.

Ela estragou tudo.

Em vez de dizer o feitiço brasileiro que teria feito o homenzinho morrer de um modo horroroso, ela diz "Não".

Só isso.

Como uma criança decepcionada.

O monstro puxa o plugue.

A maior parte da cabeça dela e uma mão, decepadas com precisão, caem no teclado de Yuri. A cabeça rola no chão.

Yuri observa a cabeça se esvaziar no linóleo, uma piscina se espalhando, os olhos assustados da bela garota olhando para o teto, vendo, e então não vendo.

O gato vem bisbilhotar e, em seguida, se afasta, com uma pata molhada deixando marcas no chão.

Yuri desmaia.

No quarto, o corpo de Radha, sem uma das mãos, cortado em uma linha diagonal que começa no queixo e continua pelas orelhas, cai sobre o homem de cabeça de cavalo, soltando a carga estocada. Os dois corpos pegam fogo. O que não deveria ter existido desaparece, assim como os outros dois monstros.

A polícia vai concluir que Radha Rostami morreu em um estranho acidente elétrico.

O colega que dividia o apartamento vai dizer ao seu namorado que foi uma combustão humana espontânea.

Ele nunca mais vai dormir naquele apartamento de novo.

77

Andrew encontra a seguinte mensagem em sua própria página de eventos no Facebook:

A MORTE RUIM DE ANDREW BLANKENSHIP

≔ Em breve!   ⊙ Até ???

♀ On-line

≡ As coisas não andam muito boas para o americano que tentou muito se safar. Essa morte será ainda mais divertida do que o PÉSSIMO CORTE DE CABELO de CHICAGOHONEY85!!! (VOCÊ deve conferir os convites para eventos, é deselegante não responder) (MAS eu e três amigos estávamos lá, dissemos oi por VC).
Resultado: nada mais de esconder dinheiro$$$ para impostos, chega de histórias do passado, mas, opa! A pornografia continua disponível. Até ???

Isso também será pela morte de um bom homem, Mikhail Yevgenievich D. E pela morte da velha babushka na Ucrânia.
(Você tem andado ocupado!!!)
Traga: apenas você mesmo! Livros e relíquias roubadas há muito tempo voltarão a seu lar de origem e se alguma estiver faltando ou estiver destruída — mais pessoas na sua lista de amigos vão receber convites como o seu! (Espero que sim)

Comparecerão: Andrew Blankenship
Talvez: Todo mundo da lista de amigos de Andrew.
Não comparecerão: Radha Rostami

Andrew não consegue contatar Radha nem pelo computador nem pelo telefone.

Não sabe se a mensagem foi uma mentira para desequilibrá-lo, mas suspeita que não.

A situação o deixa furioso, embora devesse estar triste.

Esse sentimento, por sua vez, o deixa de mau humor.

Ele chama Chancho.

Chancho faz Andrew treinar duro, dando joelhadas no protetor do quintal até sentir que não pode mais erguer a perna.

Faz com que se esforce, empurrando a cabeça do oponente para a frente, de modo que possa bater o joelho na cara e na cabeça.

Chancho vai embora.

O pingente que desvia balas chega por UPS.

O motorista buzina animado quando o caminhão marrom se afasta.

Manhã.

Andrew fica de pé diante do espelho de latão, observando o próprio reflexo. Quase todos os seus hematomas ganharam um tom amarelo-esverdeado ou já desapareceram. Ele se cura depressa com a mágica da juventude. Está prestes a melhorar a aparência, escurecer os fios grisalhos que permitiu que despontassem.

Então, se lembra de um som.

O som de vidro se quebrando.

O vidro que ele encantou para não ser quebrado.

É isso que está esgotando a mágica.
Minha vaidade.

Sabe que feitiços de juventude queimam muito combustível. Ele teve que dar uma maneira na idade aparente — ter cara de vinte e cinco queima quase tudo que você tem quando já passou dos cinquenta, mas trinta e cinco é aceitável.

Era aceitável.

Vai ficando muito mais difícil todos os dias.

Será que é bonito demais para lutar?

Ele deixa um pouco mais de fios grisalhos.

Sente a casa ficar mais forte ao redor.

Ela havia enfraquecido aos poucos, tão devagar que ele nem sequer tinha percebido.

Só as coisas que usava continuaram fortes, como o portão no corredor.

Será que as coisas no sótão ainda funcionariam?

O aspirador-cocatriz?

A casa da boneca?

Agora, ele vai precisar de magia ofensiva.

O máximo que poderia reunir.

Onde mais conseguiria economizar?

Os feitiços usados para se esconder.

Gastei meses nesses!

Será difícil criá-los de novo.

Mas você sabe bem, e muito bem, que só está se escondendo dela.

Ela já sabe onde fica a casa.

Tudo bem.

Tudo bem.

Tornarei a casa visível.

Vou interromper os feitiços de juventude.

O que você ver é o que terá.

Ele aceita ficar mais velho.

Sente o corpo inclinar-se um pouco.

Sente os músculos mais finos, sente uma dor no joelho.

Vê o fumante de cinquenta e dois anos com cabelos compridos olhando para ele, com o rosto marcado e magro.

Faz menção de levantar os cabelos secos e grisalhos com o pente de madeira, ao estilo samurai, mas percebe que isso também é vaidade. Os cabelos são uma antena para a magia: os índios sabiam disso.

Os magos sabem disso.

Ele deixa os cabelos soltos sobre os ombros.

Sou mais velho do que meu pai já foi.

Sou um homem velho.
Mas sou forte.
Mais forte do que nunca.
Não sou um maldito usuário.
Sou um guerreiro.

Ele passa as três horas seguintes desfazendo o feitiço que lançou para esconder a casa. Os vizinhos já conseguiam ver a residência, mas agora motoristas e crianças de bicicleta também podem. Qualquer um poderia encontrar a casa, sem precisar que antes alguém dissesse ou mostrasse.

No entanto, se alguém mal-intencionado tentasse algo em relação a Andrew Ranulf Blankenship, talvez se arrependesse disso.

Era a hora de fazer feitiços de guerra.

78

Ano de 1978.
Yellow Springs, Ohio.
Outubro.
O mago barrigudo e careca está de camisa aberta mesmo sendo outono em Glen Helen. Ele, o garoto e a garota conseguem ver a fumacinha branca de suas próprias respirações.
Andrew veste calça de moletom e uma bandana na cabeça.
— Tente de novo — pede o homem mais velho.
Andrew não quer tentar de novo.
Uma grande mancha de terra e sujeira que vai da nádega até a coxa evidencia o resultado da última tentativa.
Ele se prepara e corre contra seu mentor de novo.
Corre como seu irmão costumava correr para atacar os bonecos de treino.
Quando salta, salta na altura da cintura, mas à direita do homem baixo e atarracado. Salta aparentemente para o nada, com o rosto contraído para receber o impacto.

Ele atinge algo no meio do salto, e o mundo ao redor dos três balança de um jeito esquisito, que acontece quando a realidade e a ilusão colidem. O homem pisca onde estava, desaparecendo, pisca de novo caindo com Andrew, em um "Whooof!": aparentemente, ele sempre esteve no caminho de Andrew.

A mente arruma as coisas.

A dentadura do instrutor cai.

Ele a coloca de novo, sem problemas.

Também pega três moedas que caíram na grama.

Deixa a moeda que caiu com a coroa virada para cima.

Fica de pé.

— É isso! — diz ele, batendo as mãos duas vezes. — Muito bem!

Volta-se para a garota enquanto Andrew sacode a poeira.

— Como você acha que ele conseguiu?

— Pelo som? Eu diria que ele viu sua respiração, porque ela estava saindo de sua boca... ou melhor, onde sua boca parecia estar.

— Foi pelo som, Blankenship?

Ele balança a cabeça, tira um graveto dos cabelos.

— Observei as folhas. Você amassou folhas sob seus pés.

— Ótimo — diz ele. — Não posso contestar os fatos.

Eles esperam.

— O deslocamento funciona bem contra adversários humanos e sem mágica. Além disso, é um feitiço barato. Não custa muito. Você deveria conseguir fazer mais algumas outras coisas ao mesmo tempo, praticando.

Ele pronuncia as palavras de um jeito esquisito.

Ajusta a dentadura.

Eles esperam.

Gatos diante de uma lata de sardinhas.

— Agora — começa ele —, se você se unir a outro usuário, qual é a regra número um?

— Não faça isso — dizem os dois depressa, como aprenderam. Não porque sabem o que isso significa, mas porque querem acertar.

— Certo. Não façam isso. E por que não?

— Os dois podem morrer — eles dizem ao mesmo tempo.

— Exatamente — diz ele. — Lutar contra outro usuário com magia é como bater de frente em outro carro. Você pode se sair um pouco melhor, mas, a menos que tenha sorte, não vai ficar bem.

— E se vocês não tiverem igualdade de força? — pergunta Andrew.

— Nesse caso, seria um ato idiota ou desonesto, e reprovo as duas opções. Mas, às vezes, situações idiotas ou desonestas podem acontecer. E aqui está a terceira lição sobre magia negra. Vocês devem ir à mata dos pinheiros e encontrar o graveto mais parecido com espada que sintam que possam levitar. Vamos lutar esgrima.

79

Dog Neck Harbor, Nova York.
Hoje.

Andrew espeta o dedo indicador com um dardo antigo com cabo de madeira. Derrama doze gotas dentro de um buraco que abriu em uma maçã. Canta "The British Grenadiers" da melhor maneira que consegue, tentando dar mais ênfase à parte do *rufar dos tambores*. Qualquer canção de bar poderia ser cantada, mas ele gosta mais dessa.

Ele come a maçã.

Andrew vai a uma fazenda na 104 A, uma fazenda onde sabe que é possível comprar uma galinha viva. O atendente pergunta se é para comer e, quando ele diz "sim", se oferece para fazer o serviço.

— Prefiro fazer isso com minhas próprias mãos — diz ele.

Algo no modo como fala isso leva o garoto a olhá-lo com uma cara esquisita.

Andrew leva a galinha para casa, arranca o olho. Entoa um feitiço em russo, palavras que precisa rememorizar de um livro. Queima o olho em uma ripa de madeira retirada de uma árvore atingida por um raio, mistura as cinzas com água da chuva e óleo mágico, passa a pasta preta nas duas pálpebras. O feitiço menciona o olho de uma águia, coruja ou falcão. As águias-americanas fazem ninhos perto de ribanceiras, mas ele não é capaz de fazer isso com uma águia.

— Magos éticos são perdedores — diz ele a Salvador, puxando penas de galinha.

Ainda assim, acha que uma galinha serve.

Talvez não tenha o mesmo efeito, mas esse é um feitiço bem poderoso.
Cozinha a galinha.
Salvador se lembra do cheiro de ave assada, mexe o quadril sem parar.
Ele costumava comer os miúdos.

Noite.
Andrew pega o cajado de cima da lareira.
É de carvalho com uma ponta de metal e um castão de ferro arredondado na extremidade, um castão que se encaixa muito bem na mão, mas que obviamente tem o formato perfeito para bater. Há um círculo de prata embaixo do castão, com palavras gaélicas gravadas. *Pense enquanto seu crânio está bom. Beba enquanto sua boca está inteira. Cumprimente o homem enquanto ele estende a mão.*
Andrew esfrega o castão com óleo de noz.
Beija-o.
Leva de volta à fogueira, coloca a ponta de ferro no carvão, diz palavras em gaélico que fazem o metal brilhar mais forte. Aproxima-se do casco de tartaruga que encontrou — não foi fácil encontrar uma tartaruga morta com um casco inteiro perto da estrada — e bate a ponta do cabo, carregando a palavra de acesso.
Broquel.

Andrew vai à loja de usados.
Compra um conjunto de seis copos de vidro amarelo.
Não é o suficiente.
Dirige até o píer 1, ao norte de Syracuse.
Compra uma dezena de taças amarelas de vinho.
Faz um vaso todo de pedras de vidro temperado.
Coloca no sótão.
Pega um trompete de uma banheira do sótão.

O próximo é o seu preferido.
Invenção do seu mentor.
Ele esfrega com óleo mágico seis moedas, que coloca viradas para cima em um cepo de árvore, organizadas como uma pequena plateia.
Toca o trompete alto (e mau) para o sexteto de Abes Lincolns por quase uma hora.
Coloca as moedas em um saco de couro que pendura no pescoço.

80

Nadia xinga embaixo d'água, seguindo o *Jaybird Sally*. Tem acompanhado o barco desde que ele saiu da Marina de Oswego por volta do meio-dia, em parte porque gosta do nome do barco, em parte porque um dos dois homens que sempre pesca ali é bonito de um jeito meio bruto: a barba curta cobre o tipo de queixo que costuma ser visto em soldados e atletas.

Ela é muito boa em fazer as coisas sem ser notada: pessoas comuns a enxergam como madeira solta na água ou um peixe, a menos que ela queira chamar atenção. Para os mais atentos, ela sabe ficar na sombra de um barco, se disfarçar de madeira e lodo e antecipar olhares em sua direção, submergindo antes.

Quando o barco para, ela escuta pedaços da conversa entre os dois homens enquanto flutua, o ouvido tomado pelas ondas.

— Vou a Rochester amanhã... aquela casa de três quartos que tivemos em leilão. Eu estarei... mudar na semana seguinte, instalar um carpete novo... cobre... o que mais precisar.

— Fico puto que... coisas assim... encanamento e reformas... porque... arrumam as coisas. Sem classe.

— Nenhuma.

Os homens falam sobre negócios e passam a falar sobre mulheres, e Nadia começa a se arrepender por estar ouvindo. Era melhor quando ela não sabia como o cara bonito é comum, quando podia fingir que ele era um oficial da cavalaria com um sabre brilhante e um casaco de lã, não um corretor de imóveis com uma amante e uma esposa distraída. Ela está prestes a entrar em um estado de tédio total quando os homens ligam o motor. Outra corrida! Mas não é bem uma corrida. Ela segue o barco, sem perdê-lo de vista, nadando em zigue-zague atrás.

E então acontece.

Uma garrafa de vidro bate na água e fica ali.

Nadia não sabe se alguém no barco vê sua mão branca se esticar e recolher a garrafa, mas não se importa.

Está irritada.

Não passou a manhã toda tirando aqueles pedaços nojentos de mexilhão-zebra do barco destruído para deixar esses arruaceiros sem educação poluírem seu lago. Tão burgueses. Ela sabe que essa palavra é bolchevique e odeia bolcheviques, mas *burguês*, com sua sugestão de novo-rico e mal-educado, descreve bem os indivíduos no *Jaybird Sally*.

— Sam Adams — diz ela, olhando para o colono de roupa marrom no rótulo azul, e o ar escapa de sua boca em uma onda de pequenas bolhas. Ar parado. Ela usa os pulmões apenas para fumar e para falar.

Quando o *Jaybird Sally* para de novo, ela vê a isca de peixe aparecer na água e observa um belo salmão-rei nadar em direção ao anzol. Nadia afugenta o salmão, ainda segurando a garrafa de cerveja.

Nada de peixe para vocês, burgueses!

Mas isso não basta.

Ela usa o punho para bater no fundo do barco com força.

Não com força suficiente.

Ela toma um pouco de distância e nada contra o casco.

Gosta da sensação.

Ataca outras várias vezes, batendo no *Jaybird Sally* com os ombros e a cabeça: dois dos golpes abrem talhos abaixo da linha da água.

Principalmente a última cabeçada.

Esse buraco não é brincadeira.

Aproximadamente do tamanho de três faixas de bacon dispostas de ponta a ponta.

O lago começa a entrar para dentro do barco.

Nadia espia pelo buraco, percebe que o capitão assustado a vê.

Ele usa o nome do Senhor em vão.

O alarme toca quando o primeiro dispositivo de nível de água é acionado e o bombeamento começa.

Ela encosta os lábios no buraco e diz:

— Não jogue lixo no meu lago.

E se afasta, nadando.

Percebe que estava tão irritada que disse aquilo em russo, nada de volta e repete a frase, desta vez em inglês, acrescentando "burgueses imbecis" para aproveitar.

O homem bonito, ainda no convés, segurando a amurada enquanto espera outra colisão, vê o braço fino e pálido da *rusalka* lançar a garrafa. Observa a garrafa girar e aterrissar no meio do barco com um estrondo.

Ele vai se esquecer do que viu quando os outros chegarem e o capitão começar a gritar "sos" no canal 16 do rádio vhf.

Quando o convés do *Jaybird Sally* começar a se inclinar, ele vai colocar o colete salva-vidas, vai enviar uma mensagem à esposa e outra à amante, e enfiará o telefone celular em uma bolsa estanque.

— Não se preocupe — diz o capitão. — Não vamos afundar.

Ele aponta.

Eles já teriam ouvido o helicóptero, não fosse o alarme.

O helicóptero do Canadá está vindo com um P250 que puxa quatro mil litros de água por minuto do navio.

É claro que a *rusalka* poderia enfiar o dedo na abertura e deixá-la tão grande a ponto de nem uma bomba canadense dar jeito.

Ou poderia virar o barco: isso seria difícil, mas não impossível.

Não.

Não por uma garrafa.

Mas se uma única bituca de cigarro cair na água...

Quando o *Jaybird Sally* encontrar equilíbrio, ela vai permitir os reparos. O mergulhador puxará muitos cabelos compridos e ruivos da abertura no casco.

O barco não vai ser destruído hoje.

O corretor de imóveis vai pescar de novo.

Mas, sem lembrar exatamente o motivo, nunca mais vai jogar lixo para fora do barco.

Nadando dentro da água, perigosa como é, Nadia passa pelo navio da Guarda Costeira que está indo ajudar o *Sally*.

E faz uma saudação a ele.

Mais tarde.

Nadia pega uma gaivota descuidada que parou para boiar no lago com tanta delicadeza que suas companheiras nem sequer saem voando.

Ela se alimenta, com voracidade a princípio, sangue e penas para todos os lados, e então sem pressa, saboreando a carne dos ossos como uma garota em um piquenique. Quer nadar de novo ao barco, policiá-lo outra vez antes de voltar a ter pernas e passar a noite protegendo seu mago.

Está ansiosa para voltar a ter vagina.

Espera que ele esteja pronto para o sexo.

Afogar todos aqueles abortos encaroçados de Andrew Blankenship a excitou *de verdade*.

Tanto que ela decide não esperar.

Nada até a planta nuclear de Niagara Mohawk, transforma-se em mulher e flutua na correnteza morna.
Dá prazer a si mesma.
Grita tão alto que um segurança do lugar observa a água.
Mas só vê pedaços de madeira.

Quando se aproxima de seu navio naufragado, o sol está se pondo, lançando tons lavanda e rosa pelo céu todo, e a água reflete as cores em sua superfície ondulante.
Um contorno em preto se destaca.
Um barco.
Muito pequeno dessa vez.
Um barco a remo, do tipo que você pode alugar no Fair Haven Beach State Park.
Quem o levou ali deve ter remado por horas.
Ela vê uma forma.
Um homem.
Ela mergulha e nada por baixo da água, aproximando-se.
Ele está tocando violão, tocando bem.
Canta uma música em russo.
Improvisada, talvez, sem rimas, mas cantada com uma voz grave cheia de dor e doçura.

"*Eu amei uma garota com tatuagens de pardais no peito.*
Dois pardais no peito.
Ela tentou me amar também, mas foi difícil
Encontrar meu coração
Meu coração não podia voar como o dela
Eu não tinha pardais no peito
Não tinha pardais no peito."

O homem no barco é jovem.
O céu não está muito iluminado, mas ela enxerga bem no escuro. Ela vê que ele é barbudo, assim como os rapazes de sua cidade eram barbudos. De onde é aquele sotaque? De algum lugar rural. É um rapaz? Fios grisalhos se misturam aos cabelos pretos na cabeça mas, apesar disso, sim, é um rapaz. Vinte e poucos anos.

Ele a vê.

— O que está fazendo tão longe? — pergunta ele.

— Da costa? Posso fazer a mesma pergunta a você.

Ela não quer dar a impressão de que está flertando, mas sabe que é a impressão que fica.

— Não. Não da costa.

Um pelicano sobrevoa silenciosamente uma área de terra ali, nada além de uma forma escura. A ave posiciona um peixe na bolsa sob o bico, preparando-o para ser engolido.

— De casa — acrescenta ele.

— Casa.

Ele sorri para ela.

É um sorriso bonito.

— Você é russo? — pergunta ela.

— Tão russo que praticamente sou feito de neve.

— De qual vilarejo?

Ele ergue uma sobrancelha.

— Por que diz *vilarejo*? Você acha que sou um agricultor?

Um planeta, mas ela não sabe qual, brilha meio fraco na noite fresca.

— Cidade, então. Qual cidade?

— Da sua cidade.

— Você não é de São Petersburgo.

— Sou, sim! — declara ele, com um sotaque do interior. — E não sou agricultor.

— O que é, então? Além de mentiroso?

Ela sorri ao dizer isso.

— Um soldado.

É fácil imaginá-lo em um cavalo com um casaco de lã e um sabre, botas finas expondo as canelas magras. É fácil imaginá-lo beijando-a, indo para dentro da água com ela, para o barco. Ela sabe onde vai colocá-lo.

— Gosto de soldados — diz ela.

— Então se aproxime!

Ela se aproxima.

— Quero beijar você! — solta ele de repente, como um garoto que diz isso pela primeira vez.

Será que ele consegue me ver?

— Você tem um belo sorriso.

Ela ri.

— Você é de um vilarejo de homens cegos! Meu sorriso é o que tenho de pior.

— E você cheira à cidade de Samarcanda.

— Se houvesse um mercado de peixe em Samarcanda, talvez. Está sendo cruel? Isso é um jogo?

Ele só sorri para ela.

Você nem imagina qual é meu jogo.

Ela acha que está na hora.

Caminha para a lateral do barco, faz um gesto com o dedo para que ele se aproxime.

Ele se inclina.

Faz cócegas no nariz dela com a barba.

Ela ri.

Estrelas atrás dele agora.

O planeta levemente vermelho... deve ser Marte.

A lua já não está mais minguante.

Ele encosta seus lábios nos de Nadia.

Frios.

Mais frios do que os dela.

Ela se afasta, olhando para ele.

— Quem é você? — pergunta ela. — Você me parece familiar.

— Sou seu amante — responde ele.

— Você não é Nikolai. Não é o rapaz que agarrei.

— Não. Sou seu novo namorado.

— Você está morto? — indaga ela.

— Estou muito vivo.

— Seu nome?

— *Moroz.*

Geada?

Ele mostra para ela o dedo indicador.

Olha para ela com intensidade e seriedade ao enfiar o dedo na água.

Como se consumasse o casamento entre os dois.

Tirando o hímen dela.

Arde, mas não ali embaixo.

A pele arde de frio onde a água congelou e formou um bloco ao redor dela.

Ela é o centro de um pequeno iceberg.
Não consegue se mexer.
Começa a falar, mas ele leva o dedo aos próprios lábios:
— Shhhh — pede.
No mesmo instante, cai sobre a cabeça deles uma neve fraca, fina como as camadas de gelo, sem vir de nenhuma nuvem.
Marte ainda brilha sobre ele.
O pelicano voa ali perto. Ela escuta, mas não consegue virar a cabeça.
A ave aterrissa no barco com o homem, os pés fazendo barulho na madeira molhada.
Ainda está com o peixe, que cospe da boca.
Não é um peixe.
A coisa aterrissa com um som metálico.
É uma faca.
As estrelas parecem borrar de uma vez e então, quando se tornam claras de novo, o pelicano vira uma mulher.
Nua.
Segurando a faca.
Bonita, com uma pintinha.
Como os nobres de antigamente.
Ela abaixa a faca ao nível dos olhos da *rusalka* de modo que a ponta pareça desaparecer. Nadia percebe que não se trata de uma faca normal.
— Não, não é uma faca normal — comenta a mulher.
Ela leu meus pensamentos!
— E pensamentos tão simples. Que vergonha que uma coisinha tão bruta como você tenha matado meu Misha. Você se lembra de ter feito isso? O homem na casinha?
É difícil assentir, mas a *rusalka* assente.
— Ótimo — diz ela. — Vou quitar metade da dívida esta noite.
Ela passa a lâmina da faca no rosto e no nariz de Nadia, cortando. O sangue da sereia é espesso, quase não escorre, como se não se lembrasse de como fazer isso.
Dói.
Quando foi a última vez em que senti dor?
Ela se assusta.
Como ela me cortou?
— Já disse a você, *rusalka*. Não é uma faca comum. É a Faca da Santa Olga de Kiev. Ela se alimenta de magia. Transforma criaturas fantásticas

em coisas comuns. Transformou um basilisco em uma serpente, uma cocatriz em uma galinha e um vampiro em um efeminado que não gosta do sol. Você — diz ela, lambendo a faca — já está se tornando uma mulher de novo. Então poderá ter o prazer de morrer uma segunda vez.

Nadia se lembra de sua primeira morte. As pedras caindo sobre ela, a brisa em seu rosto tomado por lágrimas, a pressão e um cheiro de pão preto quando bateu. A sensação de tudo se esvaziando e se destruindo como um cesto de ovos derrubados. Parece mais perto do que parecia, mais vívido.

— Não, você não terá a sorte de quebrar o pescoço. E não vai congelar. Congelar é fácil. Você vai morrer exatamente como meu Misha morreu. Afogada. Existem coisas bem piores do que se afogar, mas essa me parece uma forma justa. Você vai para um inferno mais molhado do que frio.

Dizendo isso, ela balança a mão sobre a água, como se estivesse tampando uma panela de sopa:

— Esquente o coração e os ossos dela — entoa em russo medieval.

O gelo ao redor de Nadia cede, esmorece, se dissolve.

Seus pulmões se enchem de ar fresco, pois precisam de ar de novo.

Ela afunda na água, bufando.

Não nada com vigor agora.

Consegue romper a superfície.

Escuta partes do que a mulher diz.

Ela não está mais falando com Nadia.

— ...não vai estragar sua vingança... até o barco... onde ela colocou você. Faça isso... seja livre.

Nadia afunda.

Quando sobe, vê o voo do pelicano.

Ouve o bater das asas.

Algo se esfrega em seu pé.

Uma lampreia?

Elas eram inofensivas antes, mas agora Nadia voltou a ter sangue correndo em suas veias.

Por um momento.

Estou a quilômetros da costa.

Um barco cheio de homens mortos está abaixo de mim.

Coloquei-os ali em um sonho que tive.

Um sonho longo, muito longo.

O rapaz do barco está remando, murmurando uma canção.
— Espere! — diz ela. — Por favor.
Os remos param, o murmurar é interrompido.
Ela bate os pés em desespero.
Seus olhos humanos não conseguem enxergar na escuridão, nem mesmo com a luz da lua.
Ela está sozinha.
Ela já está começando a se cansar.
Nesse momento, uma mão forte agarra seu pé.

81

A garota puxou bastante ar antes de Misha arrastá-la para baixo.

Só que agora ele não está conseguindo segurá-la — é difícil para Misha se tornar real o suficiente para tocar as coisas, mas ele tem tentado melhorar nesse quesito. Ansiava pelo momento em que poderia fazer isso, pegar a coisa não natural e arrebentá-la. Mesmo praticando com pedras e algas, sabia que nunca seria assim. A *rusalka* era tão poderosa que poderia dissolver ele e os outros três fantasmas nas ruínas só lançando um olhar torto para eles, espalhando-os como cardumes de peixes pequenos.

Mas ela já não é mais uma *rusalka*.
Ele não sente mais raiva.
Foi muito bom para ele dar um susto no mago.
Parecia justo, ele só tinha algumas queixas.
Mas deixar aquela moça se afogar?
Misha olha nos olhos assustados dela, não encontra semelhanças, apenas os olhos de uma jovem com medo de morrer.
Medo dele.
Ela é muito jovem.
Vinte e um?
Ela deveria estar numa faculdade, beijando garotos, não morrendo por causa de um barco cheio de cadáveres.

Ele devia parecer horrível para ela, assim como os outros pareciam para ele. O canadense que está ali desde os anos 1960 não tem mais mandíbula, precisa gesticular freneticamente para ser entendido. O roqueiro de 1989 tem cabelos compridos atrás e curtos na frente, algo que as pessoas de hoje em dia chamam de *mullet*. Os fios se mantiveram presos ao crânio, ainda platinado com raízes escuras. Seu casado de moletom da SUNY Oswego se esvoaça como uma bandeira rasgada quando ele nada, com pequenos peixes atrás dele.

Está escuro, mas Misha brilha o bastante para a garota ver seus olhos.

A mão dele se afrouxa e ela se debate para chegar à superfície. Tosse, tenta gritar *socorro*, mas só cospe água do lago.

Ela vai morrer.

E depois?

Tornar-se de novo o que era?

Ele acha que não.

Tornar-se um fantasma, como eles?

Ele estremece.

Nada é tão perverso e solitário quanto um fantasma condenado a assombrar um lago.

Ela afunda de novo.

Ele quase escuta sua Baba o repreendendo por aquela demonstração de fraqueza.

Deixe-a morrer! A cadela matou você! Essa morte é piedosa demais para ela.

Ele se lembra de Baba na janela perto do Volga.

A megera que sua mãe fingia não ver.

A mulher da floresta para quem ele não podia olhar.

Ela só falava com ele por meio de uma cortina, apenas um contorno.

Seu pai está vindo. Você acha que ele gostaria de ver que tem um filho tão fraco? Você sabe o que os pais fazem com filhos fracos? Eu ia enforcar em uma árvore aquele garoto que vive perturbando você, mas você não aprenderia nada com isso. Seu pai diria para você bater nele, mas isso não basta. Morda o nariz dele, Misha. Não chegue a arrancar, porque será condenado se fizer isso. Mas morda com força suficiente para deixar uma marca. Se você só bater nele, logo ele vai reunir coragem e bater em você de novo. Ou voltar com amigos. Mas se morder o nariz, você vai surpreendê-lo e machucá-lo, e ele ficará com medo porque nunca saberá o que você será capaz de fazer. Ele vai olhar para baixo quando você passar.

Mas ele não é como ela.

Ele não mordeu o garoto, apenas bateu nele.

E foi o suficiente.

Eles brigaram: o garoto, que era maior, bateu muito em Misha, mas ficou com um olho roxo por fazer isso.

Ele passou a ser uma presa mais fácil.

Misha sabia que o garoto batia em crianças menores porque o padrasto queimava cigarros nele.

Isso foi há muito tempo.

Agora.

A garota está morrendo.

Os cabelos ruivos flutuam como uma nuvem, não mais presos em um rabo feio. Os músculos e as cicatrizes desapareceram.

A cauda se foi, dando lugar a pernas.

Deixe-a morrer!

Mas essa não é a voz dele, e sim da mulher atrás da cortina.

A mulher das trevas, nas árvores.

Ele desenvolve um ombro.

Bate no traseiro e na coxa da garota, fazendo com que ela suba.

A cabeça emerge na superfície e ela puxa o ar, estremecendo.

Ele grita com ela em inglês:

— Nade!

Ela não nada.

Começa a afundar de novo.

Ele a empurra para cima.

Grita com ela em russo:

— Nade, porra!

Então, ela nada.

O casal no navio mal acredita nos próprios olhos.

Um astrônomo aposentado e sua esposa, que deixam Fair Haven nas noites calmas e ancoram para observar as estrelas.

Uma garota nua está subindo pela amurada, esparramando-se no convés, vomitando água do lago.

A esposa derruba o cálice de riesling, os sapatos fazendo barulho.

O astrônomo se senta, espantado.

— Não fique aí parado, Harry, pegue um cobertor para ela! E chame a Guarda Costeira! Pode ser que um barco tenha afundado.

A garota está quase inconsciente.

Mãos quentes a seguram.
Um cobertor.
O som de pessoas falando inglês chega até ela.
— Como se chama? Tem mais alguém com você? Consegue me ouvir?
Ela até entende, mas está cansada demais para falar inglês.
— Nadia. Meu nome é Nadia. Sou de São Petersburgo. Meu pai é professor. Meu irmão está na cavalaria. Conhecemos o czar.
Ela diz isso em russo.
O casal mais velho não entende, mas são gentis.
Eles vão ajudá-la a voltar para casa.
Ela vira o rosto para o outro lado, olha para a cabeça branca no lago preto.
O velho morto.
Ela o conheceu antes de ele morrer, mas não lembra como.
No chuveiro?
Com um cachorro?
Eu estava morta com ele?
Ele uiva para ela de modo brincalhão.
Aaaauuuuuu.
Ele sorri pela primeira vez em meses.
Ela retribui o sorriso.
Fraco, mas sincero.
Ela mexe os dedos no eco de uma onda.
Ele afunda.

A luz está embaixo d'água.
    Uma segunda lua.
    A coisa mais bonita que ele já viu.
    Ele desce nadando.
    Um cardume de peixes prateados que ele não reconhece abre caminho.
    Ele nada na lua.
    A lua quente e amarela.
    Luz feita com açafrão.
    Misha ri muito.
    Uma mulher que ele não vê há anos também ri.
    Mikhail Yevgenievich Dragomirov se dissolve.
    Enfim, de verdade e com alegria, ele se dissolve.

Seu pai está vindo.

82

O homem que costumava ser o professor Coyle tenta não tremer enquanto monta o pequeno tanque de plástico. O kit veio pelo correio dois dias antes: um tanque T-34 da Tamiya, de escala 1/35. Deve pintá-lo de branco-gelo e camuflá-lo com lodo e galhos de árvore. A camuflagem em si já era difícil, mas o modelo era ainda pior. Os olhos dele não estão tão bons e ele treme. Quando treme, comete erros, e ela não tolera erros.

Ele já se cortou duas vezes com seu estilete. Procurou durante dez minutos, engatinhando, por uma roda em miniatura que tinha se desprendido da lagarta do tanque.

Foram erros pequenos.

Ele coloca o capuz quando ela chega para verificar o andamento do trabalho. Ela é apenas um contorno para ele.

Quando ele comete erros pequenos, o Homem Frio queima sua pele com gelo.

Ontem, ele cometeu um erro enorme.

Pegou um saco da gaveta do armário de cozinha, espremeu uma generosa gota de cola modeladora e enfiou a cara dentro. Respirou aquilo fundo e abriu uma janela perigosa e agradável em sua cabeça. Estava sem vinho desde que fora adotado. Só lhe davam carne e pão mofado para comer, e ele sabia, por algum motivo, que era errado comer a carne.

Ele precisava de algo.

O barato era bom.

Fazia com que ele se tornasse corajoso.

E tolo.

Ele tentou correr.

Por causa de Jim Wilson.

Não era tão ruim ir buscar a caixa grande no aeroporto.

O Homem Frio tinha ficado esperando no fundo da van alugada.

Ele sabia que, se tentasse correr, o Homem Frio o pegaria e depois encontraria sua esposa.

Ele havia ido ao balcão da American Eagle no Aeroporto Internacional Syracuse Hancock e se identificado como o homem que estava ali para apanhar Jim Wilson.

Jim Wilson era o eufemismo da companhia aérea para restos humanos.

Ele assinou os documentos, dirigiu a van até onde a caixa poderia ser carregada.

Pegou a caixa de papelão e a bandeja de perto do caixão sujo de pinheiro. Voltou, entregou a ela.

Ela havia feito coisas com o caixão naquela noite, depois que voltou do lago.

Ela ressuscitou o morto.

Ele vira o morto fazendo exercícios, um homem morto e baixo, quase só ossos, ossos marrons com apenas um pouco de pele. Uniforme militar saindo do corpo, grande demais agora, medalhas no peito.

Embalsamado tantos anos antes. Agora, fazia exercícios leves, aprendia a andar de novo, segurava o ombro dela. Mais feitiços. Mais exercícios. A carne dele estava voltando, começando a voltar, pelo menos. Ela jogou para ele uma bola de criança no quintal, para melhorar os reflexos.

Era demais.

Eles mandaram o professor construir o modelo, e ele havia construído modelos como uma criança.

Mas quando o homem surdo com o casaco de medalhas se aproximou para observá-lo, instruí-lo, foi demais.

A mutuca fora ruim.

Ela o fizera ficar sem camisa na mata até uma mutuca chegar. Então, apanhou o inseto e falou com ele com as mãos em conchas, antes de colocá-la no ouvido do professor.

A mutuca voou para dentro do cérebro.

Agora, quando alguém falava russo com ele, a mutuca traduzia para o inglês. Falava diretamente com o cérebro dele.

O morto pensava em russo, um russo horroroso.

A mutuca zumbia os pensamentos do morto na cabeça dele.

— Pintamos o marrom com o verde, como galhos. Aqui e ali.

O dedo morto apontava partes da torre do tanque.

Era demais.

Então, quando o morto saiu para aprender a se equilibrar em uma viga, o Homem-que-Não-Olha-para-Ela cheirou cola.
Ele não se sentia tão bem assim desde que esfriara.
Ele viu com clareza.
Que podia correr e chegar até outras pessoas.
Levar a esposa para algum lugar quente.
Mas foi o morto quem o capturou.
Na estrada, perto da plantação de milho.
Um carro passou, o motorista olhando para a cena, como o morto se jogava contra os joelhos dele, derrubando-o no chão e subindo em seu peito, espalhando um fedor horroroso.
O motorista apenas se afastou, não parou.
Talvez não tenha visto.
O morto segurou a mandíbula dele com a mão ossuda e marrom,
Estou fazendo amizade com a morte!
sorriu seu sorriso horrível para ele.
Mexeu o dedo como se fosse uma criança levada.
E o arrastou de volta à força.
Ele foi apenas mais um exercício.
Ela sabia que ele correria, queria que o morto o pegasse.

Agora, o tanque está quase finalizado, e está bom.
Ele vai ajudá-la a fazer os homens de botão em seguida.
Ela está formando um pequeno exército para punir o Ladrão.
Para mostrar às bruxas americanas como uma bruxa russa é.
Então, ela vai voltar para casa.
Talvez.

Ela gosta dali.

83

Anneke abre a porta de casa e entra. Tudo parece menor agora, desde seu aprendizado na pedreira. Ela está cheia de combustível mágico, sente que pode ver dentro de rochas, de canecas, até de metal. A volta para casa foi difícil, pois tudo era motivo de distração e surpresa: casas de tijolo à vista, montes rochosos, até mesmo uma grelha enferrujada ao lado de um cartaz de GRÁTIS no acostamento. Sem querer, ela fez a grelha saltar, derrubando o cartaz. Quase bateu o Subaru no poste de metal de uma placa de LIMPA-NEVE. Então, por puro reflexo, lançou um segundo feitiço — mudou a posição do poste com uma mágica tão violenta que um PANG! metálico foi ouvido ao mesmo tempo em que um *Pop!* soou, e a placa voltou ao lugar mais depressa do que a velocidade do som, e o triângulo amarelo estremeceu do lado errado de uma cerca de um agricultor.

Isso vai ser difícil de explicar.

Agora, o que andava distraindo Anneke pra valer era seu porão.

As coisas no porão, mais exatamente.

Coisas que nunca tinha mencionado a Andrew.

Ela entra em casa com essas coisas em mente, uma em especial, e pensa nisso ao mexer na cadeira em que fuma, acendendo três Winstons na sequência, o azul do lago quase invisível a seus olhos que não se focam, o incenso Nag Champa envolvendo a pequena estátua de Andrew em fumaça. Ela apaga o último cigarro no cinzeiro de ossos de camelo, pega uma chavinha embaixo da estátua, levanta-se e abre o cadeado da porta do porão.

Quase desce, mas não desce.

Deixa o cadeado aberto perto da porta.

Guarda a chave.

Abre sua garrafa de Maker's Mark.

Caminha, remexendo-se.

Lembra-se das palavras de Michael.

Todos os novos usuários têm um acesso algum tempo depois de liberarem seu poder. Pode demorar um dia, pode demorar três meses, mas, em algum momento, ocorre. Pode durar uma hora, pode durar uma semana. É como chacoalhar e abrir uma garrafa de refrigerante: todo o potencial guardado se espalha. Isso é bem perigoso e, quando ocorrer, você deve segurar a barra. Deixar passar. Assista à tv. Leia um livro. Faça Sudoku. Mantenha a mente ocupada. Você ainda não sabe controlar a magia e pode acabar fazendo algo ruim. Será tentador: você vai demorar anos para ficar forte assim de novo. Tentar lançar feitiços durante um acesso seria como tentar dirigir um carro aos cinco anos de idade. Eu me sinto tentado a manter você aqui, mas não sei quando vai acontecer. Além disso, você não deve ficar perto de estátuas grandes como essas que tenho aqui: se animar uma enquanto eu não estiver olhando, ela pode matar você ou decidir ir à cidade brincar de Godzilla. E pode ser que você não consiga controlá-la.

Está acontecendo agora.

Ela está tendo um acesso.

Tirar a placa do limpa-neve do caminho foi só o começo.

Ela nem se cansou quando terminou.

Ela adora o barato duplo, do uísque e da magia.

Você deve segurar a barra.

Seu mentor disse isso e as instruções de um mentor eram lei.

Pelo menos de acordo com o próprio mentor.

Ele também disse mais uma coisa, mas ela não quer lembrar o que foi.

Ela tenta, mas não consegue afastar esse pensamento com um gole da bebida forte e amarga.

E, pelo amor de Deus, não beba.

84

É fácil passar batido pela entrada da caverna, localizada entre duas rochas grandes, quase escondida por galhos de bordo. Três da tarde. Andrew quer ter certeza de que terá luz do dia suficiente para aquilo: visitar Ichabod está entre as coisas mais assustadoras que ele faz.

Lança um pequeno feitiço de luz, faz surgir uma esfera âmbar do tamanho de uma bola de gude duas vezes mais clara que uma vela e manda para a caverna à sua frente. Como Ichabod poderia apagá-la se quisesse, Andrew traz um reforço — uma lanterna resistente que também pode ser usada como instrumento cortante.

Não que bater em Ichabod fosse eficaz, inteligente ou útil.

Apesar dos recentes problemas, Andrew tem certeza de que ele ainda deve ser obediente desde que a ordem seja simples e faça sentido.

— Ichabod.

Sua voz ecoa baixinho.

A caverna não é enorme, é do tamanho de um refeitório de uma escola pequena, mas sua escuridão a torna vasta. Andrew olha para cima, vê um monte de morcegos pendurados.

— Aqui, senhor. — Uma voz parecida com a de um adolescente entediado é ouvida.

Um movimento à sua direita.

Deve ser uns dos manequins da coisa.

Ele gosta do peso de um corpo, move-se com manequins.

— Você queria me ver? — pergunta Andrew.

Acordar e ver

VENHA PARA A CAVERNA, POR FAVOR!

escrito com rolhas de vinho no teto foi desconcertante.

As rolhas tinham caído assim que a mensagem foi lida.

Mas não sobre Andrew: isso teria sido grosseiro.

Ele não faz ideia de onde a coisa pegou as rolhas.

Não quero ir para a caverna.

Ele pensou em invocar Ichabod em casa, mas teme dar ordens agora, por não saber o controle que ainda tem sobre ele.

Vou à caverna.

— Queria ver você, com certeza — diz ele.

Um manequim feminino entra no círculo de luz, com uma echarpe de penas em volta do pescoço, os olhos pintados olhando sem ver.

— Esta pode ser a última vez antes de você morrer. Na verdade, tenho certeza de que será, a menos que aceite minha oferta. Venha e sente-se.

— Prefiro ficar de pé.

— Se insiste. Mas eu me sinto um péssimo anfitrião. Não quer entrar?

— Já está bom aqui, obrigado. Gosto de poder ver a entrada.

A entidade agora usa um sotaque do Sul dos Estados Unidos.

— Não consegui deixá-lo à vontade. Já não vejo mais razão para viver.

O manequim leva o punho à cabeça.

E cai amontoado.

Ele escuta passos.

Outro manequim aparece, dessa vez um masculino, usando apenas roupa íntima, bem à vontade naquela roupa íntima estranhamente sem o sexo do manequim. Carrega uma cadeira, que coloca no chão, antes de fazer um gesto, apontando.

Andrew suspira.

Ele se senta.

Agora, o manequim fica atrás do mago, pega e leva a cadeira ocupada para frente, sem qualquer esforço.

A bolinha de gude que lança luz acompanha Andrew.

Uma mesa aparece, uma mesa dobrável e simples.

Manequins e bonecos, femininos e masculinos, de diversos tipos e cores, se sentam ao redor da mesa, como se estivessem em uma reunião. Copos e garrafas de plástico estão por toda parte da mesa, completamente vazios com exceção de uma abelha, uma vespa ou um inseto morto dentro.

O manequim que carrega Andrew pousa a cadeira no chão.

Cai amontoado.

Agora, o boneco bem à frente de Andrew, um boneco de testes cor de carne, sem traços definidos e com rodinhas pretas e amarelas dos dois lados da cabeça, ganha vida e se inclina para a frente, apoiando os cotovelos na mesa, segurando o queixo nas mãos.

A voz de um britânico velho é ouvida.

— Quer beber?

— Ichabod, por favor, diga logo o que quer.

— Quero ser um bom anfitrião, senhor. Por favor, me permita essa honra.

Agora, o boneco deita o rosto na mesa, como se tivesse adormecido enquanto estudava.

Outro manequim, esse masculino e meio parecido com um asiático, acorda na cadeira, pega uma garrafa e um cálice da escuridão a seus pés e coloca na mesa. O cálice e a garrafa deslizam para a frente. A lanterna de Andrew sai do bolso, acende-se, ilumina o rótulo da garrafa.

— Croata — diz a voz britânica —, muito robusto, sedimento no fundo como as pedras na víscera de um anjo.

— Tenho certeza de que é delicioso.

O lacre prateado sai como se tivesse sido cortado por uma faca invisível e então, emitindo um som, a rolha salta do gargalo da garrafa.
— Ichabod, não posso mesmo.
A garrafa fica suspensa, derramando líquido no cálice de vinho diante de Andrew. O cálice se move na mesa como se um sommelier experiente estivesse mexendo.
O cálice se aproxima.
Tem cheiro de sexo, tinta e luz da lua. Tem cheiro do pós vida de uvas sagradas, as melhores uvas.
— Não.
Com essa recusa, os insetos nas diversas garrafas se debatem e zunem, uma mariposa preta presa em resíduo de xarope sem conseguir fazer nada além de tremer pateticamente.
Eles param.
— Nova etiqueta mundial — diz a voz britânica.
A garrafa e a o copo escorregam para um lado.
O manequim asiático cai.
O boneco de testes se senta, aponta para Andrew.
— Você.
— Eu?
— Sim.
— Eu o quê?
— Precisa.
— Preciso que você pare de enrolar.
— É uma ordem, pai?
— Não. Mas é. Diga o que pretendia ao me trazer à sua caverna.
— De mim. Você precisa de mim.
— Continue.
— Para ajudar você.
Andrew ergue as sobrancelhas ao ouvir aquilo.
— Com *ela* — diz a entidade.
Andrew estreita os olhos.
— Ela. Sim. Mas quem é ela?
— Uma velha amiga.
— Que idade?
Agora, o boneco de testes se encolhe.
Outro boneco, um manequim feminino com um sutiã meia-taça enorme e óculos presos na cabeça com um prego entre os olhos,

levanta-se e se aproxima de um projetor antigo. E liga. O ventilador do lado de dentro do projetor entra em funcionamento. Uma imagem ilumina a parede da caverna.

Uma mulher bonita com uma pintinha.
Atravessando o aeroporto.
Marina.
O coração de Andrew bate apressado.
— Filha dela?
A máquina para de funcionar.
— Ela chegou com o nome de Marina Yaganishna. Acho que esse nome o assusta.
— Ela me ajudou contra a mãe dela.
— Desta vez, ela não está aqui para ajudar.
— A *rusalka* matou seu meio-irmão. Foi por isso?
— Você não tem tempo para se preocupar com o motivo.
Andrew inspira e expira, acalmando-se.
— Diga o que quer.
— O que você desejaria no meu lugar?
Andrew olha ao redor.
— Isolamento.
Todos os manequins se levantam de uma vez.
Isso assusta o mago.
Eles apontam para ele.
Um coro de vozes, homens, mulheres e crianças:
— Pare de enrolar.
E então todos caem, como se estivessem mortos.
A luz de Andrew se apaga.
Está escuro.
O projetor é ligado de novo — a imagem na parede da caverna muda de Marina Yaganishna para um demônio. Andrew o reconhece como o tolo demônio preto e branco nos trilhos do trem do filme de 1957, *A Noite do Demônio*. Não parece tão tolo em uma caverna escura cheia de manequins animados.
— Pare de tentar me assustar. Você não é um demônio.
A imagem paralisada na parede se move, torna-se a cena do filme. A criatura solta fumaça e caminha para a frente quando o som de um trem é ouvido.

— Tentar? Você acha que eu não sei que seu coração está batendo bem depressa? Diga o que pediria no meu lugar.

Andrew abre a boca.

E volta a fechá-la.

Vê a própria imagem *dentro* do filme.

Ele é o homem gordinho com a barba, que corre nos trilhos do trem, tentando chegar ao pedaço de papel soprado à frente pelo vento, antes que se queime e passe a ser nada.

Ele olha para as mãos, para o terno.

Preto e branco.

O demônio está vindo.

Um trem vem da outra direção.

O papel voa.

Ele sai para pegá-lo, a luz do trem em seu rosto.

No filme, o homem estava atrasado demais, mas Andrew-como-o--homem pega o papel.

Abre.

Uma palavra datilografada.

Ele volta a se ver sentado na cadeira, apenas assistindo ao filme.

Ele diz a palavra *liberdade* conforme o trem atropela o gordo e seu apito é ouvido.

O projetor se desliga.

Totalmente escuro.

Exceto pela lanterna na mesa, o restrito facho de luz iluminando apenas a mesa e o boneco de testes.

A voz de Ichabod — agora a voz do pai de Andrew — fala, de nenhum lugar em especial:

— Se você prometer me libertar quando acabar, vou ajudá-lo contra *ela*.

— Eu adoraria libertar você. Mas não quero ver você por aí fora de controle. Afinal, você desejaria isso? Se fosse eu?

Ele pensa.

— Sim — responde. Agora usa a voz de Andrew. — Mas eu conheço minhas motivações. São muito melhores do que você pode imaginar. Você não tem ideia do quanto protejo você.

— Contra o quê?

— Contra si mesmo.

A água pinga.

— Explique.
A água pinga.
— Ichabod.
— Sim, sim. Estou apenas pensando nas consequências das minhas palavras. Algo que deveríamos fazer com mais frequência, não concorda?
Pinga.
Agora, o boneco de testes acorda, se inclina para a frente, iluminado pela lanterna, como se passando por um interrogatório de baixa tecnologia.
— Você sabe por que me conjurou?
Pinga.
— Sim, foi um exercício acadêmico. Eu fiz isso... só para ver se poderia.
Pinga.
Pinga.
— Sabe o que eu teria feito se isso fosse verdade? Se você tivesse me chamado para algo tão mesquinho e egoísta quanto um teste de poder? Não, Andrew. Os encarnados chamam os da minha espécie por pouquíssimos motivos. Todos esses motivos não passam de subcategorias de duas motivações. Amor extremo ou ódio extremo. Qual você acha que era o seu caso?
Algo muito desagradável acontece no subconsciente de Andrew.
Sarah.
A entidade continua.
— O que aconteceu depois de você bater o carro?
Ele se concentra.
Nada vem.
— Eu estava bebendo muito naquela época.
— Imagino.
— Tenho buracos na minha memória. Como um queijo suíço.
— Você se machucou. Bastante. Lembra-se de ter usado o gesso? De ter invocado alguma bruxa-enfermeira mágica para tricotar seus ossos? Fisioterapia convencional teria sido inesquecível, pelo que entendo dessas coisas. Onde Sarah estava naquela noite?
— Ela estava...
Nada vem.
— Estava... em casa?
— Isso foi uma pergunta, não uma resposta.
Pinga.

O algo desagradável na mente de Andrew chuta como um bebê, se remexe. Ele respira forte e o coração acelera.

Quero você na biblioteca esta noite.
Quero que me coma naquela cadeira de couro.

— Acho que sei onde você quer chegar com isso, e ela morreu depois. Morreu de aneurisma.

— Sim — diz Ichabod. — Mas não era assim que ela tinha que morrer.

— Cale a boca — diz Andrew.

— Não podemos deter a morte. Apenas atrasá-la.

— Cale essa BOCA.

— É uma ordem, senhor?

— Sim — diz Andrew.

Quase não dá para ouvir.

— Protocolo, senhor.

— Eu, Andrew... eu...

— Sim. Bem, enquanto você se recompõe, quero mostrar algo. Depois disso, você não estará em condições de negociar. Por favor, compreenda que, a menos que concorde em me libertar, você não tem qualquer chance contra a criatura conhecida como Baba Yaga.

Andrew pega um frasco de rivotril no bolso.

Engole um comprimido.

— Ataque de pânico? Sim, estresse extremo e culpa podem ser a causa. Coisas horrorosas. Não é o tipo de amparo que um guerreiro precisa quando está prestes a lutar.

— Por favor, Ichabod.

— Concorde em me libertar e mostrarei algo que você não quer ver.

— *Por favor.*

— Ah, outra coisa. Os riscos são mais altos do que você pode imaginar. Você sabe onde ela mora agora, certo? Uma zona de exclusão abrangente é perfeita para quem busca solidão, ausência de leis e uma lealdade feudal de pessoas simples e supersticiosas que vivem da terra. E ainda assim, o tédio, como você bem sabe, é um companheiro constante daqueles que dominaram a maior parte da pequena pirâmide de Maslow. Talvez ela deseje ver se pode recriar sua condição deserta ali.

A planta nuclear?

— Ela não causou o derretimento do reator número quatro na planta de Tchernóbil, claro: aquela coisa é estranhamente sentimental em relação aos eslavos. Mas garanto a você que ela não tem reservas desse tipo em relação aos Estados Unidos.

— Você está inventando isso.

— Acho que não dá para saber se estou ou não. Mas está na hora de você se lembrar de algo que o fiz esquecer.

85

O homem muito ferido manca no acostamento da estrada, carregando a bota de caubói porque não conseguiu enfiar dentro o pé quebrado, que não sente. Ele está bêbado, mas não é por isso. Não consegue sentir o pé porque tem o foco de um homem em situação de vida ou morte. Sua amante está morta na mata. Voou para perto das árvores.

Culpa dele.

Culpa toda dele.

Ele havia apagado as luzes por brincadeira, a oitenta quilômetros por hora.

Ela havia dito "Andrew" em reprimenda, sua última palavra inteligível.

Ele não pode salvá-la.

Mas sabe de algo que pode.

Estica o polegar e o sueco grande na caminhonete para.

— Vou levar você ao hospital — insiste o homem.

— Você vai me levar para casa — diz Andrew a ele, lançando um encantamento forte. Bem forte.

— Claro! — diz o homem, remexendo o rosto com um novo tique que pode ou não ser permanente.

Ele leva o bêbado ferido e maluco para casa.

— Até mais tarde! — diz o sueco, saindo e acenando, o rosto repuxando.

O coitado só queria ajudar, mas não consigo pensar nele Sarah Sarah Sarah. Toda dobrada ao redor da árvore.

Salvador late, salta sobre o dono, tenta lamber as lágrimas, o muco e o sangue do rosto. Gira com alegria.

— Agora não, Sal — diz o mago.

Ele vai para a biblioteca.
Ajoelha-se diante de um baú.
Abre dizendo seu nome.
No baú, está o revólver do oficial da cavalaria russa, uma bala e uma lâmina de barbear. Ele carrega a arma, gira o cilindro.
Coloca o cano na boca.
Sarah.
Puxa o gatilho.
Clique.
Um livro aparece.
Ele abaixa a arma.
Couro azul rachado. Entalhado em círculos dourados e prateados.
Cabelos molhados em sangue há muito seco formando letras russas do século XVI.
LIVRO DE PESARES.
Ele corta o polegar, pinga várias gotas no cabelo.
Ele pensa no que quer.
O livro se abre em uma página perto do fim.
Cartas escritas a mão, tinta, e não sangue, dizem a ele o que fazer.
Ele faz a primeira parte direitinho, apesar da embriaguez.

Ele não está mais na biblioteca.
"Going to California" toca no rádio do carro batido.
A *coisa* está ali.
Preta, a escuridão parecendo se grudar a tudo ao redor.
Não era mágica, e sim um estranho sentimento morto e antiético à mágica.
Uma forma grande e sem cabeça que, como está prestes a precisar de braços e pernas, cria esses membros. Ainda sem cabeça.
O cavaleiro sem cabeça.
Ichabod Crane.
O nome parece Ichabod.
— Ichabod vai ser bom — diz a coisa.
A coisa desdobra a mulher morta de seu ninho horroroso de gravetos e vegetação.
Pega ela.

Seu tamanho faz com que Andrew se lembre do monstro de Frankenstein, e agora a coisa filtra a imagem da mente de Andrew se transformando nela, uma versão em preto e branco. Parecido com o monstro interpretado por Karloff, mas não tanto. A versão de Karloff passou pela mente de Andrew, corrompida com uma versão gráfica que ele viu, e só um pouco de Herman Munster. A coisa pisca para Andrew, segurando a moça arrasada, que já parece menos arrasada. A coisa passa a palma da mão pelo rosto de Andrew.

— Esqueça — diz Ichabod. — Por enquanto.

Andrew já está se esquecendo quando cambaleia para casa.

Sabe que encontrará Sarah segura e bem na cama deles.

Segue logo atrás da coisa, muito mais devagar.

Faz uma pausa para tirar o sangue da bota.

Uma caminhonete para.

Sarah vive mais um ano e um dia.

A duração de um noivado no paganismo.

Ela tem um aneurisma no lago Darien.

Depois da montanha-russa.

Senta-se.

Cai.

E é isso.

No ano seguinte, Salvador persegue um veado.

O sueco grande na caminhonete desvia do veado.

Mas não do cachorro.

Andrew bebe por mais dois anos.

Acha que é quando ele chama Ichabod.

Acha que é quando estraga o feitiço para mandá-lo de volta.

Acha que está na hora de parar de beber.

Mas já passou muito da hora.

86

A caverna próxima da estrada de ferro.
    Agora.
    — Você vai destruí-la?
    — Não.
    — Por que não?
    Silêncio.
    — Por que não, Ichabod?
    O barulho da água pingando.
    — Não posso.

87

Um instante depois.
    Andrew acabou de sair da caverna.
    O sol está se pondo.
    Ele ficou ali por seis horas, de certo modo.
    Ele se vira e olha para a entrada da caverna.
    Todos os morcegos voam ao seu redor na noite nova.
    Caçando.

PARTE QUATRO

BEM-VINDO à CASA dos ESPÍRITOS
CHRISTOPHER BUEHLMAN

88

Casa.

Andrew telefona para Haint pela primeira vez desde New Orleans.

Quer combinar a entrega da Mão da Glória, aquela que mata. Aquela mão pode servir para ele contra *ela*, mas pode ser que não, e, de qualquer forma, já tinha prometido o objeto como pagamento ao homenzinho marcado — a última coisa que desejava era irritar um cidadão perigoso como Haint.

Quatro toques.

Cinco.

Sabe que a mensagem tocará no sexto e espera. No entanto, para leve surpresa de Andrew, Haint atende.

Vai ao Facetime.

Andrew se prepara para um comentário a respeito de sua aparência atual.

Haint entra, e o rosto aparece na tela.

— Saudações — diz Andrew.

Haint mexe os lábios como se quisesse falar, ou talvez para falar algo desagradável por baixo da língua, mas se limita a balançar a cabeça.

— Você está bem? — pergunta Andrew. — Devo isso a você — comenta ele, levantando uma mão enrugada, leve como uma pimenta murcha.

O homem vodu nem parece vê-lo.

Haint balança a cabeça com mais força, os olhos um pouco arregalados.

Tijolos atrás dele: está em seu apartamento móvel.

— Haint, você precisa de ajuda?

Haint fecha os olhos, fica balançando a cabeça, como uma criança teimosa que recusa uma ordem dos pais.

Agora, parece estar pensando muito.
Hesita.
Abre a boca.
Uma cobra coloca a cabeça para fora da boca de Haint, não é grande, talvez seja uma serpente *Thamnophis*: a língua se remexe, a cabeça se vira de um lado a outro, se volta para olhar no olho de Haint. O homem estreita os olhos. Apanha a cobra pela cabeça, enrola-a duas vezes na mão, puxando-a totalmente para fora. Torce o pescoço da serpente e a lança.
Olha com raiva para a tela.
Aponta.
A câmera segue seu dedo.
No canto do apartamento, atrás de uma cadeira caída, há um monte de cobras mortas, a maioria pequena, algumas nem tanto, uma pilha que chega à altura dos joelhos.
Muitas estão ensanguentadas.
Uma faca enfiada na mesa próxima.
Vômito no chão.
Caramba, isso é o inferno e eu não tenho como sair.
Agora, Haint pousa a câmera, e retorna com um pedaço de papel e uma caneta.
Escreve, pressionando a caneta com força.

4 DIAS DISSO
LARINGE AFETADA
NÃO CONSIGO FALAR
DIGA COMO PARAR ISSO

— Não sei — responde Andrew.
Várias expressões passam pelo rosto de Haint: raiva, medo e, por fim, algo parecido com resignação.
Ele assente.
O assentir diz *Eu sabia que estava brincando com fogo.*
Agora estou pagando.
Escreve.

NÃO VENHA AQUI
FIQUE COM A MÃO
USE AGORA

Ele aponta para o peito dele.
Andrew balança a cabeça.
Haint parece incrédulo e, então, irado.
Mostra o peito, bate o polegar nele com força, aponta para a tela.
Enche a tela com os olhos irados.
Escreve.

    ANDE LOGO
    ANDE LOGO
    ANDE LOGO

— Não posso — diz Andrew.
Só percebe que Haint está vestindo um casaco de lã, ainda não processa isso.
Pode ser que Radha me ajude a encontrar um contrafeitiço, mas acho que ela pegou Radha.
Poderia ir até New Orleans, mas o que eu seria capaz de fazer por ele?
A srta. Mathilda conhece vodu e pessoas que fazem vodu, mas nenhuma tão forte quanto Haint.
Ele está morto.
E talvez eu seja o próximo.
Haint estreita os olhos, invadidos por água fresca.
Ele sente ânsia.
Está ofegante como um cão.
Porra, consigo ver o vapor da respiração dele, está frio ali dentro.
Haint leva a mão à garganta, vomita outra serpente.
Colorida, como uma cobra-coral-falsa.
Não uma coral de verdade, que seria letal.
Ele tem que sofrer.
Haint bate na cobra.
Chuta-a para o canto.
Andrew tinha acabado de decidir usar a mão para parar o coração de Haint quando Haint cospe na câmera.

Um flash de loucura quando Haint joga o telefone contra os tijolos.
O aparelho se quebra.
Ligação finalizada.

89

Ela está matando todos eles.
Todos, como ratos.
Anneke.
Eu deveria ter pedido a Michael para que a mantivesse debaixo de suas asas. Ela provavelmente está indo para casa.
Assim que Andrew pensa nisso, o celular toca.
Seu coração gela, teme que seja Haint de novo, não importa que ele tenha quebrado o próprio aparelho, sente medo do que poderia ver se fosse Haint. Sente medo de que o feiticeiro possa decidir levá-lo junto.
Meu Deus, como eu sou egoísta.
É Anneke.
Muito bêbada.
— Eu fiz uma coisa.
Ele ainda está se recuperando de Haint.
Ela volta a falar.
— Uma coisa ruim.
— O que você fez, Anneke?
Silêncio.
O som inconfundível de um balançar.
— Onde você está? — pergunta ele.
— Em casa.
Silêncio.
— Pensei que seria como uma folha. A folha, quero dizer. A folha de árvore. Disse a mim mesma que eu transformaria em madeira, como uma planta maneira, e então voltaria à pedra depois. Mas não é o que eu estava pensando. Ou melhor, fazendo. Não é o que eu estava fazendo. Eu estava me lembrando.
— Não estou entendendo. Diga o que aconteceu.
Ela bebe.
Tosse.
Um isqueiro se acende, baforadas úmidas.
— Não. Não conte a Michael, certo?
— É só me dizer. Posso ajudar.

— Talvez apenas Michael possa ajudar, mas ele não vai ajudar, ele vai me matar e eu não posso culpá-lo.

O coração de Andrew está batendo forte.

— Anneke — diz ele.

— Andrew.

Ele escuta um novo som.

Anneke chorando.

Ela desliga.

— Salvador! Tranque a casa!

Andrew liga o Mustang.

90

Anneke sai, só quer um pouco de ar fresco no rosto.

A coisa está na cama, esperando por ela.

Ela disse para esperar, e a coisa esperou.

Está bem obediente.

Ela fecha a porta ao sair, hesita, mas não cai.

Do lado de fora, a noite está brilhante com o luar.

Ela olha para a frente, vê a lua embaçada por suas lágrimas, seca os olhos com as mangas.

Os pelos dos braços se eriçam um pouco.

Estou com frio?

Não.

Isso é magia.

Olha para o caminho que leva à sua casa, vê uma figura. Pela sensação de magia, ela espera que seja Michael Rudnick, mas está enganada. Ela acabou de se despedir de Michael em Vermont.

É uma mulher em um roupão preto de seda. Um véu de pesar cobre seu rosto, mas ela é bem bonita.

Ela parece distante mas, quando Anneke se dá conta, percebe que está perto, como se alguém tivesse avançado o filme, mas pode ter sido apenas efeito do uísque.

O véu sobe.

É uma bela mulher, com maçãs do rosto protuberantes e olhos puxados, bem azuis. A pintinha mais bonita perto do canto de sua boca.
Ela está me enfeitiçando.
Certo.
Não me importo.
O olhar da mulher é tão puro quanto o coração azul de uma geleira. Ela se lembra da Rainha de Neve de Hans Christian Andersen.
Ela quer me beijar!
Um lábio se roça no dela.
Quente, não frio.
Seu hálito é de chá, menta e um pouco de alho.
Não é desagradável.
Longe disso.
Anneke se inclina para a frente para um novo beijo, mas a mulher se afasta.
Sorri.
— Quero lhe dar algo — diz a mulher.
Sotaque russo.
— O quê?
— Hum... qual é a palavra em inglês? Um colar.
Ela cria
De onde?
um círculo de ferro com uma serpente comendo a própria cauda. Como um objeto de uma escavação arqueológica. Algo protegido por vidro em uma exposição de museu.
— É lindo.
— É velho. Você gostaria de usar?
Isso é errado.
Ela escuta a própria voz dizer:
— Sim.
Esta é a filha de Baba Yaga.
Andrew me contou sobre a pintinha.
Mas ela ajudou ele!
Ajudou a fugir!
— Abaixe a cabeça!
Anneke consegue se desvencilhar do feitiço o suficiente para dizer:
— Não faço isso.
A mulher inclina a cabeça, ainda sorrindo.

— Uma pena. Agora acho que vai doer.
A mulher dá um passo para trás e joga o colar em Anneke.
O colar se envolve no pescoço dela.
Agora, o objeto começa a arrastá-la para trás, pelo caminho para longe de sua casa. Anneke enfia os dedos por baixo para evitar o aperto da garganta.
Enquanto é arrastada pelo colar, vê a mulher caminhando atrás, de modo casual, distraída.
Anneke vê uma pedra solta, do tamanho de um ovo pequeno, mas melhor do que nada. Usa magia, lança a pedra contra a mulher, que voa forte, mas sem direção. Anneke escuta quando a pedra cai na mata.
A mulher ergue uma sobrancelha e morde os lábios, aplaudindo com ironia.
— Você deveria me ensinar a fazer isso — diz ela. — Os americanos não fazem isso? Prometem ensinar os alunos? Você deveria ser a minha professora.
Continua andando.
Chinelos nos pés, bordados.
É a pessoa mais linda e perigosa que eu já vi.
Elas passam por uma casa, o segundo vizinho mais próximo.
Uma senhora que Anneke nunca conheceu muito bem.
A mulher está levando o lixo para a calçada, de camisola de flanela, com um laço bem feito na cintura.
Olha para as duas, balança a cabeça e cumprimenta:
— Boa noite.
— Boa noite — responde a bruxa.
— Que cachorro lindo — diz a vizinha, apontando Anneke. — Qual é a raça?
— Um borzoi.
— Você mora aqui perto?
A bruxa responde:
— Estou passando uns dias com uns vizinhos — diz em inglês, e então prossegue: — Você está me entediando — diz em russo.
A mulher começa a dormir ao lado da lata de lixo, em pé.
O colar vai arrastando Anneke.
A russa continua andando.
Um bolso se abre no jeans de Anneke.
Agora, o colar a coloca de pé.

Na sombra de algo bem grande.
Não é possível, porra.
Uma casinha.
Uma casinha de veraneio.
Com patas de galinha muitos grandes.
Abre as janelas para olhar para ela.
Dois olhos retangulares.
Dentro, o brilho leve da brasa, como se de um forno aberto
— Izba, Izba, devore essa mulher.
A pata de galinha pega Anneke pela cintura, sua força irresistível, e a enfia pela porta aberta.
A porta se fecha com força.
Anneke não está sozinha.

91

O Mustang percorre a estrada.

O ar da noite vibra e respira com a corrente não de mágica, mas como o formigamento que a magia faz — esse é o murmúrio de coisas grandes em movimento, audível como se fosse no ouvido, incitando o pé de Andrew a pisar mais no pedal, lançando seu Mustang turquesa, ou *biryuzoviy* (o russo ocorre a ele sem qualquer motivo óbvio), acima de cento e trinta quilômetros por hora nas retas, voltando a setenta ou oitenta nas curvas, dependendo do ângulo.

Anneke está em apuros.

Andrew nunca esteve no Exército, mas imagina que um dos alentos que o estilo de vida permite, pelo menos para alguns, é a certeza de seguir ordens. Quando a ordem vem, você obedece, fim de história. O amor fala em imperativos também.

O telefone ainda estava quente em sua mão quando ele entrou na grande fera de aço, e agora dirige para oeste, sabendo que encontrará sua aprendiz embriagada, esperando que seja só isso.

Ele sabe que não é só isso.

É quando ele quase bate no SUV.

92

Anneke respira com dificuldade, tentando se acalmar. A casinha está se movendo, balançando, fazendo com que ela queira vomitar o líquido fino do uísque revirando-se na barriga.

O homem barbudo está sentado à frente, o idiota com cabeça careca que algemou e vendou Anneke. Ela consegue ouvi-lo grunhir de vez em quando, dizer um palavrão vez por outra, mas não sabe ao certo o quê: é semelhante a um mantra zen que irrita muito. Ele parece maluco. Parece uma mulher que está em trabalho de parto há um tempo, passando ar pelas cordas vocais porque não tem mais nada. Algo entre a impressão infantil de um fantasma e um cântico indiano em um filme de Velho Oeste ruim dos anos 1960.

Hee-ee-ee-ee-uh-ee-ee-ee-EE-uh-ee-ee-ee-oh merda oh merdaaaaa-unh uh-uh-ee-ee-ee.

Ela imagina que é assim que um cara faz antes de bater a cabeça dez ou quinze vezes na parede.

Se não fosse por uma toalha úmida sobre os olhos, ela saberia que ele estava tentando desesperadamente terminar de costurar a última das nove bonecas de aniagem. Toda cheia de trapos, pelos e serragens de ferro, os pés em lonas cortadas e costuradas em forma de coturnos, os olhos com dois botões iguais, barras costuradas com sangue. Sangue dele. Ele enfia um dedo ou um braço e costura. O balançar da casa não contribui, mas ele sabe que não deve decepcioná-la.

Anneke se lembra do que viu dentro da casinha: era um casebre, do tipo que se aluga no lago, mas havia se compactado em si, a coisa toda do tamanho da cozinha agora, as paredes unidas, mas ainda intactas, essas paredes descoloridas onde os equipamentos modernos tinham sido retirados. Ela só viu um equipamento, um tipo de forno antigo. Brilhando com a brasa, vermelha.

E então o barbudo a prendeu a um elo de ferro na parede, antes de vendê-la. Anneke não viu, durante o breve e desigual esforço, que ele também está acorrentado à parede por um tornozelo.

Ela está chateada consigo mesma por não ter lutado mais e mais cedo. Poderia ter sido uma adversária à altura para ele se não estivesse assustada e não tivesse sido arrastada pela propriedade — a camisa de Anneke está rasgada, o traseiro e as costas ardem, e a poeira cai dos bolsos quando ela se move.

E então o colar.

É como se o colar tivesse uma pulsação.

E é pesado.

Ela percebe que fica sonolenta e sente os membros pesados quando a casa se move mais depressa.

Isso está acabando comigo.

93

Por reflexo, Andrew toca a buzina, mas apenas por um milésimo de segundo: precisa das duas mãos no volante, agora, depressa, vira com força, a motorista do SUV aparece em um flash, com a boca aberta em um formato clássico de pânico, um O.

Ela também vira.

Ela não estava indo depressa demais, mas ziguezagueia mesmo assim.

Tomba.

Capota.

Para com o lado direito virado para a plantação de milho.

O *air bag* se abre.

Andrew faz um retorno, querendo ajudar a motorista da caminhonete.

É quando vê o trator que ela estava tentando ultrapassar.

Mas não é um trator.

A mágica faz com que se pareça com um trator, mágica forte o bastante para enganar até mesmo alguém como ele, até ele realmente olhar.

Seu coração se acelera.

Mais.

Ele ainda tem rivotril no organismo, caso contrário, provavelmente entraria em pânico total.

Uma casinha com patas de galinha.

Descendo a estrada para longe de mim.

É ELA.

Não a casinha que ela tinha na mata, mas sua irmã moderna.

Ele acha que a casinha vai parar, virar-se e partir na sua direção.
A casinha continua correndo.
Em direção à minha casa!!!!
Agora, ele se recompõe, ofegante, tentando processar.
Anneke.
Casa.
Merda, a outra motorista!
Ele dirige e olha para ela.
Uma senhora de uns quarenta anos com cabelos curtos.
Uma gota de sangue na testa.
— Você está bem? — grita ele.
— Acho que sim — diz ela, soltando o cinto, pisando no milho amassado. Está segurando o telefone celular, faz um sinal para que ele encoste e estacione, tecla.
Corte na testa.
Estilhaços voam em um acidente.
Ela provavelmente está bem.
Não sei, mas provavelmente.
A ajuda está vindo de qualquer jeito.
Mas não para Anneke.
— Desculpa — diz ele enquanto se afasta e deixa a senhora gritando "EI!" às suas costas.

94

Anneke escuta o acidente.
Ouve a buzina.
E reconhece como a do Mustang de Andrew.
— EI! — grita ela com tudo.
Até com magia.
O colar diminui boa parte de sua força.
Mas não toda.
O homem barbudo atinge Anneke.
É mais um tapa esquisito e forte do que um soco.

Ele não bateu em muitas pessoas em sua outra vida e não tem talento para isso agora, apesar de ter ficado mais forte com o desespero e a insanidade.

A pancada machuca um pouco, mas agora Anneke sabe onde ele está.

Ela *chuta* pra valer.

Só se deita sobre o traseiro ardido e dá coices até ele gritar e se afastar dela, com os óculos quebrados, sangue na barba.

— Credo! — solta ele. — Socorro! Socorro!

Ela quase ri com isso.

Ela tenta sentir o metal nas algemas, imagina se consegue soltá-las com a mesma energia que usou para mover a placa na estrada.

Não com esse maldito colar em mim.

Agora, percebe o metal do colar.

Imagina que ele se abre.

Ele não se abre.

Ela tenta mais, tenta sentir a estrutura mais básica do ferro que arde em seu pescoço. O colar se move um pouco, com movimentos bem leves, uma cobra acordando. Anneke começa a forçar a cauda para longe da boca. O colar emite um som estridente de metal agonizado.

Alguma coisa está dentro da casinha agora.

Está me vendo.

Sabe o que estou tentando fazer.

E assim a casinha desaparece.

Uma mulher se agacha perto de um rio, a neve fraca cobrindo o chão, uma floresta quase desmatada atrás. Novembro? Fim do outono. Uma mulher lava roupas na água, uma mulher velha com um cachecol colorido, eslava. É ela? Não. Baba Yaga está se aproximando atrás dela. Não a mulher da pintinha, mas uma mulher velha com pele flácida. Mas é ela. Anneke sente vontade de gritar para alertar a mulher que está lavando roupas, mas a parte de Anneke que vê aquilo não tem boca. Não é hoje, nem ontem. É antes da época dos trens. Agora, a mulher do rio percebe a outra, pega um graveto, a mágica toca o ar. Uma bruxa. Ela segura o graveto, mas antes que consiga apontá-lo a Baba, esta bate uma vassoura de bétula em uma bétula. Algo muito parecido com uma serpente vem dos galhos superiores, desce pelo tronco quase depressa demais para ver uma chuva de folhas marrons caídas, sobe no graveto e no braço da senhora que estava lavando roupa e se enrola em seu pescoço. Sua boca se prende aos lábios dela. Baba Yaga inspira quando a serpente inspira, tirando a respiração da outra velha. A mulher que estava lavando roupas sofre e morre sufocada. A serpente rasteja ao redor do pescoço do cadáver, come o graveto que a mulher estava segurando e então desliza pelo pescoço de Baba. Devagar. Respira pela boca. Um vento chacoalha o resto das folhas das árvores perto do rio. Baba se torna menos pálida: seu rosto assume um tom rosado. Até mesmo o turbante em sua cabeça, de um vermelho meio desbotado, brilha mais forte, como se tivesse sido tingido há pouco. Duas velhas babushkas *com lenços de cabeça e blusas bordadas. Elas deveriam estar trocando receitas e reclamando dos filhos, mas eram bruxas e uma matou a outra com uma serpente de ferro. Baba Yaga pega as roupas do rio, encosta o cesto no quadril e deixa a mulher morta ali. A vassoura fica para trás, começa a varrer uma cova para dentro da qual rolará o corpo. Finalmente, quase longe demais para ver, Baba se vira, coloca o cachecol no pescoço e olha para trás.*

Olha para Anneke.

— O nome é Bruxa do Leite — ela diz em russo que Anneke entende um pouco. — E serve a mim, não a você.

A mulher entra na mata enquanto os corvos grasnam.

Anneke acorda no casebre.

Seus lábios doem onde a boca da serpente encostou, onde tirou a maior parte de seu fôlego.

A serpente se assentou ao redor de seu pescoço, ferro frio.

O forno fica muito vermelho.

O homem barbudo está deixando escorrer baba com sangue dos lábios feridos. Está amarrando os pés de Anneke, vocalizando de modo incoerente sílabas que não são palavras. Com uma força que algo lhe emprestou, ele empurra Anneke de cabeça para baixo, pendura-a pelos pés, com as mãos dela ainda presas à parede. É um pouco demais, mas ele a estica mesmo assim. Ela range os dentes, geme. Consegue não gritar.

95

Michael Rudnick liga de novo.

Anneke deixou a carteira para trás.

Ela não é a pessoa mais organizada do mundo, então isso parece comum.

E, como ela só se despediu há algumas horas, o fato de não estar atendendo não deveria assustá-lo.

Mas assusta.

Michael liga para Andrew.

96

Andrew escuta Anneke.

Mais ou menos.

Mais em sua mente do que fora.

Ei!

Isso basta.

Sabe onde ela está.

Dá meia-volta.

A mais longa meia-volta da história dos veículos desde a invenção da roda.

A mágica é tão forte na maldita coisa que recomeçou a parecer um trator. Andrew instintivamente ultrapassa, e então aparecem patas de galinha e uma dessas patas se lança contra o Mustang, prende o para-choque, puxa um pouco, mas ele aguenta firme.

— MERDA! — grita.

Ziguezagueia um pouco: não como a caminhonete, não tomba.

Um pneu bate e espalha pedras, mas ele volta para a estrada.

Avança, para.

A coisa está vindo.

Não muito rápido, talvez a... quarenta quilômetros por hora?

Ele pensa em atirar uma árvore nos joelhos nodosos da casa, mas a bruxa poderia devolver como um bumerangue. Sem pestanejar. Ele não tem certeza de que conseguiria rebater.

Além do mais, Anneke está lá dentro.

— Merda.

A coisa se aproxima, saltitando um pouco.

Ele pode lutar com ela ali?

Ele pode lutar com *ela* ali?

Na 104 A, do assento do motorista de seu carro?

Não muito bem.

— VEM LOGO! — diz ele. — VEM LOGO PRA PORRA DA MINHA CASA PRA GENTE FAZER UMA BRINCADEIRA!

Ele pisa no acelerador, o pneu canta, ele corre para casa.

97

O telefone toca no bolso.

Ele percebe que é importante, pega e coloca o celular no banco do carona.

O nome de Michael Rudnick.

O toque de Michael Rudnick.

"We Will Rock You", do Queen.

Ele atende.

— Sim?

— Está tudo bem? — pergunta o homem mais velho.

Andrew se arrepende de atender.

Odeia sua escolha, precisa decidir depressa.

Proteja Michael ou proteja Anneke.

Não é fácil mentir para Michael: a pausa já entregou.

E o amor fala em imperativos.

— Não, não está tudo bem.

98

O homem que costumava ser o professor Coyle sabe de suas tarefas.
Reúna as tropas, ela dissera. *Eles vão saber o que fazer. Mantenha a bruxinha aqui, fique de olho nela, cuide da casinha.*
Ele olha para as tropas.
Nove bonequinhas de aniagem.
Uma miniatura de tanque.
Três membros da tripulação de plástico, pintados com cuidado.
Em cima do tanque, o menor homem morto que ele já viu, congelado atrás da portinhola de cima. Ela o encolheu. Ao lado da torre, o grafite russo:

MATADOR DE TIGRE

O casebre está quase chegando à casa do Ladrão.
O professor olha pela janela da frente, vê a estrada saltitar embaixo, no brilho das luzes da rua. Como está sem os óculos para corrigir a miopia e o astigmatismo, para ele aquelas casas não passam de coisas embaçadas, com pessoas embaçadas comendo jantares embaçados e estreitando os olhos para a televisão e fazendo outras coisas que ele costumava fazer antes. Mas aquele *antes* não existe mais para ele. Uma parede de gelo que não derrete o separa do antes. Quando ele era quente. Sabe que está fazendo barulho, mas não consegue parar, então pelo menos tenta fazer de modo ritmado. Olha para a bruxinha. Ela olha de volta, como aqueles leões que Marlin Perkins costumava acertar em *Wild Kingdom*, capazes apenas de olhar para você, odiar você, drogados demais para qualquer tipo de movimento. Ela está assim e é bom que esteja. Ela chuta forte. Ele nem ficou bravo quando ela quebrou seu dente e seus óculos, apenas frustrado por ela não ter entendido que os dois seriam punidos por isso.
Ele se sente frustrado ao ver tudo tão borrado, pega uma lente dos óculos destruídos, segurando perto do olho. Agora, a rua está nítida. Ele se sente um gigante.
Um ciclope.
O escravo de uma bruxa.

Diz as palavras da bruxa.
Com dificuldade, por entre os lábios feridos.
Ele acha que sua mandíbula também pode estar quebrada.
Mas a dor é diferente agora, a dor é como uma conhecida.
— Fu, fu, fu.

99

Andrew tem alguns minutos antes de a casinha chegar.
Dois? Seis? Menos de dez.
Dirige o Mustang ladeira acima, vira à esquerda na frente de sua garagem, passa por cima da horta, deixa o carro atrás da casa.
Vai para a porta da cozinha.
Diz palavras que vão desfazer as travas mágicas que ele sabe que Salvador teria colocado. Sal o cumprimenta, ansioso, com a pelve voltada para a frente, como se quisesse ter uma cauda para balançar.
O Traço Mágico escreve MICHAEL e o homem de palha aponta para cima. Andrew pega o cajado sobre a lareira, sobe os degraus de dois em dois, entra no banheiro da suíte e encontra Michael Rudnick molhado na banheira, piscando, assustado.
Ele está molhado porque pulou na pedreira para chegar ali, cavando seu túnel de saída para a casa de Andrew.
— Odeio essa coisa maldita — comenta ele. — Não tenho que sair assim, tenho?
— A banheira é a exceção — responde Andrew. — Não se pode entrar por uma porta e sair pela outra.
Michael dá uma boa olhada no amigo, com os cabelos brancos sobre os ombros.
— Já era tempo — diz ele. — Você está bem. Parece crescido.
Rudnick sai, pingando, joga um saco de lixo no chão, abre e tira uma mochila de couro.
Põe nos ombros.

Andrew vai para a biblioteca.

Pega um objeto de uma caixa que precisa pegar por um ventilador de metal antigo.
Uma mãozinha parecida com a de um macaco.
Coloca-a no bolso do casaco.
— Isso é...?
— Sim.
— Merda — Michael diz.

— Merda — diz Andrew, olhando pela janela do sótão.
— É — concorda Michael.
Flocos de neve começaram a grudar na janela e a derreter.
Um trator sem motorista está subindo a rua.
O trator se vira de lado, parece continuar andando de lado, contra a direção das rodas, e então a ilusão falha e os homens veem uma casinha com patas de galinha subindo a rua, os bordos ao redor recolhendo os galhos ou se vergando para deixar o casebre passar.
Enquanto Michael se aquece para tentar petrificar as pernas, a coisa vira de lado, pula pelo gramado, desaparece na mata.
— Merda — diz Andrew.
— É.

100

— Acorde — diz o homem barbudo, em russo.
Ele fala isso para uma boneca de aniagem com olhos de botão.
A boneca tem olhos humanos que piscam, do tamanho dos olhos de uma pessoa normal, desproporcionais à sua cabeça pequena. Agora, dedos pequenos surgem dos braços costurados e seguram a manga do homem, a manga manchada com o sangue que escorreu quando ele se feriu com as agulhas de costura. A boneca desenvolve uma boca do tamanho de uma amêndoa, de lábios pretos, com as gengivas cor-de-rosa marcadas por pequenos dentes parecidos com dentes do peixe lúcio.
Por isso espalhei escamas de peixes nelas.
O homem estremece com antecedência, vocaliza.

A boneca morde o braço dele.
O suficiente para fazê-lo gemer.
E sangrar.
A boneca cospe a manga.
Mastiga.
Uma língua sai de sua cabeça. O homem sofre quando é atacado por ela, segurando-a quase de modo carinhoso. É meio como amamentar. Ele pensa em sua época como homem.
Pois seus desejos são como os de um lobo: sangrentos, famintos e vorazes.
Ele emite um som como uma risada.
Não há tempo para alimentar uma a uma. Chame todas.
Ela não está na casinha, pelo menos não completamente.
Apenas sua voz, a mutuca em seu cérebro.
— Acorde, acorde, acorde — diz ele, gritando e rindo, gesticulando como uma mãe chamando os filhos para ouvirem uma história.
TODAS!
Ele diz isso mais cinco vezes.
Os olhos grandes piscam nas cabeças de aniagem.
Todas olhando para ele.
A primeira se move, e então todas se movem.
Elas rastejam até ele, cobrem o seu corpo.
Ele ri para suportar a dor.
Seus olhos se marejam e se arregalam.
É difícil, mas ele vai conseguir.
Ela não vai puni-lo.

101

— Aí está. Estou vendo.
Michael está olhando por um telescópio naval de latão de 1888.
Andrew consegue ver a respiração do mago mais velho.
— Qual é a distância?
— Cem metros. Cento e dez.
— Longe demais?
— Sim. Duas vezes a distância. Terei que esperar até aquela coisa se aproximar. Tem certeza de que ela está lá dentro? Anneke?
— Sim — responde Andrew.
Michael balança um pouco a cabeça.
Andrew olha para Salvador, que segura binóculos de visão noturna contra a cabeça, observando o outro lado.
— Caralho — diz Michael.
— O quê?
— Alguma coisa está saindo da janela.
— Binóculos! — pede Andrew, e Salvador cruza o sótão com eles.
Michael conta.
— Dois, três... quatro. Seis.
Andrew olha.
A casinha está inclinada para a frente, como um homem vomitando.
Ele observa três bonecas de aniagem caírem da janela, como se a casa estivesse chorando. Não, não estão caindo. Estão pulando.
— *Caprimulgus*. Vá ver — diz Andrew, e aponta para um noitibó empalhado. O pássaro se chacoalha e se estica, e então olha para ele.
— Ah, é claro.
Andrew abre a janela.
A neve entra.
O pássaro sai voando, piando e zunindo.

Pouco tempo depois.
Andrew vê pelo olho do pássaro.
Ele voa para o casebre, olha pela janela.
Anneke de cabeça para baixo, pendurada como um pernil, mas acordada.
Um colar no pescoço.

Eu conheço essa merda.
Sei o que está fazendo com ela.
Um maluco sangrando, balançando, algemado. Sua pele retalhada.
Não demora muito para você enlouquecer ali.
Não perca as estribeiras agora, Blankenship, seja forte.
Força superior, me ajude.
Agora, a casinha se afasta.
Preciso ver o que saiu dela.
Agora o pássaro voa de árvore em árvore, observando o terreno.
Movimento!
Um homem com roupa de militar?
Soviético, anos 1940.
O pássaro vira a tempo de ver um segundo homem apontando um rifle.
A boca do cano brilha.

— Ah, MERDA! Levei um tiro! Levei um tiro!
Andrew cai no chão, segurando o olho, em pânico.
Michael, que se afastou da janela e se abaixou ao ouvir o tiro, inclina-se na direção do amigo, puxando a mão dele.
— Deixa eu ver.
O olho e o rosto estão intactos.
— Você está bem — diz Michael. — Fique calmo. Foi só o pássaro. Encerre o feitiço com ele.
Andrew faz isso.
Olha para Michael, que ergue as duas sobrancelhas para ele.
— Soldados russos. Segunda Guerra Mundial.
— Merda — diz Michael.
— É.

102

Onde os outros vizinhos escutam um cão latindo ou uma buzina de carro, John Dawes escuta um tiro. Ele é tão iluminado quanto uma pedra, mas passou tanto tempo treinando tiro e encenando batalhas da Segunda Guerra com os amigos do grupo de reconstituição histórica que, mágico ou não, ele ouve o som como é.

John estava de pé na frente da geladeira aberta, com mostarda e um pacote de salsichas na mão, procurando o molho. Sem molho, nada de cachorro-quente. É assim que acontece. Tinha visto o pote, estava no processo de avaliar se poderia tirar com a colher a mistura verde para cobrir uma salsicha vienense, quando ouviu o *pop* de um tiro de uma bala de 7,62 milímetros.

Então agora está parado, olhos arregalados.
Ele fecha a porta da geladeira, apaga a luz da cozinha.
Shakedown está latindo no quintal.
Correndo de um lado para o outro.
Bom garoto!
Ligar para a polícia?
Que se dane, a Fruitloop já deve estar ao telefone.

Fruitloop, a viúva da casa ao lado que nunca monta menos de quinze versões do nascimento de Cristo, está na verdade assistindo ao episódio gravado de *O Preço Certo* pela terceira vez. Ela escutou o tiro como um grito bem estridente de entusiasmo da aeromoça de Iowa que acabou de ganhar um conjunto de móveis de jardim.

Dawes pega a pistola Luger carregada que havia prendido com fita na lateral da geladeira, sobe a escada com o máximo de rapidez no escuro, tirando a fita, abre a porta para o quarto de hóspede que transformou em um cômodo de atirador e um templo militar alemão. Ajoelha-se a alguns metros da janela, enfia a pistola na cintura e pega seu Liebling, um fuzil de precisão alemão K98 com mira Hensoldt.

— É isso — diz ele. — Venha para Johannes.
Ele observa a rua.
Escuro demais para ver.
Não conseguia se imaginar acoplando uma mira de visão noturna ao seu rifle antigo.

Não acredita que aquilo seja um problema — está jogando. Muitas pessoas atiram em coisas por aqui. Está perto da zona rural. Ele espera um momento. Observa. Fica entediado. Decide descer de novo e checar os cachorros-quentes.

A luz se acende.

Ele não virou o interruptor.

Outra pessoa.

— Hunh! — diz ele, pegando e largando a pistola.

Ele dá um saltinho, como se esperasse um tiro.

Como na série *Irmãos de Guerra*, quando o cara deu um tiro na própria perna.

Dois soldados muito parecidos com soviéticos estão diante dele, um com um peitoral de aço de sapador mineiro. Os dois estão sujos e fedem a cigarros. E a gasolina? E a muito suor. Um deles leva um rifle Mosin-Nagant. O engenheiro, uma pistola Tokarev e uma baioneta de mão.

Uma baioneta muito bacana, escurecida pela ferrugem.

É neve nos ombros deles?

— Muito engraçado — diz Dawes, a princípio pensando que são dois caras da equipe soviética de seu grupo de reconstituição histórica. Em seguida, já não tem certeza.

Ele nunca viu aqueles caras.

O homem do rifle parece ter passado por maus bocados.

Como se não andasse comendo muito bem.

E como se tivesse atirado em pessoas.

O de peitoral olha ao redor, divertindo-se. Sorrindo por baixo do bigode de leão-marinho.

Algo chama sua atenção.

— *Shto eta?* — pergunta ele.

Dawes não fala russo, mas o sentido é bem claro.

O homem está tocando um pôster com a ponta de sua baioneta.

O que é isso?

John Dawes tem muitos pôsteres, que estão pendurados na parede há tanto tempo que nem presta mais atenção. Mas aquele pôster sempre chama sua atenção. A baioneta segue uma capa estragada de uma revista de organização nazista chamada *Der Pimpf*, mostrando um tanque alemão passando por cima da cavalaria polonesa.

Em seguida, o homem leão-marinho olha para o pôster ao lado, uma obra de arte homoerótica mostrando um *bohunk* de camiseta marrom e gravata preta, com cabelos loiros, uma bandeira com a suástica e um sorriso aberto. Sem esquecer a legenda: *Der Deutsche Student kampft fur Fuhrer und Volk!*

John espera que eles não olhem para o pôster em russo mostrando um judeu enorme guiando Stálin e um soldado soviético em uma corda.

Eles olham.

— *Ti shto fashistskoe gavno?*

Dawes entende a palavra *fascista*.

E adivinha corretamente a natureza nada elogiosa da segunda parte.

— *Ti anti-semit?*

Lembra que ninguém na equipe soviética do grupo de reconstituição histórica fala russo.

Uns malditos comunistas, em carne e osso.

A neve no capacete e no casaco dos visitantes derreteu.

Era neve de verdade? Que porra é essa?

Ele olha para o único quadro anacrônico na sala, um pôster assinado e emoldurado de Rush Limbaugh usando uma peruca grisalha e um chapéu de três pontas, anunciando sua marca de chá gelado.

Two if by Tea!

From Tea to shining Tea!

Original sweet tea.

Não contribui.

Shakedown continua latindo.

Longe, bem longe.

Como a pistola que Dawes derrubou.

Agora, o leão-marinho pega o rifle de John.

O rifle nazista de John.

Assente e olha para John Dawes.

Sorri.

John molha as calças.

103

Mais um tiro.
 Esse veio do lado direito da casa.
 O som forte de uma bala batendo no vidro.
 — Salvador! Saia da janela.
 O homem de palha obedece, mas a bala já atingiu o alvo.
 Um buraco apareceu na tela, um pouco acima do lado esquerdo de Dalí.
 O autômato não se afeta, mas o buraco terá que ser fechado antes de ele voltar a ser cachorro.
 — Vá se remendar.
 Sal caminha em direção à escada, mais uma bala entra pela janela, bate na parede perto da coruja empalhada.
 Michael se abaixa, suando apesar do ar frio.
 Andrew põe a cabeça para fora, olha mais uma vez pelos binóculos de visão noturna.
 — Temos três deste lado.
 Dois pontos brilhantes aparecem na escuridão.
 As balas são desviadas, acertando tijolos e gesso em outra parte do cômodo.
 O pingente brasileiro no pescoço de Andrew fica quente.
 Andrew sabe que o feitiço pode ser superado se for usado com muita intensidade: já foi salvo de pelo menos quatro balas.
 — Vamos acordar Buttercup.
 Michael concorda.
 — Proteja-se.
 O velho mago se protege.
 Andrew se abaixa, vai até a janela que dá vista para o quintal da frente.
 Fica empertigado agora, afastado da janela, nas sombras, mas eles ainda o veem.
 As balas passam pela janela, fazendo o terrível *pvvvvt* que uma pessoa ouve quando começam a atirar contra ela, um som que Andrew tivera a sorte de nunca ouvir antes. Conta dois homens na linha da árvore. Levanta dois dedos para Michael, que se esconde atrás de uma lâmina velha de arado.

A lâmina brilha uma vez com um P-TANG alto.
Michael lê dois parágrafos no grego de Arquimedes.
Andrew diz uma frase em francês antigo.
A fera do aspirador estica a cabeça de galo de metal na ponta do pescoço de tubo, bate as asas de urubu, derrubando a capa que a cobre. Flexiona os braços de chimpanzé. O pescoço vira, possibilitando que a coisa foque os olhos em Andrew.
As lentes giram.
Merda, isso vai me atacar?
Não, só está olhando para seu dono.
— Allez!
A fera do aspirador bate as asas de urubu com mais força.
Seu motor é acionado.
Ela se lança para a frente, sai pela janela norte, em direção ao lago, depois vira. Balas a atingem, sem causar danos.
A neve sopra dentro do sótão atrás.
A fera do aspirador vira em direção a quem atira.
Seus olhos brilham e algo na linha da árvore pega fogo.
Gritos.
Os gritos param.
Mais três balas partem em direção a Andrew, uma delas da casa de Dawes do outro lado da rua: as três são desviadas.
A corrente que prende o pingente se quebra. O pingente cai — a magia se esgotou.
Andrew se atira no chão quando a quarta bala acerta o tijolo às suas costas.
Michael termina mais um verso em grego.
Andrew acrescenta um verso em alemão.
No quintal da frente, o som do motor de um Mustang há muito morto volta a funcionar.
O chão treme.
Os pássaros empalhados na estante e no terrário com a miniatura da casa também estremecem.
Os magos começaram um pequeno terremoto.
Buttercup está acordando.

104

Kolya e Vanya se ajoelham no caminho cheio de neve da mata perto da casa.

A mulher se aproximou enquanto eles jogavam baralho: um jogo improvisado em que precisavam inventar insultos para a mãe e as irmãs do outro ("Meu rei de espadas diz que seu três de paus foi enfiado na garganta de sua mãe pelo pênis do tenente") enquanto os tanques eram abastecidos. Ela se sentou ao lado deles e dividiu a vodca. Disse que, se eles fossem com ela, poderiam se livrar da iminente batalha com os alemães. Só teriam que matar um americano para ela.

— Não vai ser fácil — avisou a mulher. — Ele é um mago e tem muitos truque. Vocês podem morrer. Mas escolhi vocês de uma lista de mortos, pois sei que vão morrer se lutarem com os alemães. Kolya, você será alvejado por um atirador enquanto mija. Vanya, um morteiro de 88 milímetros cairá tão perto de você que nenhuma parte sua será encontrada e reconhecida.

Vanya vinha sendo perturbado por um pesadelo recorrente, em que o sol se punha ao seu lado e o queimava todo. Ninguém conseguia encontrá-lo, nem a mãe, caminhando pelo campo com um ícone de Jesus.

Kolya odiava mijar exatamente por ter muito medo de atiradores.

Era como se ela tivesse visto dentro do coração deles.

— E os alemães? — perguntou Vanya.

— Deixem com meu amigo Frost — respondeu ela. Um lobo branco com costelas aparentes caminhou entre as árvores, e então Vanya não teve certeza de tê-lo visto. — A Rússia vai ser o cemitério de Hitler mesmo sem vocês.

— Vou poder mijar sem medo? Você promete que eu não vou levar um tiro enquanto mijar? — Kolya perguntou.

Ela assentiu.

Então, eles concordaram e os três beberam vodca com uma gota de sangue dentro para selar o acordo.

Depois, Kolya e Vanya sonharam que eram crianças pequenas com pele áspera e estavam famintos, por isso comeram a carne de um homem.

E então saíram de um casebre que era, na verdade, um caminhão, mas andava com patas.

E agora estão ali, juntos.
    Atirando em uma casa.
    Kolya atirou em um pássaro estranho que estava olhando para eles.
    Vanya pensou que havia atirado em um homem, viu o vulto à sua frente, apertou o gatilho com paciência e sentiu a emoção que um tiro bem dado traz, mas o homem não foi atingido.
    À direita deles, um russo aparece em chamas, gritando.
    À esquerda, um motor tenta ser acionado, e então é.
    O chão treme.
    Como uma coluna de blindados passando, mas muito mais forte.
    — Meu Deus — diz Vanya.
    Kolya aponta o rifle, mas ele parece algo inútil em suas mãos.
    Os faróis de um carro batido desconhecido foram acesos no quintal da frente, à esquerda dos russos. Outro soldado soviético que eles não conhecem estava se protegendo atrás de uma grande rocha perto do carro, metralhando o sótão.
    Agora, o capô do carro se torna uma boca.
    Uma boca de ferro de um novilho.
    O soldado dá um salto para trás, assustado.
    Depressa, como um gato comendo um rato, o carro se abaixa sobre o homem, amassando-o.
    O carro se torna a cabeça de um gigante feito de árvore, raízes de árvore, pedregulhos e outros carros.
    Esse gigante tem chifres.
    Chifres de touro.
    É um homem de metal. Pedra e madeira. Com um crânio de touro com chifres compridos feitos de ferro.
    Faróis no lugar de olhos.
    Ele sai do chão, deixando para trás um buraco do tamanho de um pequeno porão.
    Derrubando poeira e pequenas pedras.
    Um caminhão enferrujado se desfaz em pedaços, tornando-se peças.
    A armadura de um soldado grego — protetores do joelho, do abdome e malha — se enrola em dois segundos no corpo de madeira, pedra e aço.

O soldado soviético ainda continua pendurado na boca.
A criatura o cospe.
É tão alta quanto a casa.
O que cai no quintal não é um homem, e sim um boneco sem vida.
Menor do que um gato.
Com botões no lugar dos olhos.

105

— Jesus Cristo — diz Andrew, os faróis na mesma altura do sótão, iluminando seu rosto. — É o maldito Buttercup.

— É — responde Michael Rudnick, sorrindo.

Ele para de sorrir enquanto observa o soldado soviético cair da boca do touro, com o pescoço deslocado.

Eu bati aquele carro na árvore com Sarah dentro.
Sou um bêbado, um imprestável, deveria morrer.
Pare com isso!
Foco!
Você é um guerreiro agora.
Veja o que fez!
Você tem que parar a bruxa.
E salvar Anneke.
Andrew diz:
— Buttercup.
Buttercup olha para o mago, envolve-o em luz.
— Mate os soldados. Quebre as patas do casebre.
As luzes se espalham, iluminando flocos de neve enquanto o minotauro segue em direção à linha da árvore, o chão tremendo com seus passos.

106

Vanya atira, atira em um dos faróis, mas a coisa não para. Buttercup se curva para pegar um tronco. Vê Kolya congelado de medo, bem perto. Amassa-o com o tronco com a mesma facilidade que um homem teria para matar uma rã, esmagando-o no solo. Kolya se foi. Vanya corre para dentro da mata densa, para longe do gigante.

Algo faz com que tropece.

A cauda de um dragão?

Presa a um aspirador de pó?

Agora, uma cabeça com bico de latão e metal se vira para olhar para ele, com asas pretas e grandes se abrindo.

Ele tenta apontar o rifle, mas os olhos da coisa brilham.

Estou queimando!

A dor é imensurável.

Então, ele para de queimar.

Está correndo por um campo de girassóis, correndo em uma posição de artilharia alemã.

Barulho ao redor, mas ele sente grande alívio.

É tão bom não estar queimando que ele ri, ainda correndo.

E, então, escuta o zunido.

Um morteiro de 88 milímetros se aproximando.

Está vindo na minha direção, bem para cima de mim!

Ele se joga no chão.

Mas o zunido se torna mais alto.

Sabe que o morteiro vai aterrissar quase em cima dele, parece ver a sombra do projétil crescendo em um ponto perto de sua cabeça. Ali baterá no chão, nos girassóis e vai explodir.

Vanya vai se misturar aos girassóis.

Hora para mais um pensamento.

Girassóis. Não é tão ruim.

Kolya se sobressalta, louco de medo, quando o touro gigante parte em sua direção.

O minotauro ergue o tronco enorme de uma árvore.

Ele vai me destruir! Socorro! Socorro!

Então ele não está mais em um quintal cheio de neve, do lado de fora da casa de um homem rico, sendo destruído por um touro-homem gigante.

Está de pé, o pênis na mão, urinando em uma parede baixa de pedra, perto das ruínas de uma casa de campo.

— Ah — diz ele, aliviado por esvaziar a bexiga.

Relaxado.

De repente, Kolya sente a pressão na cabeça, uma pressão enorme.

Não consegue mais ver.

Escuta o tiro do rifle.

Ai!

Atirador!

Kolya sente que está caindo de um modo mudo, como se outra pessoa estivesse caindo.

Escuta os amigos contra-atacando na linha da árvore.

Quase dois quilômetros dali e batendo em retirada.

Ele consegue dizer mais uma frase:

— Aquela cadela mentiu.

107

Andrew vai para o outro lado do sótão, arrisca uma espiada.

O minotauro passou atrás da casa, atraindo os tiros dos soldados do lado oeste. Uma granada cai perto e explode, espalhando partes de uma peça da perna, levando Buttercup a sangrar óleo e a mancar. Ainda assim, derruba árvores e grita, fazendo o soldado que lançou a granada se dispersar. O aspirador-cocatriz voa na direção do soviético. Embora a magia do fogo esteja exaurida, o aspirador-cocatriz usa seus braços de chimpanzé para pegar e lançar o soldado em uma árvore, até a cabeça afundar e ele também se tornar uma boneca de aniagem sem vida.

Exausta, Electra cai ao lado da boneca e fica parada.

Agora, Buttercup passa o farol que resta pelo quintal de novo, deixando a luz parar em um trator.

Assim que a luz ilumina o equipamento, o trator se transforma na casa com patas de galinha.

O minotauro sai correndo.

Dá a volta para o quintal da frente.

Andrew acompanha a ação, olhando pela janela da frente, Michael Rudnick ao lado dele, errando um tiro contra o atirador na casa de Dawes.

Isso faz Shakedown começar a latir de novo.

— Precisamos cuidar disso — diz Andrew.

Michael assente.

— Você tem alguma coisa?

— Eu estava guardando — comenta Andrew. — Mas tenho, sim.

Enfia um dedo na garganta.

Regurgita um olho de galinha do tamanho de uma bola de golfe no piso de carvalho.

O olho sobe, sobrevoa, pisca para Andrew.

Atravessa o gramado em direção à casa de Dawes.

108

Anneke desperta de um pesadelo horroroso com uma serpente na boca em um pesadelo também perturbador em que uma cabana está sendo derrubada por um gigante.

Ela está na cabana.

Pendurada, de cabeça para baixo.

As coisas escorregam pelo chão, sobem, batem nela.

Um balde machuca seu lábio.

Dor no ombro.

A cabana tombou, caiu para o lado. Anneke cambaleou junto, com as mãos algemadas e os pés se batendo.

O homem barbudo também caiu, gritando enquanto brasas do fogão se espalham pela cabana.

Ele geme e apaga as brasas com as mãos.

109

Andrew vê Buttercup interceptar a cabana, depois de uma perseguição quase cômica.
    Mas agora o mago se concentra no olho.
    Olho de águia poderia ter feito isso daqui.
    Guia o olho de galinha para perto, mais perto.
    Põe a própria visão no olho.
    E vê.
    Dois russos, dois rifles.
    Um com um tipo de proteção de aço para o peito.
    Bigode grande.
    Estão no chão, deitados, lado a lado.
    Bem perto.
    Esse feitiço é uma magia eslava antiga da floresta.
    Ele diz: "Atacar!" em russo medieval.
    Os homens olham para o olho da galinha, mais encantados do que temerosos.
    Como tiraram os capacetes, Andrew consegue ver os cabelos arrepiados da dupla.
    Flash brilhante!
    Agora, sua visão volta para a própria cabeça: ele vê o raio surgir dos olhos da galinha, mirando e incinerando os dois soldados, ateando fogo às cortinas de Dawes.
    O trovão cai e reverbera.
    Sabe que os dois homens estão mortos.
    Está cego do olho direito, como se estivesse olhando para o sol.
    Acredita que sua visão vai voltar, mas não tem certeza.

110

No quintal, a cabana caiu.

As patas da galinha arranham o minotauro, sem qualquer efeito.

O homem-touro pega e quebra uma no joelho.

— Buttercup — diz Andrew.

O minotauro para com a pata quebrada nas mãos, como uma mulher interrompida enquanto tempera um frango que será assado.

— Tire Anneke com segurança. Traga ela para cá.

Agora, Buttercup afasta parte do telhado.

Espia.

Outro flash.

Que vem da mata.

BAM!

O ombro direito do minotauro explode, o braço volta a ser árvore, rochas, partes de carro, e rolam pela ladeira.

Buttercup cai sentado no traseiro enorme, e seu peso faz a casa estremecer.

Ele se esforça para se levantar, querendo usar o braço que falta, cai de modo pesado, levanta-se e fica de joelhos.

A cabana também tenta se levantar.

Ela consegue.

Segura a pata quebrada, pula em uma pata só até a linha da árvore.

O minotauro está quase de pé.

BAM!

O disparo se aloja na garganta, fazendo Buttercup erguer a cabeça com o impacto.

A monstruosidade toda volta a ser carros e pedregulhos. Alguns fragmentos voam.

— Ah, merda — brada Andrew.

Michael e ele se abaixam, cobrindo a cabeça com as mãos.

O velho Mustang, pegando fogo, capota, tira a parte de cima da casa, expondo estrelas, céu e possibilitando a entrada do ar frio.

Escombros caem sobre eles.

E neve.

Andrew olha para o quintal.

O tanque T-34 geme de trás de uma série de bordos, soltando fumaça de sua boca de fogo.

— Você está bem? — pergunta Andrew.

— Acho que sim. E você?

— Sim.

Andrew encontra os binóculos de visão noturna, dá uma olhada no tanque.

Duas pessoas estão na torre, protegidas atrás da portinhola redonda.

Um homem bem morto, estampando um sorriso esquelético.

E uma mulher com quepe de general soviético e um casaco de lã.

Sua namorada de muito, muito tempo atrás: Marina Yaganishna.

Daquela temporada horrorosa na Rússia.

Da cabana da bruxa.

A filha menor e mais traumatizada.

Aquela que o libertou.

Desta vez, ela não está aqui para ajudar.

A torre gira.

111

Michael Rudnick olha para o céu pelo novo buraco no telhado.

Partes do telhado pegam fogo, mas se apagam depressa graças aos feitiços antifogo que Andrew espalhou pela casa.

Michael tem um feitiço muito forte guardado e acha que chegou a hora.

Ele toca em uma peça de ferro de formato esquisito, pendurada em volta do pescoço por um cordão de couro.

Ele olha para o céu, tentando ver e sentir.

Sente muitos, em sua maioria bem pequenos, um bem grande.

Deve ser Cachinhos de Ouro.

E ele tem que ser rápido.

E ter sorte.

Escuta o tanque se preparando para um novo disparo.

BAM*!*

Sente a casa tremer, balançar. Sabe que a sala de estar foi explodida, uma parede de apoio destruída.

Interrompe o feitiço em que estava trabalhando e agora sente onde o projétil bateu. Não pode fazer nada em relação aos móveis e equipamentos eletrônicos perdidos, mas abre as palmas como um maestro, faz os tijolos explodidos e a madeira voltarem a se unir — a casa balança e se endireita.

Vê uma coruja empalhada ganhar vida e voar pela janela.

Ótimo — Andrew está aprontando alguma.

Olha para o amigo, vê quando o outro mago pega um comprimido do bolso da camisa e engole a seco.

Ele está procurando se controlar.

Tem uma magia mais forte do que Michael — a maior parte do minotauro foi autoria dele, uma mágica com carro.

Mas ele tem uma personalidade mais fraca.

Pode ser que eles vençam se Andrew não perder o controle.

O tanque se prepara de novo, mas Michael está pronto: a casa treme, mas os fragmentos do projétil não chegam a se espalhar nem por dois metros antes de a estrutura parecer inalar tudo de volta. Como uma rosa incendiária se abrindo e se fechando num piscar de olhos, com um eco como trovão. Os focos de incêndio gerados pela explosão desaparecem em menos de dois segundos.

Uma mulher xinga sem parar em russo.

Eles sabem que não podem derrubar a casa.

Agora, vão atirar no alto.

Em nós.

Se atingirem o sótão, viramos presunto.

Ele olha para o céu de novo.

Neve caindo, mas sem nuvens.

Sente o que quer.

Exatamente o que quer, do tamanho certo, o mais próximo que percebe.

Ah, isso vai ser perigoso.

Vai ser a coisa mais difícil que já fez.

Ele realizou aquele feitiço no deserto do Arizona, certa vez, mas não havia casas por perto: a precisão não estava em jogo.

Ele chama.

Andrew manda a coruja e pega um comprimido de rivotril.

Onde está Sal? Sal está bem?
O bombardeio o está afetando.
Dois ataques diretos na casa.
Eles não vão sobreviver a um terceiro.
Acabar com o tanque depende de Andrew.
Seus nervos estão à flor da pele.
Tudo está acontecendo de uma vez.
Marina está em cima do tanque, apontando para o sótão.
A boca de fogo se eleva.
Andrew diz "Abaixe-se!" para Michael, que parece estar observando as estrelas.
Michael fica olhando para cima, mexendo os lábios.
O que diabos ele está fazendo?
Depressa, coruja.
Andrew se atira no chão, cobre a cabeça, volta os olhos para a coruja.

Agora, vê o quintal e o tanque.
O pássaro voa em direção ao blindado, devagar, esforçando-se para carregar o vaso.
O tanque vai disparar.
Eu poderia olhar para o sótão, observar minha própria morte.
Não, voe mais rápido, coruja maldita.
MAIS RÁPIDO!
E então ele vê.
Com seus olhos de coruja.
Vem da constelação de Cassiopeia. Algo se inclina devagar a princípio, parece se virar, e então se precipita em alta velocidade, intensamente, fumegante, quase depressa demais para ver.
Lançando sombras malucas.
É grande, grande o bastante para passar pela atmosfera.
Como é real, muitos conseguem ver.
Recebe desejos de nada menos do que quatro mil pessoas.
Que a cirurgia de minha mãe corra bem.
Que eu consiga entrar na Yale.
Proteja meu amor em Cabul.
Por favor, por favor, por favor, que a Stargate escute meu CD demo.
Desejo que ele me peça em casamento.
Por favor, que não seja maligno.

Quero que Stephanie Daley me beije de língua.
POR FAVOR, ACABE COM A PORRA DESSE TANQUE!
(esse é de Andrew)

A bruxa em cima do tanque se vira, vê o meteoro vindo, estende uma mão a ele. Consegue fragmentá-lo para que caia não em um pedaço do tamanho de uma televisão de tela gigante, e sim em vários do tamanho de bolas de futebol americano e de beisebol. Consegue torná-los mais lentos para que não vaporizem o tanque.

Ela é muito forte.

Mas não consegue impedi-lo.

Impedi-los.

Um pedaço bate na torre, assusta o canhoneiro morto — o motorista soviético feito de uma miniatura de plástico.

E derruba a bruxa.

Outro pedaço acerta o lado esquerdo e duas rodas do T-34.

Um erra, levando ao chão uma árvore pequena.

O barulho é fortíssimo.

O meteoro não destrói o tanque, mas faz muitos estragos.

Ganha um tempo.

Para a coruja.

O corujão-orelhudo voa em direção ao tanque, segurando o vaso com as garras. Quase não chega: o vaso é pesado e suas unhas não foram feitas para carregar coisas assim. Derruba o vaso inteiro, escuta quando se quebra, vira-se de modo que Andrew possa usar os olhos para ver as pedras de vidro amarelo brilhando por todo o casco do tanque.

No sótão, Andrew grita a palavra.

— *Bhastrika!*

WHUMP!

Uma bola de fogo do tamanho da tenda de um paxá se estende acima do tanque, incendiando partes da madeira e a coruja, iluminando a neve que começou a se acumular no quintal.

Andrew volta a si, balança o braço que pensou ser uma asa pegando fogo, prepare-se, olha pela janela com Michael.

O brilho do fogo na neve o faz pensar nas luzes de Natal, e então o pensamento desaparece com a mesma rapidez com que veio.

Que Natal de merda.

Um esqueleto escurecido está saindo de um tanque em chamas em seu jardim.
Um esqueleto escurecido em chamas.
Indo em direção à casa.
Os três soldados soviéticos restantes em posição, atrás dele.
Correndo até a casa!
Michael, ainda atordoado com a invocação do meteoro, se encosta na parede, aponta para a escada do sótão.
Andrew desce para conter o ataque.

112

As orelhas de Marina Yaganishna estão zunindo e o quepe de general está na neve. O tanque pega fogo, iluminando os troncos dos bordos e o leve cair de neve, vomitando montes de fumaça de óleo preto para cima. Ela é invadida por um flash de nostalgia deslocada, mas afasta o sentimento com a neve que cai em suas costas e em seus ombros.
Atira agora na frente da casa.
Pop-pop-pop.
— Moroz — diz ela.
Ele aparece. Não mais um homem adorável e barbudo, mas um homem com cabelos brancos como a neve e a pele azulada dos que morrem congelados.
Ele encontrou uma calça de poliéster vermelha.
Seus pés descalços não têm dedos.
A camiseta do Pac-Man sobreviveu.
Marina olha nos olhos brancos dele, olhos que parecem ter catarata, mas não têm.
— Ele vai matar os soldados — diz ela. — E então Misha vai matar ele. Ou não. De qualquer modo, entre na casa enquanto Misha estiver fazendo isso.
Moroz assente, vira-se para sair.
— Espere. Tem um poço?
Moroz inclina a cabeça como um cachorro.

— Um poço?
Moroz pensa.
Sim. Devo congelá-lo?
— Não! Mostre para mim onde é.
Moroz aponta.
Ela se vira e caminha na direção, dizendo, sem olhar para trás.
— Deixe mais frio.

113

Andrew desce a escada com o cajado apontado para frente.
— Broquel — diz ele, e então um círculo côncavo de ar azulado e embaçado se move à sua frente, do tamanho de um escudo grande.
Os soviéticos estão atirando pela porta.
Ele se agacha quando desce, ficando atrás do escudo.
O escudo brilha e sibila nos pontos atingidos pelas balas, mas é diferente do encanto de desviar balas. Ele tem que lidar com aquilo. Mas tem vantagens. Funciona com outras coisas além de balas. Isso é bom, porque um soldado lançou uma granada — a porta explode, espirrando contra Andrew pedaços de carvalho em alta velocidade e alguns estilhaços de metal. Um dos fragmentos acerta a perna, que estava para fora.
O broquel bloqueia tanta coisa que silva como água em óleo quente, e a fumaça embaça a visão do mago por um instante.
Ele pega três moedas de um saco em volta do pescoço.
As mãos tremem.
Ele tenta fazer com que elas parem.
Um soldado atira da porta enquanto o esqueleto preto em chamas e os outros dois homens passam por ela.
O escudo de Andrew se acende onde as balas resvalam.
Ele se encolhe o máximo que consegue atrás da proteção.
Dragomirov!
Você gosta de jazz?
Ele joga as moedas.

Agora, todo o som preso do trompete sai de uma vez, desmanchando o esqueleto e mandando-o porta afora, dilacerando o homem contra a parede com tanta força que ele chega a morder a língua e bater as costas, antes de se transformar em uma bonequinha de aniagem.

Andrew corre para dentro da cozinha, apontando o cajado às suas costas.

Fecha a porta.

Siga, siga!

Abaixa-se atrás da ilha.

Olha para trás, conferindo se a porta lateral às suas costas está trancada.

Uma bota derruba a outra porta com um chute.

Andrew levanta a cabeça, projetando o escudo nada sólido sobre a ilha, pega uma moeda.

O som surge dela.

Não é suficiente para matar, mas derruba os dois homens e deixa o primeiro surdo, racha o batente, arranca um quadro de peras numa tigela de cobre da parede.

(Andrew gostava daquele quadro.)

Ele xinga.

Um russo xinga também.

O homem surdo cai de joelhos.

O outro fica de pé e grita, mas inutilmente.

E ataca Andrew com a baioneta.

O caucasiano peludo de barriga protuberante crava a baioneta no escudo e consegue jogar a proteção para o lado.

Isso quebra o feitiço.

Merda!

Rufar de tambores!

O caucasiano está tentando enfiar a baioneta no peito de Andrew quando este escancara a boca e vomita meia dúzia de dardos de bar no rosto do soldado, em grande velocidade. Velocidade letal, para ser mais específico. Só as partes de trás dos dardos ficam visíveis, e aquele que entrou no olho desapareceu sem deixar rastro, a ponta passando pelo outro lado do crânio. O homem se remexe duas vezes e cai, deixando apenas uma boneca marcada com uma mancha de sangue no chão de madeira.

Merdamerdamerda

O segundo homem está vindo, balançando a cabeça, mas vindo.

Pior: Dragomirov preto, morto, em chamas, aparece atrás dele.
Andrew se vira e abre a porta lateral da cozinha.
O soldado e o morto-vivo entram no cômodo.
Siga, siga!
O soldado começa a erguer a arma.
Sem amuleto, sem escudo.
— Manganês! — grita o mago.
As gavetas e os diversos armários se abrem.
O ar sopra com metais voadores.
Algo retorcido e terrível acontece dentro da boca de Andrew.
Ele faz algo que lembra cuspir, fungar e vomitar.
O som de uma colisão esquisita e metálica precede o tiro de rifle, SCRAAAANG-BANG!
alto e dolorosamente no espaço fechado, mas o tiro é disparado para cima, quebrando tigelas em um armário.
O grande mineiro se abala, totalmente arruinado, mais arruinado do que é possível descrever.
A cozinha é um abatedouro.
Tudo que é faca, garfo, pegador, colher, panela, frigideira e outras peças de metal é lançado aos dois invasores, como se disparado de um canhão. Até mesmo algumas portas rangem. Até mesmo uma torneira e um ralo.
Andrew sente gosto de sangue.
Três de seus dentes perderam as obturações, mas um, na esquerda e em cima, preferiu se soltar da gengiva, também disparando contra as coisas, cortando o lábio de Andrew no momento da saída.
Sem dar tempo nem de cuspir.
O Dragomirov-de-antes continua vindo, ainda esfumaçando pelas chamas do tanque, despreocupado com a mesa que o espeta, digna de uma loja de utensílios usados.
Uma faca de cozinha de vinte centímetros (J.A. Henckels, o principal utensílio da gaveta de talheres de Andrew) entrou na boca do russo como uma fofoca. Os restos de um batedor e um escorredor se casaram com o traçado da coluna de Dragomirov. Uma faca de descascar se destaca no crânio. Uma panela levou a maior parte dos dentes e uma frigideira de ferro polido ficou com um braço. Só que os dentes estão se juntando de novo e o braço já está se mexendo na cesta de frutas, preparando-se para voltar a se prender.

O morto está vindo.
Um acidente salva o mago.
Caso contrário, Andrew não teria conseguido abrir a porta.
Mas consegue.
Acontece que Dragomirov desliza na boneca em que o soldado arruinado se transformou.
Ele puxa os cabelos de Andrew ao cair.
Andrew bate no morto-vivo com o cajado.
A magia no cajado faz o impacto ser duas vezes mais forte quando Andrew dá a paulada. Ele estoura a mandíbula do morto, libertando a faca Henckel.
Pega a faca com a mão livre.
Corta o cabelo seguro pelo punho do esqueleto.
Abre a porta.
A neve entra.
Ele atravessa a porta, salpicado de sangue, cajado e faca de cozinha prontos.
O esqueleto se sacode como um cão, espalhando peças de metal.
Já se formando outra vez.
Andrew poderia ter corrido, mas dá meia-volta para enfrentá-lo, permanecendo na porta como um fantoche de um teatro de sombras.
Siga.
O morto-vivo dá um passo decisivo em direção a Andrew.
— Não foi assim que você entrou, senhor — diz Andrew, ofegante.
Esta é a minha casa e você deve sair do mesmo jeito que entrou.
O cadáver cai, continua caindo, como se houvesse um alçapão na terra.
Mas não tem alçapão.
E não tem cadáver.
Não ali.

114

O sótão.

    Neve caindo.

    Marcas na neve desde a janela da frente, perto de onde estava Michael Rudnick, que deixou seu posto.

    Voltaremos a ele daqui a pouco.

    O terrário com a miniatura da casa dos espíritos estremece.

    A porta lateral, a porta da cozinha, se abre.

    Uma figura esquelética muito pequena e chamuscada cai da porta.

    Cai no monte de terra embaixo da casa.

O cadáver reanimado de Misha Dragomirov fica de pé com dificuldade.

    Para onde foi o Ladrão?

    A filha de sua amante o acordou, disse a ele para vingar seu filho.

    Ele estica a cabeça, uma tesoura de cozinha cai de seu pescoço.

    É a casa ali em cima?

    Algo se move perto de Dragomirov.

    Atravessa o terreno.

    Do tamanho de um cachorro, um grande, mas não é um cachorro.

    A luz está fraca, mas é avermelhada.

    Algo se move acima daquela cabeça.

    Antenas?

    Um inseto.

    Uma formiga.

    Uma formiga grande, bem grande.

    Algo dentro da carapaça de Dragomirov está quase com medo.

    Estou morto, formiga maldita, você não pode me matar!

    A formiga não parece entender isso.

    Ela pica o russo com suas mandíbulas: ela é bem forte, mas ele também é.

    Dragomirov afunda os pés no chão o máximo que consegue, rindo com rouquidão, segurando as mandíbulas como um grandalhão interceptando um garoto de bicicleta.

    Ela curva o abdome, querendo picá-lo.

    Mas não consegue!

Isso quase chega a ser divertido.
Então, ele vê a outra.

A formiga-de-fogo importada.
Solenopsis invicta.
Comum na América do Sul, levada aos Estados Unidos acidentalmente nos anos 1920, em barcos com carregamento de frutas, a formiga-do-fogo é um inseto que não gosta do frio. Mas a colônia de formigas vive bem nesse terrário de clima controlado no sótão, recebendo grilos, mariposas e encantos de um mago.

A primeira operária encontra um inseto estranho e queimado que não consegue pegar com as mandíbulas nem arquear o abdome para envenenar. Os esforços que faz movem terra, claro, então as outras vêm. Milhares de outras. Como não sabem o que é riso, o som que aquele inseto faz enquanto elas se reúnem ao seu redor não quer dizer nada para elas. Não entendem russo nem insultos, muito menos insultos em russo, então o que ele diz sobre as mães delas (sem saber que todas têm uma única mãe e que a desova promíscua deixa pouco tempo para as atividades que ele sugere que ela gosta) não é absorvido. A peçonha tem pouco efeito sobre aquele inseto, mas elas são capazes de dilacerá-lo. Os pedaços de Dragomirov tentam escapar delas. As formigas nunca passaram por isso antes, mas acabam levando tudo para as larvas do estágio final, que conseguem digeri-lo.

Não tem muita carne.
Na verdade, a última coisa que ele diz é:
— Não tenho muito carne, imbecis!
Só a cabeça e uma parte da espinha.
E então isso também é dilacerado.
E a magia ali agoniza e morre.

115

Moroz vai para o lado direito da casa, onde as duas grandes janelas da sala de estar tem vista para a mata.
 As janelas de onde o Ladrão o viu.
 Agora, outro rosto o espia por uma delas.
 Um velho.
 O guerreiro de pedra.
 Forte, embora mais fraco que o Ladrão.
 Ele não pode matar o Ladrão — esse prazer é da bruxa —, mas esse homem é um alvo fácil.
 Vamos ver se você é forte!
 Moroz se aproxima da janela, sabendo que está horrível.
 O homem velho apenas observa.
 O gelo se formou no parapeito.
 Moroz escreve ali com o dedo.

   VOCÊ ESTÁ PRONTO

Antes de conseguir escrever o resto, o velho coloca um palito de dentes na boca — um palito! — e se afasta. Caminha até a janela do outro lado da lareira.
 Moroz se mistura à neve da qual é feito e aparece na frente da outra janela.

   PARA MORRER CONGELADO?

escreve ele mas, quando termina o ponto de interrogação, o velho mago desaparece. Moroz sente algo às suas costas, recompõe-se virado para trás. O rapaz americano hospedeiro que ele habita morre um pouco mais cada vez que Moroz abusa do corpo dessa forma, mas seu trabalho aqui está quase concluído.
 Não é o velho mago que ele vê.
 Agora, vê uma figura popular na União Soviética.
 Uma figurinha com orelhas grandes, supostamente uma criatura da floresta tropical não identificada afeita a laranjas.

Quantas vezes havia assistido a canais infantis pela janela e visto aquela coisinha?

Como era mesmo o nome?

— Cheburashka! — diz ele, com uma voz infantil, em russo, comendo uma laranja. — Você deixou isso aqui muito, muito frio — afirma com tristeza, abaixando a cabeça. — Mas pode realmente me matar congelado?

Moroz sorri, e as árvores atrás de Cheburashka formam gelo fino. Um esquilo tenta fugir de seu buraco e range ao congelar, caindo do galho.

— Muito triste — diz Cheburashka. — Mas é só um esquilo. Você precisa se esforçar mais se quiser ser meu amigo. Você quer? — Em um movimento que lembra *stop motion*, ele oferece sua laranja a Moroz.

Alguma coisa ali é familiar a Moroz, mas ele nunca sabe quais lembranças são suas e quais são do morador de rua.

Moroz inspira.

Solta o ar com força.

Gelo, neve e pedacinhos de gelo saem de sua boca.

As árvores ficam tão frias que formam uma camada fina de gelo.

Os galhos caem.

Os animais estalam e morrem.

— Acho que não podemos ser amigos — diz a criaturinha com tristeza, largando a laranja e pegando um cachimbo, que acende com um dedo. — Isto é de um crocodilo. Gena. *Ele* é meu amigo, ainda que você não seja.

Moroz não consegue congelar a fera.

Mas talvez possa rasgá-la.

Só que primeiro precisa parar a nevasca.

Cheburashka pega o cachimbo, que resplandece um brilho animado.

Moroz tenta fechar a boca e parar de soprar gelo, mas descobre que não consegue.

A boca de Moroz está aberta.

A criaturinha está tirando neve dela!

Enquanto Cheburashka suga, a essência de Moroz começa a sair.

Ele vomita neve, tanta neve que cobre o quintal do lado.

Ainda assim, a criatura fuma, rindo um pouco, bem feliz.

Luzes da rua brilham na Willow Fork Road.

A neve cai sem parar. Moroz estremece, quase vazio.

Não está mais azul.

Seus cabelos estão pretos de novo.

É um rapaz, na maior parte agora, mas uma parte suficiente de Moroz ainda pode ser ouvida.

Cheburashka aponta o cabo do cachimbo para ele, erguendo uma sobrancelha.

Sua voz está diferente agora.

É a voz de Stálin.

— Você e eu somos parecidos porque respeitamos nossos limites. Você não é páreo para o mago. Eu não sou páreo para a bruxa. Mas ninguém disse nada sobre você.

Moroz reconhece agora.

Eles já se viram.

Moroz diz seu nome real.

Cheburashka fuma mais uma vez.

Solta o ar.

O cachimbo brilha e está quente na boca do menino.

A sombra de uma lula na neve atrás dele.

Moroz deixa de existir.

116

O homem das cavernas acorda embaixo do viaduto.

Ele sonhou com uma mulher.

Ela lhe dava vinte dólares.

(Está embaixo do tijolo que ele usa para amassar latas.)

Ela fez desaparecer o zunido de seu ouvido.

(Ainda não voltou.)

E depois?

Um borrão.

Mas, no fim, o personagem Heat Miser do especial de Natal o levou como uma noiva.

Levou-o de algum Polo Norte infernal, onde os duendes tinham olhos de botão e bocas ensanguentadas.

Mas ele está em Syracuse agora.

No fim do verão.
Uma noite quente.
Faz uns dez minutos.
Ele sabe disso, de certa forma.
O Heat Miser consegue brincar com o tempo.
Porque ele é o Heat Miser.
Faz dez minutos, mas não é diferente de nenhum outro tempo, até onde ele lembre.
Ele ainda é um homem das cavernas.
Carros e caminhões passam sobre sua cabeça como sempre passaram, como sempre passarão.
Céu urbano vermelho acima do viaduto.
Ele está cansado da cidade.
Gostaria de estar em algum lugar onde pudesse observar as estrelas.
Então, ele vê uma.
Uma estrela cadente, bem brilhante.
Faz um desejo.
Meu nome é Victor.

117

Michael Rudnick se afasta da janela.
A náusea o invadiu segundos depois de ele puxar o meteoro para baixo.
Não temos tempo para isso.
Recomponha-se, Rudnick.
Escuta a briga no andar de baixo, sente a casa balançar quando a granada russa explode a porta da frente.
Precisa descer, apesar de ter se exaurido completamente com a queda do meteoro.
Foi um grande feitiço, talvez grande demais.
Está sem energia, não se sente capaz de levantar nem um grão de areia.
Tiros de rifle são ouvidos lá embaixo.
Andrew.
Ele está sozinho.

Mais impactos, um som como a trombeta de Gabriel tocando.

De repente, parece que há uma ferradura em sua cabeça.

Ele passa pelo sótão cheio de neve, caminha até a escada.

O primeiro passo é normal, mas, em seguida, não consegue controlar muito bem nem o braço nem a perna do seu lado direito, e meio escorrega, meio cai no chão duro do hall.

Escuta algo vindo da suíte principal.

A banheira?

Olha para a maçaneta, mas ela parece borrada.

Consegue ficar de pé, mas é difícil.

Um telefone antigo toca no quarto de Andrew, e ele escuta o barulho de uma porta se abrindo abaixo.

Preciso entrar ali.

Metade de seu corpo não está aceitando ordens.

E sua cabeça.

Deus, sua cabeça.

O telefone toca de novo.

Alguém quebra o aparelho.

Abaixo, outro grito-trompete que balança a casa.

Um candelabro de ferro no formato de uma mão aberta de mulher cai da parede, deixando um buraco dividindo uma rachadura no gesso.

Minha cabeça!

O mito do nascimento de Atenas lhe ocorre, e ele se julga capaz de empurrar uma mulher com armadura para fora de seu templo.

Tiros.

Andrew!

Michael Rudnick fica de pé a tempo de ver a maçaneta da porta do quarto girar.

A porta se abre e surge uma mulher de uniforme militar.

Atenas?

Não.

A filha de Baba.

Ela puxa um cinto parecido com uma cobra morta em volta do próprio pescoço.

Ela está tão surpresa quanto ele, e ele se prepara para receber ou lançar um feitiço.

Michael Rudnick é um guerreiro a ser respeitado, e ela sabe disso.

Nem todo mundo consegue girar com tanta velocidade um meteoro do céu e bater em um tanque com ele.

E ninguém consegue fazer isso sem pagar um preço.

Michael tenta dizer a palavra para fazer a arandela subir e quebrar a cabeça da mulher mas, quando fala, um som confuso sai de sua boca.

Os dois compreendem ao mesmo tempo.

Derrame.

Tive um derrame.

E não foi pequeno.

Sou um homem morto.

Ela sorri.

Não de um jeito mal-educado.

Puxa-o com firmeza para o banheiro.

Empurra Michael pelo lado imobilizado.

Ele não pode lutar.

Um momento estranho enquanto ela enfia o mago com um derrame pela porta do banheiro, com o sabre no cinto emaranhando os dois. Ele tenta arranhar o rosto dela com a mão boa, mas ela é mais forte.

Ela gostaria de aproveitar e viver a experiência, olhar nos olhos dele enquanto acontece: aquilo é algo raro.

Mas o Ladrão.

Ela vai acertar as contas com o Ladrão.

Ela tem Michael contra a banheira agora.

Ela diz o nome de um lugar, empurra o velho para a banheira.

Ele ouve o nome no lugar.

Não quer ir lá.

Está quente ali, e ele sente o cheiro de árvores e plantas em flor.

Ele cai.

Olhando para ela durante toda a queda.

118

O que acontece em seguida não é muito gratificante.
Nenhuma batalha culminante entre mago e bruxa que se transformam.
Simplesmente acontece.
Um homem mais velho com cabelos brancos compridos e uma jaqueta sai para o quintal, seguindo em direção à mata, procurando a casa com a perna quebrada.
Um tanque incendiado.
Bonecas sangrentas, fragmentos de carro, pedras esquisitas estão espalhados pela neve.
Ele quer encontrar a mulher que ama.
A nova bruxa.
Ele vê a casa, deitada de lado, recostada em uma árvore.
Sem energia.
Um homem barbudo olha pela janela para ele, segura uma lente quebrada diante de um dos olhos.
Isso distrai Andrew.
O mago só *a* vê tarde demais.
Vindo até ele pelo lado direito.
A bruxa.
Sorrindo para ele.
Sem delicadeza.
Mostrando os dentes.
Aproximando-se com o sabre erguido.
Ele tem alguma coisa no bolso que pode ou não parar o coração dela, mas é tarde demais para pegar.
Ele vomita a última cusparada de dardos contra ela.
Mas ela endureceu a pele, e as pontas dos dardos são entortadas ou totalmente destruídas.
A lâmina continua vindo.
Ele conhece aquele sabre.
É o que ele próprio usou na mãe da mulher.
Nela.
Ele compreende depressa.
Marina nunca mostrou os dentes ao sorrir.

O sorriso é o sorriso da mãe dela.
Satisfeito, superior, predador.
O rosnado de um lobo.
É Baba Yaga.
Ela pegou o corpo da filha.
Como sempre faz.
Como sempre fez.
Sua namorada está morta há muito tempo.
Mas o corpo ainda é forte.
O sabre brilha sob a luz do poste.
Uma luz suburbana estranha ilumina um sabre da cavalaria.
Descendo no pescoço dele.
Ele se lembra do cajado.
Faz menção de erguê-lo.
Tarde demais.
Dói.
E então para.

119

— Ela decapitou você. No segundo golpe. O primeiro foi meio... bagunçado. Por sorte, não houve muito tempo entre um e outro. Ela é bem rápida. Deve ser a musculação com *kettlebell*.

Andrew está sentado em sua biblioteca

Com aquele corpo?

falando com um velho ator britânico, talvez sir Alec Guinness, talvez sir Laurence Olivier, talvez até sir Ian McKellen. O ator parece se transformar ora em um, ora em outro. Está em uma poltrona de couro. Pernas cruzadas à altura do joelho. Usa um cravo amarelo e sapatos Oxford marrons.

Meias bege na altura dos tornozelos.

Ichabod.

E agora?

— Ah, você vai gostar disso. Será muito gratificante. Entre nesse ovo.

Dizendo isso, o velho téspio sorri e segura um ovo de galinha grande e vermelho.

Por quê?

— Primeiro de tudo, porque você não tem alternativa, tem? Nenhuma de que gostaria, pelo menos. Em segundo lugar, porque terá uma ressonância ótima. Um eco, se assim preferir. Ela matou você com o mesmo sabre que você usou ao tentar acabar com ela. Agora, devo ensinar a você um truque aperfeiçoado por um dos compatriotas da mulher. O que a geração depois da nossa chama de *frenemy*. Claro, eles normalmente se tornam inimigos. Percebo que você está se preparando para perguntar quem era o *frenemy* de Baba Yaga, então se poupe. Um cara chamado Koschei. Ele costumava esconder a morte do corpo para que não pudesse ser morto. Costumava escondê-la em um ovo. Você é um tipo de eco dele, sabia? De Koschei. Vocês nasceram na mesma data, têm a mesma maneira de andar. Até mesmo os mesmos olhos puxados, ele tem um quê de tártaro, você tem um quê de shawnee. Um eco é algo muito importante: simetria e repetição são as bases da ciência, da magia e da criação. A criação é binária.

Ele invocou você também.

— Sim, invocou. Quase de modo eficiente. Ele me invocou para destruir uma certa bruxa para ele. O problema foi que ela me deu a ordem para não feri-la. Quase de modo eficiente. Você entende o estresse que isso me causou, ficar preso em direções contraditórias. Ordens não cumpridas não agradam a criaturas como eu. Talvez seja a coisa mais próxima que a gente sinta de culpa. De qualquer modo...

Você sabia. Sobre tudo isso. E você me usou. Para acertar as contas com ela.

— Por aí. Aborreci você? Pensando bem, retiro a pergunta, não é pra valer. Não importa se aborreci você.

O velho ator risca um fósforo, acende um cachimbo.

Ichabod. Vá ajudar Anneke.

— Sinto muito, mas não recebo mais ordens suas.

Por que não?

Ichabod olha para ele como quem olha para um aluno que decepciona.

— Porque você está morto.

A entidade abre um sorriso vencedor.

— Agora, entre no ovo ou vou levá-lo até o inferno.

120

A mulher que costumava ser Marina Yaganishna está na biblioteca da casa dos espíritos. Ela não tem sido Marina desde 1983, claro, quando libertou a alma de sua filha traidora e começou a viver com o corpo dela. A filha que soltou o Ladrão. A bonita mas fraca, com uma pintinha. Baba assumiu e fortaleceu o corpo dela.

Agora, a bruxa velha olha para a biblioteca em que o Ladrão havia guardado os livros que roubou dela.

O *Livro dos Pesares.*
Feitiços de Amor dos Magyar.
Sobre Como se Tornar Invisível.
Sobre a Alma e sua Mutabilidade e o Melhor Modo de Sobreviver à Morte.

Ela encontrou a mão também, a Mão da Glória desgastada que tira a vida.

Estava no bolso da jaqueta do Ladrão, como se fosse uma carteira ou um molho de chaves!

Ele não respeitava nada. Essa é a doença dos americanos.

E agora ele jaz na neve derretida com um monte de corvos sobre ele, brigando por seus olhos.

A polícia vai vir logo, ela sabe, mas será fácil afastar os policiais: ela é boa em encantar, quase tão boa quanto uma vampira.

Vai precisar encher um saco, pegar o que quer, queimar o resto.

Já destruiu a banheira do Ladrão, para que o velho não pudesse voltar.

Vai queimar o professor na cabana.

Vai queimar a nova bruxa também.

Baba drenou e deixou a velha bruxa à beira da morrer para ficar mais forte para a luta, para dar força à cabana e aos soldados-bonecos sem comprometer a própria força. Do mesmo modo como costumava exaurir o Ladrão e tantos outros.

Agora, não vai conseguir nada dela — está inconsciente ou morta.

Vai queimar o homem de palha com uma pintura na cabeça.

Ele está gemendo no quarto do Ladrão e não vai sair dali. Ela pensou em destruí-lo, mas ele é inofensivo, bom para pegar e espiar, mas não conseguia pensar sozinho. Vai desfazê-lo e tirar a magia antes de queimá-lo — é um bom feitiço, com o qual está familiarizada.

A biblioteca está segura agora.

Várias armadilhas foram lançadas contra ela: uma broca se quebrou em sua cabeça, uma pequena Mão da Glória tentou socá-la, uma cobra de borracha ganhou vida, mas foi devorada por Baba. Um verme nojento tentou subir por suas partes pudicas, mas ela se tornou cáustica e o queimou.

Foi obrigada a brincar de roleta-russa para poder pegar o *Livro dos Pesares*: não há como desviar do risco da morte para pôr as mãos naquele livro.

Mas a morte não é um obstáculo para ela.

Baba é boa demais em resistir à atração, em encontrar outro corpo quente para se enfiar.

A maioria não sabe como lutar para manter a própria pele.

Na maior parte das vezes é fácil.

E até mesmo uma bruxa pode ser empurrada se for surpreendida.

Agora, ela apanha o saco.

Está pesado — ela ainda não colocou todos os seus livros.

Pegará um livro francês sobre transformação e um texto americano sobre automóveis. Além de um livro de Santa Delfina que afirma que a Revelação de São João aconteceu em 1348 e que os anjos e os demônios lutaram a segunda guerra que destruiu Lúcifer e deixou Mamon no controle.

Ela se lembra vagamente dessa época, pensa que pode ser verdade que a ganância e a inveja substituíram a ira e o orgulho como os principais males do homem.

Uma pena.

Apanha o saco.

Está prestes a sair da biblioteca quando nota uma bela caixa entalhada, que não tinha visto antes.

Na prateleira sobre a lareira da biblioteca.

Abaixo do quadro de um carvalho.

Ela coloca o saco no chão.

Examina a caixa, uma caixa de cedro e marfim.

Tenta abrir, mas vê que está trancada.

Cospe no buraco da fechadura e a fechadura esfumaça, se abre.

Um coelho?
Um coelho empalhado.
Ela vê seu reflexo nos olhos brilhantes e convexos. Fica surpresa: sempre se surpreende ao se ver jovem. Ela prefere o corpo de uma megera, prefere ser subestimada e ignorada, para tomar decisões claras sem se distrair com um útero rápido e seu alarme para sexo e filho.
Sem falar que sempre pode ficar bonita quando precisa seduzir alguém.
O que é esse coelho?
Uma relíquia?
Ela tenta sentir a magia, sente apenas uma falta de vida esquisita.
Apanha o objeto.
Quando apanha, o coelho abre a boca e, incrivelmente, um ovo sai dela.
O ovo se quebra no piso de madeira.
Isso desencadeia uma lembrança na bruxa, mas tarde demais.
— Aqui está o diabo! — diz ela.
E, então, acontece.

Andrew Ranulf Blankenship, ou sua morte, ou sua essência de vida, ou sua alma, se preferir, se lança da casca quebrada, da gema e da clara no chão de sua biblioteca, disparando até o corpo da sua antiga amante.
Se porventura ele hesitar, ela vai se dar conta e se defender, e ele será um fantasma.
Ele não dá tempo a ela.
Ele empurra com toda a força, entra no corpo dela e o preenche, sem deixar espaço para que ela se esconda. Sente-se todo dentro dela de uma vez.
Por um momento estonteante, os dois ocupam a carne da pobre Marina Yaganishna, mas a velha bruxa é surpreendida e perde o equilíbrio.
Tenta se segurar.
Se ela ganhar o controle, ele perde.
Ele faz algo que compreende como encostar o pé no quadril dela e empurra Baba para cima e para fora, pelo nariz e pela boca.
A boca de Marina Yaganishna se abre e Baba geme como se estivesse em trabalho de parto. Cerra os punhos. No entanto, não consegue se segurar. O impulso e o fator surpresa estão ao lado dele, que a empurra para fora do corpo que roubou.
Antes de tomá-lo para si.

121

Baba Yaga, ou sua morte, ou sua essência de vida, ou sua alma, se preferir, vê o corpo de Marina Yaganishna pelo lado de fora. Vê que o corpo contraiu os músculos, vê que o guerreiro está respirando devagar, mantendo-se rígido. Ela corre até ele, tenta empurrar, mas é mais fácil defender um corpo do que pegar um, quando você sabe que está sob ataque.

Ela vê o antigo corpo cair, segurando os joelhos contra o peito.

O Ladrão fez sua análise — se tentasse ficar de pé naquele corpo novo, com todos os músculos estranhos se remexendo e a massa cerebral ondulando para acomodar os novos padrões de pensamento e o novo pensador, ele ficaria vulnerável, e ela poderia empurrá-lo para fora outra vez.

Mas ele, ou ela agora, cai no chão e respira.

Vomita a carne de porco e as maçãs que almoçou — a náusea é normal.

Continua respirando, mantém os músculos tensos de modo que ela tenha consciência de seu perímetro, de modo que ela possa relacionar todas as suas partes.

Baba percebe que é inútil.

Ela está sendo fechada.

Por enquanto.

E então.

Ah, Deus.

Ele vem.

A luz.

A luz quente e reconfortante.

Seu filho, o doce e fraco Misha, já foi para a luz para brincar com gatinhos e para se sentar no colo de Jesus e tocar a balalaica ou o que quer que as pessoas toquem lá, onde todos são iguais.

Até parece!

Todos *não* são iguais.

A luz quente espera do lado de fora da parede da biblioteca e Baba sabe que poderia passar por aquela parede e entrar, mas então não seria mais esperta ou mais forte do que outra pessoa, e isso parece péssimo para ela.

Pode ser até julgada, se os padres estiverem certos.

Mas ela estava ali bem antes de os padres chegarem à sua terra.

Ela estava ali quando os mortos foram queimados em cabanas em pequenos montes com círculos por todos os lados.

Ela ainda era uma garota quando pediu à mulher que conversava com Chert, o deus-sombrio, para ajudá-la a se livrar do novo marido da mãe, o nojento que preferia comê-la e a comia sempre que sua mãe ia para a rua. E o homem a mandava para a rua muitas vezes. Como ela detestava ver os dentes dele enquanto ele rosnava, gemia e suava sobre ela. Odiava ouvi-lo urinando do lado de fora da casa.

A Mãe Terra Úmida nunca ouviu suas preces, mas o deus-sombrio, sim.

O marido da mãe caiu em um buraco: os irmãos dele viram mãos pegá-lo, viram uma mão com uma rocha quebrar seus dentes, outra mão arrancar seu pênis até a terra preta interromper os gritos do padrasto e ele desaparecer para sempre.

Qual era o nome dela, então?

Fazia tempo demais para lembrar. Ela costumava anotar, mas perdeu o caderninho e o interesse em encontrar de novo.

Ela acredita ouvir a voz de Misha vindo da luz.

Baba. Venha comigo para cá. É bom aqui.

E você é meu pai para me dizer o que fazer? Você que deve vir aqui.

Não quero.

Quantos filhos, filhas, irmãs e mães você acha que tentaram me levar até aí? Diga a essa luz para ir pastar e sumir.

Adeus, Baba.

Sim, sim. Aproveite a balalaica.

Mas aquela podia ser apenas sua mente falando consigo mesma.

De qualquer modo, a luz para de se prender a ela e desaparece.

É quando ela escuta

Com que ouvidos?

a porta da frente se abrir.

Se ao menos ela tivesse uma boca para sorrir.

122

Precisamos voltar um pouco agora.

E voltar à casa de Anneke Zautke e à coisa que ela despertou. A coisa que ela disse para ficar na cama. A coisa obedeceu — coisas como aquela são bem obedientes no começo, pois a obediência vem de um desejo profundo de agradar o criador. No entanto, assim como um cão que recebe a ordem de ficar, o desejo de permanecer perto do dono logo encobre a lembrança da ordem.

A criatura escuta a confusão do lado de fora, quando Anneke é arrastada para a cabana e observa aquela coisa engolir sua criadora. A coisa se esconde da bruxa quando ela olha para baixo no caminho, e então entra na casa e chora.

Depois de chorar tudo o que pode chorar, decide seguir Anneke.

Como a magia levou a coisa à vida, ela sente a magia.

Sabe para onde a cabana foi.

Ela a segue, caminhando no acostamento da estrada.

Descalça.

Camiseta branca com um círculo vermelho, caracteres japoneses que dizem *À procura de uma namorada japonesa*.

Sem sutiã.

Segurando a calça jeans folgada com uma das mãos porque é a calça de Anneke, que veste dois tamanhos acima.

Como caminhar sozinha à noite no acostamento da estrada é algo muito atraente, um homem com nariz vermelho e jaqueta laranja de Syracuse para o carro e pergunta se ela quer sair.

— Quero uma carona — diz ela.

— Para onde?

— Não sei. Mas eu digo quando chegar lá.

Ele diz que "Não sei" é o lugar preferido dele.

O homem para em uma estrada na zona rural perto de uma plantação de milho e faz sexo com ela.

Ela olha para a estrada onde a magia passou o tempo todo.

Chacoalhando-o e apontando.

Ele está demorando porque a setralina atrasa os orgasmos.

Também porque já está pensando nas palavras que vai usar para descrever seu *peccadillo* ao padre Maldonado no domingo.

— Rápido! — diz ela, estapeando o rosto dele, o que faz com que o homem voe longe.

— Foi ao menos um pouquinho bom para você? — pergunta ele, colocando a camisinha dentro de um copo vazio de refrigerante, que coloca dentro de uma caixa vazia do McDonald's, que coloca dentro de uma sacola de plástico, como a pior matriosca do mundo.

— Não me importa — diz ela. — Me leve para a estrada agora.

— Quanto eu te devo?

Frustrada, ela bate na orelha dele e aponta a estrada.

A raiva que ele sente na dor logo se torna culpa quando percebe que pode ter se aproveitado de uma garota demente.

A garota-coisa faz com que ele dirija devagar, apontando.

— Dog Neck Harbor, né? — diz ele.

— Não fale mais. Não gosto do seu jeito de falar.

Ele liga o rádio.

Quando chegam à Willow Fork Road, a sensação de magia fica mais forte.

Ela sorri, bate as mãos um pouco, ri.

— Até onde? — pergunta ele, assoando o nariz em um guardanapo, tirado de um bolso da jaqueta.

A fumaça do óleo de uma máquina de guerra em chamas sobe do quintal, mas ele não consegue ver.

A neve cai no para-brisa, mas ele acha que é chuva.

Seu ângulo na estrada não permite que ele veja o homem decapitado nem o corvo que se alimenta dele.

— Aqui! — grita a garota-coisa.

O homem de jaqueta para o carro, procura a carteira.

Tira duas notas de vinte e, junto, um papelzinho de biscoito da sorte, como uma língua pequena e branca.

Ela já saiu do carro e está correndo.

Ele lê o papel no colo, as letras vermelhas e alegres proclamando O AZAR NÃO VAI ALCANÇÁ-LO SE VOCÊ FOR EMBORA!

Ele vai embora.

A criação de Anneke não sabe para onde ir agora.

A magia grita da casa, mas também da mata e do tanque em chamas. A magia aqui é muito mais forte do que qualquer coisa na casa de Anneke.

Ela sente a criadora em todos os lugares: Anneke saturou esse lugar com sua presença. Mas a magia é mais forte na casa. A casa com a porta e a abertura no telhado e as covinhas onde os projéteis bateram e a casa se reformou.
A coisa bonita com roupas grandes entra pela porta da frente.
Escuta uma mulher gemendo de desconforto no andar de cima.
Quase não vê a parte fria que atravessa para subir a escada para a biblioteca.
A parte fria a segue.

Andrew-em-Marina está gemendo, deitado em posição fetal, quando ele (ela) vê a linda garota-coisa adolescente entrar na biblioteca, parecendo confusa.
A coisa o(a) vê.
— Moça bonita da pintinha, onde está Anneke?
Ela tem exatamente a voz de Anneke.
Andrew (Marina) quase entende, entenderia completamente se ele (ela) não estivesse tão ocupado(a) respirando de modo firme e mantendo os músculos meio tensos.
Então, a garota bonita estremece.
Sua essência de vida é algo frágil, uma criação totalmente nova, tremulando como uma fronha em um varal. O vento que bate nela é um vento frio e forte, de fato.
Não há luta.
O espírito inexperiente se dissolve como se nunca tivesse existido.
Desligado, o corpo da garota se encolhe, bate a cabeça no chão com um *tum* seco.
Os olhos azuis meio italianos da garota se abrem de novo.
E se estreitam.
A garota sorri um sorriso de lobo, curvando o lábio superior um pouco demais.
Vomita muito — o macarrão e o queijo branco que eram da despensa de Anneke.
É a camiseta de Anneke.
Cheira a cigarro Winston.
Andrew-em-Marina quase compreende o que a garota era antes. Sabe bem o que a garota é agora. Para de respirar e apertar — a bruxa velha encontrou seu hospedeiro.

É a camiseta de Anneke.
Andrew-em-Marina entende de repente.
Tenta dizer:
— Ah!
Parece mais:
— Aff!

123

Anneke voltou da pedreira de Michael Rudnick, repentinamente cheia de força. Sabe que tem uma oportunidade limitada de fazer essa coisa horrível, sabe que sempre que resiste à tentação acabará fazendo, que tem que fazer.
No porão.
Sete estátuas de sua amante adolescente, Shelly Bertolucci.
A maioria delas é pequena.
A melhor é de tamanho real.
Sabe que vai ter que ensinar a ela a ser uma pessoa de verdade, não só uma pedra transformada em carne seca.
Ela improvisa.
Queima fotos da Shelly real e esfrega as cinzas na estátua.
Pega a mecha de cabelos de Shelly que guardou e coloca na cabeça da estátua.
Queima uma carta de Shelly, coloca as cinzas nos lábios da estátua.
Toca seu próprio sexo úmido e umedece o de Shelly.
Beija os lábios de pedra, deixa a própria saliva na cinza.
Derrama leite em seu seio e esfrega no seio de Shelly.
Quando está pronta, transforma uma folha de bordo vermelha em pedra.
Apressa-se, sopra o fogo da vida da folha para a estátua, que fica vermelho-bordo primeiro, depois vira pedra.
Na terceira tentativa, a pedra vermelha brilha como brasa de carvão, tirando Anneke do porão com seu calor, fazendo seu medo se acender, e então esfriar, amaciar, ficar cor-de-rosa, cor de carne, e então se tornar carne.
Ela respira com dificuldade.

Solta o ar.
Soluça.
Mexe os dedos.
Os olhos.
Envolve Anneke com os braços quentes.
Diz: "Obrigada".
Anneke ri e chora.
Fala:
— Ah, merda.

124

Ah, merda, pensa Andrew-em-Marina.
Isso está acontecendo.
Não há outra maneira.
Marina e a cópia de Shelly começam a ficar de pé, tremendo, remexendo-se, músculos falhando.
Dois potros em corpos novos.
Prestes a brigar até a morte.

125

Anneke acorda ainda presa pelos pulsos e tornozelos, pendurada como uma rede em um navio que está afundando. A cabana está no chão, aberta, a neve entra. O maluco barbudo segura os joelhos, olha pela janela, e então olha pela janela de novo.
— Ela pegou ele — diz.
Ele continua repetindo "pegou ele" e olhando pela janela, como se estivesse preso em um *loop*.

Ela pegou quem?
Andrew, quem mais?
Esse cara é um merda, ele é como Renfield, não o ouça.
Anneke observa.
Seu ombro dói: deve ter sido atingido quando a cabana caiu.
O colar de cobra ao redor do pescoço já não a deixa esgotada.
Só está frio como ferro.
Como ela tem mágica suficiente dentro de si, tira o objeto do pescoço, fazendo a cobra gemer e se remexer até finalmente cair morta no chão, que agora é a parede. Anneke arrebenta o que prende seus pés, e a amarra cai. Agora, as mãos: ela afia a parte de dentro do colar de metal e usa para cortar a corda.
Renfield vê que ela se liberta, se aproxima, tenta segurá-la, mas não tem essa intenção. Só consegue sangrar e chorar sobre Anneke. Ela bate no peito dele, sai pela janela e se joga na neve.
Neve?
Estamos no verão!
Como se a estivessem provocando, corvos formam um círculo ao redor de algo à sua esquerda.
Não quero saber o que é, ainda não, é um cervo, só um cervo.
Ela vê o T-34 em chamas, as estranhas pedras pretas ao redor, vê os destroços espalhados dos carros destruídos e das pedras.
Pisa em uma boneca com olhos de botão e esta sangra na neve.
Sente que precisa entrar.
Andar de cima.
Depressa.
Ela corre.
Ignora os pedaços de madeira, o vidro e o sangue.
Sobe com os sapatos pesados, marcando a neve.
Vai para a biblioteca.

126

Anneke entra na biblioteca.

Shelly Bertolucci luta e geme, em um duelo com a bruxa que colocou Anneke na cabana. Um sabre ensanguentado está no chão perto delas. A bruxa tem arranhões perto dos olhos. O nariz de Shelly está quebrado. Livros, uma broca quebrada, uma mesa virada e outros destroços se espalham pelo chão perto dos duelistas.

As duas se movem como se estivessem embriagadas.

Anneke fica paralisada.

Olha para o sabre outra vez.

Parte em direção à arma, o ombro doendo.

Segura o sabre.

As mulheres lutam.

As duas viram Anneke pegar a arma: cada uma parece determinada a impedir a outra de falar.

A bruxa ataca com um cotovelo, acerta Shelly na orelha.

Anneke dá um passo à frente, empunha o sabre para atacar.

Marina fala.

— Anneke Zautke! Sou Andrew! No corpo errado!

Anneke interrompe o movimento, que teria acertado Marina Yaganishna nas costelas.

Uma cilada. A cadela russa que se foda.

Ela afasta a arma.

Inspirada, Marina fala de novo.

— Vamos assistir a *Papillon*!

Agora, Shelly bate no rosto de Marina, segurando com força, ainda que sem graciosidade, com a parte inferior da mão.

E faz com que ela se cale.

Consegue um segundo para falar.

— O que você está fazendo? Não permita que ela me machuque!

Um pedido simulado de uma amante simulada.

Sotaque russo?

Anneke estreita os olhos.

— Depressa! — grita Shelly.

Parece dizer *deprexa!*

— Engraçado — diz Anneke.

Como Shelly vê Marina prestes a falar de novo, a impede com um golpe fraco, mas doloroso, na garganta, fazendo a outra ir para trás.

Marina leva as mãos ao pescoço, cai na poltrona de couro de Andrew.

Shelly está livre agora.

Shelly com o sotaque russo.

Anneke, em choque, com o rosto pálido.

Decide.

Afasta o instinto de não ferir Shelly e usa a oportunidade para atacar.

Com força.

AGORA!

Bate com a ponta curvada no sol japonês vermelho na camiseta da mulher mais jovem.

O sabre para por um milésimo de segundo no esterno, entra de modo nojento, atravessa, erguendo o algodão do outro lado, antes de perfurá-lo.

O olhar de fúria de Shelly se torna dor e surpresa.

Ela coloca as mãos no sabre.

E volta a ser pedra.

Ao redor do aço do sabre.

Veste uma camiseta ensanguentada e um jeans folgado.

Anneke faz um som gutural, como um uivo.

— Ela vai tentar invadir seu corpo! — grita a bruxa, na cadeira, com a garganta ferida. — Contraia os músculos... respire bem, depressa e não muito fundo.

Anneke faz isso.

127

Baba Yaga se vê outra vez sem corpo.

O guerreiro no penúltimo corpo dela não está vulnerável.

Está ofegante na poltrona de couro como um filhote.

A nova bruxa também não está dando abertura.

Baba nunca se sentiu tão fraca.

Se eu não encontrar um corpo logo... Mesmo que encontre, não sei se terei forças para pegar alguém.

Mas acho que sim.
Mais um.
É quando ela vê a luz quente e vermelha.
Um carro da polícia?
Uma policial seria uma boa hospedeira. Baba poderia voltar ali e atirar naquelas duas, mas sua força está tão baixa que talvez não conseguisse saltar depois para outro corpo sem preparar certas poções, usando a Bruxa do Leite para exaurir um rapaz iluminado ou uma moça iluminada para se alimentar. Nada bom. Acabar a vida em uma prisão americana seria uma piada sem graça.
Não, seja lá para onde for em seguida, vai precisar de tempo para reunir forças.
Ela sai pela porta da frente arruinada.
A luz brilha entre as árvores.
Na estrada abaixo?
Ela passa pelo tanque, passa pelo guerreiro morto.
O homem de palha com a cabeça de quadro está afastando os corvos de um jeito patético, tentando fazer com que parem de comer seu dono.
Boa sorte, sobaka.
Quando ela chega à estrada, não vê carro de polícia.
O brilho vermelho está vindo de cima.
Isso não está certo.
Ela espia
com qual pescoço?
e olha
com quais olhos?
para ver.
Uma enorme nuvem vermelha de luzes que se mexem (olhos?), uma nuvem grande como um dirigível, uma parte obscurecida pela fumaça oleosa e pela névoa deixada pela neve e então pela ausência de neve.
Ela sabe o que é.
Um coletor.
Um limpador.
Vem em busca de espíritos rebeldes.
Dentro de um corpo, você não pode vê-lo e ele não pode te ver.
Fantasmas se escondem do coletor, mas por fim, em dez anos ou trezentos, o coletor chega até eles.
Sou um fantasma!

Ela foge, entra na casa do outro lado da rua.
Um cachorro com três patas late para ela.
Ela entra na casa, ninguém embaixo, no andar de cima só um homem morto e duas bonecas queimadas.
Cortinas queimadas.
Um fantasma com cara de bravo está perto deles.
Saia da minha casa!, grita para ela.
Ela visualiza a vida dele em um instante.
Um homem fraco e irado.
Vá depilar suas bolas, diz ela.
O cachorro late.
O cachorro então! Vou me esconder no cachorro!
Será que em um cachorro ela viveria tempo suficiente para reunir a força necessária para expulsar uma pessoa?
Sobraria o bastante dela para ter linguagem?
Ela poderia ficar presa em um cachorro aleijado por anos.
Até para sempre.
A casa é tomada por uma luz vermelha.
Um tipo de olho observa.
Melhor em um cachorro do que dentro daquela coisa maldita.
O olho vê o homem irado com ódio.
Um tipo de mão alcança a janela.
NÃO! NÃO! NÃO! O homem berra, mas é levado mesmo assim.
É dissolvido totalmente, ao que parece.
Assim termina a mais curta assombração na história do estado de Nova York.
Baba corre para baixo.
Tenta entrar naquele cachorro, mas ele corre de um lado para o outro, latindo para ela.
Tenso demais, rápido demais.
Como um cão perneta consegue se mover tão depressa?
Agora, a coisa vermelha enorme acabou com o homem irado.
Ela vai para a mata.
Pense em voltar para a casa do Ladrão e pegar o corvo.
Pequeno demais.
As matas ficam vermelhas.
Não!
Você não vai ME pegar!

Espere... o que é isso?
No vão de um toco de madeira.
Algo se retrai.
Grande o bastante, pensa ela.
Então, reconhece.
O absurdo da situação a atormenta.
Um gambá?
Pior do que isso.
Um gambá-fêmea prenhe?
Um tipo de olho olha para ela por meio de uma coroa de folhas de bordo.
Aqui está o diabo!
Temeroso, o gambá mostra os dentes.
Tem bons motivos para sentir medo.
Baba Yaga empurra.
O gambá grita.
A luz vermelha vai embora.

128

Quando a polícia chega, Marina Yaganishna conta o que aconteceu a vinte metros do corpo de Andrew.
Os policiais veem o que ela quer que vejam.
Acreditam no que ela diz a eles.

129

Do *Barre Montpelier Times Argus*:

FILANTROPO DE MAYFIELD
MORRE PERTO DE Tchernóbil

Montpelier, Vermont — *Michael Rudnick, escultor e filantropo, foi encontrado morto na cidade ucraniana abandonada de Pripyat, aparentemente de um derrame fulminante.*

Rudnick, 71 anos, é conhecido por seu envolvimento com ações de caridade. Em 2005, doou material de construção para a nova ala pré-natal no Mayfield Memorial Hospital. Em 2009, doou para o Northern Vermont Museum of Natural History uma escultura em tamanho real de um urso correndo. De Mayfield a Montpelier, as crianças conhecem Rudnick como o Papai Noel, por sua barba branca e suas visitas a parques da região em um trenó puxado por uma rena.

Um oficial do Departamento de Estado descreveu a presença de Rudnick em Pripyat, parte da zona restrita exposta à radiação, na explosão do reator número 4 na planta nuclear de Tchernóbil, em 1986, como "altamente irregular", mas se recusou a dar mais explicações.

Rudnick atuou na infantaria do Exército dos Estados Unidos em 1968 e frequentou a Universidade de Vermont no G.I. Bill, o programa de incentivo a ex-combatentes. Deixa uma irmã, Michelle, e um irmão, Paul.

Quando perguntaram sobre a trágica viagem de seu irmão à Ucrânia, Michelle Rudnick-Osborne disse: "Michael sempre foi cheio de mistérios, aparecendo onde não esperavam que aparecesse. Mas estava sempre disposto a ajudar. Não existe ninguém como ele, e vamos sentir muitas saudades".

Do *Syracuse Post-Standard*:

METEORO CAI, MATA UM E FERE UM

Dog Neck Harbor, Nova York — *Um homem de Cayuga County morreu e um ex-professor da Cornell ficou ferido depois que um meteoro caiu na região centro-oeste do estado de Nova York.*

A vítima, John Dawes, 46, parece ter sido atingida no pescoço por um estilhaço de metal lançado na destruição de um carro de seu vizinho Andrew Blankenship, cuja casa também foi atingida no estranho acontecimento. Blankenship estava fora de casa no momento do acidente.

A hóspede de Blankenship, Marina Yaganishna, disse ter ouvido um "som sussurrado seguido por uma série de batidas assustadoras". Segundo ela, "a casa foi atingida com tanta força que pensei que cairia".

James Coyle, Ph.D., está em estado estável, com cortes e trauma na cabeça. Ele não se lembra como chegou a Dog Neck Harbor depois de sair de sua casa de veraneio na cidade próxima de Sterling, Nova York.

O fenômeno ocorreu por volta de 21h45, na Willow Fork Road, leste da cidade. Um trator de origem desconhecida também foi atingido. O tanque de gás pegou fogo e causou um incêndio em parte da floresta.

130

Andrew-em-Marina caminha com Anneke até os corvos. Anneke já fez Salvador entrar.

— Não olhe — diz Marina a Anneke, observando. O sotaque dela é o puro sotaque do Meio-Oeste americano.

— Eu, não olhar? Que tal *você* não olhar? — pergunta Anneke, também observando.

— Só vou poder ver isso uma vez — diz Marina.

— É. Talvez.

Marina pega uma mecha de cabelo de Andrew.

Será necessário porque os feitiços de Marina serão feitos para que ela se pareça com ele, fale como ele.

Isso não vai ser fácil, mas Marina não terá que fazer por muito tempo: só por tempo suficiente para ajeitar as coisas legalmente, fazer com que a propriedade de Andrew passe a ser de Marina.

Uma busca na cabana fez que ela encontrasse o passaporte, a carteira de motorista, os cartões de crédito.

Perto do amanhecer, Marina e Anneke queimam os restos de Andrew, alimentam as chamas com o vidro temperado.

— Andrew Blankenship está morto — diz Marina.

— Vida longa a Marina Yaganishna — diz Anneke, oferecendo um cigarro a ela.

A mulher quase pega um, e então balança a cabeça.

— Acho que parei.

Anneke fica para dormir.

As duas se deitam e se abraçam como se fossem muito frágeis.

O sono vem aos poucos.

Quando as duas adormecem, uma grita, acordando a outra.

Nenhuma sabe quem.

131

De manhã, Chancho chega para uma sessão de treinamento da qual Andrew havia se esquecido.

Anneke diz a Chancho o que aconteceu.

— Não acredito.

Chancho olha para Marina da cabeça aos pés.

Olha para ela em silêncio por um minuto e meio.

— Ei, *bruja* — diz ele por fim, falando com Marina. — Diga o nome de três pessoas que derrotaram o Iceman.

— Por nocaute ou pontos? — pergunta a mulher.

— Você decide.

— Rashad Evans, Rampage Jackson e Não-sei-o-quê Jardine. O "Dean of Mean". Keith?

— Sim, mas esse não foi por nocaute.

— Você deixou que eu decidisse.

Chancho assente bem devagar:

— E Ortiz?

Marina enruga os lábios para Chancho.

— Ortiz nunca derrota Liddel. Ortiz é um *pendejo*.

Chancho corrige sua pronúncia.

132

Andrew se parece com Andrew graças a um feitiço muito forte e muito temporário.

Ele encontra o advogado, assina os documentos em que passa tudo para Marina Yaganishna, a quem descreve como uma prima.

— Prima, hein? É assim que estão chamando as noivas russas da internet hoje em dia? O que você está fazendo, Andrew?
— Confie em mim.
— Coisas com impostos? Está sonegando?
— Só faça o que eu pedi, por favor.

Andrew tem até o pôr do sol para olhar, cheirar e falar consigo mesmo.
Ele chama Salvador.
Sal mexe o quadril pela primeira vez desde que o corpo de Andrew morreu.
— Sal, tenho que fazer uma pergunta para você.
O retrato emoldurado de Dalí assente.
— Sal, você é feliz?
Salvador demora para responder.
Então gira os botões do Traço Mágico.

EU

SIRVO

— Isso não é resposta. Quero saber se você é feliz. Agora. Assim.
Uma das mãos do autômato se mexe em direção aos botões do Traço Mágico para responder.
E então para.
Aqui está, então.
— Vou fazer outra pergunta, Sal. É uma pergunta que representa mais do que parece representar, então quero que pense bem na resposta, está bem?
O retrato assente.
— Você prefere ficar aqui dentro comigo? Ou quer sair?
Salvador abaixa a cabeça.
E então aponta para o Traço Mágico.
EU

SIRVO.
Andrew balança a cabeça.
— Diga a verdade. O que prefere?
O autômato se remexe.
E então escreve.

SAIR

Sal chacoalha a tela para limpá-la e gira os botões de novo.

VOCÊ SAIRÁ COM SAL MAIS TARDE

Andrew ri, sente uma lágrima começar a se acumular em um dos olhos, e a afasta com o nó do dedo.
— Está marcado — diz ele.

Primeiro, Andrew assiste à fita com Sal e Sarah umas doze ou treze vezes, sem abrir o alçapão. Apenas observa. Depois, pega e leva a fita para o andar de cima.
Como o micro-ondas está destruído, Andrew usa o fogão para descongelar um pedaço de filé que estava guardando na geladeira, bem grande e vermelho envolto em bacon defumado.
A seguir, ele transforma Salvador em um border collie, usando o resto da magia de seus membros fracos.
Isso vai durar só uns vinte minutos, no máximo.
Ele dá o filé a Sal.
Observa o cão bonito e faminto comer.
Os trezentos gramas dele.
Ele leva Sal para fora, lança um frisbee para ele.
Ri quando o cachorro pega o disco no ar uma, duas vezes, e então se distrai e persegue um corvo, provavelmente um daqueles que comeu o rosto de Andrew não muito tempo antes.
Então, eles correm juntos.
O cachorro está correndo com a língua para fora no último dia quente do ano, pelo que parece um quilômetro, latindo e saltando.
Então, os dois começam a se arranhar e a morder de brincadeira, com direito a lambidas, uma dança tão velha quanto homem, e cão, e carne, e fogo. Enfim, eles param, a cabeça de Sal no colo do dono.

Andrew sente o cheiro bom do cachorro, do pelo perto das orelhas às almofadas pretas e fofas das patas, até o hálito quente de carne.

Um esquilo desce de uma árvore e Sal levanta a cabeça, ergue as orelhas, mas não corre atrás.

Apenas balança o rabo.

Está muito feliz com os cheiros de esquilo, o ar fresco e os texugos mortos e o sol em seu pelo, a mão do dono sobre ele, a voz do dono em seu ouvido e o cheiro em seu focinho.

Pela última vez.

Tem que ser aqui.

Tem que ser agora.

O cachorro começa a ver embaçado.

Fica de pé e boceja, enrolando a língua.

Andrew também fica de pé.

O cão está vendo embaçado e assim continua.

Levanta-se com as quatro patas para ficar de pé em duas.

Agora, Sal é um autômato de novo.

Antes que perca a coragem, Andrew puxa a tampa do cesto e tira o coração salgado do cachorro.

Não é diferente de puxar um plugue.

O homem de palha cai em uma posição quase fetal com Dalí olhando para o céu.

O retrato vai ficar pendurado na biblioteca.

As próteses de perna vão para Virginia, onde um homem ou uma mulher de um país quente ficará feliz em recebê-las.

O homem de palha e o coração do cachorro começam a pegar fogo.

Assim como a fita VHS.

Sal e Sarah.

Sair.

Mais tarde.

Está marcado.

Andrew Blankenship assiste ao sol se pôr, sentado perto do fogo, com seu roupão japonês.

Marina Yaganishna se levanta, amarra o roupão.

Escuta o telefone celular tocando.

Atende.

É Anneke.

133

Isto é o que Marina Yaganishna faz em uma reunião do AA:
 Ela se apresenta a todos.
 Tenta agir como se não soubesse tudo sobre a mulher-com-cabelo-tingido-de-vermelho-e-fofoqueira Cathy, ou sobre a Miss-Nova-York-religiosa Laura, ou sobre o cara-que-parece-Art-Garfunkel-que-apanhava-com-o-desentupidor-de-privada Jim, ou sobre o advogado-do-Lexus Jim, ou sobre o santo Bob, ou sobre qualquer um deles.
 Ela come metade de uma rosquinha, dá a Anneke a outra metade, observa-a comer mais duas.
 Anneke engordou um pouco, mas está bem.
 Está feliz.
 Quando Chancho fala, Marina diminui as luzes fluorescentes presbiterianas acima das telas amarelas presbiterianas, e então volta a torná-las mais fortes, parando antes de alguma delas estourar. Chancho olha para ela, mas ela só o encara com aqueles olhos azuis calmos e puxados dela.
 Chancho fala.
 — Eu costumava me envolver em muitas coisas ruins, no Texas, no México. Desde a infância, bebia cerveja e *raicilla*, que é feita de agave, mas não como a bebida que dão pros turistas experimentar, mas coisas que a gente fazia em casa. Sempre com problemas. Em sua maioria, os rapazes da minha família querem armas e drogas, e eu também queria, no começo. Coisa ruim, ruim. Você vê no jornal hoje como ficou ruim, mas nunca foi bom. Eu saí de Matamoros, fui para Houston, me misturei muito, beber Shiner até passava, mas a cocaína, a tequila e o uísque... eu me ferrei. Fui preso. Fui para Austin e comecei a ficar limpo, trabalhei em uma oficina, mas ainda estava perto de tudo. Conheci minha esposa, Consuela, casei com ela, quase fiquei feliz, mas o vício não deixa ninguém ser feliz. Bati nela não uma vez, mas duas, e ela não deveria ter ficado, mas eu agradeço a Deus todos os dias por ter ficado. Disse que tinha conhecidos no Norte e me perguntou por que não nos mudávamos para cá, para escapar de tudo aquilo. Eu disse ok. Foi bom. Estou sóbrio há oito anos, mas sei que nunca termina. Minha família veio, alguns ainda dentro da vida que

eu levava. Era difícil dizer não a algumas coisas que eles queriam que eu fizesse. Mas eu disse. Eu falei: "Minha casa é sua e fiquem o tempo que quiserem, mas não tragam isso pra cá". Alguns ficaram em um hotel. Talvez eu devesse alertar vocês, se vocês fossem ficar no Days Inn em Oswego, a não dizer a ninguém para abaixar o volume da música quando ouvirem acordeões ou alguém cantando sobre *corazón*. Todas as músicas mexicanas têm a palavra *corazón*. Acho que é uma lei. De qualquer modo, a tentação continuava em mim, principalmente perto de meu primo Julio, que recebia coisa boa, a melhor em Chihuahua, e que é um cara divertido também. Aí eu estava descendo a 104 para o Days Inn, pensando que talvez só mais essa vez porque eu já não via aqueles *muchachos* desde muito tempo, e Consuela nunca vai saber, você sabe como é a música, e assim que pensei naquele homem, BAM!, aparece um cachorro, e eu quase bati nele, ele olhou para o pneu. Ele é um cachorro velho também, o veterinário acha que tem entre oito e dez anos. Está sozinho há um bom tempo, todo sujo, tem um pouco de sarna e pulgas, muitas pulgas. Mas eu ainda não sabia disso... se soubesse quanto ele me custaria no veterinário, talvez nem pegasse. Então, parei e peguei aquele cachorro *chingado* e levei pro hotel comigo, e todos os caras estavam bebendo, fumando, rindo e mexendo nas orelhas dele. Ele parecia um beagle, com uma mancha branca na cara, como uma máscara. E se você disser *uuuuuuu* na cara dele, ele uiva de volta. Bem, acho que Deus me mandou aquele cachorro para me lembrar. Então fiquei com ele. Meu amigo An.... Marina... Minha amiga Marina, vocês a conheceram hoje, é uma amiga de Andrew, ela disse que acha que o nome dele era Gaspar, por causa da mancha branca. Mas quero chamá-lo de Ocho porque ele me lembra de não estragar meus oito anos. Mas o danado atende quando a gente diz Gasparzinho, acho que Marina estava certa. Mas eu chamo das duas coisas. O nome dele é Gaspar Ocho Morales. Um bom nome para um guerreiro. Um bom nome para um cachorro.

134

— Não quero, mas tenho que fazer isso. Ele é perigoso, mesmo sem ela, se ele existe sem ela. Não é só vingança, embora acho que há um pouco disso também. Eu odeio o que ele fez. Sinto falta de Radha.

Marina está sentada na poltrona de couro, os cabelos loiros em um coque de samurai, preso com um ramo de cerejeira. Ela usa um casaco de lã cinza que acabou de comprar no shopping. Anneke a levou às compras. Todas as roupas dela são novas, menos o roupão japonês.

As batidas no telhado pararam. Os pedreiros estão comendo no quintal, mastigando sanduíches. Aquela era a primeira e melhor chance que ela tinha de conversar por Skype com o homem estranhamente bonito mas gordo da Califórnia.

San Francisco.

sealiongod@me.com

— Entendo que ela era boa — diz o homem.

— Era. Mas ela disse que você era melhor.

— Veremos.

— Você vai me ajudar?

Sealiongod assente, sorrindo um pouco.

— Hoje estou me sentindo patriota. Vamos fazer isso.

Ele ainda é jovem. Gosta dessa coisa.

Como Radha gostava.

Andrew-em-Marina se sente mal.

135

Yuri se senta em frente ao computador, o gato ronronando em seu colo. O gato com o rabo virado. Yuri enche um copo de batida de cereja e vodca, seu lábio superior manchado com um bigode fraco e vermelho.
— O que é isso? — pergunta ele.
Um e-mail de Marina Yaganishna.
Ele não quer ler — Baba Yaga o deixou sozinho por meses, e ele teme que essa mensagem de sua filha possa anunciar novas exigências, novas ameaças, novos pesadelos. Mas não abrir poderia ser pior, muito pior.
Será que é spam?
Um anexo chamado *Rapaz travesso fica chapado com Papai Noel* sugere isso.
E ainda estamos em setembro.
Natal, já?
Talvez ele não abra aquilo.
Não, ele realmente não vai abrir o anexo.
Ele lê o e-mail.

Yuri,
Abra o anexo imediatamente.

— Marina

Yuri abre o anexo.
Um vídeo.
Marina se senta diante de uma tela de televisão, usando apenas um roupão japonês. A seta do símbolo de play o instiga. Ele clica. A bela mulher no roupão japonês ganha vida, fala.
Russa com sotaque americano?
— Yuri. Observe a tela. Minha amiga na Califórnia fez isso para mim. Eu quero agradecer a você pelo que fez em Chicago. Com a bruxa Radha. Assista!
Desligue, Yuri.
Mas ele não consegue desligar.
Baba saberá se ele não assistir.

Ele instintivamente esconde os dentes com a mão.

A televisão no vídeo é ligada.

Um homem velho com uma barba curta e branca está sentado em um trenó, atrás de uma rena. Ele veste o gorro vermelho e as roupas do Papai Noel, o gorro enfeitado com folhas e pinhas. Ele está se preparando para ler uma história a um agitado grupo de crianças pequenas. Há neve atrás dele.

Não parece a Califórnia.

— Michael. Michael Rudnick — diz Marina.

O velho parece confuso por um segundo, e então olha para Marina.

Assente.

Fecha o livro.

As crianças agitadas ficaram paradas, congeladas, enquanto o Papai Noel continua se mexendo.

Um alçapão?

Quem é esse velho?

— Michael, gostaria que você desejasse um Feliz Natal ao homem que está do outro lado da câmera.

O Papai Noel assente.

Sorri.

Olha para a câmera.

Fala inglês.

— Ho, Ho, Ho! Você tem sido muito travesso, Yuri. É Yuri, não é?

Desligue o computador!

Os olhos do homem brilham.

Um CRACK alto enche o apartamento de Yuri.

O gato é apanhado saltando, vira-se para a pedreira de Vermont no meio do ar.

Cai com um barulhão!

Quebra ao meio.

Yuri está petrificando ao pegar o mouse.

O impulso feito leva Yuri para a frente e o derruba contra o computador. Ele se parte em pedaços.

O homem no andar de baixo bate no chão em protesto.

Uma mulher na parede ao lado grita com Yuri, a voz meio abafada pelo gesso.

— Estou cansada de seus barulhos, Yuri! Vá para a cama! Vá para a cama! Vá para a cama!

EPÍLOGO

São Petersburgo, Rússia.

Novembro.

Singer Café, segundo andar da livraria Dom Knigi, na Nevsky Prospekt.

Três mulheres com o fuso horário alterado estão sentadas na sala quente e verde. Do lado de fora, o céu ameaça cuspir neve outra vez, como ocorreu no caminho do aeroporto de Pulkovo naquela manhã.

— Não estamos aqui pela magia — diz Marina Yaganishna.

— Eu sei. Mas e daí? Vamos deixá-lo aqui? — pergunta Anneke, enfiando o último pedaço de sanduíche de atum na boca.

A garota ruiva com o nariz e o rosto marcados olha pela janela, olha para a catedral de Kazan ali embaixo. Ela falou pouco desde que tomou o avião no aeroporto internacional de Nova York. Saiu do estupor pesado de Xanax e vodca o suficiente para trocar de avião em Moscou. Ela odiou andar de avião, odiou tudo no voo, deixou claro que preferiria ter uma overdose a estar acordada sabendo que sobrevoava o oceano.

Ela não gosta de água agora.

Nem de frutos do mar.

Quase vomitou na primeira vez em que viu um mexilhão.

— Acho que já estive nessa igreja — diz ela em russo, apontando para a catedral, que tem mais do que uma simples semelhança com a Basílica de São Pedro em Roma.

— Fale em inglês, por favor — pede Marina.

— Por quê? Você disse que fala russo.

— Eu falo.

— Como uma dona de casa de Ohio — diz ela, em inglês.

— E você, quando fala russo, parece uma czarina mimada que precisa de umas chicotadas.

Nadia sorri ao ouvir aquilo.

Ela olha para Anneke, mexendo o chocolate quente com chili. O chocolate é tão grosso que mal sai da colher.

— Fui a uma igreja — diz ela em inglês. — Há estátuas de generais da inversão de Napoleão.

— Acho que você quis dizer *invasão* — corrige Anneke.

— Foi um pouco de inversão — comenta Marina.

— Obrigada por me incluir — diz Anneke a Nadia, tentando não parecer uma espertalhona: ela percebe que pode estar falando com a última pessoa viva que viu São Petersburgo antes da revolução, mas precisa convencer Andrew (ela tem dificuldade em chamá-la de Marina). Ela olha para Marina Yaganishna. — Mas o livro. É sério que vamos deixar aqui?

As três olham para o livro agora.

Parece um livro da era soviética sobre árvores, com capa de plástico engordurada e desenhos de folhas e crianças soviéticas felizes brincando na mata, apesar de a brincadeira sempre parecer uma construção ou marcha. Andrew vê além do disfarce do livro imediatamente. Anneke pisca algumas vezes. Nadia não consegue ver o que é. Ainda não.

Andrew lê o título outra vez.

— *Jardins Mágicos: Como Fazer Qualquer Coisa Crescer em Qualquer Lugar. Com uma Discussão sobre Ervas que Curam e Venenos. 1913.*

É um livro escrito a mão, com capa de couro marrom e costura amarela.

— Não consigo ver o problema em comprar isso e levar para os Estados Unidos.

Marina olha para Anneke por cima dos óculos.

— Você não vê problema porque não teve que sair da União Soviética com livros mágicos depois de ser brutalizado por uma bruxa.

— Fui brutalizada por uma bruxa.

— Você foi levemente brutalizada por uma bruxa por um período bem curto. E isso não teve nada a ver com livros.

— A menopausa está afetando você, sr. Blankenship.

Marina ri, apesar de tudo.

— Pegue o maldito livro se quiser. Você é adulta.

— Eu ia fazer isso. Como está o chocolate?

— Uma delícia. Experimente.

A colher de Anneke flutua para baixo.

Nadia também dá uma colherada, e um perfume caro invade o nariz de Anneke.

Não posso mais dizer que ela fede a peixe. O cheiro dela é melhor que o meu agora.

Marina agora também olha para a catedral.

— Quando eu vivia aqui, aquele era um museu do ateísmo.

— Você está de brincadeira — diz Anneke.

— Não. Havia uma estátua grande de Lênin, cadeira de penitência para monges, muitas frases antirreligiosas. Um dos guias me disse que o local foi amenizado atualmente. Costumavam ter um quadro chamado *Cristo, o Opressor*. Anéis de ferro e todas essas coisas também, mas não pegava bem com os visitantes.

— Lênin era um porco. Não acredito que chegaram a batizar essa cidade com o nome dele — diz Nadia.

A voz dela está diferente agora. Mais suave, mesmo quando diz coisas duras. Ela vive com Marina e Anneke há dois meses, enquanto as duas tentam entender o que são umas para as outras: Anneke e Marina são namoradas com mais frequência de quando Andrew era Andrew, mas ainda há um quê de cautela e reserva na relação. Elas demoraram mais de um mês para dar um beijo.

Nadia tem um namorado, um funcionário bonito e barbudo de Chancho: Gonzo. Não tão esperto quanto Nadia, mas *muito* bonito.

Tem voz doce.

Ela o conheceu enquanto trabalhava como barman no Rave da Bridge Street, em Oswego.

Ela não é iluminada, mas Anneke está ensinando mágica mesmo assim, esperando que ela tenha inteligência e persistência para abrir seu caminho na magia.

É um processo lento, muito lento.

— Bem, talvez ervas e coisas assim sejam uma boa. Ela não está entendendo a coisa da pedra e da rocha.

— Odeio feitiços com pedras. Sinto como um galo bicando uma pérola — diz Nadia.

Então, ela se anima e se senta.

— Precisamos ir para os jardins de verão! — comenta, os olhos arregalados. — Tem uma estátua ali. Krylov, o escritor infantil. Meu pai lia fábulas para mim sob a estátua dele, fazendo vozes de animais! "O Gato e o Cozinheiro!"

Ela está animada como nunca na Rússia.

É por isso que as três vieram.

— Eu lembro — diz ela.

Então, segura uma mão de Marina e outra de Anneke, olhando para uma e para a outra.

Apesar de ocupar a mesma casca, Nadia está irreconhecível como o monstro que afogou Mikhail Dragomirov e muitos outros.

Ela é uma mulher de sangue quente, um pouco mais do que uma garota.

Quando fala, as outras duas mulheres não sabem se ela se refere a elas ou a São Petersburgo.

Poderia ser a elas.

Elas se tornaram uma família estranha.

Um tipo esquisito de conciliábulo.

Nadia chora ao dizer:

— Estou em casa.

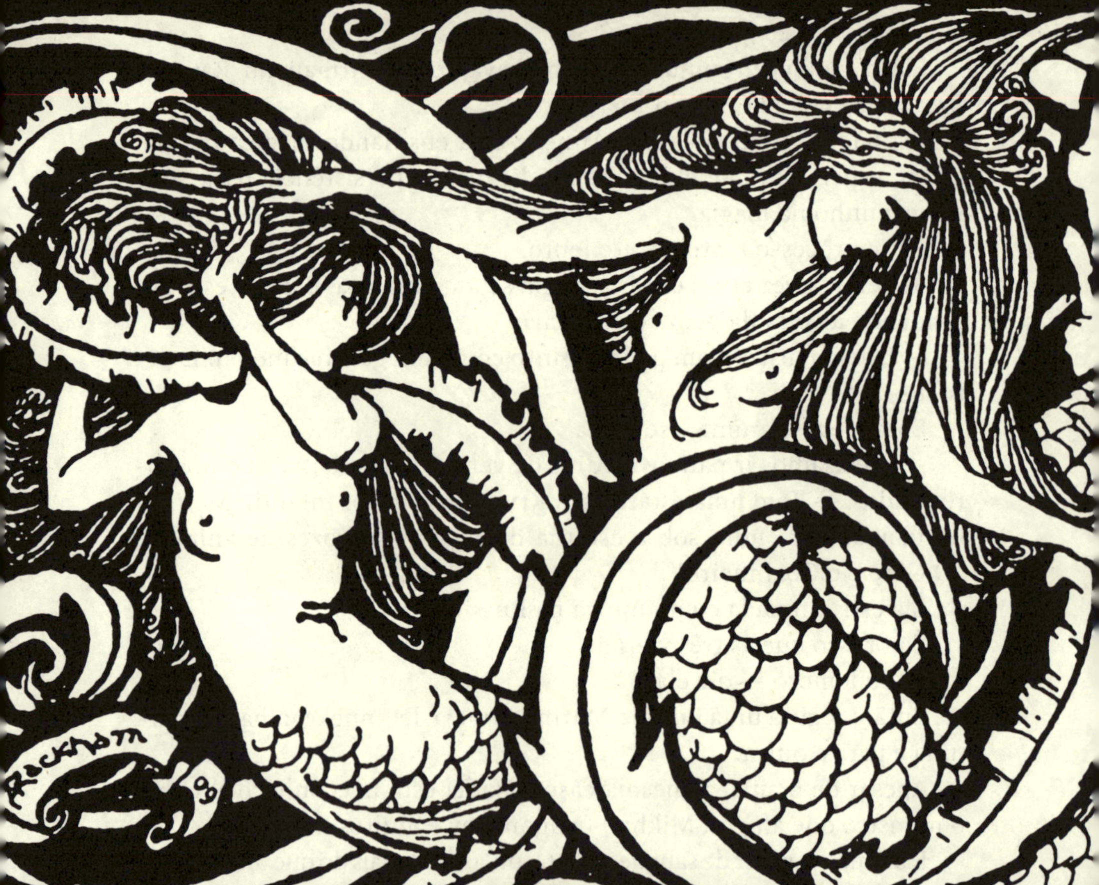
RACKHAM

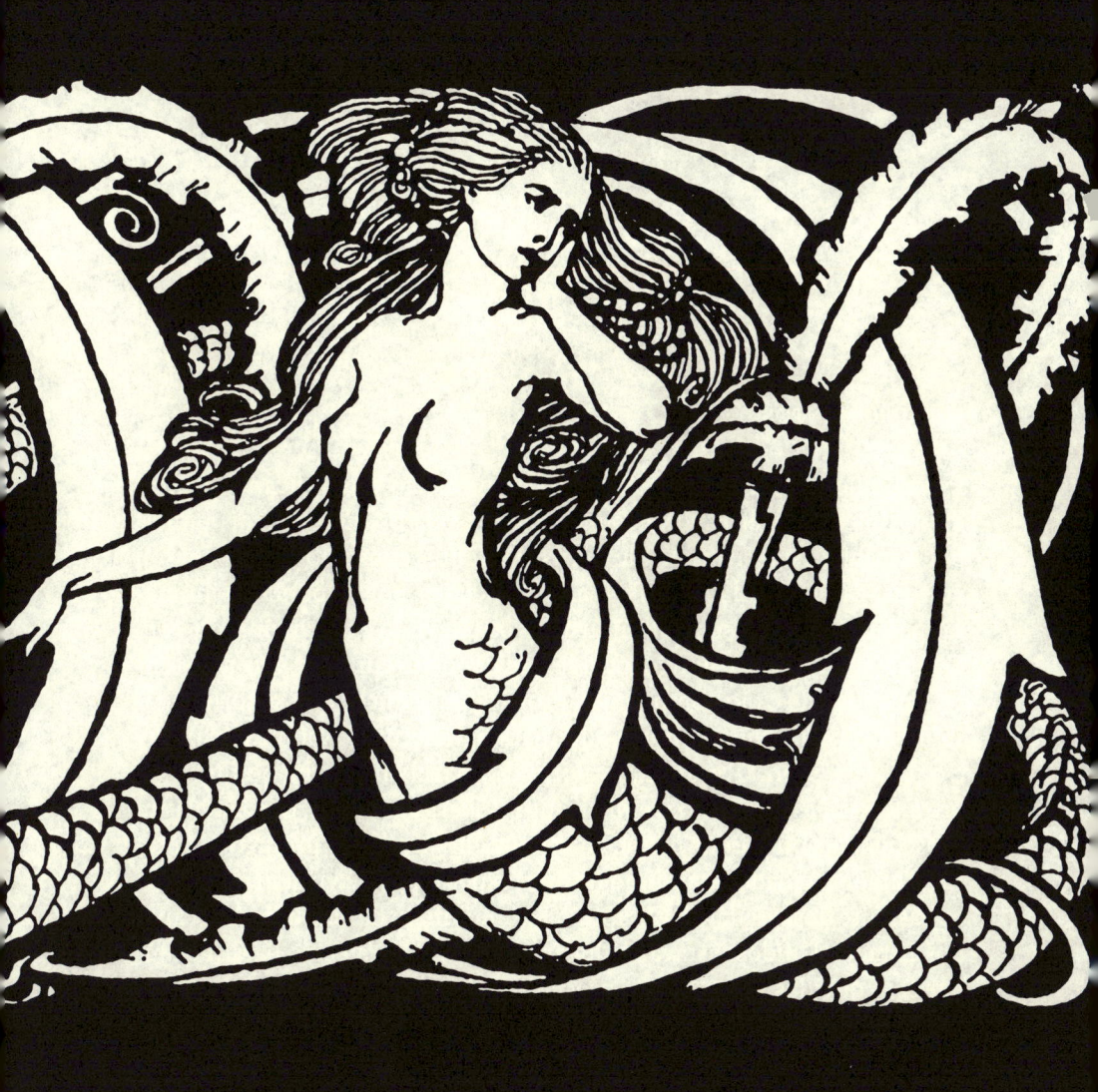

AGRADECIMENTOS

Espero que minha agente, Michelle Brower, não esteja ficando cansada dos meus sinceros agradecimentos, mas ela os merece mais e mais por sua ajuda, sua positividade e seus excelentes conselhos. Também sou grato a Sean Daily, da Hotchkiss and Associates, por responder a inúmeras perguntas bobas sobre as indústrias da televisão e do cinema, e a Tom Colgan, meu editor e amigo, pela fé que deposita em mim. Sua assistente, Amanda Ng, é tão competente, profissional e eficaz que se torna quase invisível, mas eu a conjuro aqui para agradecê-la. Naomi Kashinsky e o pai dela, Alan, tiveram um valor inestimável em minha pesquisa sobre a Rússia, assim como o embaixador Robert Patterson, que esteve em Moscou mais ou menos na mesma época em que nosso protagonista teria visitado a cidade a caminho de uma experiência de viagem estrangeira bastante desagradável. O capitão K.R. Kollman, da Marinha Mercante dos Estados Unidos, estava no lugar certo e na hora certa para me ajudar com dúvidas sobre alguns procedimentos da Guarda Costeira. Steve Townsend foi meu principal ajudante sobre o Enon. Meu grande amigo Eric Brown (poeta, pai, músico e o prefeito não oficial de Yellow Springs, Ohio) faz uma participação especial aqui — agradeço a ele e também a Dino por me deixarem usar seu banheiro. Cookie e Gene Schoonmaker-Franczec dividiram sua casa em Sterling (no estado de Nova York) e suas histórias comigo; o estúdio de Cookie serviu como modelo para o de Anneke, mas tenho certeza de que todas as similaridades entre elas terminam por aí. Agradeço aos leitores/ouvintes/apoiadores Kelly Cochran Davis, Patrick Johnson, Dan Fox, Ciara Carinci, Angela Valdes, Cyrus Rua e Elona Dunn, mas especialmente a Jennifer Schlitt e Noelle Burk, cujo entusiasmo inicial por esta história afetou a trajetória dela das melhores formas possíveis.

Faço um agradecimento especial para o diretor Gary Izzo, que discretamente tem perseguido a excelência na arte e na comédia nos bosques de Cayuga County, em Nova York, por mais de trinta anos. Se ele não tivesse me dado um papel na sua peça Bless the Mark, representada no Sterling Renaissance Festival em 1992 (e muitas vezes desde então), eu nunca teria conhecido as belas montanhas, os lindos vales e os vistosos campos que compõem a área centro-oeste do estado de Nova York, nunca teria me unido à estranha e maravilhosa tribo que me deu tantas amizades duradouras, e você não teria este livro em mãos.

Por fim, agradeço ao Burly Minstrel, Jim Hancock, cujo violão (sempre de prontidão) e voz aveludada forneceram a trilha sonora para diversos pores do sol de partir o coração na ribanceira McIntyre — a mesma ribanceira que aparece nesta história.

Sou privilegiado pelas amizades que tenho.

Christopher Buehlman é um escritor norte-americano, vencedor do prêmio Bridport Prize por seu trabalho em poesia. Escreveu quatro espetáculos teatrais, incluindo *Vulgar Sermons*, uma coletânea de peças curtas com a qual excursionou em festivais renascentistas por mais de uma década. Tem quatro romances publicados internacionalmente, incluindo *Between Two Fires*, uma elogiada fantasia histórica, situada no auge da Peste Negra na Europa medieval. Seu livro de estreia, *Those Across the River*, foi indicado ao World Fantasy Award em 2011. Saiba mais em christopherbuehlman.com.

DARKSIDEBOOKS.COM